LES DERNIÈRES HEURES

LES DERNIÈRES HEURES

RUTH DRUART

Traduit de l'anglais
par Raphaëlle O'Brien

City
Roman

Publié pour la première fois par Headline Review, une marque
de Headline Publishing Group sous le titre *Last Hours in Paris*.
Photo de couverture : © Collaboration JS/Arcangel

ISBN : 978-2-8246-2059-6
Code Hachette : 49 3561 6
Collection dirigée par Christian English & Frédéric Thibaud
Catalogues et manuscrits : city-editions.com

Dépôt légal : Juin 2022

À Sandra et Michael, mes parents.
Merci de m'avoir laissée grimper
à tous les arbres que je voulais.
Prêts à me rattraper si je tombais.

« Aimer ou avoir aimé, cela suffit.
Ne demandez rien ensuite.
On n'a pas d'autre perle à trouver
dans les plis ténébreux de la vie. »

VICTOR HUGO, *LES MISÉRABLES*

Prologue

— Je ne t'ai même pas regardé, la première fois que je t'ai vu.

— Tu n'as vu qu'un uniforme.

— Oui, et ça m'a fait peur.

— Je ne t'ai pas beaucoup regardée non plus.

— Vraiment ? plaisanta-t-elle en lui pinçant la joue.

— Je savais que tu ne voulais pas être regardée. Surtout pas par moi. Mais je t'ai remarquée. (Il s'amusa avec ses doigts.) Je t'ai trouvée intrigante.

— Vas-y, continue, l'encouragea-t-elle.

Ça le touchait qu'elle veuille l'entendre parler d'elle.

— Et provocante, poursuivit-il. Courageuse. Je savais que tu avais peur de ces policiers, pourtant tu n'as pas reculé devant eux. (Il relâcha ses doigts.) J'ai admiré ton attitude, ajouta-t-il, une main dans ses cheveux. Mais j'ai compris que tu risquais de t'attirer des ennuis.

— Tu pensais que tu allais me sauver ?

— Non, rectifia-t-il, en plongeant son regard dans le sien. Je savais que ce serait toi qui me sauverais.

PREMIÈRE PARTIE

1963

1

Bretagne, mai 1963

Élise

Je regarde, par-delà la baie vitrée, la mer qui s'abat sur les rochers gris ardoise, les embruns blancs sur leurs arêtes dentelées. Prise d'une impulsion, je déverrouille la fenêtre, pour laisser entrer le cri des mouettes et la rumeur infatigable de la marée. Un couple de colombes se tient en équilibre sur un fil télégraphique. Elles inclinent la tête vers moi, intriguées.

— Élise, vous avez terminé ? Je peux vous déposer à la gare.

La voix de M. Beaufort, qui vient d'entrer dans la pièce, me transperce.

— Merci.

Je referme la fenêtre, en époussette le rebord et me tourne vers lui, sourire poli aux lèvres. Après quoi, j'enlève ma blouse de travail et le suis dans l'escalier, non sans accrocher le vêtement derrière la porte de la cuisine, tandis que nous traversons l'allée.

Il m'ouvre la portière de la voiture.

— *Merci, monsieur**[1].

1. Tous les mots ou phrases en italique suivis d'un astérisque figurent tels quels dans la version originale du roman (NdT).

C'est un gentleman dont j'apprécie les manières. Je me sens moins comme sa gouvernante et plus comme une personne à part entière.

— Vous avez quelque chose de prévu pour le week-end ? me demande-t-il alors que nous empruntons les routes bordées d'arbres qui mènent à la gare de Saint-Brieuc.

— Non, rien de spécial ; un déjeuner à la maison avec ma fille, puis sans doute une promenade sur la plage.

— Comment va Joséphine ?

Je suis touchée qu'il se souvienne de son prénom.

— Elle va bien, je vous remercie. Elle passe son *baccalauréat** le mois prochain. Elle veut aller à l'université. (Je perçois les notes de fierté dans ma propre voix et il s'en faut de peu que j'ajoute que c'est une fille intelligente.) Elle a eu dix-huit ans le mois dernier.

— Déjà ? Ce n'était qu'un bébé quand vous avez commencé à travailler pour nous.

— En effet.

Je m'adosse au siège. Ce chapitre de ma vie est-il terminé ? J'ai accompli ce que j'avais prévu. Joséphine a atteint l'âge adulte sans encombre, bientôt je lui dirai la vérité. Les mensonges que j'ai dressés autour de son enfance sont devenus les barreaux d'une prison invisible, qui m'ont enfermée et piégée. Seule la vérité me libérera désormais. Mais en même temps, elle me terrifie.

Nous faisons le reste du trajet en silence et je suis soulagée lorsque nous arrivons à la gare. Le train est déjà là. Je remercie M. Beaufort avant de me précipiter sur le quai, où je monte dans un wagon vide et m'installe sur un siège de velours élimé. Je pourrais aller me promener avec Joséphine, cet après-midi… D'un autre côté, je ne veux surtout pas la distraire de ses études. Une fois ses examens terminés, nous aurons plus de temps pour parler. Vraiment parler. Je la vois déjà prête à déployer ses ailes et s'envoler, mais je ne peux pas la laisser partir sans lui avoir appris tout ce qu'elle doit savoir.

Je descends quand le train fait halte à Lannion et sors de la gare. La vieille Renault 4 CV verte de Soizic est garée à la même place que tous les samedis quand elle vient me chercher.

J'ouvre la portière côté passager et je lui dépose une petite bise sur les deux joues dès que je suis installée.

— *Bonjour**, Soizic. Comment allez-vous ?

— Joséphine ne rentrera qu'en fin de journée, lâche-t-elle en guise de réponse.

Mon cœur se serre, mais je me ressaisis avant de répliquer :

— Elle est allée déjeuner chez un ami ?

— Oui, chez Hervé, répond-elle en tournant la clé dans le contact.

Je lui jette un regard en coin alors que nous nous mettons en route.

— Elle semble passer beaucoup de temps avec lui.

— C'est une bonne chose qu'elle ait un petit ami. Ne t'inquiète pas, je lui ai déjà parlé des garçons et…

Elle s'arrête là, sans préciser ce qu'elle insinue.

— Je vais lui en parler aussi, ajouté-je, dans l'espoir de réaffirmer ma position en tant que mère de Joséphine, rôle qui est le mien depuis qu'elle est née.

Concentrée sur la route, Soizic hausse un sourcil. Je me détourne et regarde par la fenêtre. Abandonnés par la mer, les voiliers de la baie de Sainte-Anne sont couchés sur le flanc, dans l'attente de la prochaine marée. La mer a emporté tout ce qui n'était pas ancré ou enraciné dans le sable. Parfois, j'aimerais pouvoir balayer le passé de la sorte, laisser le reflux l'entraîner vers le large d'où il ne reviendrait jamais. Mais le passé fait partie de ce que nous sommes, et il est temps pour moi de l'affronter. Que Joséphine sache.

— J'ai préparé le déjeuner, fait Soizic en me coulant un regard. Soupe à l'oignon, et il y a de la baguette fraîche.

— *Merci**.

J'ai fini par comprendre que c'est sa façon à elle de montrer qu'elle se soucie des autres. Car c'est bel et bien le cas. Malgré sa froideur et l'ironie de ses répliques, je sais qu'elle tient beaucoup à Joséphine, et même à moi. Nous ne sommes peut-être pas du même sang, mais Soizic fait désormais partie de notre petite famille. Simplement, je ne sais pas si elle a pris le rôle de mère, de grand-mère ou de père. Parfois, j'ai l'impression qu'elle assume les trois à la fois.

Nous tournons au coin de la rue et nous garons devant la vieille maison de pierre qui est mon logis depuis que j'ai quitté Paris. Une odeur d'ail et d'oignon m'accueille à l'intérieur et j'ai faim maintenant. Soizic verse la soupe à la louche ; le fromage fond sur les croûtons et les rondelles d'oignon charnues. Avant de se saisir de sa cuillère, elle fait un signe de croix.

— Merci, mon Dieu, pour ce repas.

— Amen, je murmure.

Nous mangeons dans un silence agréable, né du fait que nous nous connaissons depuis de nombreuses années. Soizic n'a jamais été du genre bavard et je suis habituée à ses manières. On pourrait dire qu'elle est taciturne, mais elle a ses raisons. Nous venons de finir notre soupe quand Joséphine fait irruption dans la cuisine. Ses yeux bleus brillent d'excitation.

— Maman, devine quoi ? lance-t-elle sans même me dire bonjour.

Ravie de la voir si heureuse, je me lève pour l'embrasser sur la joue.

— *Bonjour**, Joséphine.

Puis je tends la main à Hervé, qui se tient à côté d'elle. Il pique un fard, mais la prend et la serre fermement. Il a l'air d'un gentil garçon.

— Devine quoi ? répète Joséphine, qui regarde Hervé avant de reporter les yeux sur moi. Ils organisent un voyage scolaire en Angleterre.

Joséphine adore l'anglais ; elle rêve d'aller au Royaume-Uni depuis que les Beatles ont sorti leur premier album, le mois dernier. Je l'entends parfois chanter *Love Me Do* ou *Please Please Me*. J'observe ma fille, son visage débordant de jeunesse et d'excitation, et avec un pincement au cœur que je connais bien, je songe à son père. Elle a la même *joie de vivre**, le même désir d'expérimenter, de tout goûter. Mais j'ai le cœur lourd, car je sais que je vais devoir la décevoir.

— Joséphine. Je suis désolée. On ne peut pas se le permettre.

Ses yeux prennent une nuance plus sombre, elle cesse de sourire, ses fossettes disparaissent.

— Mais tu ne sais même pas combien ça va coûter. Et il me reste de l'argent de mon anniversaire.

— Je sais, dis-je en exerçant une pression réconfortante sur sa main. Mais nous n'avons pas une telle somme d'argent.

Elle pousse un long soupir et je sens tout son corps s'affaisser. Lèvres serrées, Hervé détourne le regard, manifestement gêné. L'argent n'est pas le genre de sujet que l'on aborde en dehors de la famille.

— Tu n'as même pas de passeport, ajoute Soizic.

Le mot « passeport » accélère les battements de mon cœur. Il faut qu'elle attende encore un peu, jusqu'à la fin de ses examens, le temps que nous ayons parlé de tout calmement et en détail.

— Je suis sûre que je pourrais en avoir un ! s'écrie Joséphine.

Je sens son exaspération à ce haussement de ton. Au lieu de l'aider à réaliser ses rêves, nous l'entravons, nous la retenons.

Je me tourne vers Hervé.

— Tu y vas, toi ?

— Je vais demander à mes parents, répond-il avant de regarder Joséphine. Ils pourront peut-être te prêter de l'argent.

— Non, Hervé ! Il n'en est pas question !

Je suis choquée par sa proposition, ce n'est pas à lui de la faire. Aussi je me retourne vers Joséphine pour clore la discussion avec un sourire que j'espère apaisant.

— Il y aura bien d'autres occasions. De toute façon, tu es très jeune pour un si grand voyage.

— Maman, je ne suis plus une petite fille, rétorque Joséphine qui refuse mon sourire. Je suis sûre que je peux réunir l'argent. (Elle jette un coup d'œil à Soizic puis revient vers moi.) Mais tu ne veux pas que j'y aille, point. C'est ça ? Tu ne veux même pas que j'aille à Paris. Tu veux que je reste ici toute ma vie, dans cette Bretagne ennuyeuse.

La soudaineté de son explosion m'a prise au dépourvu.

— Non, pas du tout ! protesté-je. Je sais bien que tu n'es plus une enfant.

— Eh bien, dans ce cas, pourquoi tu continues à me traiter comme si j'en étais une ?

— Joséphine ! s'emporte Soizic dont les yeux sont devenus froids comme la pierre. Ça suffit.

Ma fille pousse un bruyant soupir.

— Je ne vais pas rester ici éternellement, tu sais.

— J'ai dit que ça suffisait.

Soizic se lève, croise les bras, histoire de joindre le geste à la parole.

C'est sa maison, nous y vivons selon ses règles. On ne crie pas et on ne se dispute pas. Je grimace intérieurement, tant la pitié que j'éprouve pour ma fille me serre la poitrine. Ce n'est pas vraiment l'argent, le problème, en l'occurrence.

Joséphine se lève.

— Je m'en moque de ce voyage. Je veux juste quitter cette maison, et Trégastel. C'est tellement… petit. Et les gens sont…

Elle se tourne vers Hervé, qui donne l'impression de vouloir se trouver n'importe où sauf ici. Le prenant par la main, elle l'entraîne vers la porte.

2

Bretagne, mai 1963

Joséphine

— Je n'irai pas non plus.

Hervé passe son bras autour des épaules de Joséphine alors qu'ils se dirigent vers sa maison en suivant la route côtière.

Elle s'arrête dans son élan, s'éloignant de lui puis se retournant pour le regarder.

— Je m'en fiche du voyage. J'en ai juste marre de voir qu'on ne peut même pas en parler. Je pourrais trouver un moyen de gagner de l'argent, j'en ai moi-même un peu de côté, mais maman ne veut pas que j'y aille. Elle ne veut jamais que je fasse quoi que ce soit. Elle a peur de tout. De la vie ! Je n'ai même pas le droit de sortir le samedi soir, ajoute-t-elle après avoir repris son souffle.

— Mais le samedi, c'est la seule soirée où ta mère est ici.

— Tu es de quel côté, en fait ?

Pourquoi ne voit-il pas le contrôle que sa mère exerce sur elle ?

— Je suis désolé pour ta mère.

— Quoi ? s'écrie Joséphine, interloquée.

— Elle n'a pas beaucoup d'argent, non ? Et elle est seule.

— Elle a Soizic. De toute façon, c'est sa faute. Elle n'a jamais voulu rencontrer quelqu'un. Elle a eu des propositions, mais personne n'a jamais été assez bien.

Elle se remet à marcher, une énergie inquiète la traversant à la pensée que sa mère ne veut même pas parler de son propre père, Frédéric, fusillé lors de la libération de Paris. Chaque fois que Joséphine aborde le sujet, sa mère adopte une posture méfiante et détourne le regard, comme si elle se réfugiait dans son monde secret.

— Je pourrais te prêter de l'argent, suggère Hervé. Moi aussi, j'ai besoin d'un passeport. On pourrait y aller ensemble.

— De quoi on a besoin pour en obtenir un ?

— Je ne sais pas, répond-il en la faisant pivoter. D'un certificat de naissance, je suppose.

— Je n'ai jamais vu le mien.

— Tout le monde en a un. Demande à ta mère. Tu peux toujours en obtenir une copie à la mairie.

Hervé semble en savoir plus qu'elle sur à peu près tous les sujets et ce constat l'agace un peu.

— Je retourne à la maison. Je veux récupérer mon acte de naissance.

— Maintenant ?

— Oui. Je vais lui montrer que je ne suis pas une enfant et que je peux me faire faire un passeport.

Elle l'embrasse rapidement sur la joue et se dépêche de rentrer chez elle. Soizic et sa mère seront probablement aux champs, en train de rentrer les vaches pour la nuit. Bien sûr, elle pourrait simplement demander son certificat de naissance, mais elle ne veut pas d'une autre dispute. Et elle a sa petite idée quant à l'endroit où il pourrait se trouver : dans la mallette sous le lit de sa mère, là où elle garde ses vieilles photos et ses papiers. Joséphine n'a jamais reçu d'interdiction formelle d'y jeter un coup d'œil, c'est juste l'une de ces règles implicites qui veut qu'on ne touche pas aux affaires personnelles des autres.

Coup de chance, la maison est vide. Elle pénètre dans la cuisine, gravit ensuite l'escalier deux à deux, jusqu'à la seule pièce de l'étage : la chambre de sa mère. Un simple lit en chêne foncé, aux extrémités massives et incurvées, trône au milieu de la pièce. Joséphine s'accroupit, passe la main sous le lit et en sort la mallette abîmée. Dans son esprit, elle l'imaginait plus grande et plus imposante. En fait, ce n'est qu'une petite valise de carton épais, tapissée d'un papier écossais dans les tons de gris. Elle saisit le vieux fermoir rouillé, puis hésite, car l'histoire de la boîte de Pandore lui revient brusquement en mémoire. Pendant quelques secondes, elle reste assise, le doigt sur l'attache. Elle sent une odeur de lavande, dont la douce familiarité lui rappelle des souvenirs, ceux des jours où elle se blottissait contre maman, le dimanche matin, pendant que Soizic s'affairait en bas dans la cuisine.

Son esprit s'est égaré. Sans réfléchir, elle actionne le fermoir et ouvre la mallette, dans laquelle elle découvre quelques papiers épars, des lettres, des photos en noir et blanc. Joséphine les passe en revue, déterminée à mettre la main sur son acte de naissance, mais sa curiosité prend le dessus et elle ne peut s'empêcher de sortir les photos. Sa mère, jeune fille, debout entre ses parents, un sourire timide aux lèvres. Sa mère dans une belle robe longue, tenant la main d'un homme. Pourquoi ne lui a-t-elle jamais montré ces photos ? Joséphine lui a demandé à voir des portraits de Frédéric, son père, mais sa mère est toujours restée évasive, prétextant qu'on ne prenait pas beaucoup de photos à l'époque. Alors, qui est cet homme ? Peut-être un amant, pas son père. Elle retourne le cliché. Trois mots font bondir son cœur. « Frédéric, février 1939. » Cet homme doit donc être son père, non ? Mais alors, pourquoi maman ne lui a-t-elle pas montré cette photo ?

Elle s'empare d'un recueil de poèmes de Victor Hugo. Pourquoi sa mère a-t-elle caché ce livre ? Quelques mots, tracés dans une écriture cursive très nette, en ornent la première page.

Lise, mon amour,
Ma vie a commencé avec toi.
À toi pour toujours,
S

Un « S » ? Un « S » qui n'est pas le « F » de Frédéric. Qui peut bien être ce « S » ? Et pourquoi n'a-t-il pas écrit son nom en entier ? Joséphine trouve de vieilles lettres mais résiste à la tentation de les lire. C'est son acte de naissance qu'elle cherche, elle ne doit pas se laisser distraire.

Un courrier d'aspect officiel attire toutefois son attention, si court qu'elle l'a lu avant même de s'en rendre compte.

Nous avons le regret de vous informer que Frédéric Dumarché a été tué dans l'exercice de son devoir, en défendant son pays.

Une mention en haut de la feuille attire son attention : la date, à savoir mai 1940. Cinq ans avant sa naissance ! Comment est-ce possible ? Elle relit la missive. Il doit s'agir d'un autre Frédéric.

Le grincement de la porte de la cuisine qui s'ouvre l'oblige à tout remettre à sa place dans la petite valise. Rapidement, elle rabat le fermoir et fourre la mallette sous le lit. Elle lisse sa robe, tout en s'efforçant de reprendre son souffle, avant de redescendre l'escalier.

— Que faisais-tu dans la chambre de ta mère ?

Soizic se tient au pied de l'escalier, les bras croisés.

— Où est-elle ? s'enquiert Joséphine au lieu de répondre.

— Je t'ai demandé ce que tu fabriquais, réplique Soizic d'un ton froid.

— J'ai besoin de mon certificat de naissance.

Elle a le droit de l'avoir, bon sang, alors pourquoi a-t-elle l'impression de chercher à obtenir le fruit défendu ?

Le visage de Soizic se vide de son sang.

— Pourquoi tu en as besoin ?

— Je veux me faire faire un passeport.

Soizic laisse échapper un profond soupir.

— Tu n'en as pas besoin pour l'instant. Attends la fin de tes examens.

— Mes examens ? Mais qu'est-ce qu'ils ont à voir là-dedans ?

— C'est ce sur quoi tu devrais te concentrer en ce moment. (Soizic se détourne en faisant la moue.) Je ne sais pas ! Les voyages à l'étranger, les petits amis… Tu te laisses distraire.

— Peu importe, réplique Joséphine qui essaie d'avoir l'air décontractée. Hervé m'a dit que je pouvais en demander une copie à la mairie.

— Non. Non, proteste Soizic en la regardant droit dans les yeux. C'est inutile. Je suis sûre que nous pourrons remettre la main dessus. Donne-nous juste un peu de temps. Vous, les jeunes, vous êtes tellement impatients, conclut-elle sur un long soupir.

Cette dernière remarque, Joséphine la trouve particulièrement injuste. Elle s'est montrée très patiente, au contraire, elle n'a jamais poussé sa mère ou Soizic à lui parler du passé, de la guerre, quand elle voyait à quel point ces souvenirs les bouleversaient.

— Tu sais qui est Frédéric Dumarché ? demande-t-elle.

Soizic ferme les yeux une seconde, puis secoue la tête.

— Tu ne devrais pas fouiller dans les affaires de ta mère comme ça ! Remuer le passé. Ça n'apportera rien de bon à personne. Tu devrais le savoir, tout de même, ajoute-t-elle après une hésitation.

Joséphine baisse les yeux, honteuse maintenant, se sentant horriblement coupable d'avoir obligé Soizic à se souvenir. Parce qu'elle sait ce qui est arrivé à la fille de la vieille femme. Tout le monde le sait, mais personne n'en parle.

En s'ouvrant, la porte fait baisser la tension d'un cran et la mère de Joséphine entre et ôte son manteau.

— Il fait froid ce soir. Le temps doit être en train de changer.

Elle n'a pas l'air d'avoir remarqué l'atmosphère dans la pièce où elle vient d'entrer. S'avançant dans la cuisine, elle pose sa paume ouverte sur la joue de sa fille. Joséphine frissonne à ce contact glacial.

3

Bretagne, mai 1963

Élise

Si je ne connaissais pas mieux ma fille, je penserais qu'elle fait la tête. Mais ce n'est pas une boudeuse. C'est une penseuse. Et là, elle pense à ce voyage en Angleterre. J'entends presque tourner les rouages de son cerveau qui concocte un plan.

J'essaie de trouver un terrain d'entente pendant qu'on se met à table.

— Je suis désolée pour ton voyage scolaire, Joséphine. Pour compenser, tu pourrais aller à Paris après tes examens et séjourner chez ta tante Isabelle. Elle serait ravie de te faire visiter la capitale.

Joséphine hausse les épaules.

— Peut-être.

— Ça ne te dirait pas d'aller à Paris ?

— Je pense que si.

Soizic nous sert les pommes de terre bouillies sans rien dire. Je m'efforce de détendre l'atmosphère.

— Tu iras en Angleterre un jour. Tu as toute ta vie devant toi.

Soizic soulève le couvercle de la casserole et j'inhale le fumet riche et dense de son bœuf bourguignon. Elle remplit nos assiettes puis fait le signe de la croix.

— Que Dieu bénisse notre repas.

Joséphine et moi murmurons : « Amen. »

Même si le plat est principalement composé de carottes et de céleri, auxquels se mêlent des morceaux de viande bon marché, il est plein de saveur et le bœuf est si tendre qu'il s'émiette sous mes couverts. Pourtant Joséphine ne fait que picorer dans son assiette, repoussant une pomme de terre de la pointe de sa fourchette, avant de la couper en deux.

— Tu aimes la poésie ? me demande-t-elle sans crier gare.

Elle me dévisage d'un air sceptique. Sa question me surprend.

— Pas vraiment. Pourquoi ?

Soizic s'immobilise, sans que sa fourchette ait atteint sa bouche. Elle me regarde.

— Je pense que ça pourrait me plaire, si j'en lisais un peu, répond Joséphine qui fait glisser un morceau de pain dans sa sauce. Tu n'aurais pas un livre à me prêter ?

— Moi ?

J'échange un regard avec Soizic. Nous n'avons que douze livres à nous deux et Joséphine les a tous lus. Puis je me souviens. Le livre dans la valise à l'étage. Elle n'a tout de même pas fouillé dans mes affaires ? Elle ne ferait pas ça, si ?

— Non, réponds-je prudemment. Je ne crois pas.

Joséphine laisse tomber son morceau de pain dans la sauce.

— C'est dommage.

Elle pique un morceau de viande de la pointe de sa fourchette et le porte à sa bouche pour le mastiquer lentement, sans me quitter du regard.

Alors je sais : oui, elle a fouillé dans ma mallette à l'étage. Ma petite valise de souvenirs. Elle a vu le recueil de poèmes que Sebastian m'a donné, ainsi que ses messages, mais il n'a jamais signé de son nom. Elle n'a pas pu savoir qui il était. Ça ne risque rien. Presque rien. J'esquisse un sourire.

— Autrefois, quelqu'un m'a offert un recueil de poèmes. Et j'en ai lu quelques-uns.

— Qui était-ce ? demande-t-elle sans s'embarrasser de circonvolutions.

— Juste quelqu'un que j'ai connu.

Elle soupire, harponne le pain gorgé de sauce pour se le fourrer dans la bouche. Je suis consciente que mes réponses sont loin d'être satisfaisantes et je brûle de lui en dire plus. De tout lui dire, même. Mais pas maintenant. Pas comme ça. Ce n'est pas le bon moment.

— Je pense que tu te plairas à Paris.

La voix de Soizic, qui a soudain retenti, sonne faux, parée d'un enjouement artificiel.

— Ça te donnera l'occasion de faire connaissance avec ta tante Isabelle.

J'ai beau sourire, j'ai l'impression que mon visage se fissure.

— Et mes grands-parents. Je les connais à peine. Je n'ai jamais vu mon grand-père. Est-ce qu'il est encore en vie ?

— Oui, réponds-je en m'efforçant de parler calmement. Mais il n'a plus jamais été le même après la guerre.

La guerre… Le sujet tabou dans cette maison. Je coule un regard à Soizic, inquiète pour elle maintenant que nous avançons en terrain miné.

— Mais tu n'as pas envie de le voir ? insiste Joséphine. Il ne sera probablement plus en vie pendant longtemps.

— Il ne veut pas me voir. Je te l'ai déjà dit.

— Parce que tu n'étais pas mariée quand tu m'as eue ? réplique Joséphine en se frottant le nez. Ce n'est pas ta faute si mon père a été tué.

Je sens mes joues s'enflammer. Je n'aurais jamais dû lui raconter ça. Il va falloir démêler l'écheveau des faits. J'essaie d'avaler le morceau de carotte dans ma bouche, mais il reste coincé. Je tousse, la main sur ma gorge. Je tousse à nouveau, mes yeux larmoient. Soizic se lève et me donne un coup sec entre les omoplates. Dans l'espoir de me calmer, j'attrape mon verre d'eau, dont je bois une grande gorgée.

Joséphine me regarde comme si elle me voyait pour la première fois. Comme si elle lisait en moi. Elle sait. Elle sait que tout n'a été qu'un tissu de mensonges.

4

Bretagne, mai 1963

Joséphine

Le dimanche soir, après le retour de sa mère à Saint-Brieuc, Joséphine est en train de s'endormir quand une idée lui vient. Un souvenir d'enfance, celui de sa mère qui glissait un dossier derrière un service d'assiettes qu'elles n'utilisaient jamais, comme s'il faisait partie du fond du placard. Il y avait quelque chose de mystérieux dans la façon dont sa mère avait rangé ce dossier, comme s'il ne devait plus être retiré de cet emplacement. Et quoique enfant, Joséphine avait perçu son importance. Elle est désormais sûre d'y trouver son acte de naissance.

Sur cette pensée, elle s'endort. Seulement ce n'est pas le genre de pensées sur lequel il faut s'endormir et, le lendemain matin, elle est réveillée de bonne heure par l'énergie nerveuse qui afflue en elle. En se glissant hors du lit, elle trouve le buffet de la cuisine où sont rangées les vieilles assiettes. Elle le fouille du regard par-delà la vaisselle. Un dossier vert pâle est bel et bien adossé au fond du placard.

Elle l'en sort rapidement et l'ouvre. Un coup d'œil à l'intérieur l'incite à en retirer la première feuille : son nom y figure tout en haut.

Nom : *Joséphine Chevalier*

Nom de la mère : *Élise Chevalier*

Nom du père : *Sebastian Kleinhaus*

Le papier lui échappe des mains. Un frisson glacé descend le long de sa colonne vertébrale. Le temps change d'espace, passé, futur, mais pas présent, pas là où elle se trouve. Elle a perdu toute notion de lieu. En fermant les yeux, elle essaie de trouver un point d'ancrage. Qu'est-ce que ça signifie ? « Nom du père : *Sebastian Kleinhaus.* » Ce n'est pas possible. Son père était un Français prénommé Frédéric. Portait-il un deuxième prénom ?

Un souvenir lui revient en mémoire, qui n'avait aucun sens à l'époque, mais dont les mots résonnent maintenant dans ses oreilles comme s'ils étaient restés tapis là pendant toutes ces années, attendant le moment où elle comprendrait leur signification.

C'était un dimanche matin au sortir de l'église, elle avait environ huit ans.

— Quelle est la différence entre un Boche et une hirondelle ?

La question lui avait été adressée par un garçon plus âgé. Elle avait haussé les épaules, ne sachant pas trop ce qu'était un Boche à l'époque, mais devinant que le terme n'était pas flatteur.

— Quand une hirondelle fait des bébés en France, elle les emmène avec elle, mais un Boche, lui, il les laisse derrière.

Il avait craché ces mots avec méchanceté et elle n'avait pas réussi à les oublier, sans pour autant très bien comprendre en quoi ils pouvaient la concerner.

Sebastian Kleinhaus. Un Allemand ! Un Boche ! D'un seul coup, elle comprend les silences qui entourent le sujet de son père. Sa mère a dû s'enfuir à Trégastel, où personne ne savait rien d'elle, pour y donner naissance à son bébé boche. Cela explique pourquoi elle n'a jamais emmené Joséphine à Paris, pourquoi Joséphine n'a rencontré sa grand-mère et sa tante Isabelle que quatre fois au cours de sa vie, pourquoi elle n'a jamais rencontré son grand-père, l'homme qui a été envoyé dans un camp de travail en Allemagne pendant l'occupation et en est revenu le cœur plein de haine pour tout ce qui est allemand.

Une bâtarde de Boche.

Sa mère lui a menti toute sa vie. Qui d'autre est au courant ? Soizic ?

Sûrement pas, elle n'aurait jamais pris sa mère chez elle si elle avait su. Elle a dû mentir à Soizic aussi. Mortifiée d'avoir couché avec l'ennemi.

— Ma putain de mère est une menteuse ! marmonne-t-elle.

Des bruits de pas la pétrifient. Ses poumons se vident, l'air qui l'entoure est trop pauvre pour les remplir. Bataillant pour respirer, elle presse une main contre son sternum. Puis, serrant le certificat de naissance dans son autre main, elle se retourne pour affronter Soizic.

Les yeux écarquillés et pleins d'effroi, celle-ci est d'une pâleur mortelle. Elle est au courant. Elle l'a toujours été.

— Pourquoi tu ne m'as rien dit ? J'avais le droit de savoir !

Joséphine a la voix qui frémit. Des larmes menacent de couler, mais elle ne va pas pleurer. Elle les chasse d'un clignement de paupières.

Soizic s'est immobilisée, ses lèvres cherchent à articuler quelque chose, mais aucun mot ne vient.

— Tu savais que mon père était un Boche ?

— N'utilise pas ce mot ! Tu ne devrais pas fouiller dans les affaires des autres.

Soizic s'agrippe au buffet d'une main tremblante. Elle est livide. Pour la première fois, elle fait ses soixante-dix-sept ans. Pourtant Joséphine a le sentiment d'être victime d'une énorme injustice.

— Les « affaires des autres » ! s'enflamme-t-elle. C'est mon acte de naissance !

— C'était à ta mère de te le donner. Tu ne peux pas le prendre comme ça !

— Tu savais ? Et tu n'as jamais rien dit ?

Le mensonge de Soizic lui cause une douleur qui la transperce. Les deux personnes qui l'ont élevée, qui l'ont aimée et qui ont pris soin d'elle lui ont caché ce secret honteux, comme si on ne pouvait pas lui faire assez confiance pour lui révéler qui était son propre père.

— Oui, répond Soizic d'une voix ferme. Oui, je savais.

— Pourquoi ? bredouille Joséphine, complètement perdue. Pourquoi tu l'as recueillie ? Il l'avait violée ? ajoute-t-elle, sans attendre de réponse. C'est ça ?

Curieusement, elle sait que ce n'est pas le cas, mais elle se devait de poser la question.

Soizic secoue vigoureusement la tête. Elle relâche sa gorge, laissant une petite marque rouge, là où sa main s'est crispée, et la tend à Joséphine.

— Je suis vraiment désolée. Elle voulait te le dire, mais je ne l'ai pas laissée faire.

Joséphine recule jusqu'au mur. Pourtant elle veut savoir. À quel point son père était-il un sale type ?

Son père. Les larmes qu'elle contient lui piquent les yeux. Elle essaie de les refouler, mais elles montent d'un puits si profond qu'elle ne peut les retenir.

— Joséphine, *mon cœur*…

Soizic s'avance. Elle essaie d'entourer Joséphine de ses bras et la jeune fille la laisse presque faire, mais elle ne veut pas être réconfortée. Elle s'esquive, essuyant grossièrement ses larmes avec le revers de sa main.

— Dis-moi simplement qui il était. Qu'est-ce qu'il a fait ?

Elle doit savoir. Notamment si son père était un monstre.

— Je ne sais pas. Je n'en sais rien, Joséphine. J'ai toujours refusé que ta mère me parle de lui.

5

Bretagne, mai 1963

Joséphine

Au lieu d'aller à l'école, Joséphine se rend à pied à la cabine téléphonique du village. Elle veut s'éloigner de Trégastel avant que sa mère ne revienne le week-end prochain. Elle découvrira la vérité par elle-même.

Elle doit téléphoner à l'opératrice pour obtenir le numéro de sa tante Isabelle. Celle-ci répond d'une voix encore lourde de sommeil.

— Je suis désolée, commence Joséphine. Je vous ai réveillée ?

— Joséphine, c'est toi ? Tout va bien ?

— Oui. Tout le monde va bien, répond-elle avant de se taire, faute de savoir comment formuler sa requête. C'est juste que… je me demandais si je pouvais venir chez vous pour quelques jours ?

Elle se recroqueville devant l'audace de sa demande.

— Quoi maintenant ? Tu veux venir maintenant ? Et l'école ?

La surprise d'Isabelle se répercute jusqu'à son extrémité de la ligne.

— On ne fait plus que des révisions, en ce moment.

— Tu me prends au dépourvu…

Le cœur de Joséphine se serre. Sa tante va refuser. Mais le ton d'Isabelle s'adoucit.

— Ce serait adorable. Quand comptes-tu venir ?

— Demain ? suggère-t-elle timidement.

À dire vrai, elle aimerait même partir sur-le-champ.

— Demain ! (Nouveau silence au bout de la ligne, puis sa tante reprend la parole.) Oui ! Pourquoi pas ? (Elle baisse la voix.) Comment va ta mère ? Bien ?

— Oui, ment quelque peu Joséphine. Je vous rappellerai quand j'aurai mon billet, pour vous dire à quelle heure j'arrive.

— Attends. J'ai les horaires du train sous les yeux. (Joséphine glisse un autre franc dans la fente du téléphone.) Il y en a un à 8 h 30 demain matin. Tu pourrais le prendre ?

— Oui !

Un frisson d'excitation la traverse maintenant que ce coup de tête devient réalité.

Elle aimerait aller trouver Hervé, pour tout lui dire, mais comme elle ne veut pas se rendre au lycée, elle arpente la plage pendant le reste de la matinée, à analyser l'effet sur elle de ce qu'elle vient d'apprendre. Pourquoi se sent-elle si à vif, si exposée ? Elle retourne à la maison pour le déjeuner et annonce à Soizic son voyage à Paris.

— Et ta mère ? Elle va être bouleversée. Tu ne peux pas t'enfuir comme ça !

— Je dois découvrir ce qui s'est passé. J'ai dix-huit ans maintenant, et assez d'argent de côté pour mon billet. Tu ne peux pas m'en empêcher, déclare-t-elle en prenant une grande inspiration.

— Et l'école, les examens ?

— J'emporterai mes livres avec moi, soupire Joséphine. Je réviserai là-bas.

Joséphine reste ferme et ne se laisse pas dissuader par Soizic. Le mardi matin, la vieille femme accepte de la conduire à la gare. La pluie tombe à verse, les essuie-glaces couinent dans leur balayage incessant.

Soizic observe la pluie pendant qu'elle parle.

— Ne sois pas trop dure avec ta mère. Elle a toujours cherché à agir dans ton intérêt.

Joséphine lui jette un regard cinglant.

— Dans mon intérêt ?

Soizic change de vitesse et tourne au coin de la rue.

— Tout à fait. Elle tenait à te donner un foyer sûr et heureux. Ça a toujours été sa priorité.

Joséphine ne répond pas, mais fixe des yeux les grands arbres qui bordent la route. Leurs branches subissent les assauts des rafales de vent qui malmènent leurs délicats bourgeons en fleurs.

Elles s'arrêtent devant la gare et Joséphine pose une main sur la poignée de la portière, puis hésite. Le calme qui règne dans la voiture, alors que le vent et la pluie s'abattent sur le toit et les vitres, donne à Joséphine l'impression de se trouver dans un cocon. Dès qu'elle ouvrira cette portière, elle s'exposera aux éléments et ne pourra plus compter que sur elle-même. Soizic a toujours été son roc, toujours là pour elle quand elle en avait besoin, prête à lui donner des conseils pratiques et à l'aider, mais dure aussi. Si elle n'était pas d'accord avec Joséphine, elle le disait. Elle ne se fatiguait pas à tourner autour du pot ou à enrober ses remarques de gentillesse. *Honnête*, pense Joséphine avec ironie. C'est l'adjectif dont elle aurait qualifié Soizic, mais plus maintenant. Dans quelle mesure peut-on vraiment connaître quelqu'un ? Dorénavant, elle se demandera toujours ce que les gens cachent. Elle jette un coup d'œil au profil de Soizic. Elle a envie de se jeter dans les bras de cette femme aussi dure que gentille, mais elle est encore sous le choc d'un sentiment de trahison et de blessure.

Les mains sur le volant, Soizic garde les yeux sur la pluie qui tombe.

— J'ai déjà perdu une fille, lâche-t-elle d'une voix qui semble lointaine. Je ne pourrais pas supporter de te perdre aussi.

Mais je ne suis pas ta fille, veut crier Joséphine. *Je ne suis pas ta fille morte.* Sauf qu'elle en est incapable. Elle ne peut pas blesser Soizic comme ça.

— Je suis désolée, murmure-t-elle, sincère.

Elle est désolée pour elles trois, pour les choses qui n'ont jamais été dites, pour les histoires qui n'ont jamais été racontées. Mais pour l'instant, ce qu'elle veut, c'est s'en aller.

Prenant une profonde inspiration, elle pose la main sur la poignée et ouvre la portière.

— *Au revoir**.

Joséphine est assise seule dans le wagon du train pour Paris. Malgré les émotions qui la submergent, elle ne peut s'empêcher d'apprécier la sensation qu'elle éprouve à voyager dans ce train rapide. Elle se lève, abaisse la vitre et se penche à l'extérieur. Le vent lui coupe le souffle. S'insinuant dans ses cheveux, il les plaque en arrière. Elle ouvre la bouche et aspire une bouffée d'air. Son cœur bat la chamade, enivré par la vitesse. Voyant un train arriver en sens inverse sur l'autre voie, elle songe à rentrer la tête, puis se ravise. Au contraire, elle se grise de la terreur éprouvée. Puis elle s'écarte de la fenêtre et tout redevient calme. À travers sa jupe, elle sent chaque ressort du siège de velours bosselé. Elle aime la sensation de se trouver entre deux endroits, plus là d'où elle est partie, pas encore là où elle se rend. Le train lui apparaît comme un endroit sûr où elle peut être qui elle veut.

Sa mère veut qu'elle soit quelqu'un qu'elle n'est pas. Elle veut la voir faire des études d'ingénieur à l'université. Elle ne comprend pas que Joséphine soit attirée par les lettres et les langues, qu'elle aime combiner les mots, créer des images avec, trouver un rythme dans les phrases, les utiliser pour susciter des émotions. Joséphine a perçu l'absence aiguë des mots chez elle, comme s'ils se cachaient derrière les armoires, sous les lits, dans les tiroirs, à prendre la poussière. Ce que Joséphine a appris de la vie, elle le doit aux livres. Dès qu'elle a su lire, elle les a dévorés : dans son lit, secrètement, sous les couvertures avec une torche, après qu'on lui avait ordonné d'éteindre la lumière ; sur la plage en été, allongée sur le ventre, le menton dans les mains, avec de petites nuées de sable voletant sur le papier. Entre ces pages, elle a appris la vie, l'amour, le courage et la lâcheté. Les mots ont un pouvoir. Ils peuvent vous abattre, vous élever, vous étreindre le cœur, vous faire tomber amoureux. Ou vous faire détester. Elle repense à ces deux petits mots – Sebastian Kleinhaus – et au pouvoir qu'ils ont eu de changer son identité.

Cinq heures plus tard, le train s'arrête à la gare Montparnasse. Sitôt descendue du wagon, Joséphine est frappée par le bruit : les gens se pressent, parlent fort, les annonces crépitent, les trains se déplacent et des sifflets retentissent. Heureusement, elle aperçoit Isabelle au bout du quai.

— *Bonjour ! Bonjour**, Joséphine. Te voilà enfin ! s'exclame Isabelle en l'embrassant, avant de jeter un coup d'œil à sa petite valise. C'est chouette que tu aies voyagé léger, on va pouvoir marcher.

— *Bonjour, tante** Isabelle.

— Ne m'appelle pas « tante ». On va faire comme si j'étais ta grande sœur. « Tante », c'est trop guindé. Je n'ai que dix ans de plus que toi. Je suis plus comme une sœur. Donc tu vas me tutoyer. Tu aimes le jazz ?

Sous le flot des déclarations d'Isabelle, Joséphine a la tête qui tourne.

— Oui… non… Je ne sais pas.

— Eh bien, tu le sauras samedi soir. On va dans un club de jazz ! Tu vas adorer Paris ! Je t'emmènerai aussi faire du shopping, décrète-t-elle après un examen de la jupe de Joséphine. Je vais te gâter à fond. Mais commençons par déjeuner. Je suis affamée.

Joséphine baisse elle aussi les yeux sur sa jupe. Son cœur se serre quand elle la voit à travers les yeux d'Isabelle. Vieux jeu. À Trégastel, elle avait l'air chic sur le mannequin de la vitrine, mais ici, à Paris, on la qualifierait de *plouc**. Les Parisiennes déambulent dans des jupes droites et serrées avec des vestes de tailleur, sur des talons élégants ; elles ont de petits sacs à main en cuir suspendus au coude. Joséphine a vu les dernières tenues à la mode dans les magazines, mais elle n'aurait jamais cru qu'elles étaient vraiment autant portées. Et elle, elle est là avec sa jupe mal fagotée, des gouttes de sueur commençant à perler à la racine de ses cheveux et sous ses aisselles, à force de trimballer sa valise.

Isabelle semble remarquer son malaise.

— Laisse-moi donc porter ta valise.

Pleine de gratitude, Joséphine la passe à sa tante. La circulation est rapide dans la large rue qu'elles empruntent : voitures de sport, voitures sans toit, voitures qui klaxonnent, bus à l'arrière ouvert dont les passagers, penchés à l'extérieur, fument. Joséphine se retourne, observe les grands immeubles, les balcons en fer forgé et les visages de pierre qui la fixent.

— Viens, entrons.

Isabelle dirige brusquement ses pas dans une brasserie. Elles sont bientôt assises à une petite table ronde sur la terrasse. Les sens de Joséphine sont submergés par la nouveauté de tous ces sons et de tout ce qu'elle voit.

Le serveur arrive bientôt avec le menu. Joséphine examine le grand choix qui s'offre à elle.

— Le *menu du jour** a l'air bon, commente Isabelle. Le *plat du jour** est un *magret de canard**. Tu aimes le canard ? *Œuf mayonnaise** en entrée et *mousse au chocolat** en dessert.

— D'accord, répond Joséphine, même si elle aurait aimé essayer les escargots et l'agneau.

— Et une *demi-carafe** de rouge. Un repas sans vin n'est rien de plus qu'un casse-croûte, s'esclaffe Isabelle qui passe rapidement commande, avant que le serveur ait le temps de s'éloigner.

Certaines des femmes qui passent par là sont coiffées de petits carrés chics tandis que d'autres ont les cheveux remontés haut sur la tête, et maintenus fermement en place. Une fois de plus, Joséphine a l'impression d'être une paysanne avec les boucles épaisses de ses cheveux.

— Éric m'a donné de l'argent pour t'emmener faire des courses, annonce Isabelle, qui semble lire dans ses pensées. C'est un chou. (Elle lui lance un clin d'œil.) Il est très heureux que tu sois là. Tu ne l'as rencontré que deux fois, n'est-ce pas ? Mais il se souvient d'être venu en Bretagne et de t'y avoir vue. Il demande toujours de tes nouvelles. On a été très déçus tous les deux que tu ne puisses pas venir à notre mariage, conclut-elle en posant une main sur le genou de sa nièce.

Joséphine tente un sourire, mais ses lèvres refusent de bouger. Elle n'a pas envie qu'on lui rappelle le jour où sa mère et elle sont restées coincées à Trégastel, pendant qu'Isabelle se mariait avec Éric. Sa mère avait invoqué leur pauvreté pour justifier qu'elles ne fassent pas le voyage jusqu'à Paris.

— J'ai annoncé ta venue à maman, continue Isabelle. Elle meurt d'envie de te revoir. Combien de fois as-tu vu ta grand-mère ?

— Quatre.

— Non, seulement trois ! Mais ce n'est pas grave. Tu es là maintenant ! s'écrie Isabelle avant de fouiller dans son sac. J'ai quelque chose pour toi. Un cadeau d'anniversaire ! J'aurais aimé te voir plus souvent quand tu étais petite, Joséphine. Mais j'ai l'intention de me rattraper maintenant.

Elle lui tend un paquet joliment emballé dans du papier argenté ceint d'un élégant nœud noir.

— *Merci**.

Joséphine se penche pour remercier Isabelle d'une bise. Elle songe à lui préciser qu'elle sait maintenant pourquoi elles se sont peu vues, pourquoi elle est demeurée cachée à Trégastel. *La honte**. La honte de la famille. Mais comme elle ne veut pas gâcher ce moment, elle ouvre son cadeau : une petite boîte où figurent les mots « Chanel N° 5 ». Joséphine n'a jamais possédé de parfum, c'est un luxe quasi décadent.

— Oh, Isabelle, merci beaucoup !

Elle scrute le sigle Chanel, les yeux larmoyants. *Pour l'amour du ciel*, se morigène-t-elle. *Ce n'est qu'un parfum !* Mais elle a l'impression que c'est bien plus : comme une entrée dans la féminité, un nouveau monde qui s'ouvre à elle.

— Essaie-le, lui suggère Isabelle avec un sourire.

Joséphine ouvre la boîte dont elle sort le délicat flacon, œuvre d'art en soi. Elle en vaporise une bouffée hésitante sur son poignet et l'agite en l'air avant de le renifler. Le parfum sent la lumière et la fraîcheur, les nouveaux départs, la sensualité et l'aventure. Elle l'inhale encore.

— Tu l'aimes alors ?

— Je l'adore !

Elles sont interrompues par le serveur qui leur apporte leur premier plat.

— Comment va ta mère ? demande Isabelle quand il s'est éloigné.

Elle pique un œuf sur sa fourchette et le porte à ses lèvres peintes en rouge. Elle mastique doucement tout en étudiant Joséphine.

La jeune fille prend un morceau de pain dans le panier et en prélève des miettes, mal à l'aise sous le regard de sa tante. Elle confiera ce qu'elle sait à Isabelle, mais pas tout de suite.

Cet aveu va tout changer et probablement gâcher sa visite. Ce ne peut pas être la première chose dont elles parlent.

— Très bien, ment-elle. Elle est où, la tour Eiffel ? demande-t-elle pour détourner la conversation du sujet de sa mère. C'est loin ?

— Ne t'inquiète pas. J'ai prévu tous les sites touristiques pour demain. Aujourd'hui, j'ai pensé qu'on pourrait commencer doucement, par une promenade dans les Jardins du Luxembourg.

Après le déjeuner, alors qu'elles se promènent dans le parc aux allées de marronniers parfaitement alignés, Joséphine regarde les feuilles vert foncé qui s'agitent dans la brise légère et se demande ce qui va désormais changer dans sa vie. Elle se sent étrangement déconnectée. Qui est-elle dans cette grande ville ? Peut-elle être qui elle veut ?

Elles passent près d'un lac où des enfants font naviguer de petits bateaux en bois à l'aide de longs bâtons. Elle se tourne vers Isabelle.

— Tu es venue ici quand tu étais petite ?

— Oui, c'est Élise, ta mère, qui m'amenait ici. (Elle marque une pause.) Et puis on a cessé de venir. Pendant l'occupation, les jardins grouillaient d'Allemands accompagnés de leurs bonnes amies. Élise ne voulait plus venir.

— Mais…

Joséphine meurt d'envie de demander comment c'est possible, puisque sa mère avait elle-même un petit ami allemand.

Isabelle la dévisage, le front plissé, puis lui prend la main.

— Mais ne parlons plus de cette époque. Je sais que je n'arrête pas de le dire, mais je suis ravie que tu sois là !

6

Paris, mai 1963

Joséphine

Lorsqu'elles arrivent à l'immeuble d'Isabelle, elles doivent grimper six étages par un escalier de bois étroit en colimaçon, avant que celle-ci ne sorte la clé.

— Nous voilà dans notre nid douillet.

Elle ouvre la porte et Joséphine se rend compte que l'ascension en valait la peine. La vue sur les toits lui donne l'impression d'être au sommet du monde.

— C'est incroyable !

Elle pose sa valise et ouvre la fenêtre pour se pencher dehors.

— Comme on n'a qu'une seule chambre, tu devras dormir sur le canapé.

— C'est adorable. Merci.

Joséphine se laisse tomber sur les coussins qui garnissent le canapé. Elle se moque bien de l'endroit où elle dort. Elle est juste heureuse de se trouver à Paris.

— Je dois préparer le dîner maintenant. Éric rentre à 19 heures.

Impatiente de découvrir toutes les curiosités de la capitale, Joséphine songe à annoncer qu'elle va aller se promener seule, mais ce serait impoli. Au lieu de quoi, elle propose à sa tante de l'aider à préparer le repas.

À 19 heures pile, Éric entre, magnifique avec son costume marron et ses cheveux noirs gominés. Il embrasse sa femme, puis Joséphine. Il est enveloppé des effluves d'une onéreuse eau de Cologne.

— Bienvenue à Paris, lance-t-il à Joséphine en reculant d'un pas pour l'examiner. Tu es une vraie dame maintenant.

Elle sourit, sensible au compliment.

— Je vais me changer pour qu'on puisse prendre l'apéritif.

Lorsqu'il revient, il est un peu moins beau, dans un tee-shirt ordinaire et un pantalon ample. Il se dirige vers la cuisine ouverte, sort trois flûtes et verse un trait de *crème de cassis** dans chacune.

— *Kir royal** ?

Sans attendre son approbation, il récupère une bouteille de champagne dans le frigo et, l'orientant vers le plafond, il déroule le fil de fer qui retient le bouchon. Celui-ci fuse, libérant une mousse pâle qui dégouline sur les parois de la bouteille. Hilare, il remplit rapidement leurs verres.

— À Joséphine, lance-t-il. Et à son premier séjour à Paris.

C'est délicieux ; la lumière et l'air s'unissent pour monter en bouillonnant à la tête de Joséphine.

— Je vais mettre de la musique, déclare Éric en se tournant pour passer en revue une collection de disques. Qu'est-ce que tu aimes ? Johnny ? Jacques Brel ? Gainsbourg ?

— *La Javanaise* ? J'adore.

Joséphine ne l'a entendue que deux fois, mais le titre de la chanson lui vient directement à l'esprit.

— Moi aussi ! renchérit Éric.

Il sort le disque de sa pochette, souffle dessus avant de le poser sur la platine, puis soulève doucement l'aiguille qu'il fait tomber sur le sillon.

« *J'avoue, j'en ai bavé, pas vous, mon amour**... » La voix rauque et sexy de Gainsbourg retentit. Éric se balance doucement tout en fredonnant les paroles. Isabelle se joint à lui et Joséphine boit une grande gorgée à son verre avant d'accepter la paume tendue d'Éric qui l'invite à danser. Oh, Paris ! La décadence absolue ! Éric et Isabelle semblent à mille lieues de maman, Soizic et leur petite vie à Trégastel, et n'en sont que plus exotiques.

Plus tard, ils s'asseyent autour de la table du dîner et la conversation s'oriente vers des sujets de convenance.

— Comment va ta mère ? demande Éric.

Joséphine hausse les épaules.

— Bien.

Elle n'a vraiment pas envie d'en parler pour l'instant. Pas ce soir.

— Elle travaille toujours dans la même grande maison ?

— Du lundi au samedi, confirme Joséphine, étourdie par le vin et la danse. Parfois, je m'imagine qu'elle a une autre famille là-bas.

— Qu'est-ce qui te fait dire ça ? s'enquiert Isabelle d'un ton tranchant.

Joséphine s'est étonnée elle-même d'avoir énoncé cette pensée à haute voix. Elle vide son verre.

— Eh bien, vu qu'elle y passe la plupart de son temps, elle pourrait mener une double vie. Avec un mari, d'autres enfants.

Éric éclate de rire et remplit à nouveau le verre de Joséphine.

— Quelle imagination débordante ! Un homme, oui, je peux imaginer qu'un homme mène une double vie. Mais pas une femme. Quelle idée !

Isabelle fronce les sourcils.

— Ah oui, tu peux vraiment l'imaginer ?

Joséphine ne parvient pas à déterminer si Isabelle le taquine ou si elle est vraiment mécontente.

— Ça a été dur pour ta mère, reprend Isabelle, qui se tourne à nouveau vers Joséphine. Ce n'est pas facile d'être mère célibataire. Elle a toujours été obligée de travailler.

Il ne faut pas lui en vouloir. Il n'était pas facile de trouver du travail après la guerre. Elle a pris ce qu'elle a pu.

— Heureusement que j'ai eu Soizic. C'est plutôt elle qui a été une mère pour moi.

Les yeux d'Isabelle deviennent froids.

— Soizic a bien fait d'accueillir ta mère, mais tout ce qu'Élise a fait, elle l'a fait pour toi.

C'en est trop ! Joséphine se sent prête à leur révéler la vérité. L'alcool lui donne le courage dont elle a besoin. Elle vide son deuxième verre. Éric la sert à nouveau.

— Éric, doucement. Joséphine n'est probablement pas habituée à boire.

Isabelle se lève et débarrasse leurs assiettes, laissant Joséphine seule avec Éric. Elle va donc devoir attendre son retour.

Elle avale une petite gorgée, cherchant comment aborder le sujet.

— Je sais pourquoi je n'ai jamais rencontré mon grand-père, déclare-t-elle tout en regardant Isabelle qui revient avec le plateau de fromages. Et pourquoi maman n'a jamais voulu m'emmener à Paris.

Tout en déposant le plateau, Isabelle échange un regard avec Éric, puis se tourne vers Joséphine.

— Qu'est-ce que tu veux dire ? Ton grand-père est malade depuis son séjour dans les camps allemands.

Joséphine hausse un sourcil.

— Oui, ça a dû être dur pour lui. (Elle marque une pause.) Et encore plus dur de rentrer chez lui pour découvrir que sa propre fille…

Elle n'arrive pas à prononcer les mots.

Isabelle blêmit. Éric tousse, visiblement embarrassé. Et le silence s'installe, aussi pesant que le calme précédant la tempête.

— Je suis au courant pour mon père, poursuit Joséphine.

Isabelle se laisse lourdement tomber sur son siège.

— Qu'est-ce que tu sais ?

— Que c'était un Boche.

— N'utilise pas ce mot, réplique Isabelle, choquée.

— Pourtant c'est bien ça, non ? C'était un Boche ? Pourquoi on me l'a caché ? Vous ne pensez pas que j'avais le droit de savoir qui était mon père ?

Elle sent le champagne bouillonner dans sa tête, la rendant plus audacieuse que nécessaire. Joséphine est consciente de l'agressivité de ses paroles, mais le ressentiment se mêle à sa nouvelle audace.

— Ça explique tellement de choses que je n'ai jamais comprises.

Elle devine au regard d'Éric qu'elle ferait mieux de se taire, qu'elle en a assez dit. Elle tente de se ressaisir.

Isabelle se penche et pose une main sur la sienne.

— Qu'est-ce que ta mère t'a dit ?

— J'ai trouvé mon certificat de naissance.

— Trouvé ?

— Oui, je l'ai cherché en fait. Il indiquait le nom de mon père. Pas celui du Frédéric censé être mon père comme maman me l'avait raconté, mais un nom allemand ! Sebastian Kleinhaus.

La voix d'Isabelle devient un murmure.

— Elle a donné son nom ? J'ai toujours pensé qu'elle avait indiqué « père inconnu ».

Joséphine est confuse.

— Mais il n'était pas inconnu. Vous le connaissiez tous !

— Tu ne comprends donc pas ? Elle savait que tu le découvrirais un jour. Elle voulait te l'apprendre, mais elle attendait que tu sois prête.

— « Prête » ! Elle n'aurait jamais dû me le cacher.

— J'imagine le choc que tu as dû ressentir en l'apprenant de cette manière. (Isabelle exerce une petite pression sur le dos de la main de Joséphine.) Mais tu dois comprendre que la situation a été très compliquée pour ta mère. Elle n'avait nulle part où aller quand elle a découvert qu'elle était enceinte. Soizic a été la seule qui veuille bien l'accueillir. Mais elle refusait d'entendre quoi que ce soit concernant ton vrai père.

— Ça ne fait pas une grande différence, objecte Éric en se servant une généreuse part de brie. Tout ça, c'est du passé. Ça ne change pas qui tu es.

Joséphine retire sa main de celle d'Isabelle et pose le menton dans ses paumes ouvertes. Ils semblent penser qu'elle se comporte en enfant gâtée qui fait une crise de colère. Éric doit la voir ainsi, en tout cas. Ils ne comprennent pas que son monde est sens dessus dessous. Elle le sent, même si elle est incapable d'expliquer en quoi.

— Si proteste-t-elle. Je ne suis pas la personne que je pensais être. Je ne suis pas la fille d'un héros français. Je suis une… (Elle n'arrive pas à prononcer le mot.) Ça change tout.

Éric dépose sa tranche de brie sur un morceau de baguette.

— Tu es exactement celle que tu étais avant. C'est ton père qui est différent. Pas toi.

Il parle avec autorité et Joséphine commence à se demander si elle ne fait pas des histoires pour rien, en effet.

— Et puis, tu t'en es superbement bien sortie, ajoute Isabelle. Tu as une mère qui t'aime, tu as Soizic. Tu nous as, nous. Et tu es à Paris ! conclut-elle après une pause.

Le cœur de Joséphine bat plus fort dans sa poitrine. Elle a besoin d'exprimer les pensées qui déferlent dans son esprit.

— Mais… Je ne peux pas me voir de la même façon. Je me sens… Je me sens coupée de ce que j'étais avant. Ce n'était pas moi.

Éric fronce les sourcils en mastiquant son pain.

— Je pensais que j'étais une personne, poursuit Joséphine. Et maintenant je découvre que je ne suis pas cette personne. Je suis quelqu'un de différent.

Éric interrompt sa mastication.

— Oh, allez. Tu es celle que tu as toujours été.

— Non ! s'insurge Joséphine, qui cligne des yeux pour refouler ses larmes. Non, insiste-t-elle à voix basse.

— Joséphine, murmure Isabelle, ta mère et ton père s'aimaient. C'est tout ce que tu dois savoir.

— Non ! Comment tu peux dire ça ? C'était un Boche !

— N'utilise plus ce mot, s'il te plaît. J'espère que tu ne l'as pas dit devant ta mère. (Isabelle hésite.) Qu'est-ce que ta mère t'a dit exactement ?

Joséphine sent la chaleur lui monter aux joues.

— Pas grand-chose, marmonne-t-elle.

Elle s'apprête à expliquer comment elle s'est enfuie sans laisser à sa mère la possibilité de lui expliquer quoi que ce soit, mais Éric la devance.

— Écoute, déclare-t-il avec assurance. On ne va pas polémiquer. Le choc a sans doute été rude pour toi quand tu as appris que ton père était un Bo… un Allemand, mais ça ne change pas qui tu es, Joséphine. Ne laisse pas cette nouvelle gâcher ton séjour ici.

Il lui sourit, déployant tout son charme avant de s'emparer du plateau de fromages et de le passer à Joséphine.

— Le brie est délicieux, ajoute-t-il.

Joséphine secoue la tête, ravale la boule dans sa gorge et se tourne vers Isabelle.

— Tu sais ce qu'il faisait ici ? Quel était son rôle ?

— Ta mère ne te l'a pas dit ? Il était traducteur.

— Traducteur ?

Ça n'a pas l'air si terrible, tout compte fait. Ça semble même plutôt banal, et Joséphine en est brusquement soulagée.

Isabelle lui serre l'épaule, puis se lève et se penche pour l'entourer de ses bras

— Ne sois pas triste, je t'en prie, Joséphine. Ce n'était pas quelqu'un de mauvais. Ma pauvre petite chérie ! Est-ce que ça t'aiderait si je te disais ce que je sais de ton père ?

Ça te ferait du bien de parler de lui ? De cette époque ? De nous tous ?

— Oui.

Des larmes ruissellent sur les joues de Joséphine. Des larmes de soulagement et de gratitude.

C'est ce qu'elle veut. Elle a besoin de savoir qui était vraiment son père. Et qui est vraiment sa mère.

Deuxième partie

1944

7

Paris, avril 1944

Élise

Paris était calme. Les Boches ne klaxonnaient pas comme les Parisiens. Ils roulaient rapidement et sans bruit dans des voitures noires, et, tels des corbillards, ils annonçaient la mort. Quand ils marchaient, ils ne flânaient pas, ils se pavanaient, faisant claquer leurs bottes cloutées dans les rues vides. Paris n'était plus Paris. C'était une ville occupée, dont les immeubles semblaient retenir leur souffle et attendre. Il n'y avait pas de fleurs aux balcons, pas de rires légers, pas de musique dans les rues. Les soldats allemands basés ici ne se rendaient probablement pas compte qu'ils avaient arraché le cœur de Paris. Tout ce qu'ils voyaient, c'étaient les impressionnants immeubles haussmanniens, l'architecture visionnaire dessinant une étoile autour de l'Arc de triomphe, les restaurants, les cabarets, les magasins, le champagne, le vin. Et il ne leur en fallait pas davantage. Ils aimaient l'endroit. Mais ce n'était pas Paris. Paris dormait, attendant d'être secourue.

Mon estomac gargouilla pendant que je traversai la place Saint-Sulpice. Je m'arrêtai à la fontaine et récitai une prière silencieuse tout en levant les yeux vers la grande église. *S'il vous plaît, faites que ce soit bientôt fini.*

— *Bonsoir, mademoiselle**, m'interpella un jeune soldat en s'approchant de moi. Vous avez du feu ?

Il me tendit une cigarette.

Je voulus la lui arracher des mains. Je savais qu'il avait du feu ; il voulait juste voir si j'étais une de ces filles qui accepteraient une cigarette, puis un verre, peut-être un dîner, et puis qui sait quoi encore. Je secouai la tête et m'éloignai, mes mains tremblantes lorsque je les enfonçai dans mes poches. J'avais le cœur qui tambourinait. Il pouvait me courser, m'arrêter pour rien.

Je m'empressai de traverser la place et de m'engager dans notre petite rue, poussant rapidement la grande et lourde porte de l'entrée avant de gagner notre appartement au rez-de-chaussée. L'odeur de chou cuit me parvint dès le vestibule. Je refermai la porte derrière moi et m'y appuyai, non sans pousser un soupir de soulagement, bientôt remplacé par l'odeur familière de chou pourri.

— *Bonsoir**, lançai-je en fonçant tout droit à la cuisine.

Maman essuya ses mains savonneuses sur son tablier avant de m'embrasser sur la joue, puis elle baissa les yeux sur mes mains vides.

— Il n'y avait pas de pain ?

— Non.

Son ébauche de sourire n'atteignit pas ses yeux.

— Alors on devra se contenter de la soupe, ce soir. On mange ?

Je la suivis dans la salle à manger, où ma petite sœur, Isabelle, mettait la table pour le dîner. Maman pensait ne plus pouvoir avoir d'enfants, et puis Isabelle était arrivée comme un petit miracle, treize ans après moi. Ses cheveux étaient réunis en une longue tresse qui se balançait pendant qu'elle plaçait des bols de soupe sur de grandes assiettes blanches, comme si un autre plat allait venir compléter le potage. Je lui claquai une bise sur chaque joue.

— Tu as passé une bonne journée au travail ? demanda-t-elle de sa fausse voix d'adulte.

— Oui, merci. Et l'école, c'était comment ?

— Mortel. Marc est parti. (Maman et moi échangeâmes un regard. Une autre déportation ? Isabelle intercepta notre coup d'œil.) Il ne reviendra sans doute pas. Mme Serriers a dit qu'il avait des grands-parents juifs.

— Mon Dieu, quand cela s'arrêtera-t-il ?

Ma poitrine brûlait de rage et d'un sentiment d'impuissance. Des innocents étaient arrêtés chaque jour et envoyés Dieu savait où, tandis que la plupart d'entre nous assistaient impuissants à leur départ, heureux seulement d'être épargnés.

Maman soupira et se détourna.

— Nous en sommes réduits à attendre. Ça finira par s'arrêter.

— Quoi ? Quand ils auront tous été déportés ? rétorquai-je.

Elle s'immobilisa et tout se figea. Un silence pesant s'abattit sur la pièce. Isabelle me jeta un regard inquiet. J'avais contrarié maman.

Elle faisait de son mieux pour sauver les apparences, feignant que la vie était normale, sans jamais se plaindre, sans jamais poser de questions, en gardant la tête basse. Il était déjà assez grave à ses yeux que j'aie insisté pour faire du bénévolat à l'UGIF – l'Union générale des Israélites de France, où les orphelins juifs atterrissaient parfois. Je leur apportais de vieux vêtements et de temps en temps de la nourriture, si nous parvenions à en mettre de côté. C'était rarement le cas, mais la moindre broutille aidait – une pomme de terre ou une carotte biscornues, quelques feuilles de chou.

Si elle savait ce que je faisais d'autre à l'UGIF, elle serait furieuse.

Isabelle disposa soigneusement les couteaux et les fourchettes de chaque côté des assiettes.

— Isabelle, on n'a pas besoin de couteaux et de fourchettes, ne pus-je m'empêcher de lui faire remarquer.

Pourquoi ne pouvais-je pas me taire ?

— Tu sais que j'aime voir la table mise correctement, intervint ma mère avant qu'Isabelle n'ait eu le temps de répondre.

Ma petite sœur devait avoir l'impression d'avoir deux mères qui lui donnaient des ordres. Peut-être cela compensait-il l'absence de papa. Il était en Allemagne – condamné au travail forcé pour les Boches. Quand nous avions vu l'affiche battant le rappel des hommes de son âge, nous avions été horrifiés. Papa, travailler pour les Boches ? C'était inimaginable. Pourtant, un matin, après avoir crié, juré et claqué les portes, il était parti. Nous avions été anéanties mais, à dire vrai, nos vies étaient plus paisibles depuis son départ. Fini ses humeurs noires, les cris, la vie sur le qui-vive à espérer qu'il n'explose pas d'un moment à l'autre. Je me demandais comment maman se sentait. On ne savait jamais vraiment à quoi s'en tenir avec elle.

— *Asseyez-vous, les filles**, lança-t-elle d'une voix claire et joyeuse, avant de regagner la cuisine.

À son retour, elle déposa la grande soupière au centre de la table, puis s'assit, les mains jointes.

— Que Dieu bénisse notre repas et veille sur nous. Amen.

Isabelle et moi murmurâmes : « Amen » et tendîmes nos bols à maman. Elle y versa quelques louches d'un liquide jaunâtre où nageait çà et là un petit morceau de pomme de terre. Lorsque nous fûmes toutes servies, nous étalâmes nos serviettes sur nos genoux, comme si nous risquions d'en renverser une seule goutte.

— *Bon appétit, mes filles**.

— *Bon appétit**.

— Je n'ai pas salé beaucoup, donc vous pouvez ajouter un peu de sel.

— Passe-moi le poivre, s'il te plaît.

— Vous voulez de l'eau ? demanda maman en tendant la carafe comme s'il s'agissait de vin.

Isabelle et moi avançâmes nos verres.

Et nous observâmes le rituel du dîner, lapant lentement notre soupe pour profiter de chaque cuillérée. Je me saisis du moulin à sel, dont je tournai le manche en bois usé, tout en regardant les cristaux presque transparents tomber dans ma soupe et s'y dissoudre. *Comme nous*, me dis-je, à force de chercher à devenir invisibles.

Isabelle souleva sa cuillère et l'inclina assez pour que la soupe aqueuse retombe dans son bol.

— J'aimerais bien qu'on ait quelque chose de bon à manger.

— Il faudra d'abord se débarrasser des Boches.

Je repêchai un morceau de pomme de terre dans ma soupe.

— Quand est-ce que ça va arriver ? soupira ma petite sœur. Ils ont toujours été là, non ?

Elle n'avait que six ans lorsqu'ils avaient descendu les Champs-Élysées et désormais elle en avait dix. Elle se souvenait à peine des années qui avaient précédé leur arrivée. Mes pensées se tournèrent vers Frédéric, mon fiancé, envoyé quatre ans plus tôt avec les autres soldats français pour défendre la ligne Maginot. Mais elle était impossible à protéger contre les chars allemands et il n'était jamais revenu. Ce qui m'avait le plus bouleversée, c'était la façon dont il était parti à la guerre, volontaire, enthousiaste. Si bêtement naïf. Une vie gaspillée !

Je rêvais souvent de nourriture : de madeleines moelleuses qui me fondaient dans la bouche, de croissants que je découpais en regardant la pâte s'étirer. Ce matin-là, je rêvais de *pains aux raisins** quand quelque chose me réveilla. Je refermai les yeux, espérant replonger dans mon rêve, mais mon estomac vide ne l'entendit pas de cette oreille. Je me levai donc pour me rendre à la cuisine où je comptais sur notre marque spéciale de café, à base de glands et de chicorée, pour calmer ma faim.

— *Bonjour**, Élise, me salua maman en m'embrassant sur la joue. Mme Dumaison a apporté des vêtements hier. Elle en avait assez qu'ils prennent de la place dans ses armoires. Si tu veux, tu peux les emporter à l'UGIF.

— *Merci**, maman.

Elle hocha légèrement tête, mais elle avait les lèvres pincées.

— Je dis ça pour le cas où tu t'entêterais à faire du bénévolat là-bas. (Elle me dévisagea longuement.) Je sais que tu penses aider ces pauvres orphelins juifs, mais ils n'ont créé ces endroits que pour surveiller les Juifs, et ils te surveilleront toi aussi, si tu continues à y aller.

— Je sais, mais c'est tout ce qu'ils ont, ils mourraient de faim sinon.

— Fais attention, Élise. On ne veut pas d'ennuis.

Je marquai une pause, me demandant si elle soupçonnait quelles étaient mes activités, mais je repoussai l'idée. Si elle était au courant, elle ne me laisserait jamais partir. Je bus rapidement mon ersatz de café et partis avec deux cartons de vêtements. En descendant la rue Saint-Jacques, je vis un groupe de femmes assises dans la devanture d'un salon de coiffure, qui se faisaient enrouler les cheveux dans un turban. Ce subterfuge leur évitait d'avoir à se laver les cheveux et, d'une certaine façon, c'était très chic, même si je ne me souciais guère d'être chic moi-même. Je préférais avoir les cheveux courts et porter un pantalon dès que je le pouvais, du moment que cela me permettait d'éviter d'attirer l'attention des soldats allemands.

— *Vos papiers* !*

Deux d'entre eux se dressèrent devant moi pour me barrer la route.

Je m'arrêtai, le cœur battant. Perdue dans mes pensées, je ne les avais pas remarqués.

— *Oui, messieurs**.

Je laissai tomber mes cartons sur le trottoir, le temps de fouiller dans ma poche pour y récupérer ma carte d'identité. Le plus grand me l'arracha des mains. Retenant mon souffle, je l'observai, attendant qu'il me la rende, mais il la garda.

— Qu'est-ce qu'il y a dans les cartons ?

— Des vêtements pour l'UGIF.

Je tentai de conserver une voix assurée.

— Ouvrez-les.

Mes doigts tremblèrent lorsque j'ôtai le carton replié sur le dessus, avant de le lui tendre ouvert pour qu'il le fouille. Il remit ma carte d'identité à son partenaire et plongea les deux mains dans la boîte. Un filet de sueur me dégoulina le long des côtes tandis qu'il tâtonnait dans le tissu, espérant sans doute y trouver quelque chose de plus dur, comme une radio ou peut-être des papiers contenant des messages secrets. Il parut déçu que ses mains n'aient rencontré que des vêtements d'enfants.

Son partenaire me rendit ma carte d'identité.

— Allez, viens, fit-il avec un coup de coude à l'autre. On a des choses plus importantes à faire.

Ils ne prirent même pas la peine d'examiner l'autre carton et me laissèrent en plan, probablement à la recherche de plus gros contrevenants. J'attendis que mon pouls se calme avant de ramasser mes cartons, mais la sueur continuait de couler le long de mes côtes tandis que je me dirigeais vers l'orphelinat. Pourquoi m'avaient-ils arrêtée comme ça ? Avaient-ils des soupçons à mon encontre ? Savaient-ils ce que je faisais ? Les paroles que maman m'avait lancées ce matin retentirent à mes oreilles : « Fais attention, Élise. On ne veut pas d'ennuis. » Je savais que ce n'était pas seulement moi que je mettais en danger, mais Isabelle, et elle aussi, sans qu'elles le sachent ou y aient consenti.

Je tournai dans la rue Claude-Bernard, le cœur lourd. La porte d'entrée était fermée à clé et je dus frapper pour qu'on me laisse entrer. Leah ouvrit la porte et je déposai les cartons dans ses bras tendus. Sans un mot, elle m'indiqua Anaïs d'un signe de tête, qui s'affairait avec deux petits garçons. Se tenant par la main, ils étaient plantés devant un mur gris dont la peinture commençait à s'écailler. Le plus jeune se mordillait la lèvre inférieure, comme s'il se concentrait intensément, tandis que sa main libre grattouillait la peinture, là où elle se décollait. Les larmes du plus âgé avaient séché en traînées de sel sur ses joues et je savais qu'il refoulait ce qui lui en restait pour protéger son frère. Il me fixait avec une assurance bien supérieure à son âge, assumant déjà son rôle de chef de famille.

— Quel est ton nom ? lui demandai-je.

— Isaac.

— Et quel âge as-tu, Isaac ?

— Huit ans.

— Et ton frère ?

— Quatre.

— Je m'appelle Élise.

Je lui tendis ma main à serrer, le traitant comme l'homme qu'il devait être.

Je me tournai ensuite vers son jeune frère, qui avait retiré sa main du mur et fourré son pouce dans sa bouche tout en m'observant avec méfiance.

— Comment tu t'appelles ?

— Il s'appelle Daniel, répondit Isaac à sa place.

Je leur donnai un bonbon dur à chacun. Isaac glissa le sien dans sa poche, sans presque me regarder. Je ne lui avais fourni qu'un petit pansement pour une blessure béante et nous le savions tous les deux : un bonbon pour le consoler d'une enfance volée. Daniel eut du mal à déballer le sien et son frère le lui prit des mains, ôtant soigneusement le papier collant avant de le lui rendre. À voir comment Daniel se le glissa dans la bouche et le croqua, j'en déduisis qu'il avait faim. Je me souvins de la pomme que je gardais dans ma poche depuis la veille. Y penser suffit à faire disparaître la sensation de faim qui ne me quittait jamais. Je la sortis et vis leurs yeux s'écarquiller. À quand remontait leur dernier repas ? Je tendis la pomme à Isaac.

— *Merci**.

Sans même poser les yeux sur le fruit, il le passa à son jeune frère. Je regardai Daniel croquer avidement dedans, recommencer. Il était sur le point d'en prendre une troisième bouchée quand il s'arrêta et regarda Isaac avec de grands yeux mélancoliques, puis lui repassa la pomme. J'eus envie de le serrer dans mes bras, mais je m'en abstins et préférai ouvrir les cartons que j'avais apportés pour passer les vêtements aux femmes.

— Ces deux-là seront les prochains à partir, chuchota Anaïs en me prenant une petite chemise des mains. Ce dimanche.

Mon estomac se serra. *Ce dimanche ?* J'étais encore nerveuse après ma rencontre avec la police, ce matin-là, et j'aurais aimé attendre un peu plus longtemps. Je ne pouvais m'empêcher de penser que quelque chose clochait. *Ce sont les nerfs*, me dis-je. *Rien de plus.* Je regardai Anaïs et hochai la tête. J'y serais. Je serais là ce dimanche pour escorter les deux garçonnets jusqu'au bois de Boulogne, où ils rencontreraient leur *passeur**, qui les emmènerait hors de Paris puis vers le sud, jusqu'à la frontière suisse. Mon rôle était minuscule, le risque que je courais, nul comparé à celui que prenaient les autres.

8

Paris, avril 1944

Sebastian

Paris au printemps. Sebastian avait toujours rêvé de visiter la « Ville Lumière » à cette époque de l'année. Mais pas de cette façon. Pas quand elle se dérobait sous ses yeux, vaincue et sans vie. Paris était devenue une ville d'uniformes sombres, de sinistres voitures noires qui passaient silencieusement, de bottes à clous qui résonnaient dans les rues vides. Ce n'était plus la ville qu'il avait visitée huit ans auparavant, alors qu'il n'était qu'un jeune homme impressionnable de seize ans. Il se sentait perdu et étranger dans cet endroit qui lui avait autrefois ouvert ses portes. Il aurait préféré être chez lui, à Dresde, plutôt qu'ici en ce moment.

Il se promenait le long d'un quai, jetant un coup d'œil aux étals de vieux livres et de photos proposés par les *bouquinistes** dans des boîtes de bois vert foncé qui bordaient les rives de la Seine. Il aurait aimé entamer une conversation avec l'un de ces vieux bonshommes, mais il savait qu'ils se contenteraient de lui grogner dessus et de détourner le regard. Il ne les blâmait pas et il essayait de ne pas le prendre personnellement. C'était son uniforme, point à la ligne. Il aurait souhaité pouvoir s'en débarrasser pendant son temps libre, mais c'était exactement pour cela qu'on les obligeait à le porter en permanence, pour leur rappeler qu'ils étaient la propriété du Troisième Reich. Toute sa vie, il avait appartenu à quelqu'un d'autre, jamais à lui-même. Que ressentirait-il à être libre ? À avoir le choix ?

Sebastian se pencha par-dessus le pont et regarda la Seine, d'un bleu sombre sous le soleil printanier. Il faisait chaud, mais une brise légère montant du fleuve l'empêchait d'étouffer. Il décida de se rendre dans sa librairie préférée avant qu'elle ne ferme.

La sonnette tinta lorsqu'il poussa la porte, ce qui amena le propriétaire à lever les yeux de son livre. Il adressa un signe de tête à Sebastian.

— *Bonsoir, monsieur**.

Sebastian ôta sa casquette et la glissa sous son coude. Immédiatement, deux femmes quittèrent la boutique, mettant un point d'honneur à l'ignorer alors qu'elles passaient, la tête haute. Une vague de solitude qu'il connaissait bien le submergea. Leur réaction avait produit l'effet certainement recherché : il avait désormais le sentiment d'être de trop et regrettait d'être venu.

Jetant un coup d'œil autour de lui, Sebastian remarqua un vieux couple près des atlas. Un silence pesant régnait dans la boutique et il ne put s'empêcher de se demander s'il n'y avait pas eu des bavardages avant qu'il n'entre. Il resta immobile quelques secondes, rassemblant ses pensées. Que choisir ? Il avait déjà lu *Madame Bovary* et la plupart des romans de Victor Hugo. Mais ce soir-là, il se sentait agité, incapable de savoir ce qu'il voulait. Quelque chose qui le fasse sortir de lui-même. De la poésie peut-être ?

Passant devant les premiers rayonnages, Sebastian aperçut une personne penchée sur un ouvrage. Des cheveux bruns, courts, dissimulaient son visage, et un pantalon ample retenu par un épais ceinturon marron pendait librement. Il s'arrêta un instant, pour observer la mince silhouette. Puis la personne leva les yeux et Sebastian se rendit compte qu'il s'agissait d'une jeune femme. Elle le fixa froidement puis retourna à son livre. Il continua jusqu'aux étagères suivantes.

La porte s'ouvrit et deux policiers entrèrent. Sebastian recula derrière son rayon, hors de leur vue, curieux de savoir ce qu'ils pouvaient bien faire dans cette librairie.

— *Papiers** !

Sebastian jeta un coup d'œil de derrière l'étagère pendant que le vieux couple présentait leurs cartes d'identité. Les policiers les regardèrent à peine. Au lieu de quoi, ils plastronnèrent devant les rayonnages comme s'ils cherchaient à attraper quelqu'un qui se serait caché entre eux.

— *Vos papiers** !

Sebastian ne voyait pas, mais il devina qu'ils parlaient à la femme de tantôt.

— *Messieurs**, je suis désolée. Je les ai laissés chez moi.

Il entendit un rire masculin, sonore et ironique.

— Tu les as laissés chez toi ? La bonne blague.

— C'est vrai. Ils sont dans la poche de ma veste. Je suis sortie sans, ce soir.

— Sans ta veste ? Et ton étoile jaune, elle est où ?

— Mais… mais je ne suis pas juive.

— Si tu n'as pas tes papiers, on part du principe que tu l'es.

— Mais non ! M. Le Bolzec ici présent me connaît. Il pourra vous le dire.

— M. Le Bolzec ? N'essaie pas d'attirer des ennuis à quelqu'un d'autre. Tu ferais mieux de venir avec nous.

Sebastian soupira bruyamment, sortant enfin de sa cachette.

— Pourquoi ne pas demander simplement à M. Le Bolzec ?

Les policiers le regardèrent avec des yeux écarquillés, visiblement surpris d'entendre un Allemand parler un français aussi parfait. Puis leurs yeux allèrent se poser sur le col et la manche gauche de Sebastian, là où son grade était indiqué. Sebastian avait beau n'être qu'un soldat ordinaire, il était allemand, et eux français. La hiérarchie était claire.

— Ce sont des menteurs. Ces gens-là mentent toujours.

Le policier posa une main sur l'épaule de la femme, comme pour en revendiquer la propriété.

— Je vous suggère de retirer votre main de son épaule.

Sebastian se surprit lui-même de l'autorité qu'il perçut dans sa propre voix.

La main du policier retomba immédiatement. La femme fit rouler son épaule, comme libérée d'un poids énorme. Sebastian la regarda. Ses cheveux, coupés en un carré court, atteignaient à peine son menton. Ses traits étaient fins et ses yeux brillaient comme ceux d'un chat : verts, mouchetés de points jaunes. Tout cela, jusqu'à l'énergie qui émanait d'elle, lui donnait des allures d'elfe.

— Elle n'a pas ses papiers, insista le policier, revenant à la charge. C'est la loi ! Elle a enfreint la loi !

— Ne me rappelez pas la loi ! le coupa Sebastian en haussant le ton.

Il s'approcha d'un pas tout en évitant délibérément de regarder la femme. Il ne s'agissait pas d'elle. Il s'agissait de ces policiers mesquins qui abusaient de leur position. Comme il les méprisait ! Il se tourna vers l'homme au comptoir.

— Monsieur Le Bolzec ?

— *Oui, monsieur**.

— Vous connaissez cette femme ?

— Oui, je les connais, sa famille et elle, depuis qu'elle est en âge de lire. Elle s'appelle Élise Chevalier.

— Vous pouvez vous en porter garant alors ?

— Oui. Elle vient d'une bonne famille catholique.

— Eh bien, la question est réglée, déclara Sebastian avant de se retourner vers les agents. Inutile d'ennuyer les autorités avec ça. Ne pensez-vous pas qu'elles ont assez à faire ?

— Mais… mais c'est… c'est la loi, ne put s'empêcher d'objecter le grand policier.

Le plus petit baissait les yeux, à l'évidence doté d'un bon sens plus aiguisé.

— Qui a promulgué ces lois ? (Les deux agents le regardèrent fixement.) Alors ?

— Les Allemands, répondit le petit.

— Exactement. Maintenant sortez avant que je vous fasse arrêter.

Sans rien ajouter, ils quittèrent le magasin en traînant les pieds.

Sebastian se retourna vers la femme.

— Évitez d'oublier vos papiers à l'avenir.

Il s'efforçait d'afficher un visage sévère, mais la lumière dans les yeux de la femme parut tant le transpercer qu'il dut détourner le regard. Faute de savoir comment continuer, il toussota.

— Il faisait si chaud aujourd'hui que j'ai laissé ma veste à la maison.

— Oui. La semaine a été très chaude, c'est un fait.

Sebastian tira sur son col, soudain au bord de la suffocation. La femme opina du chef puis se détourna. Il sentit qu'elle voulait simplement le voir partir. Sans réfléchir, il s'empara d'un petit recueil de poèmes sur l'étagère juste devant lui.

À la caisse, M. Le Bolzec haussa un sourcil comme s'il s'interrogeait sur le choix effectué par Sebastian.

— Aimez-vous la poésie ?

C'était la première fois qu'un Français lui posait une question et il se sentit normal. Presque.

— Je n'y connais pas grand-chose, admit-il. Je pensais… Je pensais essayer d'en lire.

— Victor Hugo. C'est un bon point de départ. Trois francs cinquante, s'il vous plaît, conclut M. Le Bolzec en lui rendant l'ouvrage, dont il avait tapé le montant sur sa caisse.

Sebastian paya et s'apprêtait à partir, quand l'idée de quitter la petite boutique et d'errer seul dans les rues de Paris le remplit d'effroi. Il avait envie de rester et de parler livres ou n'importe quoi d'autre avec M. Le Bolzec. Il avait besoin d'une conversation, d'un visage amical. Il ne voulait pas voir tout seul le coucher du soleil sur Notre-Dame. Ces soirées de printemps étaient poignantes de nostalgie, quand la lumière du jour s'effaçait peu à peu. Pendant un instant, le vide sembla se dilater jusqu'à tout envahir en lui, et cette immensité le terrifia. Sans réfléchir, il se retourna vers M. Le Bolzec. L'homme le regardait comme s'il venait de lire dans ses pensées.

9

Paris, avril 1944

Élise

Au petit matin, je m'assis à la table de la cuisine, repassant le plan dans ma tête, vérifiant que j'avais bien mémorisé la fausse identité des deux frères. On approchait des 8 heures et je partis sans petit-déjeuner, laissant maman et Isabelle à leur grasse matinée du dimanche, en récompense de leur semaine chargée. Marcher dans les rues silencieuses ne fit qu'accentuer mon malaise et lorsque j'arrivai à l'orphelinat, je jetai un coup d'œil aux appartements qui le surplombaient. Quelque chose qui remuait à la périphérie de mon champ de vision m'incita à regarder en arrière. Rien. C'étaient juste mes nerfs. Prenant une grande inspiration pour me calmer, je frappai à la porte.

Leah ouvrit immédiatement.

— Nous avons Alfred aujourd'hui.

Je lâchai un soupir de soulagement. C'était notre *passeur** le plus fiable et le plus digne de confiance, qui avait déjà effectué sept voyages couronnés de succès jusqu'à la frontière suisse.

Isaac et Daniel se tenaient contre le mur, me dévisageant de leurs grands yeux solennels. Ils ne comprenaient que trop bien le danger auquel ils étaient confrontés. Anaïs et Leah étaient pâles et anxieuses. Plus vite nous nous mettrions en route, mieux ce serait pour nous tous. Mais avant de partir, le protocole m'obligeait à poser une série de questions aux garçons. J'étais heureuse de voir qu'ils avaient été lavés, au point d'avoir désormais l'apparence de bons petits écoliers avec leur cartable en cuir et leurs souliers vernis.

— Quel est ton nom ? demandai-je à Isaac.

— Pierre.

— Bravo. Et où te rends-tu ?

— Chez ma tante, dans les Alpes. (Il marqua une pause.) Parce que j'ai de… de l'asthme.

Il eut l'air soulagé d'avoir réussi à prononcer ce mot. Puis il toussa, en pressant son petit poing contre sa poitrine. Tout cela faisait partie du jeu.

— Et lui, qui est-ce ? insistai-je en lui désignant son petit frère.

— C'est Marcel. Il n'a que trois ans.

Je compris pourquoi on l'avait rajeuni d'un an : un enfant de trois ans pouvait ne pas savoir parler. Moins les plus jeunes parlaient, mieux c'était. Ils pouvaient s'avérer très imprévisibles.

— Trois ans ? répétai-je. C'est quand, son anniversaire ?

— Le 31 juillet.

— Et le tien ?

— Le 5 décembre.

— Montre-moi vos papiers.

Isaac prit la sacoche accrochée dans son dos et l'ouvrit, pour me tendre leurs cartes d'identité, en affichant un gentil sourire. J'éprouvai un immense élan de fierté à le voir s'en sortir aussi bien.

— Maman et papa seront là ? demanda Daniel d'une toute petite voix.

Isaac se retourna vers lui.

— Je te l'ai déjà dit. Ils doivent rester ici pour travailler.

— Mais pourquoi ils ne nous ont pas dit au revoir ?

Des larmes se mirent à couler sur les joues de Daniel.

— Ils nous ont dit au revoir, mais tu dormais.

Daniel s'essuya le visage avec sa manche.

— Pourquoi ils ne m'ont pas réveillé ? Je voulais leur dire au revoir.

Isaac passa un bras autour de son frère. Même si Daniel semblait tout petit, complètement perdu, il allait devoir être très fort.

— Marcel, murmurai-je. (Daniel ne répondit pas.) Marcel, répétai-je, plus fort cette fois.

Je regardai les deux femmes en retenant mon souffle. Ça ne se passait pas bien. Je ne pouvais pas les emmener si le scénario n'était pas parfaitement assimilé : ils risqueraient d'être déportés à tout moment. Quand la police ne pouvait pas fournir assez de Juifs pour remplir les quotas, elle venait toujours ici pour compléter ses effectifs.

Isaac donna un coup de coude à son petit frère.

— Réponds-lui. Dis-lui ton nom secret.

— Je ne veux pas de nom secret.

Daniel fit une petite moue obstinée.

— Mais c'est le jeu, insista son aîné. Tu dois y jouer pour qu'on puisse revoir maman et papa.

— Ce serait mieux s'il ne parlait pas, commentai-je avant de me tourner vers Isaac. Dis-lui de tenir sa langue. Dis-lui de faire semblant de ne pas savoir parler.

— D'accord.

Isaac rougit, comme s'il était gêné pour son jeune frère. À moins que ce ne soit de la peur.

C'était risqué. Ça l'était toujours. Je n'étais pas sûre qu'ils soient prêts et je savais qu'Alfred les interrogerait encore avant de s'embarquer dans ce dangereux voyage.

— Tu devrais y aller. C'est l'heure, déclara Leah avec autorité. Emmène six autres enfants avec toi.

— Oui, naturellement.

J'emmenais toujours un groupe plus important, afin de pouvoir revenir à l'UGIF en compagnie d'un groupe d'enfants. Si je ne ramenais personne au centre, je risquais d'éveiller des soupçons, au cas où quelqu'un nous surveillerait. On ne savait jamais. Il y avait toujours des gens à l'affût d'une dénonciation possible, dans l'espoir de gagner les faveurs des Allemands, de se faire bien voir pour obtenir un appartement plus grand ou des rations alimentaires supplémentaires.

Leah alla chercher six autres enfants et nous quittâmes le bâtiment. Isaac tenait la main de son frère pendant que nous marchions vers le métro, où nous nous séparâmes. Leah monta dans le dernier wagon avec les six autres enfants, comme c'était la règle pour les Juifs, tandis que je grimpai dans une voiture au milieu, avec les deux frères. Je priai pour que nos papiers ne soient pas contrôlés, mais si c'était le cas, je savais quoi dire et les garçons aussi. Il était tôt et même les Boches n'étaient pas encore debout un dimanche. Je tins la main du plus jeune frère pendant que nous nous asseyions. Il y avait deux autres passagers dans les parages.

— Marcel, dis-je en accentuant son faux nom. On part à l'aventure aujourd'hui. (Il me regarda de ses grands yeux innocents et je lui serrai la main.) On va s'amuser. (J'aurais aimé qu'il sourie, qu'il ait l'air de n'importe quel enfant s'en allant passer la journée au bois.) On va jouer à des jeux.

Il se contenta de me regarder comme si j'étais complètement folle.

— Oui, intervint son frère pour venir à ma rescousse. Et on va pique-niquer.

Les deux autres passagers regardaient par la fenêtre, l'esprit vagabondant apparemment à des kilomètres, mais on ne savait jamais.

Nous sortîmes du métro à Michel-Ange-Auteuil pour prendre la direction du bois, après nous être rassemblés avec le reste du groupe. Les arbres commençaient à fleurir, mais l'air était encore froid. J'inspirai profondément, dans l'espoir de soulager mes crampes d'estomac. Certains enfants commencèrent à chahuter, comme s'ils se sentaient un peu plus en sécurité maintenant que nous étions à l'air libre. Le lac devant nous scintillait sous le soleil du matin et les bateaux à rames étaient de sortie. J'aurais aimé pouvoir emmener ces enfants dans un bateau mais, bien sûr, les petits Juifs n'avaient pas droit à ce genre de plaisirs. L'un d'eux s'arrêta pour ramasser un bâton et le jeter dans le lac.

Un homme assis sur un banc se leva.

— Belle journée, n'est-ce pas ?

Je me retournai. C'était Alfred, notre *passeur**.

— En effet, répondis-je. Et nous avons deux garçons ici qui sont très excités d'aller séjourner chez leur tante.

— *Bien, bien**. Ce sont eux ?

Il se tourna vers les deux frères. J'acquiesçai.

— Pierre et Marcel.

Il tendit sa grosse patte et serra la main des deux frères.

— Ravi de vous rencontrer, Pierre et Marcel.

Les deux petits garçons l'embrassèrent, un sur chaque joue, comme on leur avait appris à le faire, pour donner l'illusion qu'Alfred était de leur famille. Après quoi, ce dernier se tourna vers moi.

— Laisse-les avec moi, chuchota-t-il. Fais le tour du lac. Si je trouve qu'ils ne sont pas assez bien préparés, je viendrai à ta rencontre.

Les autres enfants embrassèrent les deux frères pour leur dire au revoir, puis nous nous éloignâmes. Ils savaient ce qui se passait, mais ils n'avaient jamais le droit de parler des enfants partis. Après leur départ, nous devions tous faire comme s'ils n'avaient jamais existé. Les enfants étaient étonnamment doués pour cela et ils ne demandaient jamais la raison de ce « jeu ». Je supposais qu'au fond d'eux, ils savaient. Ils étaient bien trop sages pour leur âge.

Nous nous promenâmes autour du lac pendant un moment ; les enfants, l'air abattu, donnaient des coups de pied dans les cailloux. J'étais trop préoccupée et trop anxieuse pour tenter de causer avec eux. Je m'attendais presque à voir Alfred rebrousser chemin avec les deux garçons. Mission annulée. Mais je ne les revis jamais.

10

Paris, avril 1944

Sebastian

Sebastian se leva de son bureau dans l'ancienne banque Louis-Dreyfus, qui n'était à présent plus une banque, mais abritait le Commissariat général aux questions juives ou CGQJ. Sans dire au revoir à ses collègues, il sortit sur la place des Petits-Pères. Il était à peine 18 heures et il faisait encore jour. Il tira sur son col étroit, le desserra un peu tandis qu'il prenait une grande inspiration, avant de relâcher lentement son souffle, comme s'il pouvait exhaler toute l'amertume et le venin des lettres de dénonciation qu'il avait dû traduire ce jour-là. Son estomac gargouillait et une brûlure acide lui enflammait la gorge. N'ayant encore jamais souffert de brûlures d'estomac, il avait l'impression que la faute en revenait à tous les mots qu'il avait dû avaler. Comme il n'avait pas envie de manger, il décida de se promener un peu, au lieu de s'asseoir à la terrasse d'un café et de commander un dîner. Par habitude, il se dirigea vers le fleuve, traversa le pont Louis-Philippe jusqu'à l'île de la Cité pour contourner Notre-Dame par l'arrière. Il préférait cette vue de la cathédrale : elle était beaucoup moins grandiose, avec ses jardins qui ressemblaient à ceux d'une grande maison, ses arches qui s'avançaient pour soutenir le chevet de la cathédrale. *La religion*, se dit-il, *est le prétexte de bien des guerres.*

D'une certaine manière, le nazisme était lui-même une religion, à cette différence près qu'il ne connaissait ni le pardon, ni la rédemption et certainement pas la résurrection. Mais un dieu unique : Hitler. Et si vous n'obéissiez pas à ses ordres, vous étiez puni, probablement tué, mais pas avant d'avoir expié vos péchés. Il n'y avait pas de place pour le malentendu, ni même pour la compréhension. Il n'était pas question de l'individu, mais du bien du groupe. Hitler, qui comprenait la psychologie des masses, avait même écrit que toute propagande devait être orientée vers le niveau intellectuel des moins intelligents, la vérité étant bien moins importante que le succès. Les idées qu'il avait répandues avec tant de succès sur les Juifs en étaient un parfait exemple et ils devaient être discriminés en fonction de leur « race », et non de leur religion. Hitler avait réussi à unir le peuple contre un ennemi commun. Comme ses compatriotes, pensait Sebastian, il n'avait rien de personnel contre les Juifs, mais il avait été impuissant à aller à contre-courant. *Putain* !* Il aurait dû comprendre ce qui allait se passer. Il ravala sa bile, regrettant qu'il n'y ait aucun moyen de s'en sortir. Il traversa à nouveau le fleuve, s'arrêtant pour se pencher par-dessus le pont et regarder la Seine qui coulait, les morceaux de bois brisés emportés par le courant. Il s'imagina tomber à l'eau et se laisser porter lui aussi. Tournant le dos au cours d'eau, il s'appuya contre le parapet. Il ne devait pas se complaire à des pensées aussi sombres. Il sortit un paquet de Gitanes de sa poche de poitrine et, contre le vent, entoura son briquet de ses mains pour essayer d'allumer sa cigarette. Mais la brise montant du fleuve était si vive qu'elle soufflait la petite flamme avant qu'elle ne jaillisse. Flûte ! Il ne pouvait même pas allumer une cigarette correctement. De frustration et de colère, il l'écrabouilla et la jeta à l'eau.

Il ne devrait pas fumer autant, de toute façon. Ce n'était pas dans ses habitudes. Sillonnant les rues étroites et sinueuses, il jeta un coup d'œil aux cafés, aux tables et aux chaises disséminées sur les trottoirs. Quelques hommes âgés étaient assis, dégustant un verre de rouge, et il aurait aimé se joindre à eux, mais leurs yeux lui brûlaient le dos sur son passage. Ravalant un soupir, il poursuivit sa route vers le Panthéon.

La librairie se trouvait sur son chemin. Mû par une impulsion, il en poussa la porte et fut accueilli par son odeur de poussière et de vieux papier. Il ne manqua pas de remarquer que le silence se faisait instantanément sur l'endroit. La sonnette servait-elle d'avertissement afin de permettre aux occupants de couper court rapidement à toute activité illégale ? Si ça se trouvait, la librairie était un lieu de rencontre de la Résistance ? Il espérait que non.

— *Bonjour, monsieur**.

Le silence avait été rompu par le libraire qui sortit de derrière les étagères centrales.

Son salut réconforta Sebastian et lui remonta le moral.

— Vous restez ouvert tard.

— Jusqu'au couvre-feu.

Le silence retomba alors que les derniers clients quittaient silencieusement la boutique. Sebastian les regarda partir, sachant qu'il était la cause de leur fuite. La façon dont le libraire l'avait salué au lieu de l'ignorer n'avait sans doute rien arrangé. Sebastian comprenait que ces gens utilisaient le silence comme une arme et les prenait en pitié, conscient que c'était tout ce qui leur restait.

— Qu'est-ce que vous cherchez ? demanda le libraire en le regardant fixement.

— Quelque chose à lire.

— Vraiment ? Eh bien, vous êtes au bon endroit, alors.

L'homme ne sourit pas, mais ses mots ressemblaient à une légère taquinerie, comme si, même s'ils ne se connaissaient pas vraiment, ils étaient au moins en des termes cordiaux.

Ce constat incita Sebastian à poursuivre la conversation.

— J'aimerais en savoir plus sur les écrivains français, peut-être lire un peu de poésie.

— De la poésie... D'accord. Les mots venus du cœur. Mais vous n'avez pas acheté un recueil de poésie, la dernière fois que vous êtes venu ?

Sebastian sentit le rouge lui monter aux joues.

— Si, admit-il. Je me suis juste dit que vous pourriez me recommander quelque chose d'autre.

— La poésie est au fond.

Sebastian le suivit jusqu'au coin miteux, au fond de la boutique. L'odeur de poussière s'insinuait au fond de ses narines, lui donnant envie d'éternuer.

— J'ai bien peur que la poésie ne soit pas vraiment mon truc, cette façon d'entrer ainsi dans la tête d'une autre personne. (Le libraire passa son doigt sur le dos poussiéreux des livres devant lui, comme s'il était distrait par cette pensée.) Que diriez-vous plutôt d'un recueil de nouvelles ? Maupassant par exemple ?

— Oui, je n'ai rien lu de lui.

Sebastian le suivit jusqu'aux rayonnages suivants, où le libraire s'arrêta brusquement et se retourna pour lui faire face.

— Je ne crois pas que nous nous soyons présentés comme il convient.

— Kleinhaus, Sebastian.

— Yannick Le Bolzec, répliqua-t-il en tendant la main à Sebastian. Je dois dire, monsieur Kleinhaus, que j'ai apprécié la façon dont vous avez traité les policiers, l'autre soir.

Sebastian ressentit un élan de fierté. C'était la première fois depuis des années que quelqu'un lui disait quelque chose de gentil.

— Eh bien, le pouvoir semble monter à la tête de certains d'entre eux.

— C'est le moins qu'on puisse dire, convint M. Le Bolzec, avant de marquer une pause. Vous savez, je ne mentais pas. Je connais cette femme depuis qu'elle est enfant.

Pourquoi cet homme se sentait-il obligé de lui faire cette précision ?

— Comment la connaissez-vous ?

— Sa mère l'amenait souvent dans la boutique. Elle a appris à lire ici.

Sebastian eut soudain envie d'en savoir plus.

— Elle est étudiante ?

— Non, répondit-il, avant d'hésiter visiblement à poursuivre la conversation. Elle travaille dans une banque, ajouta-t-il finalement, en tirant un livre de l'étagère. Tenez. C'est une sélection de nouvelles. (Il passa le livre à Sebastian.) C'est la première fois que vous venez à Paris ?

— Non, j'y ai séjourné quand j'avais seize ans.

Sebastian ouvrit le livre à la page de titre, mais son esprit était ailleurs. Avait-il vraiment eu seize ans ? Il se souvenait de lui-même à cet âge comme s'il s'était agi d'une autre personne dans une autre vie.

— Ma grand-mère française m'avait amené ici pour mon anniversaire, murmura-t-il. En 1936.

Il y avait eu une petite fête d'anniversaire dans la cuisine de leur maison à Dresde, où on lui avait tendu un grand verre contenant quelque chose de pétillant et d'alcoolisé, mais pas du champagne, comme Mamyne l'avait fait remarquer. Non, un Sekt allemand. Elle avait choqué son verre contre le sien et s'était penchée vers lui pour lui chuchoter à l'oreille : « Seize ans ! Tu es presque un homme maintenant. Il est grand temps que je t'emmène à Paris. »

Mamyne s'était installée en Allemagne pour aider sa fille qui, contre son avis, avait épousé un Allemand, un homme qu'elle avait rencontré dans un train, peu après la Grande Guerre.

— Comment les gens peuvent-ils se rencontrer dans un train ? avait-elle objecté un million de fois.

Au grand déplaisir des parents de Sebastian, Mamyne avait utilisé ses économies en France pour acheter des billets de train pour Paris. De l'argent qui, à leur avis, aurait été mieux employé à nourrir sa famille allemande. Pourtant, ils étaient arrivés à Paris en début de soirée pour se rendre aussitôt à L'Escargot, le restaurant préféré de sa grand-mère, dans le 1er arrondissement.

Dès qu'ils avaient eu franchi les rideaux de velours rouge foncé qui masquaient la porte principale, Sebastian avait compris qu'il entrait dans un autre monde. La salle du restaurant exsudait le luxe et le plaisir, une accueillante odeur de pâtisserie chaude et d'ail. D'autres rideaux de velours rouge pendaient aux rails dorés, tandis que des nappes blanches brodées avec délicatesse recouvraient les tables. Les plafonds étaient en chêne foncé gaufré d'or et la pièce n'était éclairée que par des bougies qui scintillaient doucement sur chaque table. C'était intime et, encore maintenant, il parvenait à se souvenir de chaque petit détail.

Mamyne avait commandé pour lui : des escargots pour commencer, puis une viande très tendre recouverte d'une pâte qui fondait dans sa bouche, le tout accompagné d'un vin rouge corsé. La tête s'était mise à lui tourner à un rythme agréable pendant qu'elle l'éduquait sur la vie et l'amour.

— Sebastian, avait-elle déclaré, n'oublie pas ton héritage. La France est ma vraie maison, et j'espère qu'un jour, tu la considéreras comme tienne. Les Français savent vivre. Regarde ce couple là-bas. (Ses yeux avaient suivi le regard de Mamyne.) Tout le monde se fiche qu'il n'ait pas les mains sur la table, mais sur elle. Nous aimons voir des couples amoureux, il n'y a pas à en avoir honte. Le seul moment où tu dois retirer tes mains de ta maîtresse, c'est quand il te faut couper ta viande ou payer l'addition. (Elle s'esclaffa.)

Bon, tu as tout le temps pour ça. Maintenant, dis-moi quels auteurs tu étudies à l'école.

Il avait été soulagé de s'éloigner du sujet des filles, sentant que ce n'était pas le genre de choses dont les garçons discutaient avec leur grand-mère.

— Nous sommes seulement autorisés à lire des auteurs allemands, avait-il répondu. Mais je lis toujours Victor Hugo, j'ai caché *Les Misérables* sous mon lit.

Mamyne avait manifesté bruyamment son approbation.

— *Bien* !* Comment s'imaginent-ils qu'ils peuvent nous dicter ce que nous lisons ? Quelle ignorance ! Demain, nous irons visiter l'appartement de Victor Hugo. Et nous achèterons un autre de ses livres.

Le lendemain, place des Vosges, ils s'étaient assis à la terrasse du café qui jouxtait l'immeuble de Victor Hugo, pour siroter des expressos. Sur la place verdoyante devant eux, deux hommes âgés, assis sur un banc, avaient disposé un échiquier entre eux. Tout cela semblait très civilisé et Sebastian imaginait très bien Victor Hugo se promenant dans le parc, s'arrêtant pour discuter avec ses voisins.

Dans l'appartement, ils avaient visité la salle à manger de l'écrivain, dont il avait vu un poème recopié sur un mur. Mamyne le lui avait lu à haute voix.

Demain, dès l'aube, à l'heure où blanchit la campagne,
Je partirai. Vois-tu, je sais que tu m'attends.
J'irai par la forêt, j'irai par la montagne.
Je ne puis demeurer loin de toi plus longtemps.

Mamyne lui avait expliqué que la fille de Victor Hugo s'était noyée dans un accident de bateau, à l'âge de dix-neuf ans. Sebastian avait éprouvé le chagrin et la nostalgie du père pour sa fille perdue comme s'il s'était agi des siens et avait dû ravaler la boule dans sa gorge. Il s'était détourné, le temps de se ressaisir, avant de pouvoir regarder à nouveau sa grand-mère. Ils avaient continué à parcourir les pièces, jusqu'à la chambre à coucher, où sa grand-mère lui avait fait remarquer la présence d'une deuxième porte, recouverte de papier peint au point de se confondre avec le reste du mur : une entrée secrète par laquelle les maîtresses du grand homme allaient et venaient discrètement.

Plus tard, alors que le soleil se couchait, Sebastian et sa grand-mère s'étaient promenés dans le Louvre, où la beauté et le génie des tableaux des impressionnistes avaient parlé à son âme. Il avait compris leur quête de la lumière. Il la cherchait, lui aussi, et, fort de l'optimisme de la jeunesse, il était sûr que des opportunités se présenteraient. Il devait juste être prêt à les saisir.

Lorsqu'ils étaient rentrés chez eux le lendemain, son père lui avait annoncé qu'il était désormais obligatoire de rejoindre les Jeunesses hitlériennes.

— Et qu'avez-vous pensé de notre ville à l'époque ?

M. Le Bolzec ramena Sebastian au présent, avec sa question en apparence amicale. Sebastian ne put toutefois s'empêcher de noter l'utilisation possessive du terme « notre ».

— Je l'ai trouvée magnifique. La lumière était différente, différente de la lumière allemande.

— Paris, la Ville Lumière, soupira M. Le Bolzec. Quel cliché !

— Non, ce n'est pas un cliché. C'est vrai.

— C'était vrai, nuança M. Le Bolzec en haussant un sourcil, petit sourire désabusé aux lèvres.

— C'est la pierre blanche qu'on utilise ici, continua Sebastian. Elle rend tout plus clair. Les immeubles en Allemagne sont plus foncés.

— Je ne suis jamais allé en Allemagne, déclara le libraire, avant de sourire ironiquement. Enfin, pas au-delà de la ligne de front en tout cas.

Bien sûr, il avait dû servir pendant la dernière guerre, et voilà qu'il se retrouvait pris dans une autre. On pouvait lui pardonner de se montrer un peu cynique.

— Puis-je vous demander où vous avez appris à parler si couramment français ?

— Ma mère est française.

M. Le Bolzec haussa un sourcil.

— Et votre père allemand ?

— Oui. Je suis ici en tant que traducteur, ajouta Sebastian.

— Vous êtes un homme de mots, donc.

— On doit pouvoir dire ça, même si ce que je traduis n'a rien de poétique. (Il fit une pause, se demandant s'il devait continuer.) Juste de la paperasse, des documents, des broutilles sans importance.

Il n'en dirait pas plus. M. Le Bolzec semblait assez inoffensif mais, même s'il avait détecté chez lui une certaine chaleur à son égard, il serait naïf de croire qu'elle était sincère.

Tout à trac, M. Le Bolzec se retourna et prit un autre livre sur l'étagère.

— Tenez, vous pourriez aimer ça.

Sebastian s'en empara, tout en examinant la couverture. *Le Portrait de Dorian Gray.*

— Oscar Wilde. Ce n'est pas un écrivain français.

— Non, c'est un Irlandais, mais il a été traduit en français. Un livre très intéressant. Je pense que vous pourriez l'apprécier.

11

Paris, avril 1944

Sebastian

— Flûûûte !

Une gouttelette de sang perla sur la joue de Sebastian. Éloignant le rasoir de son menton, il se pencha en avant. La cuvette s'enfonça inconfortablement dans son estomac tandis qu'il essayait de mieux s'examiner dans le miroir crasseux. Le blanc de ses yeux était devenu d'un jaune larmoyant et ses iris, d'un bleu aussi sombre qu'une mer houleuse. Il était sûr qu'ils étaient plus brillants autrefois. En passant les doigts sur sa barbe naissante, il repensa à tous les changements survenus en lui au cours des quatre dernières années. Il avait perdu son éclat, sa vivacité, sa *joie de vivre**, quel que soit le nom qu'on lui donne. Il regarda ses yeux ternes et sans expression, en se rappelant leur éclat de jadis, quand tout l'excitait dans l'existence. Maintenant, hélas, il en savait trop sur la vie, et trop sur lui-même.

Ses pensées revinrent à la femme de la librairie. Elle l'avait, elle, cette lumière intérieure. Elle n'était pas vraiment belle, ses traits étaient trop accusés, mais il émanait quelque chose de sa personne. Un certain défi, une force de volonté. Et cela l'intriguait.

Il continua à faire glisser le rasoir sur son menton, grimaçant lorsque la lame éraflait sa peau dure et sèche. Il était difficile d'obtenir une bonne mousse avec le savon qu'on lui avait donné, guère plus efficace que s'il n'en avait pas du tout. Une fois qu'il eut tant bien que mal achevé de se raser, il passa une chemise sur son corps humide, s'habilla et quitta sa chambre d'hôtel de la rue du Temple. Au moins n'était-il pas logé dans une caserne comme le reste de la Wehrmacht. En tant que membre du personnel administratif, il avait droit à sa propre chambre, et il y en avait beaucoup dans les hôtels réquisitionnés.

Une fois dans son bureau, il eut du mal à se mettre au travail et resta longtemps à fixer du regard la haute pile de lettres de dénonciation qui attendaient d'être traduites en allemand. Ce n'était peut-être pas lui qui saccageait des maisons au milieu de la nuit, pour tirer des enfants de leur lit ou de leur cachette et les pousser dans des camions. Ce n'était peut-être pas lui qui appuyait sur la gâchette. Mais il était leur complice, sans l'ombre d'un doute.

Le cœur lourd, il se saisit de la première lettre.

À qui de droit,

En tant que citoyens concernés, nous avons jugé bon d'attirer votre attention sur le fait que l'orphelinat de l'UGIF de la rue Claude Bernard semble « perdre » des enfants. J'habite de l'autre côté de la rue et j'ai observé les entrées et sorties du bâtiment au cours des dernières semaines. Les enfants sont parfois emmenés en promenade le dimanche matin, mais le nombre d'enfants qui reviennent est souvent inférieur au nombre de ceux qui sont partis.

Sebastian s'arrêta de lire et frotta ses yeux fatigués et secs. Un nœud de découragement se serra dans son ventre pendant qu'il imaginait la scène qui s'ensuivrait à l'orphelinat : les femmes emmenées, menottées, pour interrogatoire ; les enfants reniflant, convoyés à Drancy sans y rien comprendre. Comment les citoyens français pouvaient-ils dénoncer des personnes qui sauvaient des enfants, peut-être leurs voisins d'autrefois ?

Par la porte de son bureau ouverte, il put constater, en y jetant un coup d'œil, que tout le monde était absorbé par sa tâche : les dactylos tapaient sur leurs machines à la vitesse d'une mitraillette qu'on rechargerait sans relâche. Il plaqua les paumes sur ses tempes, pour s'efforcer de réfléchir calmement. Son pouls s'accéléra alors qu'une idée germait dans sa tête. Une idée tellement dangereuse que si quelqu'un s'apercevait de ce qu'il avait fait, ce serait la fin de son poste. Et probablement la fin de sa vie. Aurait-il le courage d'aller jusqu'au bout ? Retardant toute décision, il plia la lettre en quatre, se tortillant sur son siège pour la glisser dans la poche de son pantalon.

Il passa le reste de la journée à travailler mécaniquement, en essayant de ne pas réfléchir. À 17 h 30, il était épuisé par ses efforts. Même s'il n'était pas venu à bout de son quota journalier de lettres, il se leva et récupéra sa casquette. Il était temps de prendre une décision et il ne pouvait pas réfléchir correctement dans cet endroit. Passant devant ses collègues pour sortir, il sentit le regard de quelques-uns peser sur lui mais garda les yeux fixés sur la porte.

Une fois dehors, la réalité le frappa comme un poing dans l'estomac. À quoi pensait-il donc ? Une sueur froide lui descendit le long de la nuque tandis qu'il imaginait ce qu'ils lui feraient si jamais ils découvraient qu'il avait subtilisé une lettre de dénonciation. Une voiture noire de la Gestapo tourna au coin de la rue. Sebastian se recroquevilla instinctivement contre le mur jusqu'à ce qu'elle soit passée, puis il s'engagea dans la rue la plus proche, marchant sans savoir dans quelle direction, tout en s'efforçant de décider ce qu'il allait faire du courrier.

Il se rendit bientôt compte qu'il était rue Montmartre et devina que l'artère devait mener au petit village de Montmartre et à sa colline dont la basilique blanche du

Sacré-Cœur dominait Paris. Il ne l'avait pas encore vue et, bien qu'il ne soit pas du genre à aimer les églises, ce pouvait être un bon endroit pour réfléchir. Il continua pendant dix minutes supplémentaires avant d'apercevoir le célèbre moulin à vent, éclairé de rouge : le Moulin-Rouge. Une file de soldats allemands s'étirait sur le trottoir. Il les dépassa rapidement puis continua jusqu'à un escalier abrupt qui menait à l'église. S'agrippant à la rampe métallique qui partageait l'escalier en deux, il entama son ascension, de plus en plus essoufflé à mesure que les marches s'enchaînaient. Un peu plus haut, il entendit de la musique, dont il ne tarda pas à découvrir la source : un vieil homme était penché sur une guitare, flanqué de deux femmes qui fredonnaient. Lorsqu'ils l'aperçurent, la musique s'arrêta brusquement. Il se détourna et continua son chemin, vaguement conscient que leur chant reprenait.

Une fois au sommet, il suivit la rue étroite et sinueuse qui longeait un parc jusqu'à la basilique dont les dômes à la blancheur éclatante évoquaient un château de conte de fées.

En entrant dans l'église, il fut frappé par le silence qui y régnait. Ce n'était pas seulement une absence de bruit, mais un silence paisible et résolu. Malgré les hauts plafonds voûtés, il s'y sentait bien. Il fit le tour d'un pas hésitant, observant les confessionnaux et les étranges bougies allumées dans les alcôves. Il devait y avoir une vingtaine de personnes agenouillées sur les bancs, la tête courbée en prière. Il se faufila vers l'un des bancs à l'avant et s'assit. Enfant, il allait à l'église à Noël et à Pâques avec sa famille et, même s'il trouvait les cérémonies ennuyeuses, il se plaisait à imaginer que Dieu veillait sur lui. Il se sentait en sécurité. Quelle absurdité ! Personne ne s'occupait de lui, ni parmi les mortels ni parmi les immortels. Il pensa aux dieux grecs et à leur façon de jouer avec les hommes comme s'ils étaient des pions sur un échiquier. Cette représentation des choses lui semblait plus réaliste.

Alors qu'il s'imprégnait de la paix et de la tranquillité du lieu, un sentiment de calme inhabituel l'envahit. Il regarda le plafond : Jésus, les bras tendus, le fixait, mais son regard était vide, indifférent même. S'il y avait un Dieu, il n'était pas là pour les gens comme Sebastian. Non, il était là pour les victimes et les innocents, ceux qui cherchaient le réconfort, et non la raison. Sur un soupir, Sebastian se leva pour partir et, ce faisant, il sentit la lettre dans sa poche arrière, comme si elle lui murmurait qu'on avait toujours le choix, même quand on pensait le contraire. Et soudain, il sut ce qu'il allait faire de cette dénonciation.

Les doigts de Sebastian tremblèrent lorsqu'il tint le courrier au-dessus du cierge de l'offertoire. Il regarda le papier s'illuminer d'une lueur orangée puis devenir noir en se réduisant en cendres. Il souffla dessus, pour disperser les minuscules fragments sur le sol de l'église, qu'il fit entrer dans les rainures entre les dalles, en y frottant la semelle de sa botte.

Il sortit de l'église dans le crépuscule. *Putain* !* Que venait-il de faire ? Fermant les yeux, il prit une profonde inspiration, forçant l'air à entrer dans ses poumons avant de le relâcher lentement. Un sentiment de fierté inhabituel l'envahit. Il n'avait fait qu'une petite chose minuscule et, pourtant, il se tenait plus grand et plus droit, comme un homme qui prenait son destin en main. Mais en avait-il fait assez ? D'autres lettres suivraient. À l'instar des mauvaises herbes, elles repoussaient quand on en arrachait. Il allait devoir ouvrir l'œil, maintenant qu'il avait franchi la ligne. Il devrait prévenir les gens de l'orphelinat, mais comment ? Personne ne lui ferait confiance, tous ceux à qui il s'en ouvrirait penseraient à un piège. Le seul Français susceptible de l'écouter était M. Le Bolzec, mais il le connaissait à peine. Pour ce qu'il en savait, l'homme pouvait aussi être un collabo. Sebastian n'avait-il pas déjà assez pris de risques ? Il allait devoir y réfléchir sérieusement.

Le soleil s'enfonçait lentement derrière le Sacré-Cœur lorsque Sebastian redescendit l'escalier abrupt. Deux soldats montaient les marches en riant bruyamment.

— *Heil Hitler** !

Ils s'arrêtèrent, bras levé en signe de salut. Sebastian sourit au lieu de leur répondre du même geste. Le plus jeune fronça les sourcils, mais son camarade lui demanda s'il voulait se joindre à eux pour boire un verre.

— Pas ce soir, merci, répondit Sebastian en essayant d'avoir l'air amical.

Il ne voulait pas avoir de problèmes avec eux.

— Comme tu veux, répondit le plus jeune. Mais fais attention aux filles, *mein Freund**, elles ont toutes la chtouille.

L'autre soldat tapa son ami dans le dos.

— Visiblement, tu as des infos de première main ?

Sebastian les laissa à leurs rires et continua à descendre les marches.

Une fille l'interpella depuis un recoin sombre.

— Eh, soldat, tu cherches de la compagnie, ce soir ?

Comme un chat, elle se glissa jusqu'à lui, posant une main légère sur son épaule.

Il commençait à faire trop sombre pour qu'il puisse la voir correctement et un grand chapeau cachait partiellement son visage. Une odeur de vin aigre lui frappa les narines. Il l'ignora et continua à marcher mais, une seconde plus tard, il ressentit un pincement au cœur. Il aurait été agréable d'avoir de la compagnie. Qu'y avait-il de mal à ce qu'une femme se vende pour gagner un peu d'argent ? Il y avait des choses pires. Bien pires. Des hommes et des femmes se prostituaient tous les jours, juste pour survivre. Enfant, il s'était vendu sans même s'en rendre compte, remportant des tas de trophées sportifs pour les Jeunesses hitlériennes, savourant les louanges, défilant en uniforme avec la sensation d'être l'un des rares élus. Quel idiot ! Pire qu'une pute bon marché.

Sur un coup de tête, il décida de s'arrêter pour boire un verre dans l'un des cafés situés au pied des marches. Alors qu'il s'asseyait sur un tabouret et commandait un cognac, il remarqua deux femmes à l'autre bout du bar. Leurs robes relevées dénudaient leurs jambes pâles, à l'arrière desquelles elles avaient tracé une ligne délavée pour faire croire qu'elles portaient des bas.

Et tout à coup, elles se retrouvèrent installées à côté de lui.

— Que diriez-vous d'offrir un petit verre à de gentilles dames comme nous ?

Plutôt admiratif de leur audace, il demanda une carafe de blanc au barman. Elle fut poussée sans cérémonie sur le comptoir et Sebastian dut faire lui-même le service.

Ils entrechoquèrent leurs verres, en croisant le regard.

— *Santé**.

L'une des femmes avait les paupières inférieures soulignées d'un fin trait noir et du rouge à lèvres foncé qui se fondait dans le violet du contour de ses lèvres. L'autre n'était pas maquillée, mais elle avait des lèvres pleines et sensuelles. Elle fit la moue en y coinçant une cigarette avant d'en tirer une grande bouffée. Il la regarda vider son verre de vin. Elle lui massait lentement mais fermement la cuisse. Puis elle se pencha vers lui et il sentit le moelleux de sa poitrine contre son torse.

— Deux, c'est mieux qu'une, lui souffla-t-elle à l'oreille. On peut te rendre très heureux.

Sa bouche descendit le long de son cou, dont elle mordilla doucement la peau. Il ferma quelques secondes les yeux, heureux de l'excitation qui s'éveillait en lui. Puis il sentit l'autre femme tracer une ligne sur sa joue de la pointe d'un ongle.

— Qu'est-ce que tu en dis, *soldat** ? chuchota-t-elle.

Ce fut le mot « *soldat** » qui rompit le charme... joint à une odeur inattendue d'eau de Cologne qu'il connaissait bien : celle qu'utilisait son commandant. Son désir naissant fut aussitôt douché.

— Écoutez, mesdames, je dois y aller, mais profitez du vin.

Il jeta quelques pièces sur le comptoir et se retourna pour partir.

— Tu ne sais pas ce que tu rates, *soldat**, lui cria l'une d'elles.

Le couvre-feu étant passé, l'atmosphère était différente. Ceux qui se trouvaient dehors avaient le droit d'être là, autrement dit, c'étaient des Allemands ou assimilés. Les prostituées étaient tolérées, bien que les nazis préfèrent qu'elles travaillent dans l'une des maisons closes officielles.

Alors qu'il se dirigeait vers le métro, une fille appuyée contre un mur attira son attention. Il y avait quelque chose de différent chez elle, comme si son esprit vagabondait à des kilomètres, et ses joues étaient joliment colorées.

Il s'immobilisa.

Elle leva les yeux et lui adressa un sourire franc et sincère. Il se surprit à lui sourire en retour. Il était sur le point de continuer quand elle s'avança vers lui et, sans un mot, glissa sa main dans la sienne, menotte légère et fragile qu'il aurait pu écraser d'une simple pression. Il resserra ses doigts.

— Eh ! s'écria-t-elle.

Desserrant sa prise, il se tourna vers elle et sourit.

— *Pardonnez-moi**.

La peur dans les yeux de la femme se mua aussitôt en soulagement. Elle était si vulnérable ! Il pouvait lui faire n'importe quoi et il n'y aurait personne pour la protéger. C'était mal, très mal.

— Tu veux boire un verre avec moi ? demanda-t-elle.

Il glissa la main dans sa poche et en sortit son portefeuille.

— Ce soir, je ne peux pas, répondit-il. Mais tiens, prends ça.

Il lui glissa un billet de cinq francs dans la main.

— *Merci, monsieur, merci**, lança-t-elle alors qu'il s'éloignait.

12

Paris, avril 1944

Sebastian

Sebastian jeta un coup d'œil à l'horloge murale : il n'était que 17 heures. S'adossant à sa chaise, il étira les bras derrière sa tête, inclinant son cou raidi d'un côté à l'autre, tout en observant ses collègues affairés, la tête penchée sur les machines à écrire ou des piles de papiers. Il était inquiet et l'idée de manger seul à nouveau le déprimait.

Avec un soupir, il jaugea la pile de lettres qui lui restait à traduire. Il en ferait encore deux, puis s'en irait. Les yeux secs et las, il choisit l'une des missives dactylographiées, toujours plus faciles à déchiffrer. Il balaya la page du regard : elle était signée par « *Un homme honnête** », prétendant connaître un communiste. Si ce n'était pas un Juif, c'était toujours un communiste. Il inséra une feuille vierge dans la machine à écrire et commença la traduction.

Il était à peine 17 h 30 quand il partit, et quelques-uns de ses collègues levèrent les yeux au ciel en le voyant sortir. Comme il traversait le Pont-Neuf, il s'arrêta pour regarder passer un long cargo qui glissait au ras de l'eau en raison de son lourd chargement. En continuant à longer le quai de l'autre rive, il croisa des soldats allemands assis à la terrasse d'un café avec des Françaises. Qu'est-ce que ces femmes ressentaient réellement pour ces hommes ? Les voyaient-elles seulement comme des bons de rationnement ?

Ou avaient-elles des sentiments pour eux ? Et d'ailleurs, la question avait-elle de l'importance ?

Ses pas le conduisirent de nouveau vers la librairie. La cloche tinta lorsqu'il entra dans la boutique et le libraire leva les yeux de l'étagère qu'il était en train de garnir. Sebastian vit que M. Le Bolzec l'avait reconnu, mais ses yeux ne tardèrent pas à redevenir froids. Il n'était sans doute pas aussi bienvenu qu'il aimait à le croire.

La cloche retentit encore. Une vieille dame entra et salua de la tête.

— *Bonsoir, madame**, lui lança le libraire avec un sourire.

— *Monsieur**, répondit-elle sèchement, avant de se tourner vers Sebastian, le front barré d'un pli profond.

— *Bonsoir, madame**, tint à dire le jeune homme.

La vieille dame le dévisagea longuement, d'un regard dur, puis, sans rien ajouter, tourna les talons et sortit de la boutique. Sebastian entendit M. Le Bolzec pousser un bruyant soupir. Pendant quelques minutes, il resta planté là, sans savoir quoi faire de lui. Devait-il partir ?

— Je suis désolé. J'ai l'impression de faire fuir vos clients.

— Ne vous inquiétez pas. Elle n'achète jamais rien de toute façon. Et en général, je ne vends pas plus de deux livres par jour, ces temps-ci.

L'atmosphère était lourde. Sebastian, qui éprouvait de plus en plus douloureusement sa solitude et son isolement, n'était pas prêt à partir. Il ôta sa casquette et la glissa sous son bras, puis il se dirigea vers une étagère, où il s'empara d'un livre au hasard et en feuilleta les pages sans les lire.

— J'espère que vous ne m'en voudrez pas de vous poser la question, fit M. Le Bolzec en s'approchant. Vous êtes obligés de porter l'uniforme lorsque vous n'êtes pas en service ?

Sebastian referma le livre et le regarda.

— Nous sommes toujours en service.

M. Le Bolzec haussa un sourcil.

— Toujours ?

— Oui, toujours.
— Vous n'êtes quand même pas tenus de dormir avec ?
— Non. Mais je pourrais passer en cour martiale si on me surprenait en civil.
Le libraire scruta son interlocuteur pendant quelques secondes.
— Vous n'êtes pas plus libres que nous, alors ?
— Pas vraiment, répondit Sebastian en secouant la tête. On a juste une meilleure nourriture.
— Et du savon.
— Oui. On a du savon.
Les deux hommes se dévisagèrent un instant. S'il ne se méprenait pas, Sebastian crut sentir quelque chose passer entre eux, comme une compréhension mutuelle.
— Avez-vous lu le livre d'Oscar Wilde ? demanda finalement M. Le Bolzec.
— Oui, je l'ai terminé hier, répondit Sebastian. J'ai apprécié les descriptions de Londres.
Il s'était souvenu que sa vie de débauche avait fini par rattraper Dorian. M. Le Bolzec se contenta de hausser un sourcil, comme pour suggérer qu'il trouvait sa réponse un peu superficielle.
— Qu'avez-vous pensé de la fin ? insista le libraire.
— Je l'ai trouvée intelligente. Tôt ou tard, la surface est vouée à se fissurer.
Le libraire essayait-il de suggérer un parallèle entre le nazisme et la vie de Dorian Gray ? Oui, les hauts dignitaires étaient toujours impeccablement vêtus, la politesse personnifiée, la bouche pleine d'euphémismes tels que « réinstallation » et « questionnement », souvent sans même élever la voix, comme s'il s'agissait de concepts parfaitement civilisés.
— En effet, approuva M. Le Bolzec, qui tira un livre de l'étagère. La dernière fois que vous êtes venu, vous m'avez dit n'avoir été qu'un jeune homme de seize ans lors de votre première visite de Paris.

— Oui, ma grand-mère française voulait me montrer la ville où elle avait grandi.

— Quand était-ce, si je peux me permettre ?

— En 1936.

— L'année où l'Allemagne a remporté le plus de médailles olympiques.

— Oui.

— N'est-ce pas aussi l'année où Hitler a rendu obligatoire l'engagement des enfants dans son armée ?

— Les Jeunesses hitlériennes ? Oui.

— Pour toute personne âgée de moins de dix-huit ans.

Sebastian hocha la tête.

M. Le Bolzec étudia le visage de Sebastian.

— Je dois admettre que j'ai trouvé cela très intelligent de sa part.

Sebastian ignorait comment répondre, mais il n'eut pas besoin de se creuser la cervelle, car le libraire continua :

— Il s'est ainsi constitué une armée loyale, non ? Je parie qu'ils vous ont donné de beaux uniformes. Et vous ont rempli le ventre.

Sebastian baissa les yeux, redoutant de se montrer déloyal en ayant cette conversation avec un Français qui lui était pratiquement étranger.

— Vous avez dû passer de bons moments, tous ensemble, les petits gars, poursuivait son interlocuteur. Je parie que vous avez fait des jeux.

De bons moments ? Des jeux ? L'esprit de Sebastian s'envola vers l'un de ces « jeux ».

Il s'agissait de « pelotons », c'est-à-dire de groupes de garçons censés appartenir au même bord, sauf que l'un d'entre eux était choisi pour être la victime. Laquelle victime avait dix minutes pour s'enfuir et se cacher, avant que les autres ne s'élancent à sa poursuite. Et après avoir ramené le misérable au commandant, ils devaient lui infliger sa punition. Un jour, le commandant avait remarqué que Sebastian ne participait pas aux coups.

— Alors, Kleinhaus, on a le cœur tendre ? Donne-lui un coup de pied au visage ! C'est un ordre !

Sebastian avait examiné ses grosses bottes dures, puis le visage terrifié du garçon. Il avait lancé sa jambe en arrière, prêt à frapper mais quelque chose d'autre avait pris le dessus en lui et il avait décampé, courant aussi vite que ses jambes pouvaient le porter. Il était le meilleur athlète du groupe et, pendant les heures qui suivirent, il courut pour sauver sa vie. Finalement, la nuit était tombée et il était resté dans la forêt jusqu'à l'aube.

Quand il était rentré le lendemain matin, le visage du commandant était dur et peu amène. Il avait fait un signe à l'un des garçons les plus âgés, qui s'était approché de Sebastian, une lueur méchante au fond des yeux. Son sang bouillonnait dans ses veines et, une fois de plus, il avait été pris de l'envie de courir, mais il n'en avait plus l'énergie.

Le coup de poing avait frappé Sebastian au visage avec une rapide efficacité. Il s'était écroulé sur le flanc, tandis qu'une douleur fusait dans sa mâchoire. Il avait essayé de se redresser, mais la tête lui tournait, et il avait trébuché, vaguement conscient des rires qui éclataient.

— Au bloc disciplinaire, Kleinhaus ! avait lancé le commandant d'une voix tonitruante.

L'autre garçon avait tiré Sebastian par l'épaule pour le pousser devant lui et lui botter le derrière.

— Voilà, Kleinhaus, si tu ne peux pas te battre, tu pourras toujours courir.

Le rire du commandant avait retenti en Sebastian pendant qu'on l'emmenait. Encore à moitié perdu dans ses souvenirs, le jeune homme regarda M. Le Bolzec.

— Oui, répondit-il. On faisait des jeux.

13

Paris, avril 1944

Élise

Je pensais m'arrêter à la librairie en rentrant du travail ce soir-là, car je voulais offrir un livre à Isabelle pour son anniversaire. Comme M. Le Bolzec ne fermait en général que juste avant le couvre-feu, j'avais le temps. La boutique était vide quand j'entrai.

— Élise, ma chère, quel plaisir !

M. Le Bolzec sortit de derrière une étagère, suivi par un homme en uniforme. L'Allemand de l'autre soir.

— *Bonsoir, mademoiselle**.

Il eut l'audace de me tendre la main comme si nous étions des connaissances de longue date.

Mes mains ne quittèrent pas mes flancs tandis que je le fixais. Il eut même le culot de me rendre mon regard, mais j'étais prête à tout pour ne pas être la première à détourner les yeux. Je soutins son regard avec une contenance de glace. Notre échange ne dura sans doute qu'une seconde ou deux, mais j'eus l'impression que le temps s'étirait comme un élastique. Je remarquai que ses iris étaient du même bleu clair que la turquoise ornant l'une de mes bagues. Finalement, il baissa les yeux.

— Je vais y aller, annonça-t-il.

J'en éprouvai un sentiment de triomphe. Je n'allais pas laisser l'affaissement de ses épaules ou la tristesse dans sa voix entacher mon sentiment de victoire.

— Vous n'y êtes pas obligé, s'empressa d'intervenir M. Le Bolzec en me coulant un regard.

Mais l'Allemand lui serra la main, m'adressa un signe de tête, mit sa casquette et sortit.

Dès que la porte se fut refermée sur lui, M. Le Bolzec se tourna vers moi.

— Tu n'as pas à être aussi hostile.

— Nous sommes en guerre contre eux ! C'est un Boche !

Mon cœur tambourinait d'indignation.

— Il n'est pas responsable de la guerre.

— Ils sont tous responsables ! Jusqu'au dernier d'entre eux.

M. Le Bolzec secoua la tête et soupira.

— Il est à peine plus vieux qu'un adolescent, à dire vrai.

Je levai les yeux au ciel. Allait-il encore trouver des excuses au Boche ?

— Il s'appelle Sebastian, Sebastian Kleinhaus. Il est à moitié français. Sa mère est française et son père est allemand.

— *Je m'en fous* !* Quelle différence ? Il porte un uniforme nazi !

Je croisai son regard et le soutins, désireuse de défier le libraire. Pourtant, je me sentais mal à l'aise de l'affronter ainsi. La sonnette retentit, attirant nos regards vers la porte.

Un jeune homme entra, une vieille dame à son bras.

— *Bonsoir, mademoiselle, monsieur*.*

Ils nous saluèrent, puis se dirigèrent vers l'étagère suivante afin d'en examiner les ouvrages.

M. Le Bolzec se tourna vers moi.

— C'est une drôle de chose, la nationalité. Qu'est-ce que cela signifie vraiment d'être français ? Ou d'être allemand ?

Je ne savais pas trop où M. Le Bolzec voulait en venir et je n'avais pas envie de poursuivre la discussion en présence d'autres personnes. Je songeai à partir, avant de me raviser, pour ne pas le quitter sur une mauvaise note. Et je voulais toujours acheter un livre.

— Tu as entendu parler des Jeunesses hitlériennes ? poursuivit-il.

— Oui.

J'étais consciente de la présence des autres clients, mais ils semblaient absorbés par un roman qu'ils examinaient ensemble.

— L'endoctrinement de toute une génération. L'onde cérébrale d'Hitler. (Il baissa légèrement la voix.) Tout était basé sur le nationalisme. Et il ne leur a pas laissé le choix. Tout le monde devait s'engager dès l'âge de douze ans.

— Je ne comprends pas pourquoi vous insistez pour lui trouver des excuses, murmurai-je.

Il posa une main sur mon coude et se pencha plus près de moi.

— Ce ne sont pas des excuses, Élise. Des raisons. À mon âge, on voit le monde différemment, on se rend compte qu'il y a l'histoire et puis l'histoire derrière. Ne sois pas si prompte à juger.

La vieille dame fut secouée d'une quinte de toux bruyante. Levant les yeux, je vis le jeune homme lui frotter le dos, ce qui ne semblait guère l'aider. Elle toussa encore et, à nouveau, la sécheresse de sa toux me fit grimacer.

M. Le Bolzec se rendit dans son arrière-boutique dont il revint bientôt, muni d'un verre d'eau. Il le tendit à la dame en lui posant une main sur l'épaule. Elle en but une gorgée, tout en le regardant de ses yeux larmoyants.

— *Merci, monsieur. Merci**.

— Venez vous asseoir, lui proposa M. Le Bolzec, qui la prit par le bras et la guida vers l'un des tabourets qu'il gardait derrière la caisse.

Je le regardai faire. Il ne la lâcha pas pendant tout le temps qu'il lui parlait, d'une voix basse et apaisante. Puis je croisai le regard du jeune homme, où je lus un soulagement évident. La gentillesse de M. Le Bolzec me communiqua un sentiment de maladresse et d'embarras.

Quand ils furent partis, M. Le Bolzec s'adressa de nouveau à moi.

— Élise, tu ne peux pas te permettre d'être si… si transparente.

— Que voulez-vous dire ?

Il gratta ses favoris, sans me quitter du regard.

— Je te connais depuis que tu es toute petite fille. Je sais les sentiments que t'inspirent l'occupation et les Allemands. (Je soupirai bruyamment : ce n'était pas un secret.) Et je vois que tu es sur les nerfs, je le sens. Tu n'as pas besoin de me confier ce que tu manigances. Tout ce que je dis, c'est qu'on ne sait jamais quand quelqu'un peut nous être utile, quand il peut s'avérer profitable d'avoir l'ennemi de son côté.

— Vous voulez dire que nous pouvons l'utiliser ?

— On ne sait jamais. Pardonne mon arrogance, mais je crois être un bon juge des caractères. Ce garçon est rongé par la culpabilité et la solitude, une combinaison fatale.

— Ce « garçon » ? C'est un homme !

— Oui, tu as raison. Mais il est encore très jeune, il se connaît à peine. Il n'a jamais été libre de faire ses propres choix. Il était un fils obéissant qui est devenu un soldat obéissant. Cependant il y a plus que cela, en lui. C'est une âme troublée.

— Ce qui est bien naturel !

Je n'arrivais toujours pas à croire que M. Le Bolzec veuille me voir compatir pour un Boche. Il esquissa un petit sourire.

— Ça ne te ferait pas de mal de lui parler un peu. (Il marqua une pause.) Seulement quand la boutique est vide, bien sûr. Nous savons tous deux que les gens bavardent. Il est loin de chez lui, il est perdu et il se sent seul. J'avais le même âge quand j'ai été envoyé au front, pendant la dernière guerre.

Tu crois que je voulais partir ? Tu penses que je brûlais d'aller tuer des jeunes hommes que je n'avais jamais rencontrés, qui avaient été envoyés là-bas comme moi ? Non. Mais j'y suis quand même allé. Ce n'est pas différent de sa situation actuelle : il obéit aux ordres parce que l'alternative est trop effrayante.

Je laissai échapper un long soupir. Bien que je comprenne son point de vue, ce n'était pas mon problème. Mon problème, c'était de m'opposer à l'ennemi, et Sebastian Kleinhaus était exactement cela. L'ennemi.

14

Paris, avril 1944

Sebastian

Est-ce à nous qu'il prête l'oreille ?
Est-ce aux anges ? Est-ce aux démons ?
À quoi songe-t-il, lui qui veille
À l'heure trouble où nous dormons ?

Sebastian referma le recueil des poèmes de Victor Hugo. Il était fatigué, pourtant le sommeil refusait de lui apporter la paix. Il éteignit la lampe, puis se tourna sur le flanc, mais il avait chaud. Trop chaud. Il étouffait dans sa petite chambre. Une porte claqua. Son collègue devait rentrer d'une soirée. Le rire léger d'une femme s'éleva dans le couloir. Mince ! Maintenant, il allait entendre les ressorts du lit grincer toute la nuit.

Il alluma la lampe pour jeter un coup d'œil à sa montre : 2 h 30. Le bruit de bottes cloutées interrompit les ricanements en provenance de la chambre voisine. Il se leva et ouvrit les fenêtres, soulevant le loquet qui réunissait les volets, puis il se pencha dehors, afin de respirer l'air frais de la nuit. Trois soldats passèrent, le fusil pointé vers le haut. Ils s'arrêtèrent devant un immeuble, plus loin dans la rue. Ils forcèrent la porte à l'aide de la crosse de leur fusil et ils entrèrent.

Au bout de quelques minutes, ils ressortirent, un homme en joue. Toujours en pyjama, il avait les mains sur sa tête. Une femme en chemise de nuit marchait à ses côtés, tenant un bambin par la main. En se penchant encore par la fenêtre, Sebastian entendit les cris de l'enfant qui s'estompaient à mesure qu'il s'éloignait.

Il eut envie de s'élancer dans cette rue, de les empêcher d'arrêter une famille comme celle-là. Mais il était impuissant, un moins que rien. Il se détourna et s'assit pesamment sur son lit. Serrant les poings, il frappa son matelas à plusieurs reprises, en proie à un sentiment de désespoir sans remède. Les murs de la chambre se refermaient sur lui au point de l'étouffer et le lit de la chambre voisine grinçait. Il jeta un coup d'œil à son uniforme accroché à la porte de l'armoire. Dans la pénombre, il semblait le narguer et lui susurrer : « Oui, je t'appartiens et tu m'appartiens. »

Attrapant le paquet de Gitanes sur sa table de chevet, il s'alluma une cigarette tout en fixant son uniforme. « Tu vas voir », murmura-t-il. Retirant la cigarette de sa bouche, il se leva et la colla contre le tissu gris foncé de sa veste. Hypnotisé, il regarda son extrémité incandescente y creuser un trou. Retirant la cigarette, il recula pour observer le cercle parfaitement rond qu'elle avait laissé. Les grincements du lit d'à côté s'interrompirent brusquement et tout devint silencieux. Sebastian retint son souffle, attendant que la porte s'ouvre et se referme, signe que la femme repartait. Il n'eut pas longtemps à patienter. Le claquement significatif se fit entendre. Au moins, maintenant, pouvait-il regagner son lit.

Il jeta son mégot de cigarette dans le cendrier de sa table de chevet, éteignit la lumière, puis s'allongea dans le noir. Il sentit son esprit ralentir, les vagues du sommeil commencer à monter et descendre. Il les accueillit, espérant être emporté par elles. Mais l'un des rouleaux s'écrasa sur lui.

Il se réveilla en sursaut, le cœur battant à tout rompre. Henrik. Il avait encore rêvé d'Henrik. De la Russie. Se redressant, il essuya la sueur de son front humide. Il ne s'en libérerait jamais. Jamais.

Alors il se leva, jeta son pyjama par terre, puis enfila son uniforme sans s'embarrasser d'une chemise. Il fallait qu'il sorte de cette chambre.

Il erra dans les rues étrangement calmes puis, au petit matin, regarda le soleil se lever au-dessus des immeubles haussmanniens avant de se glisser dans un bistrot pour un café et un croissant. On était samedi, il n'avait rien à faire, aussi se retrouva-t-il en train de se diriger une fois de plus vers la librairie, tant il brûlait de croiser un visage ne serait-ce qu'à moitié sympathique.

La boutique était vide et M. Le Bolzec était occupé au niveau de sa caisse. Sebastian s'approcha du coin poussiéreux où se trouvaient les livres de poésie. La clochette en tintant le fit sursauter. C'était elle. Élise. Il la vit hésiter et comprit qu'elle désirait faire demi-tour et repartir. *Laisse-la*, décida-t-il. Elle en avait parfaitement le droit.

Mais M. Le Bolzec fut trop rapide pour elle.

— Élise, l'accueillit-il en lui déposant une bise rapide sur chaque joue. Quel plaisir de te voir ! (Sebastian prit un livre sur un rayon et fit semblant de le lire.) Comment vas-tu ? J'ai quelque chose à te faire apporter rue Claude-Bernard.

Rue Claude-Bernard ? Il connaissait cette adresse. *Merde** ! C'était le nom de la rue où se trouvait le fameux orphelinat. Le centre de l'UGIF. Il en était sûr.

M. Le Bolzec partit dans l'arrière-boutique, d'où il revint muni d'un sac en papier kraft.

— Quelques livres et biscuits pour les enfants.

Sebastian retint son souffle, attendant qu'elle réponde, mais elle resta muette. Il dut se faire violence pour ne pas se retourner et les regarder, puis il l'entendit lancer : « *Au revoir** » et la cloche tinta. Elle était partie. M. Le Bolzec s'affairait de nouveau sur sa caisse. *Merde* !* Que devait-il faire ?

Il s'approcha du comptoir, attendant que le vieil homme lève les yeux. La gorge serrée par l'émotion, il réfléchissait à ce qu'il allait dire. Les images d'une descente de la Gestapo à l'orphelinat envahirent son esprit.

— Je n'ai pas pu m'empêcher d'entendre, commença-t-il.

— Quoi ? fit M. Le Bolzec en l'observant avec circonspection.

— Rue Claude-Bernard.

Les yeux du libraire s'assombrirent.

— Et alors ?

— C'est là que se trouve le centre de l'UGIF, n'est-ce pas ? L'orphelinat.

— Je le crois, répondit-il. C'est légal. Où voulez-vous qu'ils mettent tous les enfants dont les parents ont été déportés ?

Frissonnant, Sebastian cherchait un moyen de s'expliquer.

— Ce n'est pas le problème… Ils risquent d'avoir des ennuis.

— Que voulez-vous dire ? s'enquit M. Le Bolzec, qui se pencha sur sa caisse, le visage soudain gris cendre.

Sebastian était allé trop loin. Il ne pouvait se permettre de continuer.

— Je ne peux pas parler. Dites-lui d'être prudente. Dites-leur à tous d'être prudents.

Le libraire lui saisit le bras.

— Qu'est-ce qui se passe ?

— Ils sont peut-être en train de les surveiller, répondit Sebastian en s'écartant. Vous devriez les prévenir.

— Comment ça ? Pourquoi les surveilleraient-ils ?

— Je ne sais pas.

— Mais Élise n'a rien fait de mal.

Pendant quelques secondes, les deux hommes se dévisagèrent, chacun conscient que cela n'avait aucune importance.

— D'accord, je l'en informerai. Je lui dirai de tous les prévenir, capitula M. Le Bolzec.

Et Sebastian partit brusquement, avant d'être tenté d'ajouter quoi que ce soit.

15

Paris, avril 1944

Élise

Le claquement régulier d'une balle de tennis résonnait dans mes oreilles alors que je traversais le jardin du Luxembourg pour me rendre au travail. Ce bruit me paraissait incongru, tout comme les premières fleurs qui bourgeonnaient. En apparence, tout semblait normal, mais si on y regardait de plus près, on remarquait que la plupart des joyeux promeneurs étaient des soldats allemands et on voyait aussi les panneaux plantés dans l'herbe : « *Interdit aux Juifs** ». Les Juifs avaient été mis au ban de notre communauté, puis progressivement mais sûrement éliminés.

Je me figeai, mon pouls s'accéléra. Un soldat allemand se tenait devant moi, souriant.

— Voudriez-vous prendre une photo pour nous, s'il vous plaît ?

Je hochai la tête sans parler, regrettant de ne pas avoir le courage de l'ignorer et de m'en aller. L'homme prit mon silence pour un assentiment et me tendit un gros appareil photo, m'expliquant dans un mauvais français quels boutons je devais tourner et sur lesquels appuyer. Je n'ouvris toujours pas la bouche, mais il ne parut pas s'en apercevoir et, quand je regardai la femme accrochée à son bras, elle détourna les yeux. Alors que je reculais d'un pas, pointant l'appareil photo sur eux, elle sourit largement, les yeux pétillants, son rouge à lèvres brillant comme une blessure sur son visage. Si elle faisait seulement semblant d'être heureuse, elle s'y prenait très bien. Cette comédie me donna envie de jeter la caméra par terre, alors, faute de pouvoir le faire, j'inclinai l'appareil pour que l'angle de prise de vue ne me permette de saisir que leurs jambes. J'en retirai un petit sentiment de satisfaction, si bien que je souris en rendant la caméra.

— *Guten Tag**, lançai-je avant de m'interrompre, devant le visage rond et heureux du soldat, puis de marmonner, de façon à demi audible. *J'espère que vous aurez ce que vous méritez**.

Il m'adressa un sourire rayonnant.

— *Danke schön ! Merci, mademoiselle**.

Je m'éloignai rapidement, manquant de trébucher sur le panneau « *Interdit aux Juifs** ». Je me relevai, les yeux rivés dessus, me rappelant mon amie Ellen, qui avait été arrêtée avec sa famille lors de la grande rafle de 1942. On les avait emmenés au Vélodrome d'hiver puis, de là, à Drancy, un camp de transit, comme je l'avais appris. J'avais écrit trois lettres à Ellen, sans jamais recevoir de réponse. J'ignorais l'endroit où elle se trouvait désormais. La rage et la frustration enflaient en moi. J'eus envie d'arracher ce fichu panneau de la terre où il se trouvait. Je faillis le faire, mais cela n'aiderait personne et ne me procurerait qu'une satisfaction de courte durée. Je continuai mon chemin vers le travail.

— *Bonjour, les filles**.

J'ôtai mon béret en entrant dans la banque, pour l'accrocher sur le porte-chapeaux, avec ma veste d'été, puis j'allai saluer mes collègues d'une petite bise sur la joue.

— *Salut**, Élise, fit Françoise en haussant un sourcil. Apparemment, les Boches nous rendent visite aujourd'hui.

— Les Allemands, Françoise ! rectifia M. Desgardes qui entrait. Vous ne pouvez pas les traiter de Boches. Pas ici.

Et, en effet, ils veulent vérifier certains comptes. Qui s'occupe du compte Dreyfus ?

— Moi, répondis-je.

— Assurez-vous de l'avoir à portée de main.

L'atmosphère resta tendue pendant le reste de la matinée et ce fut presque un soulagement lorsqu'un officier allemand se présenta seul à la banque, juste avant la pause déjeuner. Il examina la salle, puis fit claquer ses talons. Au moins ne nous avait-il pas infligé le « *Heil Hitler* » dont ses camarades étaient coutumiers. Aucun de nous ne répondit, mais nous levâmes tous les yeux, pour montrer que nous avions pris sa présence en compte. Il était grand et mince, les joues d'une belle couleur. J'aurais été prête à parier qu'il s'était promené dans le jardin du Luxembourg, pendant le week-end.

— Le compte Dreyfus, ordonna-t-il.

— Il est ici.

Je sentis un léger tremblement dans ma voix. Pourvu qu'il ne l'ait pas remarqué. Je ne voulais pas qu'il me pense intimidée par sa personne – cela leur donnait immédiatement le dessus –, mais je le voyais déjà à la façon dont ses yeux parcouraient avidement la pièce, dont il croisait les mains derrière son dos en se pavanant pour s'approcher de moi. Ils avaient toujours eu le dessus.

— *Bien, bien**.

Il avait un fort accent et je me rendis compte que son français était probablement assez limité, ce qui atténua ma peur, même si cela n'aurait pas dû. Je me levai et lui tendis le dossier.

— *Assis, assis**.

Son français était vraiment affreux. Répétait-il toujours ses mots ainsi ou était-ce un tic nerveux ? Sans même ouvrir la chemise, il la tint contre sa poitrine tout en se penchant sur moi.

— Videz-le.

Je m'écartai.

— Où dois-je transférer l'argent ?

Je levai les yeux vers lui, feignant l'innocence, mais bouillonnant au fond de moi. C'était donc ça qu'ils préparaient, la raison de leur visite du jour.

— *Ici, ici**.

Il me tendit un bout de papier avec un numéro de compte dessus.

— C'est une autre banque. Je vais devoir leur taper une lettre.

— *Oui, oui**, consentit-il, l'air impatient.

Je tirai ma machine à écrire vers moi et y insérai une feuille vierge. En dépit de l'exiguïté de l'espace, il vint se coller au ras de mon bureau, scrutant le papier pendant que je tapais, comme s'il ne me faisait pas confiance pour consigner les bons chiffres. On n'entendait plus un bruit dans le bureau, à l'exception du martèlement de mes touches, alignant les chiffres et les lettres qui dépouilleraient une famille de tous ses biens ; et de sa respiration, halètements lourds et laborieux d'un animal penché sur sa proie. Ce son souleva une vague de colère en moi. Il était là, qui volait l'argent d'un de nos clients sous notre nez, et nous ne pouvions rien y faire.

Le reste de la journée, je me plongeai dans des tableaux de chiffres et de nombres, calculai des pourcentages, des taux de croissance et des taxes. Le monde des chiffres m'éloignait du présent. On pouvait se fier aux chiffres. Ils ne mentaient pas, si vous saviez les lire. Et je savais. Je ne comprenais que trop bien comment les Allemands avaient fixé le taux de change : un nombre exagéré de francs contre un de leurs Deutschemarks. Cela signifiait que les soldats basés ici, payés en deutschemarks, étaient beaucoup plus riches qu'ils n'auraient dû l'être, ce qui leur permettait de manger dans nos restaurants, alors que nous ne le pouvions pas. Ils pouvaient acheter des parfums de luxe, des foulards Hermès et des bas de soie pour leurs épouses restées au pays, tandis que nous devions nous contenter de modifier les vêtements que nous possédions déjà. Ils brandissaient notre argent comme s'ils l'avaient gagné et y avaient droit, alors qu'en réalité, ils l'avaient volé sous nos yeux. C'étaient des voleurs. Des meurtriers et des voleurs. Dieu, comme je les méprisais !

Ce soir-là, lorsque je quittai la banque d'un bon pas, mon sang bouillonnait encore de colère contre les nazis et contre moi-même pour avoir été leur complice. *Merde** ! J'avais promis à maman d'aller chercher du pain. Rebroussant chemin, je me souvins de l'endroit où, selon elle, je pourrais en trouver ce jour-là. Elle avait raison. Quand j'arrivai à la boulangerie, la queue était déjà longue. J'y pris ma place, derrière deux femmes âgées qui parlaient si fort que je fus bien obligée d'entendre leur conversation.

— Il y aurait assez de nourriture pour tout le monde si les Boches n'étaient pas des porcs aussi avides.

— Chuuut !

Son amie regarda autour d'elle en souriant de façon cynique. Croisant son regard, je lui souris en retour.

— Oh, ne t'inquiète pas. Il n'y en a pas dans cette file. Et tu peux parier ton dernier centime qu'il n'y a pas non plus de collabos. Il n'y a que nous autres, les nigauds.

— Tais-toi, Micheline !

— Ne t'inquiète pas. Les vieilles dames comme nous ne les intéressent pas. Nous sommes invisibles pour eux. (Elle se retourna vers moi.) C'est pour ça que vous avez coupé vos cheveux ?

— Pardon ?

Je savais ce qu'elle insinuait, mais son franc-parler me rebutait.

— Vous ne voulez pas qu'ils vous remarquent, c'est cela ?

Je portai une main protectrice à ma tête.

— Je les aime courts.

— Oui, ce n'est pas mal. Ça fait ressortir vos yeux. (Elle s'interrompit avant de reprendre.) Mais les hommes préfèrent les cheveux longs.

— Je m'en fiche.

Elle s'esclaffa à nouveau, rejetant la tête en arrière.

— *Bien dit* !* S'il n'y avait pas les hommes, nous ne serions pas dans cette fichue file d'attente, n'est-ce pas ?

— Non, confirma sa compagne. Nous danserions, chanterions… mangerions.

— Maudits soient-ils !

— Ils sont tous pareils.

Je me joignis à leurs rires, heureuse de voir la file d'attente avancer. C'était l'une de ces rares occasions où l'on pouvait acheter du pain en début de soirée. Serrant ma demi-baguette, je rentrai chez moi en traversant le jardin du Luxembourg. Le lac scintillait sous le soleil couchant et, comme d'habitude, plusieurs soldats allemands se promenaient avec leurs petites amies, comme si l'endroit leur appartenait. Je soupirai bruyamment en passant devant un de ces couples en train de s'embrasser. Le sang bouillonnait dans mes veines et je dus refouler mon envie de la gifler, de lui crier dessus. Qu'est-ce qui lui prenait, nom de Dieu, d'embrasser l'ennemi ?

La situation était sans espoir. Trop d'entre nous les avaient acceptés, leur complaisant au lieu de leur résister. Il était impossible de savoir en qui placer sa confiance et de qui se méfier. Il n'aurait pas dû en aller ainsi, nous aurions dû rester unis. Mais certaines personnes avaient compris qu'elles pouvaient profiter de la situation, et puis il y avait les antisémites, trop heureux de se débarrasser des Juifs. Je retombai sur le même panneau « *Interdit aux Juifs** », sur lequel j'avais failli trébucher dans la matinée. Sans réfléchir, je pris mon élan et y envoyai un coup de pied. Il ne devait pas être très solidement ancré dans le sol, car il tomba aussitôt, dans un bruit sourd. *Merde* !* Je m'éloignai rapidement.

— Qu'est-ce que vous fabriquez ?

L'Allemand que je venais de croiser s'avançait vers moi.

Mon cœur s'arrêta. Puis, instinctivement, je pris la fuite. Tant qu'il serait avec son amie, il ne se donnerait sûrement pas la peine de me poursuivre.

J'avais tort. Les bruits de pas derrière moi s'intensifièrent. Je pris le virage suivant comme une fusée. Pour tomber pile sur un policier.

— Qu'est-ce qui vous fait courir comme ça, mademoiselle ?

Je tentai de m'éloigner, mais il avait sa main sur mon épaule. Il resserra sa prise.

— *Vos papiers* !* (Je laissai tomber le pain.) Vos papiers ! cria-t-il encore.

Les doigts tremblants, je tâtonnai pour ouvrir mon sac à main, qui renfermait un vrai fouillis. Papiers, livres, stylos, tout était mélangé. Je farfouillai, cherchant désespérément ma carte d'identité.

L'Allemand apparut, le souffle court après sa course.

— Vous êtes en état d'arrestation, siffla-t-il entre deux halètements.

Mes côtes se contractèrent autour de mes poumons. Tout à coup en manque d'air, je lâchai mon sac, dont le contenu se répandit. L'Allemand sortit une paire de menottes et me lia les mains dans le dos. Prise de vertige, je restai bouche bée devant mes affaires éparpillées sur le sol. Ce n'était pas possible !

— Remettez ses effets dans le sac, aboya-t-il au policier.

On y était ! Je devais empêcher que cela n'arrive. Prenant mon courage à deux mains, j'obligeai les mots à sortir de ma gorge nouée.

— J'ai trébuché sur le panneau. Je ne voulais pas le renverser. Je suis désolée !

Je fixai l'Allemand du regard. Il s'immobilisa une seconde, pour me regarder froidement.

— Je suis désolée, répétai-je.

Il leva une main, sans que je voie venir la gifle qui s'abattit sur mon visage. Je fus projetée en arrière. Du coin de l'œil, je vis son amie qui me fixait.

— Je l'emmène rue de la Pompe ! cria-t-il.

Oh, mon Dieu, non ! Pas le quartier général de la Gestapo ! Désespérée, je levai les yeux vers le policier, mais il se détourna, bien décidé à ne pas se mouiller.

— Rue de la Pompe ? intervint doucement la dame. Mais je croyais que nous allions passer la soirée ensemble…

L'Allemand la regarda en soupirant bruyamment.

— Tu ne vois pas que j'ai des choses à faire maintenant ?

— Ce policier ne pourrait-il pas s'en charger ?

Je retins mon souffle, redoutant les mots qui allaient suivre, mais espérant toujours.

— Non ! Comment je pourrais lui faire confiance ? Il faut que je m'en occupe moi-même. Elle a détruit la propriété allemande.

Je regardai la femme et décelai ses hésitations.

— Mais Stefan, je me réjouissais tellement du temps que nous allions passer ensemble. (Elle lui posa une main sur le bras.) Vous n'êtes pas en service, ce soir.

— Je suis toujours en service !

Elle croisa mon regard et je vis dans le sien une triste lueur d'excuse. Elle avait essayé.

Il me traîna par le coude à travers les jardins, jusqu'à une voiture noire, garée à proximité. Il me poussa brutalement sur la banquette arrière, non sans me faire mal à l'épaule. Je me couvris d'une sueur froide. Allaient-ils m'interroger ? Un « interrogatoire ». Le mot suffisait à me terrifier. Je fermai les yeux, pour tenter de bloquer les images où je les voyais en train de me rouer de coups, de m'arracher les ongles, de m'électrocuter. Stop ! Il n'en irait pas ainsi. J'admettrais avoir donné un coup de pied dans le panneau. Et ils me laisseraient tranquille, peut-être m'enverraient-ils en prison pour quelques jours. Une autre crampe me noua le ventre.

Lorsque la voiture s'arrêta rue de la Pompe, il me fit entrer dans le bâtiment, d'une main énergique refermée sur mon coude. Des SS déambulaient en vociférant des ordres. Mes genoux se dérobaient sous moi pendant notre traversée du couloir. Je trébuchai, faillis tomber. Il me redressa, puis me poussa sur une chaise métallique devant un bureau. Je fermai les yeux, priant un Dieu auquel je ne croyais plus.

16

Paris, avril 1944

Sebastian

Il était déjà 18 heures, mais Sebastian demeurait à son bureau. La journée avait été particulièrement chargée et sa tête palpitait des mots perfides qui suintaient des lettres qu'il avait traduites. Comment des gens pouvaient-ils dénoncer leurs voisins de la sorte ? Ils pourraient aussi bien prendre un fusil et aller les tuer. Elle le rendait physiquement malade, cette façon sournoise qu'avaient certains de se débarrasser avec désinvolture de leurs voisins juifs sous couvert de se conduire en « citoyens concernés ». Il en avait la migraine.

Le téléphone à côté de lui sonna, ce qui le fit sursauter. Il décrocha.

— *Heil Hitler !*

— *Heil Hitler !* Ici l'officier Wenner. Nous avons besoin de vous pour un interrogatoire, rue de la Pompe. Notre interprète est malade.

— À vos ordres, officier Wenner.

— Venez me faire un rapport direct, au rez-de-chaussée.

Sebastian se leva et attrapa sa mallette. Son pouls s'accéléra à la pensée de ce qui l'attendait. On ne l'avait fait venir qu'une seule fois sur un interrogatoire, et l'expérience s'était si mal terminée qu'il en avait conclu qu'on ne le lui demanderait plus jamais. Il avait vomi quand ils avaient attaché les bras du prisonnier à la table et sorti les pinces.

Il prit le métro, montant dans le premier wagon, réservé aux Allemands. Quelques Juifs se traînaient dans la dernière voiture. Comment avaient-ils survécu aussi longtemps avec les quotas de déportation qui devaient être atteints tous les mois ?

Au quartier général de la Gestapo, il sentit les poils de ses bras se hérisser et un frisson lui parcourut l'échine. Des hommes et des femmes en uniforme tapaient sur des machines à écrire, si absorbés par leur travail qu'ils ne levèrent même pas les yeux à son passage. Puis un brouhaha derrière lui l'obligea à se retourner. Un homme jurait et criait en français tandis qu'un groupe de soldats allemands le plaquait à terre. Sebastian se détourna pour ne pas voir les lourdes bottes des soldats frapper les reins de l'homme. Un officier allemand sortit en courant de son bureau.

— Arrêtez ! cria-t-il. Je dois lui tirer des informations. Amenez-le dans mon bureau.

Peu à peu, le bruit angoissant de ces bottes cognant un corps se tut. Les soldats ramassèrent l'homme au sol et le traînèrent vers la pièce indiquée. Ses pieds qui pendaient derrière lui formaient un angle anormal.

Tout en suivant le mouvement, Sebastian remarqua quatre Français assis devant un autre bureau… Puis il y regarda à deux fois. La femme était là. Cette Élise. Une lueur alluma ses yeux quand elle le vit, signe qu'elle l'avait reconnu. Sebastian lui renvoya un regard froid, espérant qu'elle comprendrait le message : elle ne devait surtout pas manifester qu'elle le connaissait.

Tout le monde était distrait par le prisonnier qu'on emmenait. Il vit là une petite marge de manœuvre. Et la saisit. S'approchant d'elle, il lui lança d'une voix autoritaire :

— Suivez-moi.

Sans un mot et les yeux rivés au sol, elle se leva. Elle le suivit alors qu'il rebroussait chemin. Son cœur battait à tout rompre, au rythme du cliquetis mécanique des machines à écrire. Si quelqu'un les arrêtait, il prétendrait n'avoir rien à voir avec elle.

Elle franchit à sa suite les lourdes portes en bois, traversa la rue et tourna dans la suivante. Une fois loin du bâtiment, il s'arrêta et se retourna. Elle faillit lui rentrer dedans. En lui agrippant les bras, il sentit son corps trembler. Ses pupilles noires s'étaient dilatées en deux grandes flaques de peur. Il l'entraîna alors de l'autre côté de la rue, jusqu'à une entrée d'immeuble, puis dans une cour.

— Qu'est-ce que vous faisiez là-bas ?

Il resserra les doigts sur ses épaules, avant de s'apercevoir qu'il les lui enfonçait dans la chair. Il relâcha aussitôt prise.

— J'ai renversé un de ces panneaux, bégaya-t-elle. « *Interdit aux Juifs** ».

— Quoi ? De quoi parlez-vous ?

— Dans le jardin du Luxembourg. Un officier allemand m'a vue.

— Mais… commença-t-il, perplexe.

— J'ai donné un coup de pied dedans. Je ne savais pas qu'il allait tomber.

— On vous a envoyée ici pour ça ?

Pourquoi l'amener au quartier général de la Gestapo pour une broutille pareille ?

— L'officier était fou de rage. Je ne trouvais pas ma carte d'identité.

Il avait une envie aussi soudaine qu'absurde de rire aux éclats.

— Encore ?

— Elle était dans mon sac, mais j'ai tout fait tomber. J'ai paniqué.

— Où est-elle maintenant ?

Il se cramponnait toujours à ses bras.

— Je ne sais pas. Quelque part dans mes affaires.

— Ils ne vous l'ont pas demandée quand on vous a amenée ?

— Non. Avec tous ces cris, ils m'ont juste fait asseoir sur la chaise.

Le soulagement qui envahit Sebastian fut si intense que la tête lui tourna. Il la relâcha et se passa les mains sur les yeux. Elle venait d'en réchapper de justesse.

— Merci… Sebastian, ajouta-t-elle après une pause.

Elle l'avait appelé par son nom ! Il ne savait même pas qu'elle le connaissait. Il fixa ses yeux verts et tout devint plus net, plus prononcé : l'odeur du jasmin qui rampait sur le mur à côté de lui, le bruit des camions dans les rues. Le temps ralentit, lui donnant presque l'impression de pouvoir s'échapper.

Puis la réalité le rattrapa. Il posa les mains sur ses épaules.

— Rentrez tout droit chez vous. Ne dites pas un mot à qui que ce soit. Rentrez juste chez vous et restez-y.

Elle acquiesça et il la vit déglutir avant qu'elle ne se retourne et s'éloigne.

Il poussa un long soupir, le cœur cognant toujours fort et vite. Il lui avait probablement sauvé la vie. Peut-être perdait-il la tête. Peut-être était-ce une bonne chose. Au lieu de retourner au quartier général de la Gestapo, au lieu d'assister à l'interrogatoire, il pourrait aller la chercher, lui prendre la main et ils s'enfuiraient.

Arrête de rêver ! Non, il devait y retourner, en feignant d'arriver tout juste. Prenant une profonde inspiration, il bomba le torse en prévision du rôle qu'il allait devoir jouer.

17

Paris, avril 1944

Élise

Mes jambes tremblèrent tout le long du chemin et j'eus toutes les peines du monde à mettre un pied devant l'autre sans trébucher. Je frissonnais. Et si quelqu'un avait vu Sebastian me conduire dehors ? Que faisait-il là de toute façon ? Je ne le lui avais même pas demandé.

Trop fatiguée et trop secouée pour marcher jusqu'à la maison, je pris le métro à Passy. Je gardai les yeux fixés au sol, terrifiée, pendant que j'insérais mon ticket et franchissais le tourniquet. Dans le wagon, je m'assis près de la fenêtre, fixant les tunnels sombres tandis que le métro grondait sous les rues de Paris. Je serrais ma carte d'identité entre mes doigts, prête à la brandir si des soldats montaient. On n'entendait pas un bruit dans la voiture, même si elle était à moitié pleine. Avant l'Occupation, nous avions l'habitude de converser, de croiser parfois le regard d'un autre voyageur. Désormais, chacun paraissait faire semblant d'être ailleurs. Nous étions devenus méfiants les uns envers les autres. Seuls les enfants ne comprenaient pas cette règle tacite. Le regard de celui qui me transperçait depuis le siège d'en face me mit mal à l'aise.

Je pleurai de soulagement quand je franchis enfin la porte d'entrée de notre appartement.

— Tu as pu avoir du pain ? demanda maman en sortant de la cuisine.

Je ravalai mes larmes et mentis.

— Il n'y en avait pas, maman. Je suis désolée.

Elle soupira.

— C'est bizarre. J'avais entendu dire qu'il y en aurait.

— Je vais m'allonger, lançai-je. J'ai une migraine affreuse. J'ai besoin de me reposer dans le noir. Ne me réveille pas pour le dîner. Je vais essayer de dormir.

Sans attendre sa réponse, je filai droit dans ma chambre, où j'ouvris la fenêtre et me penchai pour fermer les volets. Je me sentis aussitôt plus calme, plus en sécurité. Assise sur mon lit, j'ôtai mes chaussures et posai ma tête sur l'oreiller, pour fixer le plafond dans la lumière tamisée. Mon bras gauche me faisait mal là où Sebastian l'avait serré si fort. J'allumai la petite lampe à côté de mon lit et j'enlevai mon chemisier, afin de vérifier s'il y avait laissé des bleus, et j'eus la surprise de n'en trouver aucun. Je fis courir mes doigts sur ma peau où je perçus encore sa chaleur, comme si son contact ne m'avait pas quittée. J'éteignis la lumière, puis, une fois couchée, j'entendis sa voix retentir dans mes oreilles, ses questions pressantes. *« Où est votre carte d'identité ? Ils ne vous l'ont pas demandée quand on vous a amenée ? »* Ses paroles tournaient dans ma tête pendant que je me repassais la scène. Son soulagement manifeste quand je lui avais appris ne devoir mon arrestation qu'au renversement de ce fichu panneau. Il s'était plaqué les mains sur les yeux comme l'aurait fait un enfant. C'était à cet instant-là qu'il avait dû prendre pleinement conscience de l'énormité du risque qu'il avait couru pour moi. Comme un gamin, il n'avait sans doute pas pesé les conséquences de ses actes lorsqu'il m'avait vue assise sur une chaise devant ce bureau. Mais il savait ce qui m'attendait de l'autre côté.

Cette nuit-là, mes rêves furent vifs et confus : Sebastian et le soldat qui m'avait arrêtée, tout s'y mélangeait. Je me réveillai plusieurs fois, rongée par la faim, mais je restai couchée. Pourquoi cet homme que je connaissais à peine avait-il pris un tel risque pour moi ? Peut-être M. Le Bolzec avait-il raison : il était dévoré par la culpabilité, et me sauver était le seul geste à sa portée. Je me sentais mollir à son égard… Non, il ne fallait pas oublier qu'il était toujours l'ennemi.

18

Paris, avril 1944

Sebastian

Sebastian savait qu'il n'était pas bon d'avoir des habitudes régulières en temps de guerre, car cela signifiait que les gens savaient où vous étiez et qui vous fréquentiez, mais il ne pouvait s'en empêcher. Il n'arrivait pas à se retreindre pour ce qui était de fréquenter la librairie, où il savait que M. Le Bolzec lui réserverait un accueil amical. Et où il aurait peut-être la possibilité de voir Élise. Il s'inquiétait pour elle. Ce soir-là, en poussant la porte de la boutique, il se demanda si elle serait là. Mais l'endroit était désert, sans même un signe du libraire.

— Bonsoir, lança-t-il.

Et puis il la vit, sortant de l'arrière-boutique, les cheveux en désordre, comme si elle y avait passé les mains dedans.

— M. Le Bolzec a dû sortir, déclara-t-elle, la voix légèrement frémissante. Il m'a demandé de garder un œil sur sa librairie.

Il la regarda et le silence s'installa entre eux. On n'entendait plus que le tic-tac de l'horloge. Puis elle se déplaça. Il perçut le léger frôlement de sa robe contre ses jambes. Bon sang, que pourrait-il bien trouver à dire ? N'importe quoi… Mais elle le devança.

— Je dois vous remercier pour l'autre jour, pour m'avoir sortie de cet endroit.

Sebastian opina, notant qu'elle avait utilisé le mot « dois ». Bien sûr, elle ne pouvait pas vraiment le remercier, ç'aurait été trop ironique.

— M. Le Bolzec m'a dit qu'on surveillait l'orphelinat de la rue Claude-Bernard, poursuivit-elle.

— C'est possible.

— Comment le savez-vous ? insista-t-elle, le vrillant de ses yeux verts.

Il fut choqué qu'elle lui pose la question aussi directement.

— Je ne peux pas vous le dire, répliqua-t-il.

Elle l'observa attentivement. Puis ses yeux l'abandonnèrent. Elle allait s'éloigner, pensa-t-il, mais non, elle ne bougea pas.

— Je ne devrais pas vous adresser la parole. Pour commencer, je n'aurais jamais dû avoir besoin d'être secourue.

Dans le même élan, elle avait déclaré qu'elle n'allait pas lui parler… juste avant de le faire. Elle était pleine de contradictions.

— Je sais. Je suis désolé.

— Désolé ?

— Oui, je suis désolé de me tenir ici dans cet uniforme. (Il hésita, puis se jeta à l'eau.) Ce n'est pas qui je suis.

— Qui êtes-vous, alors ?

Sebastian sentit ses joues s'échauffer. Il ne devrait pas avoir ce genre de conversation. Mais ils étaient seuls et c'était peut-être sa dernière chance de lui parler, alors il persévéra.

— Je ne suis qu'un homme ordinaire.

Elle plissa légèrement le front et leva une main pour le gratter de son auriculaire. Le geste était si mignon… Il continua, tout en sachant qu'il n'aurait pas dû.

— Ordinaire, et pas courageux. J'étais très jeune quand la guerre a commencé, jeune et naïf. Je n'avais aucune idée qu'on en arriverait là. Je pensais même que la France et l'Allemagne pourraient construire ensemble une Europe meilleure, plus forte.

— Ensemble ? s'esclaffa-t-elle, cynique. Ce serait drôle si ce n'était pas si tragique.

— Je n'aurais jamais imaginé… (Il hésita, en quête des mots adéquats.) Je ne cherche pas d'excuses. La position dans laquelle je me trouve… Je déteste être ici de cette façon.

— Ne dites rien, dans ce cas.

Elle avait raison. Il devrait se taire. Le fossé entre eux était trop important. Il recula d'un pas.

— D'où vient cette haine ? demanda-t-elle brusquement.

L'air était devenu lourd, soudain. Elle lui posait une autre question, lui tendait une perche. Chaque mot qu'il choisirait serait jugé avec sévérité. Il devait donc y réfléchir à deux fois.

— Cette « haine » ? C'était la pauvreté. Les gens étaient affamés. Les familles ne parvenaient pas à nourrir leurs enfants. Mais je n'excuse rien du tout.

— Bien, lâcha-t-elle simplement, en le regardant droit dans les yeux.

— J'essaie juste de répondre à votre question. (Il effectua un petit pas en avant.) L'Allemagne a été paralysée après la Première Guerre mondiale. Les parents ont vu leurs enfants mourir de faim. Hitler leur a fourni un bouc émissaire, un ennemi commun.

Elle l'observait, se grattant de nouveau le front avec l'ongle de son auriculaire. Il devait lui faire comprendre, avant que quelqu'un n'entre dans la boutique.

— C'était dur. (Voyant qu'elle ne cillait pas, il continua.) Notre monnaie ne valait plus rien.

— Oui, je suis au courant de votre hyperinflation.

Leur conversation ressemblait à une partie d'échecs : de petits déplacements de pions pour commencer, le temps de trouver quelle stratégie déployer. Mais il ne voulait pas l'offenser.

— Nous n'avons pas été capables de nous remettre de la dernière guerre.

Elle haussa un sourcil.

— Donc vous avez dû en déclencher une autre ?

— Ce n'est pas moi qui ai commencé cette guerre.

— Non, mais vous êtes ici en uniforme, vous représentez votre pays.

— Je le regrette.

Il brûlait de l'ôter, ici et maintenant. Retirant sa veste, il la posa sur la caisse enregistreuse : il était désormais simplement vêtu de sa chemise beige, les bras le long du corps, paumes tournées vers elle.

Le rouge aux joues, elle écarquilla les yeux. Pendant quelques secondes, ils restèrent à se regarder et il se sentit attiré vers elle, comme s'il venait d'être traversé par un courant électrique. Son souffle s'accéléra. Qu'est-ce que ce serait de devenir l'homme qu'il brûlait d'être, avec elle ?

La clochette fit voler leur intimité en éclats. Les deux mêmes policiers que la première fois entrèrent. Bouche bée, ils s'arrêtèrent dans leur élan, sans même songer à refermer la porte. Sebastian vit Élise baisser les yeux, les joues écarlates. Leurs yeux passèrent de la jeune femme à lui, avant de revenir à elle. Ayant tiré la conclusion qui s'imposait, ils échangèrent un regard entendu.

— M. Le Bolzec n'est donc pas là ce soir ? se risqua le plus grand.

— Il va revenir d'une minute à l'autre, répondit Élise d'une voix tremblante.

— J'attends moi-même de pouvoir m'entretenir avec lui, ajouta Sebastian avec autorité. Quelle affaire vous amène chez lui ?

— On fait juste notre ronde.

— Il est bon de savoir que vous nous protégez, ironisa le jeune homme.

Un silence gênant s'ensuivit. Sebastian les regardait fixement, dans l'espoir qu'ils finissent par s'en aller.

Quand ils décampèrent, quelques minutes plus tard, Élise referma brutalement la caisse.

— Vous savez ce qu'ils pensent maintenant, n'est-ce pas ?

— Je suis désolé. Je n'aurais pas dû venir.

— Non. Les gens causent.

Il se détourna, pourtant incapable de se résoudre à partir.

— Ils préparent vraiment une descente à l'orphelinat ? lâcha-t-elle dans un souffle sans lever le regard vers lui.

— C'est possible. Je suis désolé

Il renfila sa veste, sans quitter Élise de ses yeux anxieux pendant qu'il la reboutonnait.

— Je suis désolé, marmonna-t-il encore.

— Allez-vous-en, souffla-t-elle.

19

Paris, avril 1944

Élise

Je ne me rendais plus au travail en passant par le jardin du Luxembourg. En fait, j'évitais délibérément les jardins ; il y avait toujours trop de soldats allemands bien nourris qui s'y promenaient avec leurs petites amies françaises ; et j'étais terrifiée à l'idée de tomber sur celui qui m'avait arrêtée. Je m'inquiétais aussi pour l'orphelinat. J'avais prévenu les femmes qui y travaillaient et elles avaient accepté d'interrompre les départs d'enfants pour le moment, mais cela signifiait par conséquent qu'ils étaient plus susceptibles d'être raflés lorsque la police ne parviendrait pas à remplir ses quotas de déportation. Une nuit où je n'arrivais pas à dormir, une idée folle se forma dans ma tête. Elle était trop dangereuse et risquée pour être partagée avec quiconque, plus j'y pensais, plus elle me semblait réalisable. Cela étant, je devais parler à M. Le Bolzec avant d'entreprendre quoi que ce soit.

Après le travail, je me rendis à sa librairie. M. Le Bolzec leva les yeux de sa caisse quand je franchis sa porte.

— Élise, comment vas-tu ?

— Bien, merci.

Je passai devant la jeune femme qui examinait les livres sur la première étagère.

J'attendis qu'elle parte et, une fois la boutique déserte, je me lançai :

— Pourriez-vous fermer la porte à clé ?

Sans un mot, il tourna le panneau indiquant que la librairie était fermée et verrouilla la porte. Après quoi, il se retourna vers moi.

— J'ai fait quelque chose de stupide l'autre jour, commençai-je. J'ai renversé un panneau « *Interdit aux Juifs** ».

Les mots se déversaient de ma bouche comme s'ils me brûlaient les entrailles. Sous le choc, les yeux de M. Le Bolzec étaient devenus deux soucoupes.

— Élise ! Quelqu'un t'a vue ?

— Un soldat.

— Quoi ?

— Il m'a arrêtée et emmenée rue de la Pompe.

— Oh, mon Dieu !

— Il m'a laissée attendre devant une pièce, où on allait m'interroger.

Le visage de M. Le Bolzec était devenu livide. Il se figea.

— Ils allaient t'interroger ?

— Cet Allemand, Seb… Sebastian, qui était ici l'autre soir, il est venu à mon secours. Il m'a fait sortir. Juste sous leur nez.

— Sebastian Kleinhaus ? (Je hochai la tête.) Ta carte d'identité, ils l'ont vue ?

— Non. Je ne suis pas arrivée à la trouver.

Il éclata de rire, un rire profond et guttural, plein de soulagement. Puis, aussi brusquement qu'il s'était mis à s'esclaffer, il s'interrompit.

— Comment Kleinhaus s'y est-il pris ?

— Il m'a ordonné de le suivre, et nous sommes sortis. Il m'a conseillé de rentrer directement chez moi.

— Mon Dieu ! Il t'a sauvé la vie !

— Je ne sais pas ce qui se serait passé s'il n'avait pas été là.

Nous restâmes silencieux pendant de longues secondes, imaginant comment se serait à coup sûr déroulée la suite. J'aurais été jetée dans une cellule et on ne m'aurait probablement jamais revue.

— Je pense… Je commence à penser que nous pouvons peut-être lui faire confiance.

— Peut-être, convint-il en se passant l'index sur l'arête du nez. Probablement.

— Il m'a prévenue pour l'orphelinat.

— Je t'ai dit qu'ils le surveillaient.

M. Le Bolzec avait parlé à voix basse, en balayant rapidement sa boutique déserte du regard.

— Mais s'ils font une descente, ils emmèneront les enfants, repris-je. (Il me regarda avec des yeux tristes mais garda le silence.) J'ai réfléchi à ce que vous m'avez dit, poursuivis-je, en cherchant à évaluer sa réaction, consciente qu'une fois que je lui aurais parlé, il n'y aurait pas de retour en arrière possible. Sur son sentiment de culpabilité et de solitude. Sur le fait de l'utiliser.

— L'utiliser ? J'ai dit ça ?

— Mot pour mot.

— J'ai de la peine pour lui. Il semble si perdu et… oui, solitaire, loin de chez lui, de sa famille. Il s'est montré courageux aussi, plus courageux que je ne le pensais. (Il me scruta du regard.) Il doit beaucoup t'apprécier pour avoir pris un risque pareil.

— Peut-être, répliquai-je en rougissant.

En fait, je savais que je lui plaisais, je l'avais vu à la façon dont ses yeux se fixaient sur les miens, comme s'ils cherchaient quelque chose en moi. En d'autres circonstances, j'aurais été attirée par lui, moi aussi. J'aimais ses manières juvéniles, l'intensité de son regard, sa bouche expressive. Mais je n'étais pas là pour parler coups de cœur. Ni même pour y penser, d'ailleurs.

— Je me demande si je peux solliciter son aide.

— Son aide ? Que veux-tu dire ?

— Ce qu'il a raconté à propos de l'orphelinat, à savoir qu'on nous soupçonne de faire sortir des enfants clandestinement, c'est vrai. J'en ai déjà fait partir onze. Je les ai confiés à un *passeur**. (Les yeux de M. Le Bolzec ne cessaient de s'agrandir et l'atmosphère devenait étouffante.) Je participe à ce réseau depuis six mois, avouai-je sur un long soupir. Personne n'est au courant, à part les femmes de l'orphelinat.

— Mais enfin, Élise, objecta-t-il d'une voix tremblante. S'ils les arrêtent, ces femmes parleront. Elles donneront ton nom.

Je hochai la tête, le ventre noué par la peur, puis, fermant les yeux, je ravalai ma terreur.

— Je devais courir ce risque. Je pense que Sebastian pourrait nous être utile. Il pourrait faire sortir les enfants restants. Ils ne sont plus que six. Personne ne serait intrigué de voir un soldat allemand accompagné d'enfants. On supposerait qu'il les convoie jusqu'à un camp.

— Tu ne peux pas lui demander de faire ça !

— Je crois que si. (Je ménageai une pause de quelques secondes.) Je pense qu'il serait d'accord.

— Non ! Ça risquerait de le retourner.

Il prit sa tête entre ses mains, refusant l'idée.

— Le « retourner » ?

— Oui, s'il découvre qu'on l'utilise, il pourrait très bien se retourner contre nous.

— Je ne crois pas. Il regrette de se trouver ici, dans cet uniforme.

— C'est une chose de le regretter. C'en est une autre d'agir. Il en irait de sa vie.

— Comme pour nous tous ! Chaque fois que je fais partir des enfants, je risque ma vie, mais je pense à eux et à ce que je ressentirais si je restais les bras croisés. Nous devons faire ce que nous pouvons.

— Tu as raison, mais…

— Il faut que nous lui posions la question. On ne peut pas courir le risque d'attendre trop longtemps.

— Je ne sais pas, Élise. Il faut être sûrs.

— Je pense que le jeu en vaut la chandelle. Pour les enfants.

— Peut-être, mais même les meilleurs des hommes parlent quand ils ont peur.

— Vous avez dit vous-même qu'il était plus courageux qu'il n'y paraissait.

— Ne retourne pas mes propos contre moi. Je sais qu'il a pris un énorme risque pour toi, l'autre jour. Mais ça ne signifie pas qu'il recommencerait.

— Je veux lui demander, répétai-je avec bien plus d'assurance que je n'en éprouvais. S'il peut se procurer une voiture, il sera en mesure d'y faire monter les enfants. Ils pourraient changer de vêtements dans l'auto, puis il les déposerait au coin de cette rue. Et nous, nous les cacherions ici, jusqu'à ce qu'on trouve un *passeur**. Réfléchissez-y. Personne ne serait étonné de voir des enfants entrer dans la boutique. Et nous pourrions demander à des personnes de confiance de venir les chercher si nous ne trouvions pas de *passeur** assez vite.

— Non, Élise. Non. C'est trop risqué. Imagine ce que les gens vont penser s'ils découvrent que des gamins séjournent ici.

— Que faire alors ? Attendre la prochaine rafle ?

Les larmes que je retenais me brûlaient les yeux.

Il gratta ses favoris tout en secouant la tête.

— C'est trop dangereux. Beaucoup trop dangereux.

La gorge nouée, j'attendis. Je savais qu'il changerait d'avis.

— Laisse-moi y réfléchir. J'ai besoin de réfléchir. Comment allons-nous dénicher les *passeurs** ? Nous devrions d'abord trouver des maisons sûres. Procéder prudemment. Très prudemment. Et nous devons nous assurer qu'il est vraiment de notre côté.

— J'en suis sûre et certaine. Quant aux *passeurs**, les femmes de l'UGIF peuvent s'occuper de les trouver. Nous n'avons pas beaucoup de temps. Imaginez qu'ils fassent une descente demain ?

— Patience, Élise. Patience. Nous devons être absolument sûrs qu'il marche avec nous.

20

Paris, avril 1944

Élise

Tous les soirs après le travail, j'allais à la librairie dans l'espoir d'y voir Sebastian Kleinhaus. Il se montra le troisième soir. Cette fois, je lui souris quand il entra. S'il n'avait pas été ce qu'il était, s'il avait été un Français, j'aurais été touchée de voir ses yeux s'illuminer à ma vue.

— *Bonsoir*.*

Je ne pouvais me résoudre à prononcer son nom. Je me sentais déjà assez mal à l'aise comme cela de simplement le saluer Au fond de la boutique, deux jeunes femmes chuchotèrent entre elles puis me reluquèrent. Je sentis le rouge me monter aux joues. *Ce n'est pas ce que vous pensez*, aurais-je voulu leur dire. *Je suis une Française loyale.*

— *Bonsoir, Élise*.*

Le son de mon prénom sur sa langue me donna l'impression d'être une traîtresse, sans que je sache trop qui je trahissais : lui ou moi. J'agissais ainsi pour les enfants, me rappelai-je. Seulement pour les enfants.

Les deux femmes sortirent de la boutique, en passant devant M. Le Bolzec, perché sur son échelle, en train de ranger des livres sur un rayonnage, puis devant Sebastian et moi. Elles partirent sans un mot et sans nous gratifier d'un regard. *Ce n'est pas ce que vous croyez,* avais-je envie de leur crier. Au lieu de quoi, je me retournai vers Sebastian, consciente que nous nous retrouvions seuls avec M. Le Bolzec.

— Je n'arrête pas de penser aux enfants de l'orphelinat. (Les mots étaient sortis presque malgré moi.) Je suis morte d'inquiétude. Savez-vous quelque chose à ce sujet ?

Il baissa les yeux, puis murmura :

— Rien de plus que ce que je vous ai dit l'autre jour.

Il prit une profonde inspiration et me regarda. Et quelque chose passa entre nous. Une prise de conscience inexprimée. Il était au courant de ce que je faisais et je savais pouvoir lui faire confiance.

— Sebastian, murmurai-je, regrettez-vous vraiment de porter cet uniforme ?

Je veillais à ne pas le lâcher du regard.

— Oui, répondit-il sobrement.

— Voulez-vous le prouver ?

La question était audacieuse et je frissonnai.

— Oui, répéta-t-il avec conviction.

— Nous devons sortir les enfants de l'orphelinat.

De nouveau, il prit une grande inspiration.

— Vous voulez que je les fasse sortir ?

Je hochai la tête sans le quitter des yeux.

— Vous les amèneriez ici.

Je marquai une pause, dans l'attente de sa réaction, mais rien ne vint.

— C'est tout ce que nous attendons de vous. Nous nous occuperons du reste.

— Vous me faites donc confiance ?

Je perçus de l'étonnement dans sa voix. Et de la joie. Ses pupilles laissèrent entrer plus de lumière et je sentis son bonheur aussi nettement que s'il m'avait entourée de ses bras.

— Vous m’avez sauvée de la Gestapo, lui rappelai-je. Ça ne pouvait pas être un coup monté.

— C’est probablement la chose la plus courageuse que j’aie jamais faite.

Je hochai la tête.

— Il faudra vous procurer une voiture.

21

Paris, avril 1944

Sebastian

Obtenir la voiture s'avéra la partie la plus facile. Tout ce qu'il eut à faire fut de ravaler sa fierté et d'en demander une à l'officier chargé de la traduction. Devant qui il prétendit vouloir impressionner sa petite amie.

— Je trouvais aussi que tu étais distrait ces derniers temps, commenta l'officier en haussant un sourcil. Tant que tu ne t'amouraches pas trop. N'oublie pas que le mariage est interdit. (Il fit un clin d'œil à Sebastian.) Mais tout le reste est permis, bien sûr, à condition que tu prennes des précautions. Va, sème tes graines sauvages et ensuite, je veux que tu te remettes au travail ! Plus de laisser-aller.

Il avait donc remarqué que Sebastian quittait le travail un peu plus tôt. Il repensa à la lettre qu'il avait détruite. Si jamais ils découvraient son forfait, il était un homme mort.

Il passa à la librairie deux soirs plus tard, comme prévu. Dès que la boutique fut déserte, M. Le Bolzec tourna le panonceau indiquant « Fermé » et ils se regroupèrent au fond de la boutique, près des livres de poésie, pour discuter de la façon de procéder.

Les nerfs de Sebastian étaient à vif, mais il se sentait vivant comme il ne l'avait plus été depuis son enfance.

— Je peux avoir une voiture demain soir.

M. Le Bolzec lui tapota l'épaule et Élise haussa un sourcil. Il ne put s'empêcher d'éprouver une certaine fierté d'avoir surmonté le premier obstacle.

— Il va falloir faire semblant, ajouta-t-il en regardant Élise. J'ai dit à mon officier que je voulais impressionner ma petite amie. Nous devrons utiliser la voiture en soirée.

La gorge serrée, Élise se mordilla la lèvre.

— Nous devrons « utiliser la voiture » ? répéta-t-elle.

— Oui, répondit-il avant de réfléchir un instant. Je pourrais vous emmener au restaurant.

— Non ! s'écria-t-elle en secouant la tête, ce qui fit onduler ses cheveux d'un côté à l'autre. Je ne pourrais pas faire ça.

— Si nous n'y allons pas et qu'ils le découvrent, ils auront des soupçons.

Il devait réduire les risques au minimum, même s'il ne pouvait imaginer qu'ils fassent grand cas de lui. Sinon, il était déjà dans une situation critique.

— Je peux venir vous chercher dans un endroit discret, nous irons dîner au restaurant, puis je vous redéposerai à l'écart.

— Je serai rentrée avant le couvre-feu ? s'enquit Élise, l'air suspicieux.

Sebastian fut à la fois soulagé et surpris qu'elle semble accepter l'idée.

— Oui. Ensuite je regagnerai mon hôtel et j'en ressortirai à nouveau à 4 heures du matin pour aller chercher les enfants. Il y en a combien ?

— Six, murmura Élise.

— Et vous les amènerez ici aux premières heures du jour ? demanda M. Le Bolzec.

— Où puis-je les emmener sinon, à une heure pareille ? fit Sebastian, surpris de la question. Si quelqu'un voit une voiture allemande devant votre magasin, il pensera que vous avez des ennuis et il ne songera pas à vous dénoncer. Ce ne sera un problème que si les nazis me voient et se demandent ce qui se passe. C'est pourquoi 5 heures du matin est le moment idéal. Si des nazis sortent à cette heure-là, ce sera pour des rafles.

— Oui, vous devez avoir raison. Vous connaissez leurs déplacements mieux que nous.

M. Le Bolzec avait l'air rassuré.

— Qui y aura-t-il dans ce restaurant ? demanda Élise à Sebastian.

— Uniquement des Allemands, accompagnées de leurs amies. C'est tout.

— Personne ne doit me voir avec vous. Je veux dire, dans la rue.

— Bien sûr que non. Au restaurant, un voiturier se charge de garer les voitures. Vous pourrez sortir de notre véhicule et entrer directement avant que quiconque ne vous voie.

— Vous y êtes déjà allé ? s'enquit Élise en le regardant droit dans les yeux.

— Non. Jamais. J'en ai juste entendu parler. C'est un restaurant allemand connu.

— Un restaurant allemand ?

— Réservé aux Allemands.

— *Les salauds* ! marmonna Élise.

Sebastian lui renvoya un regard aussi dur que le sien.

— Vous devrez faire semblant… vous devrez faire semblant d'être une collabo. Pensez-vous en être capable ?

Elle écarta les cheveux de son front.

— S'il le faut.

— Tu devras porter une belle robe, intervint M. Le Bolzec avec un petit sourire. Et faire quelque chose avec ta tignasse.

Élise passa une main dans ses cheveux sales.

— Vous avez du savon ? demanda-t-elle à Sebastian.

— Je vous en procurerai. De quoi d'autre avez-vous besoin ?

— De bas, si je veux avoir le physique de l'emploi.

Sebastian acquiesça.

— Je connais le magasin qu'il nous faut.

— Bien, déclara M. Le Bolzec. Tout est réglé alors. Les enfants se cacheront dans mes pièces à l'étage, jusqu'à ce qu'on puisse les mettre en lieu sûr, ou jusqu'à ce qu'un *passeur** soit disponible.

— Quoi ? Vous n'avez encore personne ? s'étonna Sebastian, sourcils froncés. Et s'ils font du bruit ?

— Aucun risque, se hâta de répondre Élise. Ils savent se taire.

— Et si l'un d'eux pleure ?

— Ils ne sont pas comme les autres enfants. (La lueur verte déserta les yeux d'Élise.) Ils tremblent de peur pour leur vie.

Le cœur de Sebastian se serra en pensant à ce que ces petits avaient déjà dû subir.

— On ne peut pas prendre le moindre risque.

— Nous en sommes bien conscients, confirma froidement M. Le Bolzec.

Sebastian eut le ventre vrillé par une crampe. Tout devenait réel.

— Bien sûr, dit-il. Où dois-je venir vous chercher, Élise ?

Elle rougit et il regretta sur-le-champ les mots qu'il avait choisis. On aurait dit qu'il l'invitait à un rendez-vous galant.

— Quelque part, loin de l'endroit où je vis ou travaille. (Elle réfléchit quelques secondes.) Le Marais. Église Saint-Paul, rue de Rivoli.

— Très bien. Dans ce cas, je vais me mettre en quête de savon et de bas. Je les déposerai ici demain matin, ajouta-t-il en se tournant vers Élise. Et je vous retrouve demain soir à 18 h 30. Église Saint-Paul.

Sans rien ajouter, il s'en fut, le cœur battant à tout rompre. S'il prenait le temps d'évaluer la situation, il renoncerait. Voilà exactement pourquoi il ne réfléchirait pas. Il suivrait son cœur, et non sa tête.

22

Paris, avril 1944

Élise

À 18 h 30 précises, je me tenais devant l'église Saint-Paul, les cheveux fraîchement lavés et une paire de vrais bas dans mon sac à main. J'avais décidé de ne pas les enfiler avant d'être dans la voiture, pour le cas où je croiserais quelqu'un de ma connaissance. Toute femme qui mettait la main sur des bas était aussitôt soupçonnée de collaboration.

Je n'eus pas à attendre longtemps avant qu'une voiture noire ne s'arrête. Veillant à garder la tête basse, je m'y installai et, sans un mot, nous démarrâmes.

Sebastian me regardait à peine, apparemment très concentré sur sa conduite. Regrettait-il sa décision de s'impliquer ?

— Est-ce que tout va bien ? demandai-je.

— Oui, bien sûr. Mais je suis nerveux à l'idée d'aller dans ce restaurant. Vu qu'il est réservé aux Allemands, vous allez détester. Et moi aussi, ajouta-t-il après une pause.

— Ça n'a pas d'importance, cela fait partie du plan. Vous avez raison, nous devons continuer à faire semblant et minimiser nos risques. En commençant par nous tutoyer, proposai-je.

Il opina.

Il ne nous fallut guère de temps pour traverser Paris et ses rues désertes. Nous nous garâmes bientôt devant une grande porte rouge. Un homme coiffé d'une casquette de portier ouvrit la portière côté conducteur et Sebastian descendit, en lui tendant ses clés. Mon foulard sur la tête, je sortis aussi et Sebastian fut à mes côtés dans l'instant pour passer un bras autour de moi et me guider vers la porte. Un frisson me rampa dans la nuque. Pendant ce bref instant, je me sentis protégée, heureuse même, comme si nous étions un couple banal s'apprêtant à partager un dîner.

Il ouvrit la porte et je fus frappée par la chaleur, la lumière et la musique, ainsi que par des bruits joyeux que j'avais presque oubliés : rires et conversations, notes de piano... Un serveur nous conduisit à une table sans un soupçon de réprobation et, dès que nous fûmes assis, un autre apparut, brandissant de grands menus.

— *Un apéritif, monsieur* ?*

— *Oui, deux verres de champagne, s'il vous plaît**, commanda Sebastian.

Quand le serveur eut disparu, je jetai un coup d'œil à mon menu.

— C'est en allemand !

— Chut ! Je vais te le traduire, répliqua-t-il, adoptant le tutoiement dont nous étions convenus. Ne t'inquiète pas, la nourriture reste française ! s'esclaffa-t-il après avoir lu le menu. Escargots ou foie gras en entrée, puis bœuf bourguignon, *confit de canard** ou porc.

Trois viandes différentes ! Comment était-ce possible ? Où trouvaient-ils tout cela, bon sang ? Je regardai les autres convives : rien que des Allemands en uniforme, la plupart accompagnés de Françaises bien habillées. Il me vint à l'esprit que j'étais l'une de ces femmes, désormais. Elles riaient bruyamment, avec trop d'enthousiasme, et je ne pus m'empêcher d'éprouver une vague de honte. Une femme séduisante, dotée d'une abondante chevelure noire, brillante, qui tombait en cascade autour de son visage à la peau pâle, attira mon attention et me sourit. Je me surpris à lui sourire en retour et, dans cette infime seconde, une compréhension mutuelle, une complicité tacite passa entre nous. Nous jouions toutes les deux un rôle, pour des raisons connues de nous seules.

Le serveur ne tarda pas à réapparaître avec notre champagne, prêt à prendre notre commande. Souffrant de privations depuis si longtemps, je choisis les mets les plus riches du menu : un morceau de foie gras suivi de canard. Quand le serveur repartit, Sebastian leva son verre.

— À la paix.

— À la paix.

Je levai mon verre pour l'entrechoquer au sien, tout en le regardant dans les yeux. Il aurait été impoli de ne pas le faire. Je ne pus m'empêcher de remarquer la nuance turquoise de leur bleu. Baissant les yeux sur mon verre, je bus une gorgée. Des bulles légères et aériennes éclatèrent sur ma langue. Je fermai les yeux, me rappelant les occasions spéciales où nous avions coutume de boire du champagne. C'était alors une boisson joyeuse, symbole d'espoir et d'attentes, et même là, dans une pièce remplie de nazis, je fis l'expérience de sa magie. En cet instant, je sus qu'un jour prochain, la France serait à nouveau à nous. Je levai les yeux vers Sebastian pour lui sourire, le cœur vibrant.

Il me retourna son large sourire juvénile.

— Quand cette guerre sera terminée, nous ouvrirons une bouteille de champagne ensemble, lança-t-il sans préciser qui allait la gagner.

Mais nous savions tous les deux que les jours de l'Allemagne étaient comptés. L'avidité d'Hitler et sa soif inextinguible de pouvoir allaient causer sa perte.

Nous venions à peine de siroter notre champagne quand le sommelier réapparut, tenant une bouteille dont l'étiquette était dissimulée sous une épaisse serviette blanche et qu'il brandissait comme s'il réalisait un tour de magie.

— Sauternes, 1939, annonça-t-il.

Sebastian le goûta avec solennité, puis l'approuva d'un signe de tête, jouant lui aussi son rôle. Personne ne pouvait deviner ce que nous mijotions. Le foie gras arriva alors, accompagné d'un panier de toasts fins. Sebastian trancha un morceau de foie moelleux, le déposa sur un morceau de pain grillé et le saupoudra de quelques grains de sel marin. Je suivis son exemple mais, alors que j'ajoutais le sel, je songeai à maman et à Isabelle à la maison, obligées d'ingurgiter leur sempiternelle soupe aux choux. L'idée me traversa de mettre de la nourriture dans une serviette et de la glisser dans mon sac à main. Mais maman ne se doutait pas le moins du monde de l'endroit où je me trouvais. Et elle serait horrifiée d'apprendre que j'avais dîné dans un restaurant allemand.

Mal à l'aise, je pris une bouchée de pain grillé garni de foie gras. Il fondit sur ma langue, laissant la chaleur de ses riches arômes dans ma bouche. Je pris alors une grande gorgée de sauternes. Cela faisait des années que je n'avais pas mangé comme ça et je devais me forcer à ralentir, sans quoi j'allais me rendre malade. Je m'aperçus que Sebastian avait à peine prononcé un mot.

— Parle-moi encore de l'Allemagne. Comment c'était, de grandir là-bas ?

Je préférais le faire parler pour pouvoir profiter de ma nourriture. Sourcils froncés, il m'observa attentivement.

— Il faut que je te parle de ma grand-mère alors. Elle était française. Et c'était un sacré personnage. Elle adorait lire et avait toujours des bonbons dans son sac à main en cuir brillant. (Il sourit.) On pouvait en sucer pendant des heures, en compulsant sa précieuse collection de livres. Elle m'obligeait à lui faire la lecture : *Les Trois Mousquetaires*, *Les Misérables*, *Le Comte de Monte-Cristo*…

— *Le Comte de Monte-Cristo* ? J'adore ce livre. Malgré tout ce qui lui arrive, il revient quand même.

— Oui, le bien triomphant du mal. C'est de ça que sont faites toutes les grandes histoires.

— Juste les histoires ?

Il marqua une pause puis continua.

— Nous passions beaucoup de temps ensemble, car mes parents étaient toujours très occupés. Nous nous baptisions « *les deux complices** ». « *Où est mon petit complice* ?* » m'appelait-elle de sa voix chantante quand elle me cherchait. Ça agaçait beaucoup mes parents. C'était une femme courageuse, conclut-il après une brève hésitation.

— Qu'est-ce que tu veux dire ?

— Eh bien, répondit-il en baissant la voix, un jour, nous nous promenions en ville, à Dresde, quand un défilé de SA, les unités d'assaut d'Hitler, est passé. Quand cela se produisait, il fallait lever le bras en signe de salut, sinon on avait de gros ennuis, on risquait de se faire arrêter, mais elle m'a attiré dans l'entrée d'un bâtiment et m'a murmuré : « *Pas ça* !* » J'avais tellement peur que je n'ai pas osé lui désobéir.

— Tu n'étais qu'un enfant.

À ma grande surprise, je me retrouvais à lui chercher des excuses.

— Ta grand-mère est décédée ? demandai-je, changeant de tactique. Tu as parlé d'elle au passé.

Un petit pli se creusa entre ses yeux, comme s'il n'avait pas noté son emploi du passé, avant que je le lui fasse remarquer.

— Non, elle est toujours en vie. Si j'ai parlé d'elle au passé, c'est sans doute parce que ma vie en Allemagne ne me semble plus exister que dans le passé. J'ai du mal à croire que je la reverrai un jour.

J'aurais voulu lui certifier le contraire, que cette guerre ne durerait pas éternellement, qu'un jour, nous serions à nouveau libres d'être avec nos familles et de vivre comme nous l'entendions, mais comment, vu qui j'étais, pourrais-je lui offrir de telles paroles de réconfort ? Alors je me tus.

— Bien sûr, c'était très dur pour mes parents. Nous avions très peu d'argent, précisa-t-il avec un sourire gêné. J'allais chaparder des pommes avec mon frère. Ma mère faisait semblant d'être fâchée, mais elle était heureuse d'avoir les pommes. (Il but une gorgée de vin.) L'argent, l'argent, c'était un souci constant. Il disparaissait littéralement devant vos yeux. Les gens disaient en plaisantant qu'il fallait prendre une brouette pour aller à la banque. Une miche de pain qui coûtait un mark le matin pouvait en coûter huit mille dans l'après-midi. Nos billets ne valaient plus rien du jour au lendemain. Certaines personnes étaient payées trois fois par jour, leur famille récupérait l'argent et se précipitait pour le dépenser dans les cinq minutes suivantes. On devait porter sur nous d'énormes quantités de billets inutiles pour pouvoir s'acheter la moindre chose.

— J'ai entendu dire que la situation était mauvaise.

Il hocha la tête.

— Heureusement pour nous, mon père était fonctionnaire, donc il savait au moins qu'il serait payé chaque mois. Le jour où il recevait son salaire, ma mère nous réveillait à 5 heures et nous allions au marché, y compris ma grand-mère. Je n'avais que trois ou quatre ans, et mon père me tirait sur une remorque qu'il avait fabriquée. Au retour, je devais marcher parce que la remorque était remplie de nourriture, de quoi manger pendant le mois. Comme nous devions dépenser l'argent avant qu'il ne perde sa valeur, nous achetions ce que nous pouvions – des conserves de viande, des biscuits, des choses qui se conservaient. (Son regard se perdit dans le vague.) J'adorais ces matins-là. Nous étions tous ensemble et ma mère semblait heureuse pour une fois.

Totalement absorbée par ses paroles, je n'avais pas remarqué qu'une chanteuse s'approchait de notre table. Le piano s'arrêta brusquement pour repartir sur un rythme différent.

Posant une main sur l'épaule de Sebastian, elle me regarda dans les yeux en chantant.

« Elle fréquentait la rue Pigalle... »*

Une chanson sur une prostituée ! Les autres convives levèrent les yeux, certains marquant la mesure en claquant des doigts. Les Allemands n'en comprenaient probablement pas un mot.

À mon grand soulagement, la femme s'éloigna en tournoyant. Que signifiait cette scène ? Pensait-elle que j'étais une prostituée de luxe ? Étais-je touchée par ses insinuations ? Je faisais ce que j'avais à faire.

Le serveur vint retirer nos assiettes, pour réapparaître quelques minutes plus tard avec notre plat principal. Il plaça soigneusement une assiette devant moi, la retournant de façon que la cuisse de canard enveloppe les haricots et les pommes de terre.

— *Bon appétit**.

Sebastian fit glisser la peau grasse de son canard avec son couteau, exposant la chair en dessous.

Je regardai le beurre fondre sur les haricots verts bien chauds, où il disparut en laissant une traînée de graisse jaune. Je pris ma fourchette pour en goûter un : il était ferme et frais. Je tentai une pomme de terre : croustillante à l'extérieur et moelleuse à l'intérieur, juste comme je les aimais. Prenant mon couteau et ma fourchette, je retirai la peau du canard, et je m'attaquai à la viande d'une belle couleur rose foncé.

23

Paris, avril 1944

Sebastian

Sebastian retourna à son hôtel et se gara dehors. Une fois dans sa chambre, il s'allongea tout habillé sur le lit et alluma une cigarette, regardant les volutes de fumée monter vers le plafond. Malgré la tâche dangereuse qui l'attendait, il se sentait le cœur léger. La soirée avait été magique : Élise et lui avaient parlé comme s'ils formaient un couple normal qui apprenait à se connaître. Il avait aimé évoquer son passé, même s'il était conscient qu'elle avait donné très peu d'informations sur elle-même. Comprenant sa réticence, il n'avait pas insisté.

Il se retourna et régla son réveil pour 4 heures ce matin-là, juste au cas où il s'endormirait. Mais quand le réveil sonna, il n'avait pas fermé l'œil, l'esprit trop agité par le souvenir d'Élise et la nervosité de devoir aller récupérer les enfants. Il se rassura en songeant que personne n'arrêterait un soldat allemand dans une voiture allemande. Il ne courait aucun risque. Enfin presque aucun.

La ville était plongée dans le silence le plus profond quand il descendit à la voiture. Sans âme qui vive. Il s'assit rapidement au volant et roula dans les rues désertes. À un feu rouge où il dut s'arrêter, un coup sur la vitre le fit sursauter. Un jeune soldat se tenait là. Mais Sebastian n'avait pas le temps. Il ignora l'homme et fila.

Il s'arrêta dans la rue Claude-Bernard, se demandant si le « citoyen concerné » était réveillé à l'heure qu'il était, en train de surveiller l'orphelinat. Peu importait, le cas échéant. Le « citoyen » en question serait peut-être heureux à la pensée que sa lettre avait été prise au sérieux : un soldat allemand faisait un raid de nuit. La porte d'entrée était ouverte, comme Élise l'avait indiqué, et il entra directement.

Un groupe de petits enfants, serrés les uns contre les autres devant une dame au visage émacié, s'agglutina davantage autour d'elle en l'apercevant. Une fillette aux longs cheveux noirs, d'environ sept ans, sanglotait.

— Chut, chuchota la dame. Je te l'ai dit, il est venu pour vous aider. Il va vous emmener dans un endroit sûr.

La jeune fille secoua vigoureusement la tête, ses grands yeux bruns écarquillés par la peur.

Sebastian s'accroupit, pensant qu'il aurait l'air moins terrifiant s'il se mettait à leur hauteur. Mais les petits ne firent que reculer encore, cramponnés à la jupe de la dame. Puis s'avança une fille plus grande, toute maigrichonne, à la peau si pâle qu'elle semblait translucide.

— Vous nous emmenez où ?

Elle fixait Sebastian droit dans les yeux, comme pour le défier. Il lui sourit d'une manière qu'il espérait chaleureuse.

— Je t'emmène dans une librairie.

— Une librairie ? répéta la fille en fronçant les sourcils. Pourquoi ?

— Parce que si vous êtes très silencieux, personne ne se doutera que vous vivez là. Et vous pourrez lire tous les livres qui vous feront envie.

— Je veux rester ici, lâcha un petit garçon en tirant sur la jupe de la dame. S'il te plaît.

— Nous en avons déjà parlé, voyons, répliqua celle-ci d'une voix chaude et cajoleuse. Si vous voulez revoir vos parents, vous devez être très silencieux et faire exactement ce qu'on vous dit.

L'un des petits laissa échapper un gémissement. Sebastian avait simplement hâte d'en finir, redoutant que leur peur ne dégénère en quelque chose d'incontrôlable s'ils attendaient plus longtemps.

— Suivez-moi jusqu'à la voiture, dit-il.

La dame poussa les enfants dehors et, sans plus murmurer, ils emboîtèrent le pas à Sebastian qui leur ouvrit la portière arrière.

— Montez et couchez-vous.

Il tint la portière d'une main tandis qu'il les poussait de l'autre, pour accélérer la manœuvre. Ils se retrouvèrent bientôt entassés à l'intérieur.

— Restez baissés. Pour que personne ne vous voie.

Ils obéirent, dans un méli-mélo de membres sur la banquette arrière.

Avant de démarrer, il jeta un coup d'œil aux fenêtres surplombant l'orphelinat. Il crut entrevoir un visage à l'une d'elles, mais ce devait être le fruit de son imagination. Personne ne surveillait la rue, pas à 4 heures du matin. Sebastian retint son souffle alors qu'il remontait la rue d'Ulm, passant devant l'université, occupée par les Allemands dorénavant. Les seuls bruits audibles étaient la respiration des enfants et le ronronnement assourdi du moteur.

Il tourna au coin de la rue suivante, quand un homme surgit de nulle part. Sebastian freina brusquement. Le choc des enfants contre le dossier avant produisit un léger bruit sourd. Deux d'entre eux poussèrent un cri.

— Chut, souffla Sebastian. Silence.

Aussitôt, on eût dit que toute la voiture avait cessé de respirer. Le cœur de Sebastian tambourinait dans ses tympans. Puis l'homme éclata de rire, donna un coup de poing sur le capot et se dirigea vers la vitre du conducteur.

Sebastian approcha son pied de l'accélérateur. Devait-il appuyer dessus ? Le manteau et la casquette de l'homme indiquaient qu'il s'agissait d'un officier. D'un officier ivre. Un homme ivre pouvait-il mémoriser une plaque d'immatriculation ? Pas question de prendre le risque. Retirant son pied de l'accélérateur, il baissa la vitre.

— *Guten Abend**, lança Sebastian avec la plus grande décontraction.

— *Guten Abend**, bafouilla l'officier.

Il se pencha pour jeter un coup d'œil dans l'habitacle, soufflant des vapeurs de whisky au visage de Sebastian. Un gémissement monta de l'arrière, obligeant Sebastian à tousser pour le masquer. De la sueur perlait à la racine de ses cheveux. Dieu merci, la nuit était noire et les lumières éteintes.

— J'ai perdu ma voiture, fit l'homme avec un éclat de rire sonore.

Ouvrant dans la foulée la portière côté passager, il s'effondra sur le siège en poussant un long soupir.

— Au Majestic, lança-t-il comme si Sebastian était un chauffeur de taxi.

Merde ! Le pouls de Sebastian s'accéléra. Il allait devoir traverser la Seine et longer la rue de Rivoli.

— Bien sûr, monsieur.

Il enclencha la vitesse et démarra, en suppliant mentalement les enfants de rester silencieux. Il songea avec terreur qu'ils ne comprenaient pas cet échange en allemand. Ils allaient penser qu'il les livrait à la police. Bon sang ! Si l'officier les voyait, ce serait aussi son sort à lui. Ils seraient envoyés directement à Drancy.

— Tu t'es bien amusé ce soir ? demanda l'officier sur un nouvel éclat de rire. Parce que moi, énormément !

— Oui, merci, monsieur, répondit Sebastian, désireux de continuer à parler pour masquer tout bruit susceptible de provenir de l'arrière. J'ai passé une excellente soirée. J'ai dîné à Montmartre. Et vous ?

L'homme ronflait déjà.

Sebastian laissa échapper un long soupir.

— Ne vous inquiétez pas, murmura-t-il, autant pour lui-même que pour les enfants. Tout ira bien.

L'officier marmonna, en remuant sur son siège.

Sebastian tendit tous ses muscles comme si cela pouvait lui permettre d'arrêter le temps. Le ronflement reprit. Pas un bruit ne montait de l'arrière.

Lorsqu'il s'arrêta devant le grand hôtel, un portier se précipita vers la voiture pour aider l'officier à sortir. Il se pencha afin de lui attraper le bras et, ce faisant, lui fit pivoter la tête vers l'arrière de la voiture.

Les poils de la nuque de Sebastian se hérissèrent et un frisson lui parcourut l'arrière du crâne.

Puis le portier se redressa, l'officier sur son bras.

— C'est quoi cette odeur ? demanda le portier. Ça sent la pisse là-dedans.

Et sans attendre sa réponse, il se détourna rapidement pour conduire l'officier dans l'hôtel.

La puanteur acide de l'urine gagna les narines de Sebastian, qui relâcha longuement son souffle, puis appuya sur la pédale et démarra. Il allait devoir nettoyer la voiture avant de la rendre.

— Bien joué, chuchota-t-il. Vous avez été merveilleux. En route pour la librairie maintenant.

Il se sentit très fier de ces enfants qu'il ne connaissait pas.

Quand il s'arrêta devant la librairie, il descendit et ouvrit la portière côté passager.

— Vous pouvez sortir maintenant, leur chuchota-t-il. Entrez dans la boutique. (Des yeux ronds, brillants dans l'obscurité, le fixaient.) C'est bon, vous serez en sécurité ici.

Il tira sur l'une des mains. La menotte s'agrippa à la sienne et une fillette se trouva bientôt à côté de lui.

— Daniel s'est fait pipi dessus. (Elle le regarda, hésitante.) Ce n'est pas sa faute. C'est parce qu'il avait peur.

M. Le Bolzec ouvrit la porte de la boutique et resta là, en pyjama, à faire signe aux enfants de le rejoindre. La main de la fillette lâcha celle de Sebastian et elle entra dans la boutique. Sebastian tira quatre autres enfants, pour les pousser vers le magasin. Si une autre voiture allemande s'avisait de passer par là, qu'adviendrait-il alors ? Il ne pouvait pas rester garé là indéfiniment. Quelqu'un risquait de débarquer d'un instant à l'autre et de vouloir savoir ce qui se passait. Ils devaient se dépêcher.

Recroquevillé en boule, le dernier gamin pleurnichait. Il évoquait à Sebastian le chien en laisse qui vivait dans la maison au bout de sa rue, à Dresde. Tout le monde savait que son maître le battait, mais on ne lui disait jamais rien : on se contentait de détourner le regard quand on passait devant. Une fois, Sebastian avait glissé un os de poulet à travers la clôture et le pauvre animal avait tiré sur sa laisse pour essayer de l'attraper, mais l'os avait atterri hors de sa portée. Sebastian s'était senti mal quand il avait compris n'avoir fait qu'aviver ses souffrances.

L'odeur d'urine s'intensifia.

— Il faut partir.

Sebastian tira sur l'enfant, mais le petit résista. Ses omoplates d'oisillon se rétractèrent aussitôt. Sebastian souleva alors l'enfant par la taille. Surpris par sa légèreté, il le transporta dans la librairie où il le déposa.

— Il a eu un petit accident, expliqua-t-il à M. Le Bolzec.

— Viens, mon grand, on va te trouver des vêtements propres.

M. Le Bolzec emmena l'enfant par la main.

Sebastian regarda le groupe de gamins tremblotants. Il voulait leur offrir des mots de réconfort, d'encouragement, d'admiration même pour leur courage. Mais toutes les paroles qui lui vinrent moururent sur ses lèvres. Alors, il s'agenouilla et tendit la main vers eux. La plus grande des filles resta plusieurs secondes à la regarder avant de placer sa paume osseuse et délicate dans la sienne pour la serrer. Les autres l'imitèrent et lui donnèrent une poignée de main en silence.

Sebastian leur adressa un petit signe de tête, puis se leva et sortit, refoulant les larmes qui lui montaient aux yeux.

24

Paris, mai 1944

Élise

Cinq jours passèrent, sans que je reçoive aucune nouvelle. Je tentai de continuer comme si de rien n'était, d'aller au travail, de faire la queue pour recevoir mes rations de nourriture, mais les enfants ne quittaient pas mon esprit. Étaient-ils en sécurité ? Avaient-ils déjà été déplacés ? Je commençais à regretter d'avoir accepté de me tenir à l'écart de la librairie et de l'orphelinat, tant j'avais besoin de savoir. Mais Anaïs cherchait à préparer l'opération avec un *passeur** et ils ne voulaient pas que je sois impliquée. J'étais le lien entre l'orphelinat et la librairie.

Le vendredi après-midi, j'étais assise à mon bureau en train de vérifier des comptes, quand Françoise s'approcha de moi :

— Ça va ? me demanda-t-elle. Tu as l'air très inquiète.

— Évidemment ! lâchai-je. On est guerre, bon sang !

Elle recula d'un pas.

— Et la vie continue ! (Elle sourit.) On va à un *bal clandestin**, ce soir. Pourquoi tu ne viendrais pas ?

Je ne pus m'empêcher de secouer la tête.

— Je ne suis vraiment pas d'humeur à danser.

— Ça te ferait du bien. (Elle hésita et me regarda d'un air interrogateur.) Tu ne vois donc pas qu'ils gagnent si on les laisse nous imposer leurs règles ? Si on reste à la maison sans jamais aller nulle part ni s'amuser. (Elle soupira bruyamment.) Comment peuvent-ils nous interdire d'aller au bal ? Ils nous obligent à danser pour eux. Alors que nous devrions danser pour nous-mêmes !

Enthousiasmée par son énergie débordante, je ne pus m'empêcher de sourire.

— Tu as raison. Mais je me sens… Je suis tellement fatiguée de tout ça.

— Oh, allez, Élise. Ne leur cède pas !

Ses derniers mots me touchèrent. Qu'avais-je à perdre ?

— D'accord, d'accord, capitulai-je. Je viendrai.

À 19 heures ce soir-là, je me rendis au métro Saint-Sulpice. Mes chaussures à talons compensés en bois martelaient le pavé, rehaussant bien davantage ma taille que mes chaussures plates habituelles. C'était une belle soirée de printemps, sur laquelle le soleil couchant projetait de longues ombres. Quelques Allemands étaient de sortie, qui plastronnaient dans les rues revêtus de leurs sinistres uniformes. Ils attendaient probablement avec impatience une nuit de divertissement à Paris.

Je pris soin de les éviter sur le trajet jusqu'au métro, puis, une fois à la station, j'en dévalai les marches, impatiente de gagner Bastille, où il y aurait moins de monde. Le quai ne tarda pas à être bondé et je remarquai deux femmes portant des étoiles jaunes, qui attendaient à l'extrémité du quai, prêtes à monter dans le dernier wagon, tandis que les Allemands se rassemblaient à l'autre bout, pour s'engouffrer dans les voitures de tête. Les Allemands riaient bruyamment, sans même accorder un regard aux femmes. Mais je ne pouvais me départir de mon inquiétude en voyant ces Juives si proches des hommes qui pouvaient les faire arrêter et les déporter, du simple fait de leur religion.

Lorsque la rame s'arrêta enfin, nous reculâmes tous d'un pas, avant de nous ruer à l'intérieur. Les sièges furent rapidement occupés et je restai debout, agrippée à l'une des barres verticales. Le cahot du train au démarrage me prit au dépourvu et je tournoyai autour de la barre, si bien que je heurtai par mégarde l'un des hommes en uniforme.

— Désolée, marmonnai-je.

— Ne vous inquiétez pas ! me rassura-t-il en se retournant, sourire aux lèvres. Tout va bien.

Il était jeune et son sourire me parut si authentique et si ouvert que je faillis lui sourire en retour. Après quoi, je me maudis en silence. Je ne devais jamais, au grand jamais, accepter leur présence ici. Je ne devais jamais m'autoriser à les voir comme des individus à part entière. C'était déjà bien assez que j'aie appris à connaître Sebastian. Mais c'était juste parce qu'il s'était montré utile.

— Voulez-vous mon siège, mademoiselle ?

Un autre soldat se leva, tendant le bras pour indiquer le siège libre qu'il venait de quitter.

— Non, merci, répondis-je en évitant son regard.

— Vous êtes sûre ? insista-t-il.

Je hochai la tête, me détournant de lui pour ne pas avoir à assister à son humiliation pendant qu'il se rasseyait. Un Français, qui se tenait de l'autre côté, croisa mon regard et m'adressa un clin d'œil. Pas de ces clignements d'yeux exprimant la méfiance, mais un clin d'œil de complicité. Je me surpris à lui sourire en retour.

Quand je descendis à Bastille, le Français sauta aussi sur le quai pour m'emboîter le pas pendant que je sortais du métro.

— Bien joué ! C'est comme ça qu'il faut les traiter.

— J'essaie juste de faire ma part.

Je me retournai pour le regarder : ses yeux marron foncé pétillaient de malice.

— Où allez-vous ? demanda-t-il.

— Je retrouve des amies.

— Est-ce que vos amies et vous aimeriez vous joindre à mes amis et moi ? demanda-t-il avant d'ajouter en baissant la voix : Nous allons à un *bal clandestin**.

— Ça ne me semble pas très clandestin, répliquai-je en accélérant le pas. *Au revoir* !*

Ce petit flirt m'avait remonté le moral.

Françoise m'attendait dans un café à l'angle de la rue de La Roquette. Je l'embrassai sur les deux joues et elle me donna le bras pour effectuer le trajet jusqu'à notre lieu de rendez-vous.

— Les autres nous retrouveront là-bas. Ce n'est pas loin, juste au coin de la rue de Lappe.

Je ne m'aventurais que rarement dans cette partie de Paris et je fus surprise de son aspect miteux et de la décrépitude de ses cafés. Françoise dut remarquer ma réaction.

— Je sais que ce n'est pas le plus beau quartier de Paris, mais je l'aime bien, et il a l'avantage de ne pas être trop fréquenté par les Boches.

Elle me regarda, guettant ma réaction.

— Ça me va. Tout endroit où les Boches ne vont pas est bon pour moi.

— Tout à fait, confirma-t-elle en ralentissant. On est arrivées.

Nous nous trouvions devant un petit café, dont les cadres de fenêtres usés laissaient voir le bois clair. Elle poussa la porte et, une fois que nos yeux se furent adaptés à la faible luminosité, je constatai que c'était plus un bar qu'un café. Un long comptoir en zinc s'étendait sur toute la longueur de la pièce. Quelques hommes âgés, devant leurs *ballons de rouge**, nous dévisagèrent lorsque nous entrâmes.

— *Mesdemoiselles* ?* nous salua froidement le barman.

— *Bonsoir, monsieur**, répondit Françoise, tout aussi froidement.

Elle se dirigea vers l'autre extrémité du bar. Je la suivis, tout en me demandant si nous étions au bon endroit. Si oui, avais-je vraiment envie d'être là ?

Le barman nous rejoignit.

— Vous êtes ici pour le bal, c'est ça ? chuchota-t-il.

Françoise me regarda et hocha la tête. Sans un mot de plus, l'homme sortit de derrière le comptoir et se dirigea vers l'arrière de la salle, dont il poussa la porte en nous faisant signe d'entrer. Nous franchîmes un épais rideau de velours… pour nous retrouver dans une salle beaucoup plus grande. Un groupe de musiciens discutait dans un coin, tandis que quelques femmes attendaient sur les côtés. Nous nous jaugeâmes réciproquement pendant que nous avancions dans la salle, comme le font les femmes pour vérifier si la tenue qu'elles ont réussi à dénicher n'a rien d'infamant. La plupart d'entre nous étaient simplement vêtues de jupes droites et de chemisiers unis ; il aurait été inconvenant de porter des tissus plus recherchés. La salle ne comportait pas de fenêtres et ses murs étaient tendus du même velours épais que le rideau de l'entrée. Les tables disposées sur le pourtour accueillaient de petites lampes qui constituaient la seule source de lumière. Les hommes étaient rares. Comment les fêtards présents ici avaient-ils réussi à éviter le travail forcé en Allemagne ? Peut-être exerçaient-ils des professions essentielles, quelles qu'elles soient.

— On est un peu en avance, visiblement, chuchota Françoise. Allons voir si on peut se dégoter un verre.

Nous parcourûmes la pièce pour arriver à une table où se trouvaient des gobelets pleins d'un liquide clair.

— Qu'est-ce que c'est ? demandai-je à l'homme qui se tenait derrière la table.

— Un délice de mon invention, répondit-il fièrement. De l'alcool à base de pommes de terre.

— Ce ne serait pas de la vodka ? s'enquit Françoise, intriguée.

— Pas tout à fait. Goûtez.

Nous prîmes un verre chacune, puis nous trinquâmes avant de boire une gorgée en nous regardant dans les yeux.

— *Mon Dieu* !* On dirait de l'alcool pur !

J'en avais la gorge qui me brûlait et les yeux qui pleuraient.

— Pourquoi ne pas le couper avec quelque chose ? suggéra Françoise à l'homme.

— Je le ferais si j'avais de quoi.

— Vous pourriez essayer d'y ajouter un peu d'eau, dis-je en lui rendant mon verre. Je n'arriverai jamais à boire votre gnôle pure.

Il me versa un peu d'eau d'une carafe déjà sur la table et je compris qu'il s'était amusé à nos dépens.

Nous lui donnâmes un franc avant de nous éloigner, juste au moment où les musiciens se mirent à jouer, un air au rythme entraînant mais doux.

Puis je sentis une petite tape sur mon épaule. C'était le Français du métro, qui me tendait la main. Son sourire trop assuré et la lueur pleine d'expectative au fond de ses yeux m'incitèrent à refuser.

— Non merci, répondis-je en me détournant, juste à temps pour apercevoir une expression médusée sur le visage de Françoise.

Elle me flanqua un petit coup de coude.

— Pourquoi tu n'as pas dansé avec lui ? Il est mignon ! Et les hommes ne se bousculent pas dans le coin.

— Il faut croire que je ne suis pas d'humeur.

Et tout à trac, Sebastian fit irruption dans mes pensées.

25

Paris, mai 1944

Sebastian

Assis seul à la terrasse d'un café après son travail, Sebastian pensait aux enfants, se demandant s'ils avaient déjà été déplacés. Il soupira bruyamment, ce qui attira l'attention de la serveuse.

— *Oui, monsieur* ?*

Elle semblait nerveuse. Sans doute avait-elle interprété son soupir comme une marque de mécontentement. Sa carafe de vin était encore à moitié pleine et il n'avait mangé que la moitié de son *confit de canard**.

— Je pourrais avoir l'addition, s'il vous plaît ?

Pendant qu'il l'attendait, Sebastian balaya le café du regard. Deux Françaises étaient avec un groupe de quatre officiers allemands, et trois autres femmes étaient assises ensemble à une table, partageant une carafe de vin. Il devina qu'elles ne resteraient pas seules bien longtemps. Il détestait la façon dont les Allemands traitaient Paris, comme si c'était leur terrain de jeu. La plupart d'entre eux espéraient se trouver une petite amie française pendant leur séjour. Les Françaises leur paraissaient plus exotiques et mystérieuses que les Allemandes. Malgré la guerre, elles s'habillaient bien et faisaient montre d'une certaine dignité, comme si elles refusaient d'admettre qu'elles vivaient sous occupation. Enfin, la plupart d'entre elles : Élise faisait exception avec ses pantalons d'homme et ses chemisiers unis, ses cheveux coupés court, son absence de maquillage. Curieusement, cela n'en soulignait que davantage sa féminité, qui se nichait dans les contrastes : sa taille marquée par une ceinture marron, ses cheveux épais et brillants, ses pommettes mises en valeur par la lumière naturelle, ses yeux plus doux que ceux d'un homme.

Les pensées de Sebastian revinrent aux enfants. Cinq jours… Il avait assez attendu. Il ne courait pas grand risque à retourner à la librairie, feuilleter quelques livres, prendre éventuellement un message. La serveuse revint avec l'addition. Il laissa un généreux pourboire, puis se leva pour prendre la direction du Ve arrondissement.

M. Le Bolzec eut l'air surpris de le revoir, et pas franchement ravi. Lui dont les yeux étaient d'ordinaire vifs et curieux, il ne cessa de jeter des coups d'œil anxieux vers ses autres clients pendant qu'il saluait Sebastian. Le visage tiré et pâle, il se contenta d'une légère inclinaison de la tête au lieu de lui lancer son bonjour sur le ton joyeux qui lui était habituel.

Sebastian se dirigea vers les étagères du milieu, là où il avait vu Élise pour la première fois, espérant que M. Le Bolzec s'approcherait dès qu'il en aurait l'occasion. La boutique semblait plus animée que de coutume et il dut attendre un moment. Il regrettait qu'ils n'aient pas mis au point une méthode pour échanger secrètement des messages en les cachant dans certains livres. Il voulait savoir si les enfants avaient pu partir sains et saufs. Finalement, M. Le Bolzec vint garnir de livres l'étagère en face de Sebastian.

— Excusez-moi, dit-il en se penchant devant lui. Il faut juste que je range cet ouvrage-ci.

Il glissa un livre mince entre deux livres plus épais, dont il tapota la tranche de la pointe de l'index.

Sebastian comprit le message et s'empara du livre. L'ouvrant précautionneusement, il découvrit, à l'intérieur de la couverture, un bout de papier où figuraient ces simples mots :

*Ils sont tous partis**.

M. Le Bolzec avait deviné ce que Sebastian était venu chercher, et celui-ci avait eu sa réponse. Les enfants avaient été déplacés. Le cœur de Sebastian frémit de soulagement. Leur plan avait fonctionné. Le jeu en avait valu la chandelle. Il referma le livre, le bout de papier toujours à l'intérieur, et s'en fut payer.

L'humeur plus légère, il quitta la boutique pour se diriger vers le Panthéon, puis la Sorbonne, témoins silencieux de tant d'histoire. Il poursuivit sa route et se retrouva bientôt devant la fontaine Saint-Sulpice, à contempler l'imposante église. Une femme traversa la place à toute allure, ses chaussures à semelles de bois claquant dans la nuit. Ses cheveux courts bondissaient d'un côté à l'autre. Cette silhouette ressemblait à celle d'Élise et, soudain intrigué, il s'avança vers ce dos qui s'éloignait. Quand il parvint à sa hauteur, il scruta son profil. Il n'entrevit que son nez, derrière les cheveux qui lui cachaient la moitié du visage.

Elle se retourna vers lui. La peur qui brillait dans ses yeux se transforma vite en soulagement lorsqu'elle l'eut reconnu.

— Élise, chuchota-t-il.

Elle se détourna de lui, poursuivant encore plus rapidement son chemin. Il regarda sa montre.

— Le couvre-feu commence dans dix minutes.

— Je sais. C'est pour cela que je rentre à la maison.

Elle s'éloigna à grandes enjambées.

Il la rattrapa, le ventre noué tandis qu'il puisait en lui le courage de lui adresser à nouveau la parole.

— Je peux te raccompagner, juste pour le cas où on t'arrêterait.

— Non !

Elle balaya les environs du regard et il comprit qu'elle redoutait d'être vue avec lui. Avec l'imminence du couvre-feu, les rues étaient désertes.

— Tu es ravissante, commenta-t-il en lui emboîtant le pas. Tu étais de sortie ?

— Oui, à la Bastille, répondit-elle assez aimablement pour qu'il trouve en lui le courage de continuer.

— Tu es allée danser ?

Ils savaient tous deux que les bals étaient interdits pour les citoyens français.

Pourtant, elle répondit quand même par l'affirmative.

Une pointe de regret le traversa, lorsqu'il l'imagina dansant, riant, heureuse sans lui.

— J'aurais aimé pouvoir y aller avec toi.

Les mots avaient jailli de sa bouche. Il fixa son profil, brûlant de passer le doigt sur l'arête de son nez, jusqu'à son front où, sous la lumière de la lune, il pouvait voir une petite ride se creuser.

— Les enfants ont pu partir, murmura-t-il, heureux de pouvoir lui communiquer de bonnes nouvelles.

— Dieu merci ! lâcha-t-elle, la main sur sa poitrine. (Elle s'arrêta dans son élan, pour se tourner vers lui.) C'est bien, ce que tu as fait.

Leurs yeux se croisèrent le temps d'une brève seconde. Il aurait voulu la retenir, mais il la sentit se crisper quand deux femmes passèrent d'un pas vif. Elle détourna le regard et continua sa traversée de la place. Il se cala sur son rythme et elle ralentit dans une ruelle latérale, pour s'arrêter devant une porte bordeaux.

— Merci de m'avoir raccompagnée, Sebastian, lâcha-t-elle en se retournant.

Elle m'a remercié ! Elle m'a de nouveau appelé par mon prénom ! Un frisson d'excitation le secoua.

— De rien, répliqua-t-il en jetant un coup d'œil à sa montre. Ça te dirait de marcher un peu plus ? Tu serais en sécurité avec moi.

Il savait qu'il tirait sur la corde mais, sous le clair de lune, il vit deux petites fossettes naître sur ses joues. Puis, en un éclair, elles disparurent. Elle secoua la tête.

— Cinq minutes, pas plus, insista-t-il.

Il la regarda jeter un coup d'œil à la ronde et comprit qu'elle redoutait d'être vue. La rue était d'un calme absolu, même si des rideaux pouvaient toujours remuer. Il attendit, conscient qu'à trop insister, il risquait de la faire fuir. Puis il eut une idée. Ôtant sa veste, il la lui posa sur les épaules et en remonta le col. Comme il lui frôlait le cou par inadvertance, une étincelle d'électricité crépita en lui.

— Tu peux te cacher là-dedans, déclara-t-il avec un sourire.

Elle ouvrit de grands yeux.

Merde !* Il avait commis un énorme impair en l'affublant d'une veste allemande. Quelle andouille !

Elle rejeta le vêtement et s'éloigna.

— Pardon ! lança-t-il en rattrapant sa veste. Bon sang, ce que je peux être idiot ! Je suis vraiment désolé !

Elle se retourna, le front barré d'une ligne profonde.

— C'est bon, chuchota-t-elle.

Il s'attendait à ce qu'elle ouvre la porte et le plante là, mais elle fit au contraire un pas dans la rue. Une bouffée de joie lui souleva le cœur et il dut cacher son sourire tandis qu'il réglait son pas sur le sien et se mettait à cheminer à ses côtés.

26

Paris, mai 1944

Élise

Seulement cinq minutes. Quel mal cela pourrait-il faire ? Il avait risqué sa vie pour permettre à ces enfants de s'échapper. Je pouvais risquer cinq minutes pour lui. Peut-être avais-je un peu forcé sur cette boisson alcoolisée aux pommes de terre. J'étais légèrement ivre et le monde ne semblait plus aussi sombre. Je le sentais qui marchait à côté de moi, comme une force qui m'attirait, et j'entendais sa respiration dans la rue silencieuse. C'était intime. Dangereusement intime. Intime à m'en donner des palpitations. Je n'étais pas préparée à la vague d'exaltation qui me submergea. Ou était-ce de la peur ? Quoi qu'il en soit, je me sentais vivante. Mon pouls palpitait et mon cœur battait fort, me laissant légèrement essoufflée. Quelque chose de magique flottait dans l'air, comme si les soucis et les terreurs de la vie s'étaient évaporés et je me retrouvais à flotter quelque part entre rêve et réalité.

— Je crois que j'aime mieux Paris quand elle dort, murmura Sebastian. Quand la ville est silencieuse comme maintenant. (Il hésita.) Quand il n'y a pas de soldats.

Il garda le silence pendant quelques secondes, où je pus l'entendre penser.

— C'est une ville pleine de secrets, n'est-ce pas ?

— Maintenant, oui, répondis-je, les yeux fixés droit devant moi, même si je crus deviner son petit sourire. Je ne t'ai jamais demandé comment tu as obtenu ton poste ici. Quelqu'un te devait une faveur ?

Il tarda tant à répondre que j'en vins à me demander s'il allait le faire, mais il finit par dire, presque à voix basse :

— J'étais en piteux état après la Russie.

— La Russie ?

— Oui, j'ai été envoyé au front comme fantassin. Un moins-que-rien.

J'avais entendu parler de l'énorme défaite allemande en Russie, des centaines de milliers d'hommes perdus par le Reich. Nous nous en étions réjouis, mais je songeais à présent que chaque vie individuelle perdue était pleurée quelque part – et que l'énormité des nombres avait déshumanisé les morts.

— Mon père a réussi à tirer quelques ficelles, poursuivit-il. Il m'a obtenu ce poste ici.

J'attendis qu'il continue, mais des cris et des rires brisèrent le silence. Un groupe de soldats allemands ivres avançait en titubant vers nous. Un grand type me percuta, dont l'énorme bedaine me fit tomber sur le trottoir. Il tendit les bras pour me rattraper. Puis, sans me relâcher, il éclata de rire.

— *Habe ich dir Angst gemacht*[1] *?*

Je retirai ses grosses pattes de moi et reculai.

— *Du bist direkt in ihr hineingelaufen*[2] *!* cria Sebastian.

— *Excusez-moi, mademoiselle**, fit le gros soldat en me souriant de toutes ses dents qui scintillaient dans la pénombre. *Wieviel nimmt sie dafür*[3] *?* ajouta-t-il en se retournant vers Sebastian.

Les autres soldats éclatèrent de rire. J'ignorais ce que l'homme venait de dire mais, du coin de l'œil, je vis

1. « Je t'ai fait peur ? »
2. « Tu as foncé droit sur elle ! »
3. « Elle prend combien ? »

Sebastian se raidir, carrant les épaules. Je retins ma respiration, tout en me recroquevillant contre le mur dans l'espoir de me rendre invisible. Tout devint brusquement silencieux et immobile.

Sebastian serra le poing.

— Ne fais pas ça ! m'écriai-je en lui agrippant le bras.

Il se retourna. Ses yeux flamboyaient de fureur. Les soldats rigolèrent de plus belle. Puis, aussi brusquement qu'ils étaient apparus, ils disparurent, bras dessus bras dessous. Leurs voix sonores et inquiétantes s'éteignirent à mesure qu'ils s'éloignaient en titubant.

Je plongeai le regard dans les yeux sauvages de Sebastian. Mes doigts s'enfonçaient toujours dans la chair de son bras. Puis, comme si son contact m'avait brûlé, je le lâchai.

— Ça va, chuchotai-je. Ça n'a pas d'importance.

La fureur disparut lentement de ses yeux. Il se passa une main dans les cheveux.

— Ça n'a pas d'importance ? J'ai honte pour eux. (Il soupira.) Et j'ai honte d'être ici, de cette façon.

Je le regardai droit dans les yeux pour la première fois et il soutint mon regard.

— Je sais. Qu'a dit le gros homme ? demandai-je, histoire de rompre le charme.

Il se détourna et se remit à marcher.

— Rien qui vaille la peine d'être répété.

— Dis-moi.

— Mieux vaut que tu ne le saches pas.

— Si, insistai-je.

— Il a dit que tu avais de beaux yeux, répondit-il en soupirant.

— Et tu allais le frapper pour ça ? Ce n'est pas ce qu'il a dit.

— Élise, ses paroles ne méritent pas d'être répétées. Je ne lui ferai pas cet honneur. Oublie ça. Je t'en prie.

Il était évident qu'il m'avait insultée, mais je laissai tomber.

— C'est une bonne chose que tu ne l'aies pas frappé.

— Oui, une bonne chose pour lui !

Il éclata de rire, et d'une façon si enfantine, si spontanée, que je ris à mon tour et la tension retomba. Nos rires durent déranger un rat endormi car il détala de l'autre côté de la rue, pour plonger dans un égout. Comme je reculai d'un bond, j'écrasai les orteils de Sebastian. Il me rattrapa par la taille et un frisson me courut le long du dos.

— C'est pas grave. C'est juste un rat. (Il éclata de rire.) Paris est pleine de rats en ce moment.

Il garda les mains sur moi. Pendant quelques secondes, aucun de nous ne bougea. Son contact me faisait vibrer et m'attirait vers lui. J'avais envie de me laisser aller contre lui, de m'imprégner de la chaleur de son corps.

Au lieu de quoi, je m'écartai.

— Que s'est-il passé en Russie ? fis-je en me souvenant de quoi nous étions en train de parler avant d'être interrompus.

Mais ma question, accueillie par un silence, demeura maladroitement en suspens. On n'entendait plus désormais que le claquement de mes talons et de ses bottes cloutées, qui retentissait dans la nuit comme le tic-tac de deux horloges indifférentes au temps.

Nous continuâmes à marcher en silence. Ma respiration me battait aux tempes.

— J'avais un ami, murmura-t-il. Il s'appelait Henrik.

Je ralentis, remarquant ses épaules voûtées, le tremblement dans sa voix.

— Ne me raconte pas, si tu n'en as pas envie.

— Si, je le veux, poursuivit-il. Henrik et moi avons grandi ensemble. (Je retins mon souffle et fermai les yeux.) Nous avons tout fait ensemble. (Sa voix flottait dans l'obscurité.) Puis la guerre est arrivée. Nous avons été envoyés en Russie dans la même unité. Comme nous nous retrouvions à nouveau tous les deux, nous pensions que rien de mal ne pouvait arriver. Ensemble, nous étions invincibles, en quelque sorte. Bref, nous étions deux imbéciles !

Comme il s'arrêtait, laissant son récit en suspens, je déglutis péniblement, redoutant ce qui allait suivre.

— Nous sommes tombés dans une embuscade. Henrik et moi. Tout le monde, précisa-t-il d'une voix devenue rauque. Il neigeait à gros flocons. Nous ne voyions rien... Et ils sont sortis de nulle part. Des soldats russes armés de fusils. Ils nous ont tiré dessus.

Il prit une inspiration. Je me couvris le visage, comme si cela pouvait me protéger de ce qui allait suivre.

— Et puis ça s'est calmé. Et c'est là que les cris ont commencé. Henrik criait mon nom.

Sa voix s'était muée en murmure. Il s'arrêta, sortit un paquet de Gitanes de sa poche de poitrine et me le tendit. Je secouai la tête, tandis qu'il s'allumait une cigarette. Après avoir tiré une longue bouffée, il continua, les yeux fixés sur un point invisible dans le lointain, tout en se remettant à marcher.

— J'ai rampé. Les autres cris, je les ai tous ignorés. Puis je l'ai trouvé. On lui avait tiré dans le ventre.

Il s'arrêta de marcher, tapotant la cendre de sa cigarette pour la faire tomber par terre. J'attendis.

— Il y avait du sang partout. Je sentais son odeur. Le trou dans son ventre était trop grand pour que je le bouche avec mes mains. Il s'échappait de son corps. J'ai essayé de le soulever, de le porter. (Sebastian me fixait, mais ses yeux demeuraient distants, comme s'il ne me voyait qu'à moitié.) Les Russes avançaient de nouveau. Il y a eu encore des coups de feu. Encore des cris. Henrik était très lourd.

Il marqua une nouvelle pause, des perles de sueur brillaient sur sa lèvre supérieure, comme si les mots le brûlaient de l'intérieur.

— J'ai trébuché. Je suis tombé avec lui dans mes bras, je lui ai atterri dessus. Il tremblait de partout. Je n'avais plus la force de le soulever et de courir avec lui dans les bras. J'entendais les Russes qui se rapprochaient. Il m'a supplié de l'achever. (Il laissa tomber son mégot qu'il éteignit sous sa botte.) Comment j'aurais pu le tuer ? J'ai voulu le ramasser à nouveau. Mais il pleurait. Il m'a supplié. (Sebastian se passa le revers de la main sur le visage.) J'ai tenu sa tête entre mes mains et je… j'ai…

— Tu l'as tué ?

Je frissonnai, le ventre noué par la nausée que faisait naître un sentiment de dégoût. Fixant le mur de pierre en face de moi, je tentai de refouler l'image de Henrik gisant dans une mare de sang sur la neige blanche.

Sebastian se tourna vers le mur. Il tendit les bras devant lui, pour presser ses mains contre la pierre, penché en avant, le dos à l'horizontale. Ses bras se mirent à trembler. Était-il en train de pleurer ? Était-ce ainsi que les hommes pleuraient ? J'attendis qu'il reprenne le contrôle de lui-même, mais ses tremblements se transformèrent en secousses. Terrifiée à l'idée qu'il s'effondre sous les spasmes qui secouaient tout son corps, je m'approchai derrière lui pour l'enlacer et tenter de l'apaiser.

— Sebastian… (Son nom me brûla les lèvres.) C'est fini. C'est fini.

Je pressai ma tête contre son dos, m'accrochant à lui, jusqu'à ce que ses tremblements commencent à perdre de leur énergie visqueuse et que son corps se détende. Pourtant, je ne retirai pas mes bras. Je le sentis prendre une profonde inspiration, puis il se retourna, cramponné à moi comme un homme qui se noie. Je le laissai faire, sa joue contre la mienne, mouillée de larmes chaudes.

— Je suis désolé, Élise.

Le souffle et sa voix rauque s'insinuèrent en moi. Je sentis que je fondais, que je me perdais en lui. Que je perdais tout.

Il me fallut toute ma détermination, toute ma volonté pour réussir à reculer d'un pas. Un vent amer parut tourbillonner, souffler entre nous pour nous séparer. Je fis un autre pas et une rafale me traversa, qui me laissa froide et vide.

Le carrefour s'ouvrait devant moi. L'instant qui allait tout changer. Je lui pris la main pour l'attirer vers moi et abolir l'espace entre nous… Et je l'embrassai. Je l'embrassai avec tout ce qui restait de souffle dans mon corps.

27

Paris, mai 1944

Élise

Sebastian savait où j'habitais, ce qui me terrifiait et m'excitait à la fois. Chaque jour, lorsque je rentrais chez moi après le travail, j'étais sur le qui-vive, oscillant entre l'espoir qu'il passe par là et la crainte qu'il le fasse. Je ne pensais pas qu'il viendrait, mais j'avais vu son côté impulsif. Je repensai à la prudence dont il avait fait preuve lorsqu'il m'avait emmenée au restaurant, pour s'assurer que personne ne nous voyait ensemble. En revanche, j'avais été témoin de son impulsivité lorsqu'il m'avait sauvée, rue de la Pompe, de son courage lorsqu'il avait accepté d'aider à faire sortir les enfants, et de sa vulnérabilité l'autre soir. Je repensais à notre baiser sauvage, comme si nous étions les seuls survivants sur terre.

La sonnette à la porte coupa court à mes pensées. Mon cœur fit un bond dans ma gorge, même si j'étais certaine que ce n'était pas lui. Pourtant, la simple possibilité de sa venue avait suffi pour que mon pouls s'emballe.

— J'y vais, criai-je.

Attrapant ma veste, je courus jusqu'à la porte d'entrée.

Un nœud se forma dans mon ventre. Une femme se tenait là, un paquet dans les mains.

— Madame Chevalier ?

— Je suis sa fille, répondis-je en lui prenant le paquet.

Une déception irrationnelle m'envahit alors que je retournais à la cuisine pour le donner à maman. Je ne restai même pas pour voir ce qu'il contenait.

Une semaine passa.

Non, décidai-je, en soupesant encore une fois la situation. Sebastian ne viendrait pas. Il faudrait que j'aille le trouver.

J'étais d'accord pour ne pas retourner à la librairie. Mais Isabelle pouvait y aller, non ? Ça ne la mettrait pas en danger, pas vraiment. Elle n'aurait rien à faire. M. Le Bolzec comprendrait pourquoi je l'avais envoyée et, s'il y avait un message pour moi, il pourrait le lui transmettre, peut-être par le biais d'un livre.

Je demandai à ma sœur d'y passer dès le lendemain, sous prétexte que j'avais envie de lire un recueil de nouvelles. Elle parut heureuse de sortir seule, ce samedi après-midi-là, et revint, l'air très excitée.

— Devine quoi ? lança-t-elle en entrant dans la cuisine, un paquet enveloppé de papier kraft sous le bras

Je levai les yeux du rutabaga que j'étais en train de râper.

— Quoi ? demandai-je, hésitante.

— Il y avait un Boche dans la boutique.

Ma gorge se serra.

— N'utilise pas ce mot, je te l'ai déjà dit, la tança maman en s'essuyant les mains sur son tablier.

— Que faisait-il ? ne pus-je m'empêcher de demander.

Cela aurait pu être n'importe qui, mais je savais qu'il s'agissait de Sebastian.

— Il parlait à M. Le Bolzec, répondit Isabelle.

— Qu'est-ce qu'il a besoin de leur parler ? soupira maman. Il ne devrait pas les encourager à fréquenter sa boutique. Une fois que cette guerre sera terminée, les gens se souviendront de ce genre de choses.

— Les Allemands aussi ont le droit d'entrer dans les librairies, maman. (Je me mordis la lèvre, redoutant d'en avoir trop dit.) Personne ne soupçonnerait jamais M. Le Bolzec d'être un collabo.

Maman fronça les sourcils.

— Tu ne sais pas de quoi les gens sont capables.

J'entendais ce qu'elle disait, mais mon esprit était focalisé sur le paquet qu'Isabelle tenait toujours.

— C'est pour moi ? lui demandai-je.

Elle me tendit le paquet.

— M. Le Bolzec m'a dit que tu lui avais demandé ce livre. Qu'est-ce que c'est ? s'enquit-elle quand je m'en fus saisie.

Je haussai les épaules, feignant l'indifférence, avant de le retourner entre mes mains. Il était attaché avec une ficelle, manifestement destiné à n'être ouvert que par mes soins. Mais comment pouvais-je m'éclipser et l'ouvrir en privé ? Je sentais déjà les yeux de maman se poser sur moi. Je m'assis à la table de la cuisine, m'efforçant de respirer plus calmement tandis que je posais le paquet devant moi et que je dénouais la ficelle. Le papier kraft tomba.

— Oui, lâchai-je. Je me souviens : je lui ai demandé de le mettre de côté pour moi.

Les battements de mon cœur s'accélérèrent quand je me rappelai que Sebastian avait acheté ce livre, la première fois que je l'avais vu dans le magasin.

— Qu'est-ce que c'est ? demanda maman en se penchant par-dessus mon épaule.

— De la poésie.

Le mot sonnait faux dans ma bouche.

— De la poésie ?

Sa surprise était évidente dans l'inflexion de sa fin de phrase.

— Je me suis dit que ce serait bien d'en lire un peu, pour changer.

Maman se pencha sur moi, attendant que je l'ouvre.

— C'est tout ? insista Isabelle, visiblement déçue.

— Qu'est-ce que tu imaginais d'autre ?

Je faisais en sorte que ma voix soit aussi légère qu'une brise.

— Je ne sais pas. Quelque chose de mieux que de la poésie.

Elle tournoya sur un pied, à l'évidence lassée par le sujet désormais.

— Pourquoi tu ne nous lirais pas un poème ?

Je détectai un soupçon d'ironie dans la suggestion de maman.

J'ouvris le livre au milieu – un endroit sûr, présumai-je –, avec la nette impression que Sebastian avait lu cette même page peu de temps auparavant. Je commençai ma lecture à haute voix :

— « Est-ce à nous qu'il prête l'oreille ?/ Est-ce aux anges ? Est-ce aux démons ?/ À quoi songe-t-il, lui qui veille... »

Je m'interrompis. Sebastian avait dû donner ce livre à M. Le Bolzec pour qu'il me le transmette et, quelque part à l'intérieur, il y avait un message de sa part. Cependant, impossible de le chercher avec maman qui planait au-dessus de moi tel un vautour. Je refermai le livre, brûlant d'aller retrouver l'intimité de ma chambre.

— Pourquoi t'arrêtes-tu ? demanda maman en haussant un sourcil. J'aimais bien.

— Je vais en choisir un que je vous lirai ce soir, après le dîner.

Et reposant le livre, je me remis à râper le rutabaga.

Je patientai une heure entière avant de me retirer dans ma chambre, dont je refermai aussitôt la porte. Je m'assis sur mon lit, enfin seule. Cette fois, j'ouvris le livre à la première page. Où figurait une inscription.

Lise, mon amour,
Ma vie a commencé avec toi.
À toi pour toujours,
S

Je pressai le livre ouvert contre mon visage, inspirant l'odeur du papier, de l'encre d'imprimerie. Excitée à la perspective d'un monde qui s'ouvrait à moi, je tentai de saisir l'odeur de Sebastian. Puis un morceau de papier voleta vers le sol. Je le ramassai : c'était l'esquisse d'une carte du bois de Vincennes, avec des flèches qui pointaient du côté de Saint-Mandé, près du petit lac, ainsi qu'une note en bas.

Suis la peinture blanche sur les arbres. 19 heures. Samedi et tous les jours suivants jusqu'à ce que tu viennes.

Mon cœur se fit plus léger. Le monde m'apparut lumineux et plein d'espoir. En regardant l'horloge, je vis qu'il était déjà 19 heures. Il devait être là-bas, à m'attendre. Un frisson me parcourut. *Demain. J'irai demain.*

Le lendemain soir étant dimanche, j'annonçai à maman que j'allais retrouver une amie et qu'elle ne devait pas m'attendre pour dîner.

— Je serai de retour avant le couvre-feu, la rassurai-je.

— Je n'ai aucun doute là-dessus, répondit-elle. Mais où cours-tu si vite ?

— Retrouver une amie, je te dis.

Sur quoi, je filai avant qu'elle ne puisse ajouter autre chose.

Je me payai un vélo-taxi pour gagner Châtelet, non sans houspiller le cycliste, un homme sec et nerveux, pour qu'il pédale plus vite. Ensuite je pris le métro en direction de Vincennes. Une fois dans les bois, je respirai plus calmement, écoutant les oiseaux lancer leurs trilles du soir tandis que je contournais le lac, pour m'approcher des arbres. J'examinai leurs troncs, à la recherche d'une trace de peinture blanche, mais sans succès. En proie à un mauvais pressentiment, je balayai du regard les centaines d'arbres alentour : comment pourrais-je trouver ceux sur lesquels il avait laissé une marque de peinture ? Déambulant parmi eux, ce qui m'obligeait à écarter leurs branches au fur et à mesure, je cherchais désespérément des traces de peinture blanche. Puis j'en vis une, barbouillée sur le tronc d'un gros arbre. Je passai la main dessus, le cœur martelant dans ma poitrine. Il était là ! Je regardai autour de moi, à la recherche de la marque suivante. Elle se trouvait deux arbres plus loin, puis une autre, cinq arbres plus loin. Mais ensuite, plus rien. Il ne semblait pas y avoir grand monde dans les parages et je dus me retenir de l'appeler, tandis que je me déplaçais d'arbre en arbre, me frayant un chemin à travers branches basses et petits buissons. Quand je levai les yeux, une rose blanche attira mon attention.

— Sebastian, chuchotai-je, en tendant la main vers elle pour sentir la soie de ses délicats pétales.

Un bruissement se fit entendre quelque part. Je me figeai. Puis une main saisit la mienne et me tira dans un étroit passage au milieu des buissons. Je m'égratignai les jambes et les bras. Ravalant mon cri, je laissai Sebastian me conduire jusqu'à une petite clairière où une grossière couverture marron avait été étendue sur le sol rugueux et les orties. Une bouteille de vin rouge et un camembert entier trônaient en son centre. Il m'attira près de lui, les mains serrées autour de ma taille. Le souffle court, j'approchai mon visage du sien.

— Tu es venue, murmura-t-il. Je n'y croyais pas.

Pendant un moment, aucun de nous ne bougea. La scène semblait aussi irréelle que si j'avais pénétré dans un jardin secret. Comment pouvions-nous être si proches que je l'entendais respirer, que je sentais l'odeur de sa peau ? Brûlant de le toucher, je levai une main vers son visage. Il saisit mes doigts pour les porter à ses lèvres. Son autre main trouva le bas de mon dos, pour me plaquer encore plus étroitement contre lui. Son début de barbe m'égratignait la joue.

À court de mots, j'effleurai ses lèvres pour les écarter doucement, sachant qu'une fois que nous nous serions embrassés, il n'y aurait pas de retour en arrière. Pas d'avant non plus. Je pris donc mon temps, prolongeant ce moment exquis avant que tout n'explose en un million de fragments que nous ne pourrions jamais recoller. Je sentis la ferveur de l'urgence dans son souffle, mais il se montra patient. Il m'attendit.

Quand il vint, notre baiser fut d'abord timide, exploration, expérimentation… il se fit rapidement avide, sauvage. Je n'arrivais pas à en avoir assez de lui, je voulais tout. Le peu de raison qui me restait s'envola.

28

Paris, juin 1944

Élise

La seule façon de garder un secret est de ne le confier à personne. Mais comment cacher l'amour qui coulait dans mes veines, qui mettait de la lumière dans mes yeux, de la couleur sur mes joues ? Je m'exerçais devant le miroir, essayant de prendre une mine pitoyable, d'éteindre mon rayonnement. Mais quiconque me connaissait bien s'en apercevait. Maman le savait, je le voyais dans les regards qu'elle me jetait à la dérobée et dans ses lèvres pincées. Elle comprenait que quelque chose avait changé en moi et, au lieu de s'en réjouir, elle s'en inquiétait. Évidemment. C'était une époque où les sourires entendus et la légèreté d'esprit éveillaient les soupçons.

Mais elle ne dit rien le premier soir, quand je revins. Ni la fois suivante, ni celle d'après. Pourtant elle savait que je cachais quelque chose à la façon dont je détournais les yeux quand je rentrais après qu'Isabelle et elle avaient dîné, et que je refusais de manger. Je leur rapportais du pain et du fromage, et même des fraises une fois. Ce fut une erreur. Maman ne voulut pas les prendre et je dus me résoudre à les donner à Isabelle, qui les engloutit sans poser de questions. Maman l'observa, les bras croisés et les lèvres pincées, tandis que je me maudissais de ma stupidité, qui avait rendu les choses aussi évidentes.

Elle finit par demander, devant Isabelle qui suçait les queues des fraises, les yeux clos par l'extase :

— Comment s'appelle-t-il ?

Je regardai maman, sachant que je ne pouvais plus éviter cette conversation.

— Sebastian, lâchai-je finalement.

— Sebastian comment ?

Impossible de prononcer son nom de famille. Comment faire entrer un patronyme allemand dans notre maison ? Je préférai donc répondre : « Il est à moitié français », au souvenir des paroles de M. Le Bolzec, lorsqu'il avait essayé de me faire considérer Sebastian sous un autre jour. Et de ma réponse : « Quelle différence cela fait-il ? Il porte l'uniforme nazi ! »

— « À moitié français » ?

Ses mots étaient sortis avec une lenteur délibérée, derrière laquelle retentissait la question qu'elle n'avait pas exprimée.

— Sa mère est française. Son père est… allemand.

Isabelle leva les yeux. L'air de la cuisine s'épaissit d'un silence qui rendait toute respiration difficile. Je m'assis lourdement à la table, quoique le menton toujours haut. Je voulais le défendre, mais comment ? Impossible de parler des enfants qu'il avait sauvés. Impossible de leur raconter qu'il était différent des autres.

— Isabelle, fit maman en redressant le dos. Va te coucher.

Clairement consciente la tension qui régnait, ma sœur fut assez sage pour ne pas discuter et s'éclipser sans un mot, me laissant seule avec maman, dont les mots se déversèrent aussitôt en une pluie torrentielle.

— À quoi tu joues ? siffla-t-elle. Si seulement ton père était là. Pour l'amour de Dieu, qu'est-ce que tu fabriques ? Un Allemand ? Je croyais que tu les détestais. Tu as perdu la tête ?

— Ce n'est pas sa faute s'il est allemand.

Elle me regarda, incrédule.

— Et ce n'est pas notre faute si nous sommes prisonniers, dans notre propre pays. Je me fous de savoir de qui c'est la faute. Qu'est-il arrivé à ta loyauté ? C'est un ennemi.

— C'est juste un homme. Il n'a pas plus voulu cette guerre que nous.

— Tu as perdu la tête ! (Elle pressa les mains sur ses tempes, comme si elle ne parvenait pas à encaisser.) Cette guerre sera bientôt terminée. Et que va-t-il se passer alors ? ajouta-t-elle après une brève réflexion. Tu y as pensé ? Tu seras désolée. Nous le serons tous. As-tu pensé à Isabelle ? As-tu réfléchi à nous ? Qui sait ce qui arrivera aux gens, aux gens qui…

— Non, maman. Je t'en prie, ce n'est pas ça. Tu ne le connais pas.

Je brûlais de lui raconter ce que Sebastian avait fait pour aider les enfants, mais c'était impossible. Bien trop dangereux.

— Comment peux-tu être aussi naïve ? Aussi stupide ?

— Maman, s'il te plaît. Personne ne sait où je le retrouve. Et seulement pour une heure, jamais plus.

Elle prit un bol dans l'égouttoir. L'espace de quelques secondes, je crus qu'elle allait le fracasser au sol, mais elle le laissa tomber dans l'évier, puis s'essuya les yeux du revers de la main.

— Je suis épuisée, fatiguée de vivre dans la peur. Fatiguée d'avoir faim, d'essayer de nous procurer de la nourriture. Et toi, tu ne penses qu'à ton Allemand. Comment peux-tu être aussi égoïste ?

— Il n'est pas l'unique objet de mes pensées. Personne ne sait rien de lui.

— Pourquoi prends-tu de tels risques maintenant, pour l'amour de Dieu ? Les Alliés ont débarqué sur les plages de Normandie. Les armées sont en route. Nous n'avons qu'à nous accrocher un peu plus longtemps.

Je fis un pas vers elle pour lui prendre la main.

— Je sais, maman. Je sais. Je le sens aussi. La libération viendra. Mais je t'en prie, laisse-moi passer avec Sebastian le temps qui nous reste. Je l'aime, achevai-je en serrant sa main.

Elle me la retira et me fusilla du regard.

— Ne dis jamais un mot de tout ça à ton père, fit-elle d'une voix menaçante en quittant la cuisine d'un pas furieux.

29

Paris, 15 août 1944

Sebastian

Sebastian savait qu'Élise dormait encore grâce à la régularité de sa respiration. Leurs mains étaient jointes sous les draps, mais il détacha doucement ses doigts des siens. Se tournant sur le flanc, il la regarda tandis que les rayons du soleil matinal traversaient les lamelles des volets, caressant son visage, ses pommettes. C'était la première fois qu'elle restait toute la nuit depuis qu'ils étaient tombés amoureux, il y avait tout juste quatre mois. Ils prenaient un risque, ce qui signifiait qu'elle avait dû mentir à sa mère. Mais ça en valait la peine. Chaque minute avait été précieuse.

Il suivit du bout du doigt le pourtour de son oreille, descendit le long de sa clavicule pour s'arrêter dans le creux de l'os. Elle remua doucement.

— Chut, Lise, chuchota-t-il. Dors.

Cette partie d'elle était intime, privée. Les autres gens pouvaient la voir, mais personne ne la toucherait. Y avait-il un nom pour désigner ce creux ? S'il n'en existait pas, c'était une erreur. C'était un endroit spécial. Comme son moi secret. Elle l'avait laissé entrer, lui accordant sa confiance pleine et entière, et il s'était révélé à elle, avec toutes ses terreurs. Penché en avant, Sebastian posa les lèvres dans ce creux chaud, sachant qu'il ne trahirait jamais cette confiance.

Il lui caressa les cheveux, espérant la ramener dans ses rêves. Il voulait s'imprégner de ces moments, les graver dans son esprit, jusqu'au moindre détail : la palpitation de ses paupières lorsqu'elle rêvait, le rose qui lui enflammait les joues lorsqu'elle était excitée, son corps qui se collait au sien dans son sommeil. Il avait besoin de mémoriser toutes ces images pour pouvoir se les rappeler lorsqu'ils seraient séparés. Ces moments avec elle étaient fugaces, ils lui échappaient avant qu'il ne puisse s'y raccrocher. Il aspirait à quelque chose qu'il puisse garder éternellement. Il aurait voulu écrire une poésie sur elle. Des mots à moitié agencés grandissaient dans son esprit, luttant pour s'en échapper, peu sûrs d'eux. Il avait peur de leur impact, une fois qu'ils seraient libérés. Le pouvoir des mots. Les mots mentaient. Les mots trahissaient. Les mots tuaient. Et s'ils effrayaient Élise ? Et s'ils lui donnaient la sensation d'être piégée ? D'être responsable de lui, d'une certaine façon ? Et si les mots tuaient la magie ?

Élise remua à nouveau ; cette fois-ci, elle tourna légèrement le bassin et se coucha sur le flanc, face à lui, puis, sans ouvrir les yeux, elle lui passa une main dans le cou pour l'attirer à elle, sa bouche cherchant la sienne.

Plus tard, alors qu'ils étaient allongés côte à côte, le corps moite, elle lui caressa la joue. Il attendit, devinant qu'elle voulait aller plus loin, le connaître complètement.

— Crois-tu au coup de foudre ? chuchota-t-elle.

Il ferma les yeux une seconde, le temps de réfléchir.

— Non.

Bien sûr que non. Il n'y avait entre eux qu'un instinct d'accouplement. Quel idiot ferait confiance à un instinct animal comme celui-là ?

— Ni moi non plus. Je ne t'ai même pas regardé, la première fois que je t'ai vu à la librairie.

— Tu as juste vu un uniforme.

— Oui, et ça m'a fait peur.

— Je ne t'ai pas beaucoup regardée non plus.

— Vraiment ? plaisanta-t-elle en lui pinçant la joue.

— Je savais que tu ne voulais pas être regardée. Surtout pas par moi. Mais je t'ai remarquée. (Il s'amusa avec ses doigts.) Je t'ai trouvée intrigante.

— Vas-y, continue, l'encouragea-t-elle.

Ça le touchait qu'elle veuille l'entendre parler d'elle.

— Et provocante, poursuivit-il. Courageuse. Je savais que tu avais peur de ces policiers, pourtant tu n'as pas reculé devant eux. (Il relâcha ses doigts.) J'ai admiré ton attitude, ajouta-t-il, une main dans ses cheveux. Mais j'ai compris que tu risquais de t'attirer des ennuis.

— Tu pensais que tu allais me sauver ?

— Non, rectifia-t-il, en plongeant son regard dans le sien. Je savais que ce serait toi qui me sauverais.

— Sauve-toi pour moi.

Des fossettes apparurent avec le sourire d'Élise.

— Je n'appartiendrai jamais à quelqu'un ou à quelque chose d'autre.

En prononçant cette phrase, il se crut complètement libre. Libéré de son pays. Libéré de sa famille.

— Nous nous appartenons l'un à l'autre, murmura-t-il. Et quoi qu'il arrive, nous aurons nos souvenirs.

Il pensait aux longues soirées printanières de leurs rencontres dans le bois de Vincennes, derrière les ronces, là où poussaient les orties. Il avait soigneusement posé la couverture sur le sol et enlevé ses bottes, sa casquette, sa veste et sa chemise. Libéré de presque tout ce qui l'étiquetait, il avait senti qu'il pourrait être lui-même. Et, pressentant déjà que ces moments seraient rares, il chérissait chacun d'entre eux, les savourant, comme on goûte un grand vin. Seulement, en un million de fois meilleur.

Elle semblait avoir lu dans ses pensées.

— Souviens-toi des belles soirées que nous avons passées, dit-elle. Tu avais pensé à tout. J'étais terrifiée la première fois. Terrifiée mais excitée. Et puis tu étais si bien caché que j'ai eu la sensation de me retrouver dans un autre monde. (Elle lui jeta un regard intense.) J'irais n'importe où avec toi. Je me sens en sécurité à tes côtés.

— N'importe où ?

— Du moment qu'on est ensemble, soupira-t-elle. Échappons-nous. Loin d'ici.

Il savait où menait cette conversation, ils l'avaient déjà eue.

— Mais où irions-nous ? Je n'ai pas de voiture et, même si j'en avais une, il n'y a pas d'essence.

— On pourrait se procurer des chevaux.

Il s'esclaffa. C'était la première fois qu'elle faisait cette suggestion.

— Et que mangeraient-ils ?

— De l'herbe. Des feuilles.

— Mais l'herbe est complètement sèche. L'été a été très chaud.

Il lui déposa un baiser dans l'oreille.

— Nous pourrions nous arrêter dans des fermes. Ils doivent avoir du foin.

— Et où irions-nous, sur ces chevaux ? insista-t-il, la voix légère, taquine.

— Dans le Sud.

Elle passa un doigt léger le long de sa cuisse.

— Quelque part loin d'ici. Quelque part au milieu de nulle part.

— Il n'y a pas de « milieu de nulle part ». Ils sont partout.

Les Alliés arrivaient et la Résistance rassemblait ses forces. Les combats ne tarderaient pas à commencer et, d'une manière ou d'une autre, les Allemands seraient chassés.

— On se cachera, insista-t-elle.

— Et les maquisards et les résistants ?

À dire vrai, il les craignait davantage que les Anglais ou les Américains.

— Tu ne veux pas t'enfuir avec moi, c'est cela ?

Elle lui pinça le menton. Il en profita pour lui attraper la main et la porter à ses lèvres. Des mots encore vagues montaient dans sa gorge puis refluaient. Ses émotions étaient trop brutes, trop indisciplinées, trop immenses. Il voulait juste qu'elle assimile tous les sentiments qu'il avait pour elle. Ceignant sa taille, il l'approcha de lui, la tenant fermement tandis qu'il l'embrassait sur la bouche, respirant en elle, comme s'il pouvait lui insuffler ses pensées.

Les mots qu'il prononça ensuite ne furent pas des mots d'amour. Ce furent des mots durs qu'il dut extraire du fond de son esprit, là où se trouvaient tous ses soucis.

— Lise, tu as pris un risque en venant ici.

— Mais personne ne m'a vue. Il faisait nuit.

— Les murs ont des oreilles. Tu sais comment ça se passe. On ne peut faire confiance à personne. Il ne faut pas qu'on te trouve ici. Les Allemands ne tarderont pas à perdre Paris. (Il s'écarta, s'assit contre la tête de lit.) Cela pourrait être une question de jours et, une fois que les Français auront le dessus, beaucoup d'entre eux se déchaîneront, prêts à tout pour se venger. Ce sera violent. Quiconque aura collaboré ou sympathisé avec les Allemands devra en payer le prix.

— Mais je n'ai rien fait de tel !

— Tu crois vraiment qu'on va prendre le temps de t'écouter ? Des gens t'ont vue discuter avec moi dans la librairie. Les policiers, ils se souviendront de toi. Ils ne s'embêteront pas à te poser des questions. (Un sentiment de malaise commença à lui nouer l'estomac quand il imagina ce qui pourrait arriver à sa Lise.) Il ne faut pas qu'on te trouve ici. Tu dois rentrer chez toi. Tu as dit à ta mère que tu venais ici ? finit-il par lâcher.

— Non.

— Qu'est-ce que tu lui as raconté ?

— Que je passais la nuit chez mon amie Françoise, de la banque. Je lui ai dit que nous devions travailler chez elle puisque les banques sont fermées. Je ne suis pas sûre qu'elle m'ait crue, cela dit, avoua-t-elle en se retournant pour le fixer du regard.

— Elle sait que tu me vois.

— Oui.

— Tu ne lui as pas parlé de l'orphelinat ?

— Non, bien sûr que non. Elle pense seulement que j'y apportais des vêtements.

Il tint sa tête contre son torse.

— Elle saura qu'il ne faut pas parler.

Élise s'écarta, afin de mieux le voir.

— Nous avons encore la journée d'aujourd'hui, n'est-ce pas ? Dis-moi que nous l'avons encore.

— Je ne sais pas de combien de temps nous disposons. Nous attendons les ordres, mais certains militaires ont déjà commencé à évacuer. Ils craignent davantage les représailles des Français et l'arrivée des Alliés qu'un passage en cour martiale.

— Tu devrais peut-être t'en aller, toi aussi.

— Non. Je vais attendre les ordres.

— Dans ce cas, nous avons encore la journée d'aujourd'hui !

— En effet. Et j'aurais bien aimé pouvoir t'emmener dans un endroit spécial.

— Où cela ?

— À la mer, répondit-il. Nous prendrions un bain de mer, puis nous pique-niquerions sur la plage.

— Continue, l'encouragea-t-elle.

— Nous irions à bicyclette, poursuivit-il, avant de préciser : Avec un seul vélo. Tu t'assiérais sur la barre transversale, pour que je puisse t'enlacer.

— Et de quoi serait composé notre pique-nique ?

— D'une bouteille de vin. Du rouge. De pain, de fromage et de fruits… Oui, des pommes et du raisin.

Il s'arrêta, le temps de déposer un baiser sur le sommet de son crâne.

— Et le chocolat, nous en aurions ?

— Bien sûr. Comment ai-je pu l'oublier ? Du chocolat aussi. (Il lui prit la main.) Lise, j'ai une idée.

— Laquelle ?

Il lui prit la main pour la porter à sa bouche, tout en regardant par-delà, pendant qu'il répondait d'une voix douce :

— Prenons cette journée, juste pour nous. Mais ensuite tu rentres chez toi. (Il la regarda pour vérifier son assentiment.) Je peux aller nous chercher de quoi manger et nous faisons ce pique-nique ici, dans cette pièce. Nous pourrions nous asseoir près de la fenêtre ouverte et faire semblant…

— Comme des enfants, l'interrompit-elle. Qui jouent à être des adultes.

— Comme des adultes, rectifia-t-il avec un sourire. Qui jouent à être des enfants.

Elle éclata d'un rire léger.

— Tu ne risques rien, si tu sors ? Où trouveras-tu à manger ? Il n'y a plus rien dans les magasins.

— Lise, ma douce, j'ai des contacts.

Souriant pour lui-même, il se tapota l'arête du nez, exagérant ce geste étrange des gens qui ont un secret.

— Vas-y, dans ce cas, consentit-elle en lui embrassant la main. Sors et rapporte-nous un festin.

Il lui déposa un baiser sur la joue et desserra son étreinte. Pantalon et chemise renfilés, mais sans veste ni casquette, il quitta la pièce. Sur le trottoir, il marchait au ras des immeubles pour gagner le petit passage où il achetait parfois de la nourriture au marché noir. Le grondement d'un camion le fit sursauter. En se retournant, il constata que le véhicule était rempli de matelas et suivi de près par un char camouflé à l'aide de feuilles et de branchages. Les Allemands quittaient Paris, en emportant des provisions. Il se dépêcha d'aller chercher leur pique-nique. Le temps pressait.

Il eut le soulagement de trouver la petite boutique ouverte et un commerçant toujours disposé à le servir. Il acheta autant de nourriture qu'il put en trouver, car il tenait à gâter Élise.

— Bienvenue à la maison. Qu'est-ce que tu as trouvé ?

Élise l'embrassa sur la joue quand il regagna la chambre, comme une épouse qui accueillerait son mari de retour au foyer.

Il avisa la couverture étalée sous la fenêtre ouverte et se mit à rire.

— Quel bel endroit pour un pique-nique ! (Il sortit une bouteille de vin.) Un *petit** bordeaux, Château Margaux. Je pense que tu vas l'aimer.

Il planta la bouteille sur la couverture et sortit un camembert.

— Mince, où as-tu trouvé ça ?

— Oh, je connais quelques trafiquants.

Il sourit en sortant un autre mets emballé dans du papier kraft, qu'il entreprit de déballer lentement, pour la taquiner.

— Du chocolat ! s'écria-t-elle en lui prenant la tablette des mains pour la serrer contre sa poitrine. Je n'ai pas vu de chocolat depuis… Qu'est-ce que tu as d'autre, là-dedans ?

Elle coula un regard vers le fond du sac.

— Ah, mais attends donc de voir. (Il s'installa sur la couverture, en dépliant les jambes devant lui.) Veux-tu goûter le vin ?

— Il n'est qu'11 heures du matin, protesta-t-elle.

— Certes, mais nous avons quelque chose à fêter.

Il s'arma d'un tire-bouchon et déboucha la bouteille dans un « pop » des plus plaisants, puis versa le vin dans les deux gobelets de la salle de bains.

Il aurait pu paraître étrange d'être coincé dans une chambre d'hôtel par une journée d'été resplendissante, à boire du vin rouge dans des tasses de salle de bains. Mais à ce moment-là, Sebastian n'aurait pu trouver endroit plus enviable.

— À la paix, lança Élise en levant sa tasse.

— À la paix. (Il entrechoqua sa tasse avec la sienne.) Quoi qu'il se passe maintenant, Lise, reprit-il, redevenu sérieux, je me souviendrai toujours de cette journée. Merci infiniment.

— Tu n'as pas besoin de me remercier.

— Si.

Les mots suivants restèrent coincés dans sa gorge.

Elle se pencha vers lui pour les avaler d'un baiser. Puis elle s'écarta.

— Je suis affamée !

Des tirs d'artillerie dans le lointain les firent sursauter.

— Ce n'est rien, constata Sebastian qui s'était redressé. C'est encore loin.

Élise posa la tête contre son torse.

— Pourquoi ne partons-nous pas, tout simplement ? Quand l'hiver arrivera, tout sera fini. (Il lui caressa ses cheveux mais ne répliqua rien.) Nous serions en sécurité, poursuivit-elle. Je le sais. Et nous serions ensemble.

— Lise, dit-il en lui prenant la main, nous sommes faits l'un pour l'autre. Nous trouverons un moyen.

30

Paris, 16 août 1944

Élise

Je me faufilai hors du lit, rassemblant mes sous-vêtements qui jonchaient le sol. J'aurais dû rentrer à la maison la veille. Pauvre maman, elle n'était pas stupide : elle avait forcément deviné où j'étais et devait se faire un sang d'encre.

Sebastian s'assit et s'empara d'un paquet de Gitanes sur sa table de chevet. Sans un mot, il sortit une cigarette et l'alluma. Il n'avait pas l'habitude de fumer au lit. Était-il traversé des mêmes pensées que moi ? Gâchions-nous le peu de temps qui nous restait ensemble ? Faisions-nous ce qu'il fallait ? Mon cœur me criait de rester, mais qui ferait confiance à son cœur dans un moment pareil, quand nos vies étaient en danger ?

Une fois franchie cette porte, nous ne nous reverrions peut-être jamais. Comment renoncer ainsi l'un à l'autre ? Je voulais passer chaque instant avec lui, c'était tout ce qui comptait. Le reste pouvait aller au diable. Me détournant de lui, je fermai les yeux, le cœur au bord des lèvres. Je m'éloignai d'un pas, juste pour voir ce qui allait se passer. Rien ne se produisit : il ne parla ni ne bougea. Je me penchai pour ramasser mon soutien-gorge, que je mis en lui tournant le dos. Puis je trouvai mon chemisier et je l'enfilai. Sebastian n'avait toujours pas ouvert la bouche, tout à sa cigarette.

Je boutonnai mon chemisier, puis pris mon pantalon sur le dossier de la chaise.

Je sentais la distance se creuser entre nous comme un gouffre où j'allais tomber, tandis qu'il se tenait au bord, à me regarder. J'avais envie de me déshabiller et de me jeter dans ses bras, nue, hilare et courageuse. C'étaient ces moments qui valaient la peine d'être vécus, les moments que je passais avec lui.

Vint ensuite le tour de mes sandales. Je glissai mes pieds dedans, puis je fis un autre pas vers la porte. *Arrête-moi ! Arrête-moi !* le suppliai-je dans ma tête. *Ne me laisse pas partir. Jamais.* Mais la pièce restait silencieuse, si l'on exceptait les battements de mon cœur. Une impulsion autodestructrice m'empêcha de me retourner et je tendis la main vers la poignée de la porte.

— Lise. Ne pars pas comme ça.

Je m'immobilisai, la main en l'air. Je l'entendis descendre du lit, se diriger vers moi, puis je sentis sa main sur mon épaule. Il m'obligea à me retourner pour que je le regarde et poussa doucement son nez contre le mien.

— Promets-moi juste que tu ne mourras pas, chuchotai-je.

Il embrassa mes larmes, puis il posa sa bouche contre mon oreille.

— Fais-moi confiance, Lise. Nous allons nous retrouver.

Je voulais le croire. J'avais besoin de le croire. Je ne supportais pas l'idée que nous nous séparions de cette façon, que nous nous disions au revoir dans sa chambre d'hôtel, sans rien à quoi nous raccrocher. Passant la main derrière mon cou, je détachai le collier que mes parents m'avaient offert pour mon dix-huitième anniversaire : une rose en rubis rouge sur une chaîne en argent. Je lui fourrai le bijou dans la main.

— Débrouille-toi pour me le rendre.

Je déposai délicatement un baiser sur ses lèvres fermées.

— Lise, chuchota-t-il. Je te le promets. Le personnel administratif, dont je fais partie, sera évacué avant l'arrivée des Alliés. Je serai de retour en Allemagne avant la fin de la guerre. Une fois que les combats auront cessé, je reviendrai. Ce ne sera pas long.

Il avait une manière si simple d'exposer la situation que je faillis le croire.

— C'est plus sûr que d'essayer de s'échapper, ajouta-t-il. Je ne veux pas te faire courir un danger encore plus grand. (Fermant les yeux, il m'embrassa sur le front.) Et maintenant, pars.

Je me retournai vers la porte. Cette fois, ma main se posa sur la poignée et j'ouvris.

Au bout du couloir, je descendis l'escalier, avec mon cœur qui se fendillait un peu plus à chaque pas. Je me concentrai uniquement sur la marche, mettre un pied devant l'autre, pour sombrer dans un état d'engourdissement, car je savais que si je laissais sortir une seule émotion, je rebrousserais chemin en courant.

Ce fut presque un soulagement d'arriver dans la rue. Le bruit des voitures, des camions et des gens qui criaient me rappelait sans ménagement que j'étais encore de ce monde. Le soleil m'aveuglait, si bien que je dus mettre ma main en visière sur mes yeux pour regarder autour de moi. Un camion passa en grondant, rempli de soldats allemands, dont les fusils et les mitrailleuses étaient braqués vers les fenêtres des immeubles. Je me plaquai contre un mur lorsque d'autres voitures et d'autres camions arrivèrent, klaxonnant, s'arrêtant, chargeant. J'hésitai à me remettre en route. Prenant une profonde inspiration, je regagnai pourtant la rue et continuai vers le métro. Sans surprise, je constatai qu'il était fermé et je continuai à avancer. Un camion ouvert bloquait la rue : des soldats allemands le chargeaient de tables de chevet. Je m'arrêtai, le cœur battant violemment. Ils volaient encore ce qui nous appartenait en emportant nos meubles chez eux ! L'un d'eux s'interrompit et posa la table qu'il transportait sur le sol. Il me dévisagea. Je soutins son regard. Alors il me lança un clin d'œil, comme pour me rendre complice de son vol. Après quoi il s'appuya à la table, prit une cigarette dans la poche de son pantalon et l'alluma sans cesser de me regarder.

La tête haute, et le défiant toujours du regard, je passai devant lui sans un mot. Je l'entendis siffler derrière moi, mais ne me retournai pas. Il m'avait fallu un courage héroïque pour m'éloigner de Sebastian. Tout le reste ne serait qu'un jeu d'enfant.

31

Paris, 16 août 1944

Élise

Je fis un long détour pour rentrer chez moi et traversai le pont de l'île Saint-Louis. Une fillette d'une dizaine d'années se tenait au milieu, un plateau plein de colifichets de couleurs vives accroché à son cou. Elle attira mon attention et je m'approchai.

— Qu'est-ce que tu vends ?

— Des broches, répondit-elle. Bleu, blanc, rouge.

Je regardai autour de moi, inquiète pour elle, mais il n'y avait pas de patrouille allemande en vue.

— Sois prudente, chuchotai-je en fouillant dans ma poche pour trouver de la monnaie. Je vais t'en prendre trois.

Mon cœur s'emballa quand je m'en saisis. Cet achat était dangereux, mais constituait déjà un pas vers la victoire. Ce n'était plus qu'une question de temps.

À l'Odéon, une affiche au coin de la rue attira mon attention. Le *Front national** appelait tous les Parisiens à rejoindre les FFI (les Forces françaises de l'intérieur, autrement dit les troupes de De Gaulle) ou les milices patriotiques et à combattre les Allemands. Mon cœur bondit à l'idée de me joindre au combat, mais comment ? La pensée de Sebastian, tout seul dans sa chambre d'hôtel, me faisait souffrir, mélange de nostalgie et de désespoir. Quelle énergie me restait-il pour combattre ?

Je restai une minute sur la place Saint-Sulpice, à contempler l'église et à reprendre des forces avant d'affronter maman. Puis je tournai au coin de la rue et rentrai.

Maman ouvrit la porte d'entrée avant que j'aie eu le temps de la pousser. Puis elle s'empressa de la refermer derrière moi avant de se lancer dans sa tirade.

— Tu étais avec lui ! Pas avec Françoise ! Elle est venue ici pour prendre de tes nouvelles. J'ai dû lui dire que je ne savais pas où tu étais. Quelle honte !

Elle restait là, les bras croisés, me bloquant aussi sûrement le passage qu'une barricade.

— Je suis désolée.

Épuisée et émotionnellement vidée, je désirais juste qu'on me laisse en paix. Mais ce n'était pas une option. Je suivis maman dans la cuisine.

Elle sortit une chaise de cuisine pour m'y faire asseoir. Je me préparai à un long sermon. Pourtant, elle s'assit à côté de moi et resta muette pendant de longues secondes.

— Je sais ce que tu ressens pour lui, murmura-t-elle enfin.

Je m'attendais à ce qu'elle continue par une série de réprimandes, au lieu de quoi elle lâcha :

— J'ai peut-être une solution. J'ai réfléchi à tout ça, ajouta-t-elle après un long soupir qui lui vida les poumons. À toi et… à Sebastian. (C'était la première fois qu'elle prononçait son prénom.) Il est à moitié français, c'est bien ça ?

Je hochai la tête.

— Et il parle français comme un Français ?

— Oui.

Je demeurai immobile sous son regard scrutateur.

— Je comprends ce qu'il représente pour toi, Élise. Mais qui sait ce qui se passera quand les Alliés seront là ? La situation va devenir nauséabonde, c'est une évidence. Il serait plus en sécurité ici.

— Qu'est-ce que tu veux dire ?

— Tu pourrais le faire venir ici. On raconterait que c'est un cousin.

— Et les voisins ?

Elle qui n'avait pas voulu m'entendre parler de lui, voilà qu'elle me proposait de l'héberger. J'étais plus perplexe qu'heureuse.

Maman soupira.

— J'en fais mon affaire. Je préfère t'avoir ici sous notre toit plutôt que dehors avec lui.

Elle ignorait que j'étais rentrée pour de bon, que j'avais quitté Sebastian. Je faillis le lui dire, mais l'idée de l'avoir ici avec moi était trop tentante. Était-ce vraiment possible ? Je me laissai aller à imaginer le tableau un instant et mon cœur se gonfla, avant de se serrer à nouveau, à la pensée de nos voisins.

— Il suffit de respirer de travers pour que *madame la concierge** se fasse des idées. C'est une moucharde.

— Ne t'inquiète pas à son sujet.

— Mais elle le verra entrer. Elle demandera qui c'est.

Maman avait-elle vraiment réfléchi à tout ?

— Je pourrais le retrouver dehors et entrer avec lui, pendant que tu la distrairais d'une façon ou d'une autre. Tu pourrais lui offrir quelques-unes des pommes de terre que Georges nous a données. Ça devrait suffire à lui faire oublier tout le reste.

— Tu es sûre, maman ? Et papa ? Que va-t-il se passer quand il rentrera ?

Je ne voulais surtout pas nous mettre toutes les trois en danger.

— Nous nous inquiéterons de ça le moment venu. En fait, tu pourrais même lui apporter des vêtements de ton père. Une casquette, un de ses vieux pantalons et une veste. Il ressemblera à n'importe quel Français.

Pauvre maman, elle qui s'était juste inquiétée pour ma sécurité, elle était prête à présent à prendre un risque énorme pour moi. Je me sentis un peu mesquine et coupable de mon erreur de jugement. Ravalant la boule dans ma gorge, je l'enlaçai, mais elle était tendue. Bien sûr, c'était une décision difficile et dangereuse pour elle. Elle avait dû avoir du mal à mettre ses propres soucis de côté et à prendre la mesure de ce que Sebastian représentait pour moi. Un sentiment de culpabilité me serra le cœur quand je songeai à Isabelle et elle et au pétrin dans lequel je m'apprêtais à les fourrer.

— Merci, maman. Merci beaucoup ! Nous ferons très attention, je le promets.

Puis je songeai à la bouche supplémentaire que nous aurions à nourrir.

— Je peux lui demander d'apporter de la nourriture, ajoutai-je.

— On va se débrouiller. (Elle croisa les bras et fronça les sourcils.) Il n'y a pas de temps à perdre. Il y aura bientôt des combats dans les rues.

À la fois excitée et mal à l'aise de cet arrangement, je quittai la cuisine et me rendis dans ma chambre pour passer un chemisier propre avant de ressortir.

Un petit bruit derrière moi me fit me retourner. Isabelle se tenait là, dans une robe d'été bleu pâle, ses longs bras fins ballant le long de son corps.

— Élise, murmura-t-elle, tu étais où ?

— Avec un ami spécial.

— Ton petit ami, conclut-elle avec un sourire entendu. C'est le type de la librairie, n'est-ce pas ? Le Boche ?

Comment en était-elle venue à cette conclusion ? Bon sang, maman ! Elle avait dû lâcher une information. Je fronçai les sourcils, me rappelant qu'elle n'était qu'une enfant. C'était déjà assez difficile pour nous, les adultes, de donner un sens aux événements.

— Il est moitié allemand, moitié français.

— N'empêche que c'est toujours un Boche, non ? insista-t-elle. Les Boches sont vraiment mauvais, non ?

Je soupirai, gagnée par la frustration. Elle se balançait pour se retrouver en équilibre sur une jambe, comme si elle testait la solidité du plancher.

— Tu ne devrais pas utiliser ce mot, Isabelle.

— « Boche » ? Pourtant tu le disais, avant. (Elle m'examina pendant quelques secondes.) Quand de Gaulle sera là, il les tuera tous.

— Les nazis. Il éliminera les nazis.

— Quelle est la différence ? objecta-t-elle, sourcils froncés.

— Tous les Allemands ne sont pas des nazis, Isabelle. Ce sont des gens, comme nous. Certains sont bons. D'autres mauvais.

Je tendis les bras vers elle, m'attendant à ce qu'elle vienne s'y loger. Mais elle demeura immobile.

— Pourquoi tu l'aimes de toute façon ? Pourquoi tu ne pourrais pas aimer quelqu'un qui soit juste français, comme nous autres ?

Je fermai les yeux, à la recherche des mots adéquats.

— On ne choisit pas qui on aime. Ça arrive, et parfois on tombe amoureux de quelqu'un dont on n'est pas censé tomber amoureux.

Isabelle plissa le nez comme si cette idée lui paraissait d'un mauvais goût affreux.

— Je ne tomberai jamais amoureuse. Je vais rester ici avec maman.

— Parce que là est ta place en ce moment. Viens me faire un câlin.

J'ouvris à nouveau les bras. Elle s'approcha d'un pas hésitant et je la serrai contre moi, plongeant mon nez dans ses cheveux à l'odeur encore enfantine de citron et de soleil.

— Tu changeras d'avis un jour, lui chuchotai-je.

— Certainement pas, déclara-t-elle avant d'ajouter, perplexe : Si vous avez des enfants, ils seront allemands ?

Je l'éloignai de moi pour la regarder dans les yeux.

— Ce seraient juste des enfants, comme tous les enfants, dis-je, néanmoins sa question m'inquiétait. Isabelle, murmurai-je, tu as parlé de lui à quelqu'un ?

Elle secoua la tête, mais ses joues écarlates m'indiquèrent que c'était bel et bien le cas.

— Je ne me rappelle pas.

Elle se dandina sur son autre jambe.

— Isabelle, insistai-je d'un ton ferme. J'ai besoin de savoir si tu as parlé de Sebastian à quelqu'un.

— Je ne me rappelle pas.

— Isabelle. (Je lui plaquai les mains sur les épaules, pour la forcer à se tenir sur ses deux jambes.) Tu en as parlé à qui ?

— Juste à Marie. C'est ma meilleure amie.

Elle se tortilla pour m'échapper. Je lâchai prise, étouffant mon envie de lui crier dessus. Elle n'était qu'une enfant. Ce n'était pas sa faute. Maman aurait dû la laisser dans l'ignorance. Les enfants ne savent pas quels secrets doivent être absolument gardés. Des gouttes de sueur perlèrent à mon front tandis que j'imaginais les conversations des voisins, leurs soupçons grandissant à mesure que se propageaient les commérages sur ce que j'avais pu faire.

Maman passa la tête par la porte, pour me tendre un sac de vêtements.

— Vas-y, Élise. Va le chercher.

32

Paris, 16 août 1944

Élise

Le soleil, implacable, rôtissait la chaussée et me brûlait la nuque, tandis qu'une poussière chaude tournoyait autour de mes chevilles au passage des voitures et des camions. Mon estomac grondait, me rappelant que je n'avais rien mangé. En passant devant, je jetai un coup d'œil à un café ouvert : l'intérieur semblait sombre et frais. Sur un coup de tête, je quittai la rue chaude et bruyante pour en franchir la porte.

Une poignée de personnes se tenaient autour du zinc étincelant, et quelques têtes se tournèrent pour me regarder.

— *Bonjour, madame**. Vous servez à manger ? demandai-je en m'approchant du bar.

La femme se retourna pour me regarder.

— *Jambon-beurre**.

— Je peux en avoir un, s'il vous plaît ? Avec un café et un verre d'eau, s'il vous plaît.

Elle posa un verre d'eau et un petit café sur le comptoir, puis se retourna pour préparer le sandwich. Je compris, au grincement de son couteau, qu'elle n'avait que du vieux pain rassis, probablement fabriqué avec de la sciure, mais je m'en moquais. C'était de la nourriture.

Un homme assis au comptoir replia son journal et leva les yeux. Il prit une inspiration et je devinai qu'il allait commenter ce qu'il venait de lire.

— Les Américains ont bombardé la côte à l'est de Toulon, annonça-t-il. La Bretagne a été libérée, Blois aussi, et Orléans et Chartres. Nous serons les prochains.

Un vieil homme appuyé au bar toussota pour attirer notre attention.

— Une fois que les Boches auront perdu Paris, ce sera fini pour eux, lâcha-t-il avec un bruyant soupir. Mais ils ne vont pas s'en aller comme ça. *Mais non**. On devra les combattre.

J'avalai mon eau, puis je pris une gorgée de café. Son arôme me frappa immédiatement : c'était du vrai café ! Pas l'ersatz infect qu'on nous servait habituellement. Pour moi, c'était plus parlant que n'importe quel gros titre. Nous n'avions plus besoin de le réserver aux Allemands.

Le premier homme agita son journal.

— Oui ! Il est temps de prendre les armes et de se battre, lança-t-il avant d'entamer *La Marseillaise. Aux armes, citoyens. Formez vos bataillons**. Ils appellent à l'insurrection, indiqua-t-il en désignant le journal.

— *L'Humanité* ! s'exclama le vieil homme qui le lui arracha des mains. Où avez-vous trouvé ce journal communiste ? Je n'écoute pas les communistes. J'attends de Gaulle.

L'autre se leva et balaya le bar du regard.

— Dieu seul sait quand il arrivera. Probablement juste à temps pour le défilé de la victoire.

Et il reprit son journal.

Le vieil homme haussa les épaules, paumes pâles et ouvertes tournées vers le haut.

— Il s'est toujours battu pour nous. Moi, je ne célébrerai rien tant qu'il ne sera pas revenu.

— Quoi qu'il arrive, vous feriez mieux d'être prêts à prendre les armes et à combattre ces salauds.

Je devais rejoindre Sebastian avant que les combats ne commencent pour de bon. Je saisis mon sandwich, en lançant un coup d'œil aux hommes.

— *Au revoir, messieurs**.

Je me précipitai hors du café, à travers les rues chaudes et bondées, en direction de l'hôtel de Sebastian.

Pendant mon trajet, je ne cessai de vérifier mes arrières, réfléchissant à l'endroit le plus sûr pour traverser le fleuve. Au coin de la rue suivante, je vis deux Français armés de marteaux et de tournevis, en train de démonter un panneau de signalisation écrit en caractères gothiques allemands. Je jetai un coup d'œil autour de moi, craignant que ces hommes ne se fassent tirer dessus, mais une voiture allemande passa sans même ralentir. Je pressai le pas.

33

Paris, 16 août 1944

Sebastian

Le cœur de Sebastian s'emballa au son des trois coups secs frappés à sa porte. Attrapant son pistolet sur la table de chevet, il sauta du lit et ouvrit.

— *Wir werden evakuiert ! Hôtel Majestic !*

Son collègue de la chambre d'à côté était là, en uniforme. Sebastian se passa une main dans les cheveux.

— On nous évacue aujourd'hui ? D'accord, je vais me préparer.

Il était occupé à faire son sac à dos quand Élise fit irruption dans sa chambre. Elle ferma la porte puis jeta ses bras autour de lui, cherchant sa bouche, mais il la repoussa. Que diable faisait-elle ici ? Il avait déjà été assez difficile de lui dire au revoir la première fois.

— Élise, on nous évacue. Aujourd'hui ! Tu ne peux pas rester ici ! Je dois partir.

Ignorant ses mots, elle lui attrapa la main. Il la lui retira, en proie à un mélange confus de colère et d'incompréhension. Les yeux d'Élise brillaient d'excitation.

— Viens chez nous avec moi, Sebastian ! Maman a dit que tu devais revenir avec moi. Si tu t'habilles comme un Français, on pourra te faire passer en douce devant le concierge. On racontera que tu es un cousin.

Ses mots étaient sortis dans un élan fou.

— Ta mère veut que je vienne chez toi ?

Élise acquiesça solennellement, en se mordillant la lèvre inférieure.

— Ce n'était pas elle qui refusait que tu aies quoi que ce soit à faire avec moi ?

— Elle était juste inquiète pour moi. Mais maintenant… elle veut m'aider. Elle tient à ce que tu viennes aujourd'hui. Les combats vont commencer. C'est dans les journaux ! Les Américains sont en route. De Gaulle sera bientôt là !

De Gaulle ou les Américains ? Qui arriverait en premier ? Qui revendiquerait Paris ? Ce n'était peut-être pas si simple. La politique était une affaire délicate. Sebastian s'approcha de la fenêtre, jetant un coup d'œil à travers l'espace entre les volets, comme s'il allait découvrir les libérateurs au coin de la rue. Il se retourna vers Élise.

— C'est trop dangereux. Ce n'est pas une bonne idée. Pour aucun d'entre nous.

Une nostalgie brûlante lui serra le cœur devant la déception qu'il lut dans ses yeux. Il souhaitait pouvoir la rendre heureuse, faire en sorte que tous ses rêves deviennent réalité.

— Je t'ai apporté des vêtements et une casquette pour cacher tes cheveux, s'entêta Élise en ignorant sa dernière objection. Et quand tu seras à la maison, on pourra te les teindre.

— Pourquoi ta mère a-t-elle changé d'avis à mon sujet ?

Élise posa le sac de vêtements sur le lit.

— Elle sait ce que je ressens pour toi. Et elle préfère t'avoir sous notre toit plutôt que de me savoir avec toi, quelque part dans Paris.

— Mais tu étais partie pour retourner vivre chez vous.

— Elle l'ignorait.

Sebastian croisa les mains derrière sa tête pendant qu'il scrutait le visage d'Élise.

— Ta famille ne devrait pas prendre un tel risque pour moi. Je ne peux pas vous mettre en danger comme ça.

Il ne précisa pas qu'il ne voulait pas être étiqueté comme déserteur, crime pour lequel il serait passible du peloton d'exécution.

Elle lui lança un regard de défi.

— Le jeu en vaut la chandelle. Je reste ici avec toi si tu ne viens pas.

Elle se laissa tomber sur le lit.

Il poussa un long soupir et s'assit à côté d'elle, mais sans la toucher.

— Lise, chuchota-t-il. Je ne peux pas. Tu dois rentrer maintenant. Sans moi.

— *Jamais** ! (Il entendit la détermination dans sa voix.) Viens chez nous avec moi, chuchota-t-elle. Tu seras en sécurité. Personne n'imaginera jamais que tu es allemand, une fois que tu seras dans notre appartement. Je t'en prie. J'ai besoin de toi, supplia-t-elle en appuyant sa tête contre la sienne.

34

Paris, 16 août 1944

Élise

Assise sur le lit, je regardai Sebastian enfiler le vieux pantalon et la chemise grise de papa. Ils lui allaient parfaitement et la casquette dissimulait presque toute sa chevelure blonde. Si nous attendions le crépuscule, nul ne le remarquerait, d'autant que tout le monde était occupé à se préparer à combattre ou à fuir. La plupart des Allemands ne pensaient qu'à se carapater et les Français étaient occupés à rassembler des armes, en priant pour que les Alliés arrivent rapidement. Personne ne s'inquiéterait de voir un couple de Français se hâter dans les rues.

Nous attendîmes donc le crépuscule et quittâmes la chambre à 21 heures ce soir-là.

— Il y a des bicyclettes dans la cour, indiqua Sebastian pendant que nous descendions l'escalier.

— *Mais oui**, prenons-les.

C'était judicieux. Nous serions moins vulnérables à vélo. Nous dépasserions plus facilement les gens avant qu'ils n'aient le temps de se demander qui nous étions.

Nous trouvâmes une bicyclette noire non cadenassée, appuyée contre le mur, l'air abandonnée. Sebastian la souleva pour en faire tourner la roue.

— Elle me paraît en bon état. Et une seule suffit. (Il la déplaça dans la rue et me la tendit.) Tu peux tenir en équilibre sur la barre transversale ?

Je m'y assis et m'y cramponnai, puis je soulevai mes pieds du sol au moment où il sauta en selle pour donner de vigoureux coups de pédales. Nous nous élançâmes. J'étouffai un cri car nous vacillâmes et mes pieds retombèrent sur le sol, mais nous repartîmes, trouvant notre rythme à mesure que nous progressions dans les rues désertes. Je ne pus m'empêcher d'être déçue de nous voir déboucher si vite au coin de ma rue. Nous descendîmes du vélo sans parler. L'endroit était d'un calme sinistre et j'eus l'affreuse impression qu'on nous observait. Je me répétai que c'était juste un effet de ma nervosité, rien de plus.

— Attends ici, soufflai-je. Je vais chercher maman et tu entreras avec elle comme prévu.

Je passai devant la loge de la *concierge**, en coulant un regard à sa fenêtre. Elle n'était pas dans les parages. Avec un peu de chance, elle était déjà au lit. Quand j'entrai dans notre appartement, maman m'attendait dans la cuisine. Le visage livide, elle débita sa phrase sans me regarder.

— Il est au coin de la rue, comme nous l'avions décidé ?

— Oui.

Je remarquai qu'elle ne l'avait plus appelé par son prénom.

— La *concierge** est déjà au lit, donc nous n'avons pas besoin de détourner son attention, continua-t-elle. Attends-nous ici.

Avant que j'aie le temps de répondre, elle s'était précipitée hors de la cuisine. Je retins ma respiration en regardant la pièce vide. L'atmosphère était anormalement calme. D'habitude, il y avait des bruits, mais je n'arrivais plus à me rappeler exactement lesquels, avec mon pouls qui me battait dans la gorge et mon souffle qui retentissait à mes oreilles.

Maman revint dans la cuisine, flanquée de Sebastian. Dieu merci ! Il était à l'abri. Je jetai mes bras autour de lui comme si nous étions séparés depuis des semaines, et pas seulement trois minutes.

— Je vais me coucher, déclara brusquement maman, qui se détourna pour partir.

— Merci, maman, murmurai-je en tendant le bras.

Elle marmonna quelque chose, sans pour autant croiser mon regard, puis elle partit. Sans même m'accorder un baiser pour me souhaiter bonne nuit.

Sebastian me regarda en haussant un sourcil.

— Tu es sûre qu'elle voulait que je vienne ?

— C'est elle qui a proposé, répondis-je en acquiesçant.

Poussant un lourd soupir, Sebastian s'affala sur une chaise.

— Eh bien, elle ne semble plus trop apprécier l'idée.

Je m'assis sur une chaise à côté de lui, pour prendre ses mains dans les miennes.

— Elle est nerveuse, c'est tout. Ça va aller, je te le promets.

Il ne répondit pas mais regarda autour de lui, inquiet, puis il se leva et alla à la fenêtre, l'ouvrit, referma les volets.

— Nous n'avons pas l'habitude de fermer les volets de la cuisine, Sebastian.

— Je me sentirais plus en sécurité. Où est-ce que je vais dormir ?

Il arpentait la cuisine dans tous les sens.

— Dans ma chambre. Maman t'a aménagé un lit par terre.

— C'est très gentil de sa part. (Il s'immobilisa et me sourit.) Même si je ne pense pas l'utiliser !

J'étais soulagée qu'il ait l'air moins stressé, mais il se remit à faire les cent pas. Il sortit bientôt un paquet de Gitanes froissé de sa poche de poitrine et, les doigts tremblants, s'alluma une cigarette. Je tendis la main, bien que je ne fume jamais en temps normal. Il alluma une cigarette pour moi et j'inhalai la fumée sèche et râpeuse, avant de chasser les volutes qui montaient vers le plafond. Maman ne voudrait pas que la cuisine sente le cendrier demain… J'ouvris donc les volets qu'il venait de fermer, puis la fenêtre. Sebastian se rencogna dans la pièce, le dos contre l'armoire.

— Je pense que nous devrions me teindre les cheveux ce soir, juste au cas où.

— Je ne suis pas sûre que nous ayons déjà de la teinture. Maman n'en a pas reparlé. (Je tirai une autre bouffée, les doigts tremblants.) Tu vas devoir rester ici en attendant. Ne t'inquiète pas, personne ne viendra.

Il écrasa sa cigarette dans une tasse à café vide sur le buffet.

— Ferme les volets dans ce cas. Ce sera plus sûr.

Il avait parlé d'un ton neutre. Oui, il s'était attendu à ce que nous ayons mieux planifié l'opération, mais l'idée venait tout juste d'en venir à maman et les articles comme la teinture pour cheveux n'étaient pas faciles à dénicher.

— Allons nous coucher.

Il me prit par la main et nous quittâmes la cuisine, mal à l'aise tous les deux.

Nous nous déshabillâmes en silence avant de nous glisser dans mon lit simple. Il me serra dans ses bras. Notre respiration commença par s'emballer avant de se calmer à la même cadence, tandis que nous fermions les yeux. Nous ne parlâmes ni ne fîmes l'amour, mais nous dérivâmes, tantôt dans tantôt hors du sommeil, nous réveillant parfois, avant d'y glisser à nouveau. Je passai la nuit entière dans ses bras, qui me communiquaient un sentiment de protection, même si je savais que ce n'était rien de plus qu'une illusion. Le danger planait dans l'air et nous le respirâmes toute la nuit.

Très tôt le lendemain matin, j'ouvris les yeux pour voir les rayons du soleil filtrer à travers les fentes des volets. La respiration de Sebastian était régulière et légère. Comprenant qu'il dormait, je refermai les yeux moi aussi.

Un coup sonore me réveilla en sursaut. Sebastian ouvrit aussitôt les yeux.

— D'où cela vient-il ? chuchota-t-il.

Le bruit avait semblé provenir de la porte d'entrée. Je le serrai fort.

— Ne bouge pas.

Je dissimulai sa tête sous mes draps, l'entourant de mes bras, priant pour qu'il y ait une autre raison à ces coups pressants.

Ils retentirent à nouveau. J'entendis maman crier :

— *J'arrive, j'arrive**.

Je retins mon souffle, cramponnée à Sebastian. Les larmes me montaient aux yeux. *S'il te plaît, maman, débarrasse-toi d'eux.*

Dans un silence de mort, j'entendis la porte d'entrée s'ouvrir. Des pas lourds retentirent à mes oreilles, puis une voix sonore cria :

— *Il est où** ?

Je serrai plus fort la tête de Sebastian. Il n'y avait plus aucune échappatoire. Plus le temps de fuir. J'enroulai mon corps autour du sien. *Bon sang, s'il vous plaît, ne venez pas dans ma chambre.*

Des bruits de pas se firent entendre dans le couloir. La porte de la chambre s'ouvrit. Un homme imposant se dressait là.

— Il est là ! cria-t-il.

— Sortez sur-le-champ ! Sortez ! lança un autre homme arrivé au pas de course.

Il flanqua un coup de pied dans le lit.

Je serrai Sebastian plus fort, la panique s'infiltrant dans tous mes pores. Je m'accrochai à lui avec l'énergie du désespoir. Une main d'homme surgit devant mon visage, qui attrapa Sebastian et le tira hors du lit. Je rassemblai les draps autour de moi.

— Je vous en prie ! criai-je. Il est de notre bord !

Un autre homme vint coller son visage au mien.

— Tais-toi, putain.

Je reculai devant son haleine de vin tourné, plaquant le drap contre mon visage.

— Habille-toi, cria l'un des hommes à Sebastian.

— *Sale Boche** ! cria un autre.

— C'est un Boche mort.

La voix du troisième homme était terriblement froide et assurée. La peur fusa dans tous les nerfs de mon corps. Tremblant violemment, je m'agrippais au drap, impuissante à aider Sebastian.

— Maman ! hurlai-je. Maman ! Fais quelque chose ! (Mais elle restait là, comme pétrifiée.) Maman ! hurlai-je à nouveau. Je t'en prie !

35

Paris, 19 août 1944

Élise

Deux jours plus tard, je n'avais toujours rien mangé et dormi seulement par à-coups, lorsque l'épuisement prenait le dessus. Je ne pouvais ni parler ni penser correctement. Mon esprit tournait en rond comme un fou. Comment diable avaient-ils su que Sebastian était ici ? Quelqu'un avait dû les renseigner. Ils étaient arrivés bien trop vite. C'était ma faute. Je n'aurais jamais dû le persuader de revenir avec moi. Ce devait être en lien avec la confidence qu'Isabelle avait faite à Marie.

La voix de l'homme résonnait en boucle dans ma tête. Chaque fois que je fermais les yeux, elle revenait, plus forte. « C'est un Boche mort. » C'était la façon dont il l'avait prononcée, avec une conviction si ferme, qui me faisait trembler, alors que des visions terribles envahissaient mon esprit. Je voyais Sebastian traîné dans une ruelle, à genoux, les mains derrière la tête. Une balle dans la nuque. Son corps laissé là jusqu'à ce que les rues soient nettoyées. Je froissais le drap en boule et le fourrais dans ma bouche pour étouffer le cri qui montait des profondeurs de mon âme. Il sortait alors en un gémissement étouffé, sourd et prolongé. C'était ma faute. Je l'avais ramené ici, en dépit de ses réticences. Quelle arrogance ! Quelle ignorance ! Mon Dieu, comme je me détestais !

Maman entra sur la pointe des pieds dans la pénombre de ma chambre, pour déposer un plateau de nourriture à côté de mon lit. Je fis semblant de dormir, mais lorsqu'elle fut ressortie sur la pointe des pieds, j'ouvris les yeux et me retournai pour voir ce qu'elle avait laissé. J'éprouvai un nouveau sentiment de culpabilité devant les deux tranches de pain finement coupées et la cuillerée de confiture de prunes sur le côté de l'assiette. Nous gardions cette confiture pour les urgences. Mais il était hors de question que je l'avale. Bien que vide, mon estomac se tordait de douleur sous cette peur qui mettait tous mes nerfs à vif. Je me recroquevillai et fermai les yeux, submergée par une vague d'épuisement.

La porte de ma chambre s'ouvrit en grinçant.

— Élise, chuchota Isabelle, tu dors ?

— Oui, murmurai-je.

Elle entra cependant, refermant la porte derrière elle.

— Tu me détestes ?

Je me retournai et la regardai qui se tenait là, mal à l'aise, toujours aussi enfant, et pourtant cherchant à affronter des problèmes d'adulte. En cet instant, j'étais bel et bien tout près de la détester.

— Je suis désolée d'avoir parlé à Marie de ton petit ami.

Je soupirai. Ce n'était pas une conversation dans laquelle j'étais prête à me lancer. Mais je me déplaçai sur le lit, afin de lui laisser de la place. Elle s'allongea à côté de moi.

— Je ne voulais pas le dire à Marie. Je suis vraiment désolée, Élise.

— Tu en as parlé à quelqu'un d'autre ?

— Non ! Je te promets que non ! (En entendant sa voix se briser, je sus qu'elle disait la vérité.) Tu vas aller mieux, bientôt ?

Elle attrapa ma main sous les couvertures. Je ne le pensais pas, non. La douleur que j'éprouvais en pensant à

Sebastian était physique. Je me détournai d'Isabelle, pour enfouir ma tête dans l'oreiller. Isabelle enroula ses bras fins autour de moi et posa la tête sur mon dos. Je savais qu'elle pleurait, car je la sentais qui tremblait. Je devais me ressaisir, faire semblant d'aller bien même si je mourais intérieurement. Prenant une profonde inspiration, j'ignorai ma douleur pour me retourner vers elle. Incapable d'articuler un mot, je la serrai pourtant, afin qu'elle pleure contre mon sein. Quand ses tremblements se furent calmés, je passai la main sur son visage mouillé.

— C'est ma faute. Tout est ma faute. Élise, je suis désolée.

C'était vrai. C'était probablement sa faute. Marie avait pu le dire à quelqu'un qui l'avait répété à quelqu'un d'autre, et Sebastian avait probablement été calomnié, traité de SS ou de membre de la Gestapo.

— Levons-nous, tentai-je de déclarer fermement, comme si je contrôlais la situation.

Tel était un rôle qui m'était dévolu, dorénavant. Mais qu'il était douloureux de me soulever du lit.

J'allai dans la salle de bains me laver avec un gant de toilette frais, dans l'espoir de calmer la douleur qui me consumait. Puis je me rendis dans la cuisine. Maman était debout au-dessus de l'évier.

Elle se retourna sur-le-champ pour croiser mon regard.

— Comment te sens-tu ?

Elle avait parlé d'une voix douce, mais elle se hâta de détourner le regard, comme si elle ne m'avait interrogée que sur la progression d'un rhume.

Incapable de répondre, je lui pris des mains le rutabaga qu'elle lavait.

— Tu veux que je l'émince ?

Il me fallait quelque tâche concrète. Prenant la planche à découper dans le placard, je la posai sur la table de la cuisine et y mis le rutabaga. Puis je pris un couteau aiguisé dans le bloc en bois et j'appuyai de toutes mes forces sur le gros légume sphérique. Il se fendit en deux assez facilement, alors je continuai à trancher, les morceaux devenant de plus en plus petits.

— Ça suffit, dit maman en m'arrêtant d'une main posée sur mon coude. Arrête, Élise. Stop !

36

Paris, 22 août 1944

Élise

Je restai éveillée dans mon lit, essayant de ne pas penser à ce qu'on avait pu faire à Sebastian. Mais comment pouvais-je l'éviter ? Comment pouvais-je bloquer les images qui envahissaient mon esprit ? Son corps sans vie gisant dans une mare de sang. Alors, j'essayais de me souvenir de ses yeux qui s'illuminaient en me voyant, de mon sommeil feint quand je sentais la caresse de ses yeux sur moi, du grelot de son rire enfantin, de ses larmes. Je me raccrochais à mes souvenirs, sachant qu'avec le temps ils s'estomperaient, même s'ils étaient tout ce que j'avais. Mes souvenirs.

Maman chercha à me persuader qu'ils pourraient l'utiliser dans le cadre d'un échange de prisonniers : un membre de la Résistance en échange de Sebastian, mais qu'en savait-elle ? J'aurais donné n'importe quoi pour le découvrir, seulement nous n'avions aucune relation, personne auprès de qui se renseigner.

Nous attendions dans un *no man's land*, sans que Paris soit approvisionné en nourriture et sans savoir quand les Alliés arriveraient. Certains affirmaient que les nazis comptaient détruire Paris avant de partir, qu'ils étaient capables de ce genre de barbarie. Mais je me répétais sans cesse que les villes pouvaient être reconstruites quand les gens ne le pouvaient pas.

En soupirant, je me retournai sur mon lit. Au même instant, une explosion secoua l'immeuble.

— Maman ! Maman ! hurla Isabelle.

Je retins mon souffle. Portes et fenêtres tremblèrent dans leur cadre.

Maman entra dans ma chambre, tenant Isabelle par la main. De son autre main, elle m'obligea à me lever et nous allâmes toutes les trois dans sa chambre, où nous restâmes blotties sur son lit, serrées les unes contre les autres. Finalement, aux premières heures du matin, les explosions cessèrent. Nous somnolâmes jusqu'à ce que le soleil brille trop fort à travers les lattes des volets. Alors nous nous habillâmes pour sortir.

Le monde avait changé.

Une femme passa, en pantalon d'homme et fusil en bandoulière, un bandeau des FFI au bras. Dans la rue, nous vîmes des affiches clouées aux murs de pierre blanche et appelant les citoyens aux armes. Des journaux de la Résistance étaient ouvertement en vente dans une atmosphère devenue électrique.

Yvette, notre voisine, nous dépassa.

— On va aux Champs-Élysées, cria-t-elle. Vous venez ?

— Ce n'est pas dangereux ? demanda maman en posant les yeux sur elle.

Yvette haussa les épaules.

— Moins maintenant. Les Boches veulent juste s'en aller.

— Mais les explosions de la nuit dernière, c'étaient eux ?

— Sans doute. Il en reste encore dans le jardin du Luxembourg. (Elle m'examina pendant quelques secondes, sans que je parvienne à déchiffrer son expression.) Tout le monde sort dans les rues maintenant, poursuivit-elle. Les Alliés vont arriver d'une minute à l'autre.

— S'il te plaît, maman. Je veux y aller.

Les yeux d'Isabelle brillaient d'excitation.

Maman me prit par le bras.

— Nous allons placer Isabelle entre nous. Ils ne vont pas tirer sur deux femmes et une enfant.

Yvette prit l'autre bras de maman et nous descendîmes vers la Seine. Maman, Yvette et Isabelle se mirent à chanter : « *Allons enfants de la Patrie, le jour de gloire est arrivé*... » Je tentai de me joindre à elles, mais ma gorge était trop nouée. La Libération arrivait enfin après quatre longues années, pourtant mon cœur pesait comme une boule de plomb dans ma poitrine. Je me sentais déloyale envers mon propre pays. Privée d'attaches. Perdue pour moi-même.

« *Contre nous de la tyrannie** », chantait Isabelle à tue-tête.

Nous dépassâmes le Café de Flore, les bars fermés et les boutiques condamnées, les barricades. La rue se remplit de Parisiens qui chantaient, criaient, et nous fûmes emportées par la foule qui déferlait sur le pont Alexandre III, vers la place de la Concorde.

Le vacarme d'une explosion retentit. Les badauds crièrent. Puis tentèrent de courir, mais ne firent que se bousculer, se gêner mutuellement. Je saisis la main d'Isabelle. La foule s'immobilisa. D'épaisses colonnes de fumée grise s'élevaient du toit du Grand Palais.

— *Allez** !

La foule se remit à avancer, vers le lieu de l'incendie, comme une nuée de papillons de nuit attirés par la lumière. Je jetai un coup d'œil à l'hôtel de Crillon. De gigantesques tanks allemands se dressaient devant. Allaient-ils nous tirer dessus ?

— Venez ! cria Yvette, poussant mon épaule. Allons-y.

— Non ! Regarde les tanks !

Mais la foule avançait inexorablement. Emportées par le flot, nous nous démanchions le cou pour regarder avec horreur les flammes qui transperçaient le toit et les épaisses colonnes de fumée grise étrangement teintées de rose. Des hennissements terrifiés me firent frissonner. Les chevaux du cirque ayant élu domicile sous la grande verrière devaient s'être retrouvés piégés à l'intérieur. Un groupe de pompiers se rua dans le Palais. Un cheval voulut s'échapper. Les soldats allemands levèrent leurs fusils et tirèrent sur les pompiers mais touchèrent le cheval. Il s'effondra au sol comme une marionnette grotesque. Je me retournai. Isabelle hurla.

— *Le Grand Palais** ! cria une femme. Comment ils ont pu ? Je les hais ! Ce ne sont pas des hommes. Ce sont des monstres et je les haïrai jusqu'à la fin des temps.

— Il faut partir !

Maman tira sur l'autre main d'Isabelle. Je me retournai, choquée de voir des gens installés sur des chaises longues sur le rond-point herbeux, au bas des Champs-Élysées. Ils regardaient la scène comme s'ils étaient au théâtre. Est-ce que je rêvais ? Étaient-ils des fantômes ? Je fermai les yeux dans le concert de cris et de hurlements qui retentissaient autour de moi. *Sebastian* ! *Sebastian* ! *Pourquoi ne t'es-tu pas enfui avec moi ? Où es-tu maintenant ?*

— Je veux rentrer, cria Isabelle.

J'ouvris les yeux et la pris dans mes bras, me retenant à son corps frêle. Des larmes chaudes ruisselaient sur mon visage. À travers mes yeux larmoyants, une image floue apparut, des gens entourant le cheval tombé. *Non ! Pas ça !* Je me détournai, pour qu'Isabelle ne voie pas la scène. Armés de canifs et d'autres outils, des gens entaillaient la chair du cheval, arrachant des morceaux de viande qu'ils fourraient dans leurs sacs. Voilà ce que la faim faisait aux humains.

37

Paris, 23 août 1944

Élise

La honte, la peur et le dégoût coulaient dans mes veines sur le trajet du retour. Les gens avaient faim au point d'arracher la chair d'un cheval mort. Oui, nous avions eu faim, mais jamais à ce point. Je me demandais comment certains avaient survécu ces quatre dernières années, quand ils n'avaient ni relations, ni revenus. Au moins, nous avions conservé mon salaire de la banque.

Près de la place Saint-Michel, nous passâmes devant des hommes attroupés, pioches à la main. Ils descellaient des dalles de pavage et formaient une chaîne : deux personnes retiraient une dalle, puis la passaient à une troisième, qui la passait à son tour, et ainsi de suite, jusqu'à ce qu'ils atteignent les hommes qui l'ajoutaient à la barricade en cours d'érection.

— Vous voulez nous aider ? cria l'un des hommes.

Je secouai la tête. L'homme eut l'air déçu et je remarquai que quelques femmes me reluquaient, augmentant encore la honte et le sentiment de déloyauté que je ressentais déjà.

— Reste donc les aider, déclara maman. Je ramène Isabelle à la maison.

L'estomac en permanence noué de crampes, j'étais épuisée, je souffrais toujours. Je voulais juste rentrer moi aussi. Mais elle insista.

— Vas-y, Élise. Tu te dois être avec eux, à construire les barricades.

Elle avait parlé d'un ton assuré et elle avait raison. Il était temps pour moi de montrer où allait ma loyauté.

Sans répliquer, je me dirigeai vers le groupe.

— Je serais heureuse de vous aider, lançai-je à l'homme qui m'avait interpellée.

Et dès que les mots eurent franchi mes lèvres, ils devinrent vrais. Je voulais vraiment aider. Malgré mon cœur vide, je tenais à faire partie de cet élan. Le groupe m'ouvrit un espace où je pus m'insérer et je me sentis immédiatement accueillie, partie prenante de leur équipe.

— *Salut**. Je m'appelle Thérèse, me lança la femme à ma gauche.

Elle portait ce qui ressemblait à un short d'homme, retenu par un épais ceinturon de cuir, et de lourdes bottes marron. Je ne pus m'empêcher de jeter un coup d'œil sur ses jambes nues.

— Élise, répondis-je alors que la dalle suivante atterrissait entre ses mains.

Elle me la passa. Je sentis mes genoux fléchir sous son poids qui me stupéfia. Pourtant je tins bon et servis de relais. Le soleil tapait fort. J'essuyai un filet de sueur qui me dégoulinait sur la tempe, puis je la regardai.

— Tu as vu la fumée au Grand Palais ?

— *Oui ! Merde* !* Les Boches sont encore là ! Et ils occupent toujours certains bastions, tous les hôtels chics autour de la Concorde, où ils se sont terrés. (Elle me lança un regard.) Mais ne t'inquiète pas. On vient d'apprendre que des généraux américains étaient arrivés à l'Hôtel de Ville. Dans peu de temps, leur armée et leurs tanks seront ici. Après quoi, on lancera l'offensive.

L'offensive ? Je fus impressionnée par son côté péremptoire. Les femmes comme elle retourneraient-elles docilement s'occuper de leur mari et de leur famille après la guerre, maintenant qu'elles avaient goûté à l'action ? Cette guerre avait fait tomber les barrières sociales entre les hommes et les femmes, entre les classes aussi. Nous étions tous dans le même bateau.

— N'empêche qu'il faut encore faire attention, poursuivit-elle. Les Boches ont des tireurs d'élite sur les toits. Deux femmes ont été tuées, hier, et l'autre nuit, il y a eu une fusillade sur le boulevard Saint-Michel, juste à côté du cinéma.

La dalle suivante arriva entre mes mains et je dus quitter la femme des yeux pendant que je m'en saisissais.

L'homme qui, le premier, m'avait interpellée s'approcha de nous et me tendit une tasse.

— Vous devez avoir soif. Nous allons faire une petite pause.

— Merci.

Je lui pris le récipient des mains et bus avec reconnaissance, consciente de ses yeux posés sur moi pendant que je vidais mon verre.

Puis il se tourna vers Thérèse.

— Tu sais que ces salauds ont fait partir un autre train de Drancy, pas plus tard qu'il y a quelques jours ? On aurait dû prendre le camp d'assaut. Si seulement on avait plus d'armes. (Il marqua une pause.) Au moins, on a récupéré notre police.

— Ils ont pris leur temps, répliqua Thérèse qui posa les mains sur ses hanches et cambra le dos.

— Mieux vaut tard que jamais, fit l'homme en haussant un sourcil.

— Vous pensez que les Allemands vont résister ? intervins-je.

Autour de moi, les gens s'étaient arrêtés quelques instants pour se reposer. Ils ressemblaient plus à des amis bâtissant une maison ensemble qu'à des soldats se préparant à tuer. Ou à mourir.

— Von Choltitz défendra la ville tant qu'il a encore un soldat qui vaille. Ça dépendra juste du nombre d'hommes qui lui restent.

— Et ils pourraient bien poser des bombes avant de se retirer, ajouta Thérèse.

— Oui. On ne peut pas l'exclure.

— J'aimerais juste que les Alliés se dépêchent d'arriver, conclut Thérèse en s'essuyant le front.

— Tant qu'ils ne prennent pas le contrôle de la ville par la même occasion, lança une femme plus âgée, qui se trouvait de l'autre côté de moi. Je ne fais pas plus confiance aux Américains qu'aux *Rosbifs**.

— Oui. Nous allons devoir mettre rapidement en place notre propre gouvernement, répondit l'homme. Sans quoi ils combleront ce vide. Nous ne pouvons pas nous permettre une lutte pour le pouvoir entre les forces de De Gaulle et les communistes.

— Nous serons tous derrière de Gaulle, c'est sûr.

J'avais toujours pensé qu'il prendrait la tête des opérations, une fois sur place.

La vieille femme haussa une épaule.

— Ce sont les communistes qui ont mené la plupart des combats. De Gaulle n'était pas présent sur le terrain. À la différence de nous autres.

La façon dont elle avait énoncé : « à la différence de nous autres » me fit penser qu'elle-même était peut-être communiste, et je me surpris à défendre de Gaulle.

— Il a été l'un des seuls hommes politiques prêts à se battre pour la France. Il n'avait pas d'autre choix que de le faire depuis Londres.

— Du moment qu'il reconnaît les combats que nous avons menés ici. Et les pertes dans nos rangs.

L'homme me regarda dans les yeux. Sans doute avait-il perdu un proche. Comme nous tous.

Il avait raison : nous devions reconnaître le mérite des hommes et des femmes qui s'étaient battus pendant toutes ces années dans la clandestinité, en risquant leur vie et en perdant des êtres chers.

Après la pause, je soulevai des dalles sans relâche, jusqu'à ce que mes bras et mon dos me fassent souffrir. Je n'avais pas de montre, mais je sentais que les minutes s'écoulaient et que le soleil commençait à descendre. Finalement, le rythme ralentit et les gens commencèrent à s'en aller.

Au moment où je m'apprêtais à partir, l'homme qui m'avait interpellée au début me demanda où j'habitais

— Saint-Sulpice.

— Je vais dans cette direction. Tu veux qu'on marche ensemble ?

Je sentis le rouge me monter aux joues.

— Je retrouve une amie, mentis-je.

Il eut l'air un peu dépité.

— Alors à demain, peut-être.

Je rentrai à pied, seule. Bien qu'épuisée, je m'arrêtai à l'église de la place, où j'entrai allumer un cierge pour Sebastian.

38

Paris, 24 août 1944

Élise

— *Bonjour, les filles**, cria maman, dès le vestibule, avant d'entrer dans la cuisine. Je suis allée chercher de la nourriture. (Elle ôta son foulard et le secoua.) Il pleut à verse, et tout ce que j'ai pu trouver, c'est ça.

Elle exhiba deux pommes de terre.

— Pour le petit déjeuner ? fit Isabelle avec une moue de dégoût.

— C'est mieux que rien. Nous allons les faire cuire.

Mon estomac était creux à force de manquer de nourriture, je me sentais étourdie et faible.

— Mais le gaz a été coupé, me rappela maman. On ne peut pas les manger crues.

Je faillis en pleurer de frustration. Il devait bien y avoir quelque chose à se mettre sous la dent. J'étais à deux doigts de regretter que nous n'ayons pas mis notre sensibilité de côté, la veille, et que nous ne nous soyons pas servies en viande de cheval. Je me souvins du pique-nique que Sebastian et moi avions partagé dans sa chambre d'hôtel – le fromage, le pain, le chocolat. J'aurais fait n'importe quoi pour remonter le temps et m'y retrouver à nouveau. Et ne pas le ramener ici.

Maman ouvrit la porte d'un placard où s'alignaient des bocaux de conserves.

— Nous allons devoir entamer nos réserves d'urgence. Il y a encore un pot de haricots blancs.

Dans l'après-midi, la pluie cessa enfin, laissant place à une chaleur humide et étouffante. Je regardais par la fenêtre de la cuisine en me demandant ce que les Alliés attendaient. L'interminable après-midi s'écoula, puis, alors que le crépuscule tombait, on tambourina à notre porte d'entrée, ce qui nous tira de notre léthargie. Maman alla ouvrir.

La voix de Nathalie vibrait d'excitation.

— Nos soldats sont là ! Je les ai vus ! Dans leurs chars. Des soldats français !

Nous nous précipitâmes hors de l'appartement, sans prendre le temps d'attacher nos sandales dans notre hâte de sortir. Dès que nous tournâmes rue de Seine, le vacarme de la foule nous frappa. Les Parisiens déferlaient vers le fleuve, les enfants sautillant sur les épaules des adultes. Sur la place Saint-Michel, des jeunes gens, garçons et filles, s'accrochaient aux ailes de la statue du saint en s'égosillant :

— *Notre jour de gloire est arrivé ! Paris est libre** !

Nous perdîmes Nathalie dans la foule, mais peu importait : nous allions tous dans la même direction, vers l'Hôtel de Ville. Une rangée de chars couverts de drapeaux français avançait lentement. De jeunes combattants des FFI et des femmes perchées sur leur toit nous saluaient en passant devant nous. D'autres femmes couraient à côté, les bras tendus pour qu'on les hisse sur les véhicules et qu'elles rejoignent leurs camarades, dans cette lente progression.

Je m'accroupis.

— Monte sur mes épaules, Isabelle.

Elle obtempéra, enroulant ses jambes maigres autour de mon cou, et nous marchâmes à côté des chars. Certains soldats griffonnaient des messages, puis en faisaient une boule et les jetaient dans la foule. Un jeune soldat se pencha pour tendre un mot à Isabelle. Elle me le passa et je le lus à la lumière d'un lampadaire. Il ne contenait qu'une ligne :

Ma chère maman, Je suis rentré ! Je t'embrasse très fort. Ton fils, Jean.*

Une adresse parisienne était notée au dos. Je glissai le message dans ma poche, prévoyant de le livrer moi-même lendemain, pour annoncer la bonne nouvelle à la mère de Jean.

Nous suivîmes les chars jusqu'à l'Hôtel de Ville, où ils en rejoignirent d'autres, adossés au bâtiment, canons tournés vers la place. Une voix retentit dans un haut-parleur, imposant le silence à la foule.

— Ouvrez la route de Paris aux armées alliées, traquez et détruisez ce qui reste des divisions allemandes.

Le discours s'éleva dans la nuit, prononcé par le colonel Rol-Tanguy, résistant et communiste.

— Associez-vous à la division Leclerc pour une victoire commune.

Les cloches de Notre-Dame, réduites au silence pendant l'Occupation, sonnèrent pour célébrer l'événement. Les cloches des autres églises entendirent l'appel et retentirent dans tout Paris, comme un chant de Dieu qui pénétra mon âme et me souffla de ne pas perdre la foi. Je serrai très fort la main de maman. Était-ce vraiment la fin de l'Occupation ? Des larmes coulaient sur mon visage alors que je me tenais là avec mes compatriotes, unis contre la tyrannie de ces quatre dernières années. Peu importait qui était communiste, qui avait rejoint les Français libres et qui n'avait fait qu'attendre. Nous étions tous français et, à ce moment-là, nous ne faisions qu'un. Comme j'aurais aimé que Sebastian soit à mes côtés !

Des lumières inondèrent la place. Nos voix s'unirent aux milliers d'autres qui criaient comme un ouragan. S'époumonaient pour la liberté.

39

Paris, 25 août 1944

Élise

Le lendemain matin, Isabelle sauta sur mon lit, me tirant d'un sommeil sans rêve.

— Maman dit de venir ! cria-t-elle, surexcitée. Elle veut nous faire porter quelque chose de spécial.

Quand j'entrai dans le salon, maman se tenait là, une grande bobine de ruban rouge dans les mains.

— Nous devrions nous habiller. De Gaulle sera là d'une minute à l'autre.

Les yeux noirs d'Isabelle pétillaient d'excitation lorsque maman enroula un ruban autour de la petite robe d'été blanche qu'elle portait, puis posa un béret bleu vif sur sa tête. Elle était magnifique, comme l'avenir qui resplendissait devant nous. Maman portait une robe rouge, un mouchoir blanc noué autour du cou et, aux pieds, des chaussures d'un bleu brillant.

— À toi, maintenant, déclara-t-elle en me souriant. Va donc te trouver quelque chose.

Je demeurai figée, avec l'impression d'entendre la voix de Sebastian autour de moi. Ses yeux me regardaient avec tendresse, comme s'il était conscient de toutes les pensées qui me troublaient, comme si son esprit vivait en moi. Et je savais qu'il aurait voulu que je célèbre ce moment.

— Et ta robe bleu marine ? m'encouragea maman. Nous allons l'égayer avec ça.

Elle me montra une large bande de ruban rouge.

Nous nous examinâmes toutes les trois dans le miroir en pied, maman debout au milieu, un bras autour de chacune d'entre nous. Nous étions bien maigres et bien pâles. Mais Isabelle souriait jusqu'aux oreilles, le visage radieux. C'était un moment dont elle se souviendrait toujours, qu'elle raconterait à ses enfants. Nous vivions l'histoire, à cet instant précis.

Maman se pencha pour déposer un baiser sur la tête d'Isabelle, puis elle se tourna vers moi pour m'embrasser sur la joue.

— Votre père va bientôt rentrer à la maison et nous serons tous ensemble. C'est tout ce qui compte.

Je plongeai les yeux dans les siens, devinant son message caché. Mais non, ce n'était pas tout ce qui comptait. Pas pour moi. Pensait-elle vraiment que j'allais oublier Sebastian ?

Trop nerveuses et tendues pour manger, nous sautâmes sans grand mal le petit déjeuner. À la place, nous allâmes directement dans les rues. Tout le monde était de sortie et le bruit était deux fois plus fort que la veille. Nous pouvions à peine avancer, rue Saint-Jacques. Des chars couverts de drapeaux et de bouquets s'étaient immobilisés, le temps que des femmes grimpent sur les chenilles, bras tendus, pour être hissées au sommet des véhicules et rejoindre les soldats américains. L'un d'eux sauta de son char et se jeta dans la foule où les filles se pressèrent autour de lui, à quasi l'étouffer de baisers.

Nous nous arrêtâmes sur le pont Alexandre-III, afin de regarder les chars allemands devant l'hôtel de Crillon. L'un d'eux fit feu. Un canon tira droit sur les Champs-Élysées. La foule s'écarta en hurlant de terreur. Maman, Isabelle et moi nous blottîmes les unes contre les autres, retenant notre souffle, dans l'attente apeurée d'un second coup de canon.

— La situation est toujours dangereuse, chuchota maman. Nous devrions rentrer à la maison.

— Non ! protesta Isabelle en s'éloignant de nous. Je veux rester.

Nous attendîmes quelques minutes supplémentaires. Il n'y eut pas d'autre tir et la foule s'enhardit, remontant l'avenue bordée d'arbres. Les drapeaux à croix gammée avaient été retirés et des drapeaux français flottaient dans la brise à leur place. Ils nous communiquaient un sentiment de sécurité pendant que nous continuions à avancer sur les Champs-Élysées. C'était fou et dangereux, mais je comprenais que nous devions tous en faire partie. Sans doute était-ce ce que les soldats ressentaient lorsqu'ils s'élançaient sur le champ de bataille, invincibles et courageux au-delà de toute raison.

Au cours de la journée, des coups de feu furent tirés ici et là, mais la foule continua à chanter, danser, s'embrasser. Moi aussi, je chantai, souris et éclatai de rire. Je le fis pour Isabelle, pour la France, pour tous ceux qui avaient donné leur vie pour nous et pour la liberté.

Lorsque nous apprîmes que de Gaulle serait à l'Hôtel de Ville, nous empruntâmes la rue de Rivoli et arrivâmes juste à temps pour le voir monter l'escalier et entrer. Sur la place, des haut-parleurs relayèrent ses paroles.

— Paris ! cria-t-il.

La foule se déchaîna, applaudissant et criant. *Paris*. Notre ville bien-aimée. Mon cœur anéanti explosa à ce seul mot, prononcé par notre vrai chef.

La foule se tut quand il prononça les mots suivants.

— *Paris outragé ! Paris brisé ! Paris martyrisé ! Mais Paris libéré** !

Nos cœurs battaient à l'unisson, fiers de notre pays. De Gaulle sortit sur le balcon, où il se tint debout, grand et fier. Cet homme qui n'avait jamais perdu la foi, jamais douté de la France, jamais abandonné son peuple, ni cédé à la tyrannie, il était là, nous unissant dans la victoire. Il était notre héros. De Gaulle était la France.

Maman passa un bras autour de ma taille et me chuchota à l'oreille.

— Nous avons gagné la guerre, Élise !

Gagné la guerre ? Y avait-il vraiment des gagnants ? Il me semblait que nous avions chacun perdu quelque chose. Tout ne serait désormais que spectacle. Personne ne pourrait jamais savoir ce qu'il y avait vraiment au fond de mon cœur.

40

Paris, 26 août 1944

Élise

La journée du lendemain fut lumineuse et ensoleillée. Lorsque je sortis avec Isabelle au petit matin pour aller chercher du pain, j'eus l'impression d'une nouvelle aube pour la France. Même la lumière était plus vive, la pierre blanche des immeubles haussmanniens brillait sous le soleil de cette fin d'été. Les feuilles des grands marronniers se tortillaient et tournoyaient dans la brise légère, révélant diverses nuances de vert.

Ce soir-là, juste avant la nuit, je sortis dans la cour pour vider les poubelles. Nathalie était là, qui tassait des papiers dans les bacs pleins à craquer. Elle ne me sourit pas et ne me salua pas non plus, elle se contenta de me regarder froidement.

— Bonsoir, Nathalie, dis-je, me rappelant que la politesse était la meilleure des défenses.

Je soulevai le couvercle d'une des poubelles.

— Élise, chuchota-t-elle, je dois te dire quelque chose.

Mon pouls s'accéléra, tandis que la peur m'envahissait.

— J'ai entendu… J'ai entendu dire que ton nom était sur la liste.

— Quelle liste ?

Mon estomac se serra. Je savais exactement de quelle liste elle voulait parler.

— La liste des femmes qui… (Elle ne put achever sa phrase.) Ils arrivent demain matin. Tu as encore le temps de te cacher.

Me cacher ? Je secouai la tête, alors que ma peur se muait en colère. L'idée qu'ils viennent chez nous, en effrayant maman et ma petite sœur, me remplissait d'indignation.

— Comment le savez-vous ?

— On me l'a dit.

— Qui ? Nathalie, qui ? Qui te l'a dit ?

Elle me regarda, lèvres pincées.

— Je te le dis seulement pour t'aider.

Je refermai le couvercle de la poubelle.

— Pour m'aider ! Dis-moi à qui tu as parlé.

Mais elle s'éclipsa avec la vivacité d'un éclair, me laissant là, tremblante de peur et de fureur. Je n'avais fait de mal à personne. Je n'avais trahi aucun secret.

Je regagnai l'appartement. Si Isabelle était déjà au lit, maman lisait le journal dans le salon. Elle leva les yeux quand j'entrai.

— Est-ce que tu vas bien ? demanda-t-elle en repliant son journal. Tu es livide. Je suis inquiète pour toi. Tu as été tellement malade.

Je voulus lui répéter ce que Nathalie m'avait révélé, mais je n'y parvins pas. Je devais affronter la situation toute seule. Cette nuit-là, je m'allongeai tout habillée. Je faillis me lever et partir, m'enfuir. Mais l'idée qu'ils tirent Isabelle de son lit, exigeant de savoir où je me trouvais, me terrifiait plus que tout.

Avant que l'aube ne se lève, je savais ce que j'allais faire. Les jambes tremblantes, je me glissai hors du lit, l'oreille aux aguets, mais je n'entendis que mes halètements rauques qui faisaient écho à ma terreur. Je traversai la salle de bains et m'examinai dans le miroir.

— *Courage**, chuchotai-je à mon reflet.

Je lissai mes cheveux noirs. Ouvrant le placard sous le lavabo, je sortis le petit panier. Les ciseaux pointaient de sous une brosse à cheveux. Je saisis leurs poignées arrondies, que j'ouvris puis refermai d'un mouvement sec et tranchant. Je m'examinai de nouveau dans le miroir et soulevai la mèche de cheveux qui retombait sur mon front. Retenant mon souffle, j'approchai les ciseaux vers les racines et je les actionnai rapidement : les mèches sombres tombèrent dans l'évier. *Ce ne sont que des cheveux*, soufflai-je alors que des larmes silencieuses coulaient sur ma joue. *Ce ne sont que des cheveux.* Sans quitter le miroir des yeux, je continuai à couper jusqu'à ce qu'il ne me reste plus rien. Mon reflet me regarda avec les immenses yeux sombres d'une inconnue, dont le visage n'était plus qu'os, joues creuses et teint gris.

Une fenêtre se brisa. Je laissai tomber les ciseaux dans l'évier et enserrai ma tête nue. *Oh mon Dieu, ils sont là !* Le sang pulsait dans mes veines. L'air se bloqua au fond de mes poumons.

Maman apparut dans l'embrasure de la porte et tendit aussitôt la main vers moi.

— Oh non ! Élise ! Qu'as-tu fait ?

Je reculai jusqu'à l'évier, cherchant à fuir son contact. Je n'arrivais plus à respirer.

— Ils sont venus me chercher, maman ! haletai-je. Ils sont là !

Elle recula elle aussi, pressant les paumes contre ses joues.

— Non ! cria-t-elle. Non !

— *Salope ! Salope ! Salope de Boche* !*

Les cris montant de l'extérieur étaient de plus en plus forts et frénétiques. Je passai devant maman, en proie à une terreur incontrôlable.

Ne t'arrête pas. Ne pense pas. Contente-toi d'y aller. J'avançai vers le salon, vers les cris et les vociférations.

Isabelle se tenait dans la pénombre, au bout du couloir. Elle avait l'air toute petite, toute frêle.

— Je suis désolée, Élise, je suis tellement désolée, balbutia-t-elle en ravalant ses larmes.

Je ne pouvais pas les laisser faire irruption dans l'appartement. Je retournai au salon dont j'ouvris la porte. Des débris de verre scintillaient sur le sol et eux, ils se tenaient dehors, sous la balustrade de fer, une dizaine d'hommes.

— *Putain de Boche* !*

Ils voulaient du sang. Le mien. Un froid glacial s'était insinué en moi.

M'enveloppant de mes bras, je tentai d'arrêter le violent frisson qui s'était emparé de mon corps.

La tête d'un homme se dressait au-dessus des autres, le visage déformé par la haine. Ses comparses le soulevaient pour qu'il puisse grimper par-dessus la balustrade.

— Élise !

Maman accourut dans la pièce pour m'attraper le bras et tenter de m'éloigner de la fenêtre.

— Non ! m'écriai-je en lui retirant mon bras.

Du coin de l'œil, j'aperçus Isabelle, ses yeux noirs écarquillés par la peur, ses côtes saillantes sous sa chemise de nuit rose pâle.

— Maman, chuchotai-je. Fais-la sortir d'ici.

Je m'approchai de la fenêtre. *Courage. Ne réfléchis pas. Et ne regarde pas.* Je fis deux grands pas. J'étais devant l'homme que les autres hissaient.

— La putain s'est coupé les cheveux elle-même !

Il me cracha dessus à travers la vitre brisée.

Je tournai lentement la poignée de la fenêtre intacte. La guêpe qui bourdonnait de colère, coincée entre le rideau de dentelle et la fenêtre, s'envola quand j'ouvris le battant. *Ne les regarde pas !* J'observai l'envol de la guêpe vers le ciel. Et je me hissai sur le rebord de la fenêtre, une jambe par-dessus la balustrade.

Des mains se tendirent, m'attrapèrent et me tirèrent vers le bas. Le choc de mon corps contre le béton dur de la cour produisit un bruit sourd et écœurant. La douleur fusa dans mon coude. Des bras me soulevèrent, des doigts s'enfoncèrent dans ma chair. Quelqu'un malaxa mon visage en m'écrasant les joues. Un crachat atterrit sur mon nez.

— *Salope ! Sale pute* !*

Des mains vicieuses tirèrent sur mon chemisier, le déchirèrent.

Je hurlai. Mes genoux se dérobèrent sous moi. Je glissai. Des mains me redressèrent pour me laisser pendouiller au-dessus du sol, telle une poupée de chiffon. Je reçus une gifle qui me fit basculer en arrière. Dépossédée de mon corps, j'avais la tête qui tournait de façon sauvage.

On me traîna jusqu'à un camion ouvert, dans lequel on me jeta. D'autres femmes étaient déjà là, serrées les unes contre les autres. Certaines pleuraient. D'autres criaient. D'autres restaient là sans rien dire. Je tremblais jusqu'aux os tandis que le camion fonçait dans les rues et soudain, je revins à moi-même. Où nous emmenait-on ? Le camion freina brusquement. Je fus violemment projetée en avant, mais aucune d'entre nous ne laissa échapper le moindre son.

Dehors, une foule s'était massée autour d'une place, lançant quolibets et insultes. « *Putain de Boche* !* » Je ne voyais la place qu'à travers un brouillard flou, qui m'interdisait de savoir où j'étais.

Ils nous firent sortir du camion et nous poussèrent vers une planche de bois en équilibre sur deux piles de briques, où ils nous firent asseoir en ligne. Un homme imposant fit venir la première femme. Mais je ne regardai pas. Je ne regardai pas l'estrade qu'ils avaient montée, ni les gens qui s'étaient attroupés pour regarder. Je fermai les yeux et je priai : *S'il vous plaît, mon Dieu, faites que ça se termine vite.*

Mon tour arriva. Des mains rugueuses me saisirent et me firent gravir les marches menant à la plate-forme de bois. Une longue lame brillante étincela devant mes yeux. L'homme qui la tenait éclata de rire.

— Tu pensais t'en charger toi-même, c'est ça ?

Il me força à baisser la tête, en m'appuyant sur la nuque. Puis il me souleva le menton, pour m'obliger à regarder la foule. Je ne regardai que le vide quand il passa le métal froid sur mon cuir chevelu, m'efforçant de ne pas tressaillir quand il m'entailla la peau et me fit saigner. Pendant tout ce temps, je revis Sebastian, assis dans sa chambre, qui me regardait. Je gardai cette image dans ma tête. Et je la gardai encore quand ils sortirent le pinceau et peignirent une croix gammée sur mon front. Me marquant ainsi, comme une putain et une traître à mon pays.

Ils ne s'arrêtèrent pas là, mais nous poussèrent dans une charrette en bois tirée par des chevaux, pour nous faire défiler, crâne rasé et en sous-vêtements à travers les rues de Paris.

41

Paris, 27 août 1944

Élise

Je me rendis vaguement compte que le chariot s'était arrêté, puis que maman m'enroulait un foulard autour de la tête et m'aidait à me relever. M'appuyant sur elle, je regagnai la maison, sous les railleries des passants qui ricochaient sur moi. J'étais engourdie. Inaccessible. Même pour moi-même.

Quand nous arrivâmes à la maison, Isabelle sanglotait dans l'embrasure de la porte.

— Je suis désolée, bredouilla-t-elle. Je suis désolée, Élise.

Je ne pouvais pas la regarder. Je ne voulais regarder personne. Maman fit couler un bain pendant que je restais là sans rien dire, le regard vide. Doucement, elle ôta mes sous-vêtements et m'aida à entrer dans l'eau. Des larmes silencieuses roulaient sur son visage. Le bain était froid, mais je m'en fichais. Je voulais juste me débarrasser de tout. Maman me lava doucement le corps avec une éponge, puis frotta la croix gammée avec une brosse à récurer et du savon. Elle n'ouvrit pas la bouche, ni moi non plus. Isabelle resta assise dehors à pleurer.

Quand elle eut fini, maman m'enveloppa dans une grande serviette de bain, me serrant fort, comme si j'étais une enfant.

— Je suis désolée, Élise. Je suis tellement désolée.

Incapable de parler, je secouai la tête, afin de ne pas l'inciter à poursuivre, parce que je voulais juste qu'on me laisse seule dans le silence. Je m'éloignai d'elle et traversai le couloir jusqu'à ma chambre, où je m'allongeai sur le lit dans ma serviette humide, recroquevillée sur moi-même. À ce moment-là, je voulais tout laisser derrière moi et mourir.

Je ne quittai pas mon lit pendant les jours suivants, mais je n'arrivais pas à dormir non plus. Chaque fois que je fermais les yeux, j'étais guettée par l'image de l'homme brandissant le long rasoir tranchant. Je dormais par à-coups pendant la journée, incapable de m'empêcher de toucher mon cuir chevelu nu, de me souvenir. Comment avait-on pu me faire ça ? Des gens qui ne me connaissaient pas. Des gens qui ignoraient ce que Sebastian et moi avions vraiment fait.

Isabelle et maman sortirent chercher de la nourriture, mais je ne mangeais rien. Maman essaya de me parler, malheureusement sa voix résonnait dans ma tête, sans que ses mots signifient rien. Chaque mouvement, chaque bruit, chaque odeur ne faisait que me rappeler que j'étais toujours en vie. Il n'y avait nulle cellule en moi qui ne soit à vif.

Le troisième jour, maman entra dans ma chambre, une lettre à la main.

— C'est de ton père, annonça-t-elle. Il demande que nous lui envoyions des chaussettes et un bonnet de laine. Je suppose que les lettres sont contrôlées et qu'il ne peut pas dire ce qui se passe vraiment, mais je suis sûre qu'il pense à son voyage de retour à la maison.

Loin de me réjouir, cette pensée m'emplit de peur.

— Élise, viens manger quelque chose. Je t'en prie.

Je suivis maman dans la cuisine. Isabelle s'attabla pour jouer avec ses poupées. À son âge, je ne jouais plus à la poupée, me semblait-il, mais j'avais du mal à m'en souvenir. Mince et fluette, elle faisait moins que ses onze ans. On aurait dit que nous disparaissions en nous-mêmes. Je n'avais même pas pris la peine d'appeler au travail. Ils savaient. Tout le monde savait. Je m'assis à côté d'elle, mais elle était si absorbée par ses poupées et son petit monde d'illusions qu'elle me regardait à peine.

Maman déposa une assiette et une tasse devant moi. Je pris une gorgée de café, qui me brûla la gorge. Le repoussant, je mordis dans une baguette. Elle avait un goût de poussière.

Maman s'empara du journal.

— De Gaulle fait de la collaboration un crime officiel. Il la traite d'« indignité nationale. » Il prétend agir dans le but d'arrêter les attentats aveugles. Dorénavant, il y aura des procès. Ils ont arrêté la chanteuse d'opéra Germaine Lubin pour avoir chanté du Wagner pour la Wehrmacht. Ils l'ont envoyée à Drancy !

Je fixai le pain dans mon assiette, souhaitant qu'elle se taise. Mais elle continua.

— Et Arletty. Tu sais, la star de cinéma. Elle a eu une liaison avec Hans Jürgen Soehring. Ils l'envoient aussi à Drancy ! Tu sais ce qu'elle a dit ? Il faut admirer son audace.

J'attendis.

— « *Mon cœur est français mais mon cul, lui, est international*.* »

— « *Mon cul ! International* !* », répéta Isabelle avant d'éclater de rire, son que je n'avais pas entendu depuis un moment.

Je fermai les yeux. Une migraine se développait à toute allure depuis ma nuque. Je me levai. Ma chaise racla le sol dans un horrible crissement. Il fallait que je quitte l'appartement.

— Je sors, annonçai-je.

Maman ouvrit de grands yeux alarmés.

— Non, Élise ! Tu ne peux pas sortir.

— Je porterai un foulard.

— Non ! Les gens vont le remarquer. Les choses pourraient mal tourner.

— Les choses ont déjà mal tourné.

— Accorde-toi plus de temps, Élise, je t'en prie. Attends que tes cheveux repoussent.

Je le regardai, incrédule.

— Je ne peux pas rester ici à ne faire qu'attendre.

Je m'engageai dans le couloir. Maman se leva d'un bond pour me bloquer le passage. Je la repoussai, mais elle m'attrapa les bras. Je tentai de lui échapper.

— Élise ! Tu ne peux pas sortir !

— Arrêtez ! intervint Isabelle, le visage ruisselant de larmes.

Et quelque chose se brisa en moi. Une douleur aiguë me perfora la poitrine. Incapable de continuer à respirer, je sentis mes genoux se dérober sous moi et je tombai.

Maman me rattrapa. Elle me soutint, cramponnée à mes bras. Ses doigts s'enfonçaient dans ma chair.

— Élise. Élise, s'il te plaît.

Mais j'étais trop lourde pour elle. Malgré ses efforts pour me faire tenir debout, je me sentais glisser. J'étais vaguement consciente qu'Isabelle pleurait toujours, mais je lâchai prise et perdis conscience. Puis une bouffée d'air brûlant me traversa, dont le souffle explosa dans mes poumons. Je repoussai les bras de maman et m'effondrai sur le sol dans un gémissement.

Je sentis son corps sur le mien, enveloppé autour de moi, me tenant fermement alors que des sanglots sauvages, incontrôlables, me secouaient. Quand ils commencèrent à s'apaiser, maman me guida jusqu'au salon où elle m'allongea sur le canapé.

— Va chercher une couverture, chuchota-t-elle à Isabelle.

42

Paris, novembre 1944

Élise

Je courus vers la salle de bains et atteignis les toilettes juste à temps pour vomir. Mon visage ruisselait de sueur. Je me relevai sur des jambes flageolantes, forcée de prendre appui sur les murs pour me soutenir. C'était l'odeur des œufs qui avait produit cet effet-là sur moi. Maman avait voulu nous offrir un vrai petit déjeuner pour changer, mais je ne supportais pas les odeurs prononcées et l'idée de manger me retournait l'estomac. J'avais perdu beaucoup de poids et je n'avais pas eu de règles depuis quatre mois, à savoir juillet. Ce n'était pas inhabituel pour moi : elles étaient irrégulières depuis le début de l'Occupation. Mais les vomissements, eux, sortaient de l'ordinaire.

De retour dans la cuisine, je vis maman devant l'évier, en train de frotter des vêtements sales avec une brosse. Sans doute ne m'avait-elle pas entendue entrer, car elle ne se retourna pas. Je pris une minute pour l'observer, notamment ses épaules fines et voûtées. Qu'étions-nous devenues ? Paris était libre, mais notre petite famille se désagrégeait. Nos amis étaient peu nombreux et éloignés ; quant à nos voisins, ils détournaient le regard à notre approche, ce qui était plus difficile à supporter que le rationnement et la faim constante. Je sentais la solitude et l'inquiétude de maman s'insinuer en moi et s'ajouter aux miennes. Savoir que j'avais causé tout ce tort à ma famille me remplissait de culpabilité, mais je ne me résolvais pas à regretter ma relation avec Sebastian. Je regrettais seulement de ne pas l'avoir cachée à tout le monde, y compris ma mère. J'aurais dû être plus prudente. Et concernant beaucoup de choses.

Maman se retourna brusquement, essuyant ses mains sur son tablier avant de les poser sur ses hanches.

— Tu as encore été malade, constata-t-elle. Élise, j'ai vécu assez de grossesses pour en reconnaître les signes.

Je détournai le regard, le cœur poignardé par la tristesse : elle avait subi un nombre incalculable de fausses couches. Instinctivement, je posai une main sur mon ventre.

— Je suis désolée, balbutiai-je, faute de savoir quoi dire d'autre.

Elle secoua la tête.

— Pour qui tu es désolée ? Pour toi ? Pour nous ? Ou pour ce bébé ?

Ôtant les mains de ses hanches, elle s'appuya contre l'évier, comme si le poids de son corps vieillissant était trop lourd à porter pour elle.

— Comment as-tu pu laisser une chose pareille se produire ?

La déception et le regret que je lus dans ses yeux me firent baisser les miens.

— Je ne pensais pas pouvoir tomber enceinte. (Je croisai son regard.) Mes règles étaient tellement irrégulières.

Elle secoua la tête.

— Comment as-tu pu être aussi stupide ? Et lui, ton petit ami ? Il aurait dû avoir plus de bon sens.

Mon « petit ami » ? Elle ne parvenait même pas à le désigner par son nom. J'avais dit à Sebastian de ne pas s'inquiéter, que je ne pouvais pas tomber enceinte, vu que mes cycles s'étaient interrompus. Il avait eu l'air surpris mais n'avait pas discuté : après tout, qu'en savait-il ?

Elle s'avança et posa une main sur mon épaule.

— Nous devrions pouvoir trouver un médecin susceptible de nous aider.

— Non ! Je ne peux pas faire ça ! protestai-je en reculant d'un pas.

Comment pouvait-elle imaginer un seul instant que je veuille me débarrasser du bébé de Sebastian ? Un an plus tôt seulement, sous Pétain, une femme avait été guillotinée pour avoir pratiqué des avortements. Et c'était ce que ma mère suggérait !

Elle poussa un long soupir et s'avança vers moi.

— Élise, tu ne peux pas le garder. (Je sentis sa main tremblante sur ma tête, sur mes cheveux courts, qui avaient recommencé à pousser.) Pourquoi crois-tu qu'ils t'ont infligé ça ? (Sa voix se brisa.) Nous avons déjà été mises à l'écart par nos voisins. Il faudra des années pour regagner leur confiance, et maintenant… ça. Les nonnes le prendront, conclut-elle après une pause.

Elle avait raison. Un enfant né de l'ennemi ne ferait que nous rappeler notre capitulation : nous nous étions couchés et avions accepté. *La honte**. La honte était profonde et destructrice.

Mais c'était mon enfant. Et tout ce qui me restait de Sebastian.

— Non ! répétai-je en passant à nouveau une main sur mon ventre.

Un sentiment d'amour et un besoin de protéger mon futur bébé grandissaient déjà en moi.

— Tu ne peux pas le garder ! Pense à ton père, prisonnier pendant trois ans en Allemagne. Comment se sentira-t-il, à ton avis, quand il trouvera un de leurs bébés dans sa propre maison ? Et tu peux toujours être arrêtée. Les procès ne sont pas terminés : certaines femmes ont été condamnées à une année entière de prison.

— Je peux plaider ma cause.

Maman leva les yeux au ciel.

— Ne sois pas si naïve. Tu crois vraiment qu'ils vont t'écouter, toi, parmi toutes les filles dans ta situation ? Après ce qu'ils t'ont fait, comment peux-tu imaginer que…

— Tu ne sais pas tout sur Sebastian ! C'était un homme bon. Un homme courageux.

Maman leva la main pour me couper la parole.

— Arrête, Élise ! Il faisait partie de l'armée d'occupation. Notre ennemi.

— Dans ce cas, pourquoi ? Pourquoi tu as proposé qu'il vienne ici ? Tu ne voulais pas vraiment l'aider, en fait ?

J'avais le pouls en ébullition et la voix qui tremblait. Elle pinça obstinément les lèvres.

Alors je lui dis ce que j'avais promis de lui taire.

— Sebastian m'a aidée. À faire sortir les enfants.

— Qu'est-ce que tu racontes ? répliqua-t-elle en me lançant un regard noir.

— Je ne pouvais pas t'en parler avant. C'était trop dangereux. J'aidais les enfants à quitter l'orphelinat, débitai-je après une grande inspiration.

— Élise, de quoi parles-tu ? insista-t-elle, une main pressée sur la joue.

— Le centre de l'UGIF, les enfants qui y étaient. Parfois, j'en emmenais un ou deux rencontrer un *passeur**, qui les emmenait dans le Sud, de l'autre côté de la frontière.

Elle me regarda fixement, les yeux écarquillés, sans voix. Puis elle s'essuya les mains sur son tablier.

— Élise ! Tu es folle ? Tu nous as toutes mises en danger ! Et Isabelle ? Tu as seulement pensé à elle ?

— Oui, bien sûr que oui !

— Tu aurais pu nous faire tuer !

— Mais ça n'a pas été le cas, si ? Et nous avons sauvé des vies. Je ne pouvais pas te le dire. Mais Sebastian a découvert qu'ils surveillaient l'orphelinat. C'était trop dangereux pour moi d'emmener les enfants chez le *passeur**, alors c'est lui qui s'en est chargé. Il y a conduit six enfants. Ils auraient été envoyés à Drancy, et alors…

Maman se détourna de moi, pour enfouir sa tête entre ses mains. Ses épaules tremblaient. Je voulus l'enlacer, mais elle s'écarta de moi, comme si mon contact l'avait brûlée.

— Pourquoi ne m'as-tu rien dit ? cria-t-elle en se retournant vers moi. Tu aurais dû m'en parler !

— Tu n'avais pas besoin de savoir. Je ne pouvais pas t'en parler.

— Bien sûr que si ! J'avais besoin de savoir ! Je suis ta mère, pour l'amour de Dieu !

C'était ma mère, en effet, pourtant j'avais l'impression de me retrouver face à une inconnue. Elle n'aurait pas voulu être au courant de mes faits et gestes. Car alors, elle m'en aurait empêchée. Non, je n'aurais pas pu le lui dire.

43

Paris, novembre 1944

Élise

Maman avait raison sur un point : papa ne serait jamais capable d'accepter l'idée que sa propre fille ait couché avec un Allemand, et encore moins qu'elle ait un enfant de lui. Nous ne savions pas quand la guerre se terminerait officiellement, ni quand il reviendrait, mais je compris que je devais partir avant. C'était l'unique solution. Et une seule personne était en mesure de m'aider. M. Le Bolzec. Il était là depuis le début, depuis ma rencontre avec Sebastian.

Je me glissai hors de l'appartement sans me faire remarquer, un foulard couvrant la brosse de mes cheveux encore courts. La clochette tinta lorsque j'entrai dans la boutique, me rappelant les jours où j'y trouvais Sebastian. Son absence me transperçait maintenant comme un couteau.

— Élise ! s'exclama M. Le Bolzec, qui regarda ma tête couverte avant de me serrer fort dans ses bras. J'allais fermer, chuchota-t-il. J'ai moins de clients maintenant qu'avant la Libération.

En jetant un coup d'œil à la boutique, je vis qu'elle était vide. J'attendis tout de même qu'il tourne le panonceau sur « Fermé » avant d'ôter mon foulard. J'attendis de voir sa réaction en découvrant mes affreux cheveux qui commençaient tout juste à repousser, mais il ne broncha pas. Non, il sortit un tabouret pour moi.

— Assieds-toi. Je me suis tellement inquiété pour toi. Je suis venu après que… ta mère m'a tout raconté.

— Je ne voulais voir personne.

— Oui. Naturellement. Ce sont des attaques de vengeance, reprit-il après un temps d'arrêt et il s'empara de ma main. J'aurais aimé pouvoir faire quelque chose.

— Vous n'auriez rien pu faire.

— Non, tu as probablement raison. Je me serais seulement attiré plus d'ennuis.

— Que voulez-vous dire par « plus d'ennuis » ?

— Oh rien. Juste quelques remarques, tu sais des questions du genre : « Il est où, ton ami allemand aujourd'hui ? »

— Quoi ? Les gens vous disent ça ?

— Eh bien, Sebastian venait ici assez souvent. Il n'en faut pas plus pour que les gens parlent. La plupart d'entre eux savent que je n'étais pas un collabo. Mais certains autres… tu sais comment ça se passe. (Le rouge lui monta aux joues.) Je suis désolé, je ne voulais pas minimiser ce qui t'est arrivé, pas après tout ce que tu as traversé.

— Et les policiers ? Sont-ils revenus ?

— Non. Ils sont probablement plus sensés que ça, j'imagine qu'ils font profil bas pour le moment. Tu n'auras pas été la seule personne qu'ils ont essayé d'intimider.

— Avez-vous eu des informations sur le sort de Sebastian ? Sur la nuit où ils sont venus le chercher ? demandai-je sans réfléchir.

— Non, répondit-il en secouant la tête.

— Quelqu'un doit l'avoir dénoncé.

— Tu as ta petite idée sur la question ? fit-il, intrigué.

— Isabelle a confié à sa meilleure copine que j'avais un petit ami allemand.

— Pauvre Isabelle, elle doit se sentir affreusement coupable.

— En effet, mais je ne suis pas sûre que ses bavardages soient responsables de quelque chose. (Je m'agitai sur mon tabouret.) Il faut que je parte d'ici.

Il exerça une petite pression sur ma main et me regarda attentivement.

— Les hommes qui t'ont attaquée n'avaient pas le droit de faire ça. Ils se sentent impuissants, castrés, après avoir vécu sous l'emprise de l'ennemi pendant quatre ans. Ils s'en veulent surtout à eux-mêmes. Je ne cherche nullement à les excuser. C'est inexcusable. Impardonnable. Et indigne de nous. (Il marqua une pause.) Tu n'es pas obligée de partir, ça va se calmer.

Il caressa ses favoris.

— Si, je dois m'en aller, et très loin. Avant que papa ne revienne. Je suis enceinte, lâchai-je en posant les yeux sur mon ventre, avant de rencontrer les siens.

Il écarquilla les yeux quand il comprit ce que cela signifiait et se passa une main sur la nuque.

— *Mon Dieu** ! s'écria-t-il. Tu es sûre ?

Je me levai, ouvris mon manteau et regardai mon ventre.

— Ça ne se voit pas encore. Mais oui, j'en suis sûre.

— Combien de mois ?

— Environ quatre, je crois. Vous avez du vin ? demandai-je, impulsivement, après une courte pause.

Sans un mot, il fouilla dans le placard sous sa caisse enregistreuse, en sortit une bouteille de rouge, qu'il déboucha, et remplit deux verres malpropres. Je vidai le mien d'un trait. Une partie de la tension qui m'habitait s'évacua de mon corps.

— Merci, dis-je, après un long soupir, puis j'ajoutai brusquement : Je veux le garder.

Les mouvements de sa pomme d'Adam trahirent sa perplexité.

— Ta mère est au courant ?

— Oui. Mais je ne peux pas rester ici à Paris. Que va-t-il se passer quand mon père reviendra ?

— Je comprends, me rassura-t-il en me prenant la main.

Je plantai mon regard dans le sien.

— Vous pouvez m'aider ? S'il vous plaît.

— Si tu veux vraiment le garder, on trouvera un moyen.

— Comment ?

Une ride profonde se creusa sur son front tandis qu'il m'étudiait, une minute durant, comme pour trouver une solution.

— Ma sœur, Soizic, vit à Trégastel, en Bretagne, déclara-t-il enfin. La ville a été libérée juste avant Paris. Elle pourrait t'accueillir. Elle possède une petite ferme ; juste quelques vaches et un peu de terre. Je sais qu'elle a besoin d'aide depuis… depuis que son mari a été tué, au début de la guerre. (Il plongea le regard dans son verre de vin.) Et sa fille aussi.

— Sa fille ?

Il hocha la tête sans me regarder.

— Ce sera un travail difficile.

— Et vous pensez qu'elle pourrait m'accueillir ?

Je vidai le reste de mon verre.

— Oui. Je pense que ça l'aiderait.

— Qu'est-ce que vous voulez dire ?

— Un bébé pourrait aider, expliqua-t-il avec un sourire triste, avant d'hésiter. Elle ne veut pas parler de sa fille. Il vaut mieux que tu ne la mentionnes pas. (Il me prit la main.) Et tu ne pourras pas parler de Sebastian.

— Mais c'est le père de mon bébé. Comment pourrais-je ne pas parler de lui ?

M. Le Bolzec secoua la tête.

— Pas question, Élise. Il va falloir inventer une autre histoire.

— Mais il nous a aidés ! Il a aidé les enfants à s'échapper. Je ne peux pas me conduire comme s'il n'avait jamais existé. Vous ne pouvez pas me demander de faire ça, conclus-je en le fixant du regard.

— Élise, je t'en prie, écoute-moi. Les gens ont des préjugés, ils ne voudront pas entendre ton histoire. Tout le monde en aura, des histoires, mais ils n'entendront que le mot « Boche ». (Il exerça une nouvelle pression sur ma main.) Quand Soizic verra tes cheveux ras et ton ventre, elle comprendra, mais nous devons lui servir un mensonge dont elle pourra s'accommoder. Si on lui dit la vérité, elle sera obligée de te fermer sa porte.

Je fixais mon verre vide du regard, accablée de tristesse à la pensée de tous les secrets que nous allions devoir garder l'une comme l'autre.

— Vous êtes sûr qu'elle va m'accueillir ?

Il remplit une nouvelle fois mon verre.

— Elle le fera si je le lui demande. Et la Bretagne est une bonne option. Beaucoup de gens là-bas ont les yeux bleus, certains ont même des cheveux clairs.

Je hochai solennellement la tête, faute d'une option plus satisfaisante.

— Je serai heureuse de quitter Paris.

Il serra mes mains entre les siennes.

— Je sais. Un nouveau départ te fera du bien.

44

Paris, décembre 1944

Élise

Nous avions récupéré notre ville, et ce n'était plus qu'une question de temps que notre pays soit de nouveau à nous. Nous étions presque libres. Alors pourquoi me sentais-je encore prisonnière ? Je me détournai de la fenêtre brisée, maintenue en place par du ruban adhésif marron.

Je n'avais pas entendu maman entrer. Je ne pris conscience de sa présence qu'en l'entendant tousser.

Je me retournai. Elle ressemblait à un fantôme dans la faible lumière du crépuscule.

— Je suppose que nous devrions préparer quelque chose à manger, lâcha-t-elle d'une voix atone. Il reste quelques pommes de terre. La nuit tombe déjà.

Parfois, il est plus facile de parler dans la pénombre.

— Maman, commençai-je, je vais partir.

Je vis briller un éclair de soulagement dans ses yeux.

— Où ? Tu vas aller où ?

— M. Le Bolzec a une sœur en Bretagne, Soizic Le Calvez. Elle va m'héberger.

— En Bretagne, répéta-t-elle, les yeux rivés sur la fenêtre brisée. Oui, approuva-t-elle. Et cette femme connaît-elle la vérité sur le père de ton enfant ?

Elle s'était retournée pour m'observer, sceptique.

— Non.

Le mot avait une consonance cruelle et dure sur ma langue, mais cela faisait partie du marché.

— Quelle histoire lui a-t-il racontée ?

— Que son père était Frédéric, qu'il a été tué pendant la Libération.

Les mots, sortis d'une seule traite, me donnèrent la sensation de me libérer de ce mensonge.

— Oui, ça pourrait marcher. Prends toujours une photo de Frédéric avec toi, ce sera plus crédible. Mais tu ne devras laisser personne te voir avant que tes cheveux aient repoussé et que le bébé soit né. Qu'est-ce que je vais dire à ton père ? reprit-elle, les épaules soudain affaissées. Il le saura, continua-t-elle sans attendre de réponse. Un des voisins le lui dira. Ou la concierge. Et puis il y a Isabelle, qui n'est pas douée pour garder des secrets. (Elle se prit la tête dans les mains.) Oh mon Dieu, il va me tuer !

J'eus soudain une terrible révélation : elle avait espéré ne pas le voir revenir. C'était à cause de lui que je devais partir. Mais non, elle était sa femme, bien sûr qu'elle souhaitait son retour.

45

Bretagne, janvier 1945

Élise

Un mois plus tard, je me tenais sur un quai à Rennes, recroquevillée contre le froid et tapant des pieds dans l'espoir vain de me réchauffer. Il n'y avait pas de salle d'attente et ma correspondance avait du retard. Une famille de cinq personnes attendait également, mais je ne m'approchai pas d'eux et ils ne s'approchèrent pas de moi. Ils me coulèrent seulement un coup d'œil de temps en temps. Je portais certes un béret, cependant aucune mèche n'en dépassait ni ne pendait dans mon dos. Ils se demandaient si je faisais partie des *tondues**, je le savais.

Le chef de gare arriva sur le quai et je me rencognai dans l'ombre. Mais il m'avait vue. Il s'arrêta dans son élan, me décocha un regard et marmonna : « Honte à toi. »

Je me rapetissai davantage. Mais où était donc passée ma dignité ? J'avais honte de ma propre honte. Avançant d'un grand pas, je le regardai droit dans les yeux.

— *Bonjour, monsieur**. Quand passe le prochain train pour Lannion ?

Il hésita avant de répondre.

— À 15 h 15, mademoiselle, finit-il par lâcher.

— *Merci, monsieur**.

Je le regardai s'éloigner, ma dignité retrouvée. On ne me forcerait pas à vivre dans l'ombre. Et mon enfant non plus.

Dès que le train arriva, je sautai dedans, soulagée d'échapper au vent glacé, malheureusement le wagon vide n'était pas chauffé. Je serrai mon écharpe de laine autour de mon cou et me blottis dans mon siège. Je remerciai à part moi M. Le Bolzec pour la flasque de café qu'il avait gentiment préparée et je m'en servis une tasse, aspirant sa chaleur avant de boire le breuvage. Quel genre d'accueil allais-je recevoir à Trégastel ?

Lorsque le train entra enfin en gare de Lannion, la nuit était tombée. Un lampadaire solitaire éclairait le quai. Je restai là, à regarder les gens qu'on était venu accueillir – on les étreignait, on les embrassait –, mais il ne semblait pas que quiconque soit passé me chercher. L'anxiété me noua le ventre. J'étais toute seule dans un nouvel endroit. Un sentiment de solitude m'étreignit et j'éprouvai le manque de Sebastian avec une douleur physique qui me laissa une sensation de vide. Il aurait dû être à mes côtés, nous aurions dû attendre notre premier enfant ensemble.

Je pris ma valise d'une main, mon autre bras enroulé autour de ma taille pour essayer de me tenir chaud, et je sortis dans la rue. Un cheval et une charrette passèrent au petit trot devant moi. Était-ce elle ? J'avais supposé qu'elle viendrait me chercher en voiture. Erreur vraiment stupide. Je marchai d'un pas hésitant vers l'endroit où le cheval et la charrette s'étaient arrêtés. Le conducteur tourna la tête vers moi. C'était une femme.

— Madame Le Calvez ? hasardai-je.

— *Oui. Montez**.

Elle me jeta un rapide regard avant de revenir à ses rênes. Je me précipitai de l'autre côté et grimpai les deux marches pour m'installer sur le siège à côté d'elle, tout en tirant ma valise après moi. Mais avant que j'aie eu le temps de la saluer correctement, elle avait déjà effectué un demi-tour et nous étions repartis au trot. Je scrutai son profil sous la faible lumière : elle avait un nez pointu et un petit menton arrondi. Elle fronçait les sourcils.

— Merci, madame Le Calvez, d'être venue me chercher et de…

— Inutile de me remercier, m'interrompit-elle. Je ne le fais que pour Yannick.

— Yannick ? C'est-à-dire M. Le Bolzec ?

Elle me jeta un coup d'œil, qui me laissa le temps de saisir la froideur de son regard.

— Oui. Il m'a dit que tu n'avais nulle part où aller.

Je regardai les ombres diffuses des grands arbres et je frissonnai. Le vide en moi béait de plus en plus largement.

— C'est très gentil à vous de m'accueillir.

— Hmm, marmonna-t-elle en toussant, sans tenir compte de ma remarque. Tu vas devoir travailler dur. J'ai besoin de quelqu'un pour s'occuper des vaches.

— Des vaches ?

— Oui, des vaches, répéta-t-elle comme si j'étais une sorte d'imbécile. Je vais t'apprendre à les traire.

— Oui, bien sûr.

En fait, j'aimais plutôt bien l'idée.

— Le bébé est prévu pour quand ?

— Avril.

— Plus que trois mois, donc. Ça se voit déjà ?

— Pas vraiment.

— Je parie que les livraisons de nourriture à Paris sont encore insuffisantes.

— Oui, en effet.

— Qui est le père ?

Elle m'avait balancé cette question sur le même ton froid que les précédentes.

— Il s'appelle Frédéric, mentis-je. Il a été abattu par un tireur d'élite allemand, pendant la Libération.

Le mensonge que nous avions concocté, M. Le Bolzec et moi, était sorti péniblement, au point que je grimaçai au moment où les mots quittèrent ma bouche. Je me sentais déloyale envers Sebastian et je me détestai pour cette raison. Comme elle ne répondit pas, nous continuâmes à rouler en silence. Le vent froid mordant s'insinuait sous le tissu mince de mon manteau. J'entrevis de nouveau son profil : sous le faible clair de lune, son nez fin et pointu se détachait du reste de son visage. Elle avait l'air d'une femme fière et je ne parvenais pas à imaginer qu'il y aurait jamais beaucoup de chaleur entre nous. J'enfouis le visage dans mon écharpe, tout en essayant de ne pas me laisser engloutir par mon sentiment de solitude.

— Comment était-il ? demanda-t-elle brusquement.

Sa question me prit au dépourvu et j'hésitai. Devais-je décrire Sebastian ou Frédéric ? Je devais m'en tenir au mensonge.

— Il avait les cheveux bruns, des yeux marron. Il était gentil.

Un silence gênant s'abattit entre nous. Je frissonnai, enfouissant encore mon visage dans l'écharpe. J'avais l'impression d'être transie jusqu'aux os, tandis que mon appréhension allait croissant.

— Vous avez annoncé ma venue à quelqu'un ?

Je craignais qu'elle ne soit même pas de mon côté.

— Je ne vois pas grand monde, à part mon vieux voisin et les dames de la *maison de la presse**. Je leur ai parlé de toi.

— Et que leur avez-vous dit ?

— Exactement ce que Yannick m'a indiqué. Que voulais-tu que je leur dise ?

Elle assortit sa réplique d'un claquement de langue bruyant au moment où nous tournions sur la route suivante. Le cheval continuait à trotter, même si la route s'était rétrécie. Je m'armai de courage contre le vent glacial.

Nous débouchâmes dans un chemin et nous arrêtâmes devant une maisonnette de pierre. Mme Le Calvez sortit une torche, dont elle se servit pour éclairer l'espace environnant, pendant que nous descendions de la charrette : j'entrevis les champs vides qui entouraient la petite maison.

— Entrez. Je vais panser le cheval.

— Je peux vous aider ? proposai-je, malgré le froid qui me faisait rêver de l'intérieur de sa demeure.

— Non, répliqua-t-elle sèchement. Entre et réchauffe-toi.

Pleine de gratitude, j'empoignai ma valise et ouvris la porte de la maisonnette. La chaleur de la cuisine m'enveloppa sur-le-champ. Elle émanait d'une grande cuisinière où trônaient deux casseroles. Attirée vers elle, j'ôtai mes gants et tins mes mains au-dessus de la chaleur du poêle. Peu à peu, le sang se remit à circuler dans mes doigts.

Mme Le Calvez revint en tapant ses mains l'une contre l'autre.

— *Ma Doué** ! (Les mots m'étaient inconnus. Du breton ?) Il fait froid ce soir, poursuivit-elle en français.

Elle enleva ses multiples couches de manteaux, qu'elle accrocha derrière la porte, puis elle me regarda, moi qui n'avais toujours pas quitté mon maigre paletot. Elle s'approcha de la cuisinière pour s'emparer de la grande casserole.

— J'ai préparé de la soupe. Enlève ton manteau et assieds-toi.

— Je peux faire quelque chose ?

— Non. Lave-toi les mains et assieds-toi.

J'obéis et ôtai mon paletot que j'accrochai moi aussi derrière la porte, comme elle l'avait fait, puis je me lavai les mains à l'évier de la cuisine et les séchai sur une serviette rugueuse accrochée près de la cuisinière. Je regardai autour de moi, mais les murs, totalement nus, ne me fournirent aucun indice sur le caractère de cette femme.

Je pris place à une table aussi longue qu'étroite, faite dans un épais bois foncé et couverte des traces de brûlures laissées précédemment par des plats brûlants – grands cercles et ovales plus petits. Elle posa la casserole au centre et je grimaçai en pensant à la marque supplémentaire qu'allait laisser le récipient. Pourquoi n'utilisait-elle pas de dessous de plat ? Soizic versa la soupe à la louche et mon estomac gargouilla lorsque des fumets d'herbes, de poivre noir et de poulet envahirent mes narines. Quand nos bols furent pleins, je tentai de me montrer amicale.

— *Bon appétit**.

Elle ignora mon insignifiant « *Bon appétit** », pour lui préférer un signe de croix, tête baissée vers la table. Je suivis son exemple.

— Que Dieu bénisse ce repas.

Nous prîmes notre première cuillerée en silence.

— C'est délicieux, madame Le Calvez. Merci.

Elle hocha la tête et me tendit un morceau de baguette. Le pain était dur comme de la pierre, mais plongé dans la soupe, il se ramollissait, tout en s'imprégnant de la saveur du poulet. Nous mangeâmes en silence.

— On est loin de la mer ? demandai-je pour essayer de faire la conversation.

— Cinq minutes, répondit-elle en aspirant sa soupe.

— Je n'ai pas vu la mer depuis cinq ans.

— Tu pourras aller t'y promener demain. Mais tu devras bien t'habiller. Les rafales balaient la côte par ici. Et tu devras attacher ce béret avec une écharpe. (Elle posa ses paumes sur la table.) Cela étant, peut-être que tu ne devrais pas sortir du tout. Pas avant d'avoir eu le bébé.

Je laissai tomber la cuillère dans mon bol.

— Il y en a encore pour trois mois !

— Je sais, répliqua Soizic dont les yeux froids me transpercèrent. Maintenant, ma fille, vas-tu me dire la vérité sur le père de cet enfant ?

Incapable de croiser son regard, je sentis le rouge me monter aux joues. Un silence gênant s'installa. Puis elle poussa un gros soupir.

— Est-ce que Yannick me prendrait pour une idiote ? fit-elle d'une voix qui me cingla. Dès que j'ai reçu sa lettre, j'ai su. Sinon, pourquoi aurais-tu besoin de venir ici ? Il était blond ? demanda-t-elle brusquement, après m'avoir examinée. Ses yeux étaient-ils bleus ?

Je m'éclaircis la gorge, afin de répondre d'une voix ferme et calme.

— Oui, ses cheveux étaient très clairs. Et ses yeux étaient bleus, bleu turquoise.

— Bleu turquoise, ben dis donc ! (Elle ricana.) Yannick savait que je ne t'accueillerais pas si je savais que le père était un Boche. Et il avait raison. Je ne l'aurais pas fait, soupira-t-elle. Et il m'a suppliée, si tu veux savoir. Il devine toujours sur quels boutons appuyer. Il savait que je ne te jetterais pas dehors, une fois que tu aurais franchi cette porte. (Elle se détourna, lèvres pincées.) Nous ferons de notre mieux pour que ce mensonge fonctionne. Mais je ne veux plus entendre parler de ton Boche. Jamais. Compris ? En ce qui me concerne, il n'a jamais existé.

Je hochai la tête mais, dans mon cœur, je m'accrochai à Sebastian, en lui faisant une promesse silencieuse : *je ne te laisserai jamais partir.*

Elle débarrassa les bols de soupe pour les déposer dans l'évier. Je me levai.

— Laissez-moi les laver.

— Non. Tu pourras le faire demain matin. Je vais te montrer ta chambre.

J'empoignai ma valise et la suivis dans un étroit escalier de bois. Juste au-dessus de la cuisine, il y avait une petite chambre à coucher, dont le plancher, usé et inégal, laissait entrevoir la cuisine par les interstices entre ses lattes. Un lit de bois sombre, dont les hautes extrémités avaient une forme incurvée, se trouvait sous une petite fenêtre percée dans la pente du toit. Et il y avait une lampe sur la table de chevet. Je fus réconfortée en découvrant qu'elle avait fait le lit pour moi.

— La salle de bains est en bas, à côté de la cuisine, m'indiqua-t-elle.

— Merci, c'est très joli.

— *Alors, bonsoir**, lança-t-elle en s'en allant.

Je m'assis sur le lit, plus seule que je ne l'avais jamais été au cours de ma vie.

Puis je plaçai une main sur mon ventre gonflé, où je sentis mon bébé – notre bébé – et un sentiment d'amour et de gratitude m'envahit, remplaçant ma solitude par de l'espoir.

46

Bretagne, 14 février 1945

Élise

Je me réveillais de plus en plus tôt, toujours dans le noir. Mais bon, nous étions au lit avant 21 heures tous les soirs. À sept mois de grossesse, il n'y avait pas grand-chose d'autre à faire et, de toute façon, j'étais toujours épuisée, soulagée de me retrouver dans mon petit lit sous les combles à la fin de la journée. Le bébé qui grandissait en moi était devenu réel ; je savais quand il dormait ou était éveillé. J'avais le sentiment que c'était une fille et je lui parlais dans ma tête, lui racontant tout sur son père dont je ressentais douloureusement l'absence, tel un trou béant dans mon âme. Pourtant, je me consolais en pensant que j'aurais bientôt une partie de lui, et quelqu'un à aimer complètement.

Mme Le Calvez avait organisé notre routine de façon que nous ayons le moins de contact possible, me demandant de traire les vaches avant l'aube et de les emmener aux champs dès le lever du soleil, de sorte que nous étions même dans l'impossibilité de prendre notre petit déjeuner ensemble. En allumant la lampe de chevet, je regardai ma montre : 5 heures. Glissant mes pieds hors du lit, je descendis à la cuisine.

Elle était déjà là, en train de faire du café. En la voyant me fixer, lèvres pincées et yeux froids, je compris que j'avais bouleversé sa routine matinale.

— Je ne serai pas là aujourd'hui, annonça-t-elle avant même que j'aie le temps de la saluer. Tu peux ramasser les œufs et faire le pain, ce matin ?

Elle remplit une flasque argentée avec du café.

— Oui, bien sûr.

Je songeai à lui demander où elle allait, mais je n'osai pas.

— Je serai de retour avant la nuit. Tu devras aussi rentrer les vaches.

Je trouvai finalement le courage qui me manquait.

— Puis-je vous demander où vous allez ?

Elle me regarda fixement, puis secoua la tête. Sans rien ajouter, elle mit la flasque ainsi qu'un morceau de pain dans un panier, et partit. Qui s'en allait ainsi avant le lever du jour ? Où se rendait-elle ?

D'une certaine manière, c'était un soulagement d'être seule dans la maisonnette. Je jetai mon grand manteau de laine sur mes épaules et enfilai mes bottes en caoutchouc. Si je m'acquittais rapidement de la traite, j'aurais plus de temps pour profiter de l'endroit avant son retour. Mais j'avais appris à mes dépens qu'il ne fallait pas précipiter la traite : les vaches aimaient être amadouées pour donner leur lait, et il me fallait facilement deux heures pour traire les six, parfois plus. Ce matin-là, je commençai par ma préférée, Jessie. Elle me gratifia d'un gentil un coup de tête quand j'entrai dans l'étable. De la vapeur s'échappait de ses naseaux. Je caressai son museau humide, en lui murmurant des paroles affectueuses et en passant ma main sur le velours de son cou. J'enfouis mon nez dans les replis de sa peau, pour inhaler son odeur. La présence solide et silencieuse des vaches était réconfortante et, même si c'était fou, j'avais l'impression que Jessie savait déchiffrer mes émotions. Parfois joyeuses, parfois mélancoliques, parfois anxieuses. Toujours seule. Je caressai mon ventre, heureuse de me retrouver à deux dans quelques mois.

Je sortis le petit tabouret et m'assis, soufflant sur mes mains pour les réchauffer avant de m'emparer de ses mamelles. Je me mis à fredonner doucement, dès lors que le lait commença à couler. Quand j'eus achevé les six traites, je transportai à la cuisine les lourds seaux de lait qui n'attendraient plus que d'être mis en bouteille plus tard. Puis je retournai mener les bêtes au pâturage.

De retour dans la cuisine bien chauffée, je mis l'eau à bouillir pour mon premier café de la journée. Un coup à la porte me fit sursauter. J'ouvris d'une main hésitante. Une vieille femme se tenait là, qui me détaillait de haut en bas.

— *Bonjour**, dis-je d'une voix hésitante, ne sachant pas s'il fallait l'inviter à entrer ou non.

— Tu es Élise, répliqua-t-elle comme s'il s'agissait d'une accusation, avant d'entrer sans demander son reste. Mme Le Calvez n'est pas là, alors ?

— Non. Je ne sais pas quand elle sera de retour. Pas avant ce soir, je pense.

Elle ferma la porte derrière elle et fit un pas de plus dans la cuisine.

— 14 février. Je savais qu'elle ne serait pas là aujourd'hui.

— Jour de la Saint-Valentin ?

Peut-être avait-elle un *amant** secret quelque part.

— Rien à voir avec la Saint-Valentin, rétorqua la visiteuse en me renvoyant un regard froid. Tu ne vas pas m'offrir un café ?

Elle s'assit et, comprenant que je n'avais guère le choix, je pris deux bols dans le placard derrière moi.

— Quel est votre nom ? hasardai-je.

— Donne-moi une tasse, pas un bol de petit déjeuner.

Elle secoua la tête. Apparemment, je l'exaspérais.

Je mis des grains de café dans le moulin et tournai la manivelle en attendant qu'elle me précise son identité. Mais elle resta assise là, suivant mes faits et gestes d'un regard qui me brûlait le dos quand je me détournais. Finalement, elle reprit la parole.

— Elle t'a dit où elle allait ?

— Non, répondis-je en me retournant.

— Hmm, elle ne t'a pas beaucoup parlé alors.

— Non. On travaille dur.

Elle ignora ma remarque, continuant à me fixer de ses yeux scrutateurs.

— Je sais tout de toi.

Sentant le rouge me monter aux joues, je me retournai pour prendre la casserole sur le feu et lui verser son café, bien résolue à ne rien lâcher.

— Elle a dû te prendre en charge à cause de son frère, poursuivit-elle. (Je posai la tasse devant elle.) Il a essayé de sauver sa fille. Tu le savais ? Oui, ajouta-t-elle sans attendre ma réponse. Il est venu jusqu'ici. Mais ça n'a servi à rien, finalement.

— Qu'est-il arrivé à sa fille ?

— La Gestapo l'a eue.

Elle prit une gorgée de café, ses lèvres froncées sur le bord de la tasse.

Je me figeai, l'estomac vrillé par une crampe, et je me laissai tomber sur une chaise, le souffle coupé.

— Que s'est-il passé ?

— Je l'ai vue le matin même, le jour de la Saint-Valentin, qui passait à vélo devant l'église. Dans l'après-midi, j'ai appris qu'elle avait été arrêtée, pour avoir fabriqué de faux papiers ou en avoir livré. (Elle me regarda froidement.) Elle faisait partie de la Résistance, tu vois.

Je fermai les yeux, essayant de déloger l'image de la Gestapo emmenant cette jeune femme.

— Yannick Le Bolzec est arrivé trois jours plus tard, directement au commissariat. Mais c'était trop tard, conclut-elle d'une voix hésitante.

Je fermai les yeux, cramponnée à mon estomac alors que des vagues de nausée déferlaient sur moi.

La femme prit une autre gorgée de café, en me regardant par-dessus le rebord de sa tasse.

— Elle est enterrée au cimetière de Perros-Guirec. C'est là que Mme Le Calvez se trouve en ce moment. Oui, c'est dur pour elle, de t'avoir ici. Très dur. C'est une sainte, pour sûr.

Je me forçai à ne pas vomir, en essayant de concentrer ma respiration dans mon ventre, dans mon futur enfant.

— Elle m'a raconté cette histoire à dormir debout à propos de ton prétendu fiancé. Je n'ai pas pipé mot, j'ai juste fait semblant de la croire. Elle sait que je ne suis pas vraiment convaincue. Mais ce n'est pas ce qui compte. Ce qui compte, c'est ce que tous les autres le croient. Alors, ma fille… déclara-t-elle avant de faire une pause pour ménager son petit effet, tu vas devoir te comporter correctement. Les rumeurs ont déjà commencé. Elles ne sont probablement pas loin de la vérité non plus, mais nous allons les étouffer dans l'œuf.

Je hochai la tête, prête à n'importe quoi désormais, pour nous garder en sécurité. Nous toutes.

— Soizic a vécu l'enfer, poursuivit la femme. Elle a perdu son mari à cause des Boches, puis sa fille. Elle a de bons amis ici. Des amis loyaux. Nous la soutiendrons. Et personne ne devinera qu'après ce qu'elle a traversé, elle vous a accueillis… accueillis, toi et ton… (Elle soupira bruyamment.) Quand ce pauvre enfant sera né, Soizic sera celle qui le sortira et le montrera. Sinon, les gens ne l'accepteront pas, conclut-elle en se levant. Les gens ont juste besoin de voir que tu es bonne travailleuse, que Mme Le Calvez est contente de toi, que tu sais garder la tête basse et éviter les ennuis. Tu comprends ce que je dis ? acheva-t-elle, les yeux rivés sur moi.

Je hochai encore la tête.

— Nous ne sommes pas des gens compliqués, nous ne demanderons pas plus que ça. Eh bien, c'est tout ce que j'étais venue dire, fit-elle, buste bien droit. Tiens-toi bien. Nous ferons tourner ton histoire de fiancé, et les gens la croiront ou non. Mais nous veillerons à ce qu'ils traitent ton enfant correctement. Pour le bien de Soizic.

Sur quoi, elle se leva et fit un pas vers la porte. Puis, sans dire au revoir, elle l'ouvrit et s'en fut.

47

Bretagne, 14 avril 1945

Élise

Les matins devenaient plus clairs, à mesure que le printemps chassait l'hiver, et je ne me levais plus dans l'obscurité. J'appréciais le calme et la paix que me procurait la traite des vaches avant que le soleil ne soit complètement levé. Mais ce matin-là, Jessie était agitée et ne voulait pas rester en place. Une douleur me traversa le ventre lorsque je me levai du tabouret, même si le seau à lait n'était rempli qu'au quart. Je le portai dans la maison, juste à temps pour voir le facteur repartir à vélo : probablement une lettre de maman ou d'Isabelle, peut-être des nouvelles de papa.

Mais quand j'entrai dans la cuisine, je sus que ce n'était pas le cas. Mme Le Calvez était assise à table, penchée sur un télégramme. Elle était d'une immobilité de statue, environnée d'un air qui paraissait plus lourd. Pendant quelques secondes, je restai là, espérant qu'elle lève les yeux vers moi, mais elle ne bougea pas.

Instinctivement, je m'assis à côté d'elle, afin de jeter un coup d'œil aux deux lignes écrites sur la feuille de papier marron. Un frisson me courut le long du dos. Je me figeai, incapable d'assimiler ce que je venais de lire.

Yannick Le Bolzec mort lundi dernier. Balle dans la nuque.

— Qui ? marmonnai-je. Qui l'a tué ?

— Ils ont cru que c'était un collabo, lâcha-t-elle d'un ton monocorde.

Mon sang se glaça. D'incompréhension, même si je comprenais. Oui, je comprenais.

— Qui ? Qui a cru que c'était un collabo ?

— Je n'en sais rien. Une des factions qui cherche à régler ses comptes. Comment je le saurais ? Sans doute à cause de ce Boche qui n'arrêtait pas de fréquenter sa boutique. Ton Boche !

Elle avait craché le dernier mot.

Une douleur aiguë fusa dans mon flanc. Haletante, je plaquai une main sur ma poitrine qui tambourinait. Le gentil, le sage M. Le Bolzec. Assassiné ! Ses paroles retentirent à mes oreilles. « Indigne de nous. » C'était inimaginable. Impensable. Barbare. J'imaginai ce cher vieillard étendu là, une mare de sang noir s'étalant sous sa tête. Et je sus sans l'ombre d'un doute que c'était ce qu'ils avaient fait à Sebastian. Des larmes froides et silencieuses ruisselaient sur mon visage, sans que je cherche à les en empêcher.

— Je t'en prie, dit Mme Le Calvez. J'ai envie d'être seule.

J'aurais aimé que nous puissions trouver du réconfort l'une auprès de l'autre, mais elle avait érigé un mur entre nous. Je me levai et je retournai à l'étable, où je posai ma tête contre le flanc chaud de Jessie pour pleurer Yannick Le Bolzec, Sebastian, m'affliger sur mon sort et celui de mon enfant à naître. Quand il ne me resta plus une seule larme, je m'allongeai sur la paille, épuisée et vidée. J'appréhendais de rentrer à la maison. Si j'avais eu un autre endroit où aller, je serais partie. Nous n'échangeâmes pas une parole pendant le reste de la journée et ce soir-là, je m'effondrai sur mon lit encore plus tôt que d'habitude.

Je me réveillai au milieu de la nuit, froide et mouillée. Je m'assis, repoussai les draps pour me mettre en quête de la lampe. Mon drap de dessous était complètement trempé. Mon cœur s'emballa. Ça y était. Mon bébé allait naître.

Je retirai le drap et le rinçai dans la salle de bains, puis je le suspendis au dossier de ma chaise pour le faire sécher. Je m'aménageai un lit à même le sol en étalant une couverture et je m'allongeai dessus, fixant le plafond tout en plaçant une main sur mon ventre, pour sentir mon bébé.

— S'il te plaît, viens sain et sauf, chuchotai-je.

Je dus m'assoupir, car l'instant d'après, Mme Le Calvez ouvrait les rideaux.

— Qu'est-ce que tu fiches par terre ? demanda-t-elle. Il est déjà 6 heures.

Aussitôt, ma main vola vers mon ventre.

— J'ai perdu les eaux pendant la nuit.

Elle se retourna.

— Les contractions ont débuté ?

— Non, je ne crois pas. Je n'ai pas mal pour l'instant.

Je m'assis, en prenant appui sur le sol, et j'eus le plus grand mal à me remettre sur mes pieds.

Mme Le Calvez me regardait d'un air absent, comme si elle cherchait à comprendre quelque chose.

— Il faut que les contractions se déclenchent. Tu dois remuer, car maintenant que tu as perdu les eaux, des infections risquent de s'infiltrer.

— Qu'est-ce que je dois faire ? demandai-je en m'efforçant de ne pas céder à la panique.

— Lève-toi et va t'acquitter de tes tâches. Il viendra quand il sera prêt. Descends, conclut-elle avant de repartir. Nous allons faire comme d'habitude.

Je la suivis dans l'escalier, en tâchant de réguler ma respiration sifflante.

— Ne t'assieds pas, dit-elle quand j'entrai dans la cuisine. Ça va ralentir les choses.

Mon ventre me semblait lourd, mes ligaments tendus. Je plaçai les mains dessous, pour soutenir son poids pendant que je me dirigeais vers l'étable, frissonnant autant sous l'effet du froid que de la peur. Munie du tabouret de traite, je m'assis devant Jessie et réchauffai mes mains avant de toucher ses pis gonflés, puis je descendis les doigts jusqu'à ses trayons. Elle poussa un meuglement grave et donna un coup de patte arrière.

Je retirai les mains et me levai. Je m'efforçai de respirer par le ventre, jusqu'à mon bébé. La vache me caressa de sa grosse tête plate, m'obligeant à reculer pour me faire comprendre qu'elle ne voulait pas de moi ce jour-là. Je quittai l'étable et retournai à la cuisine.

Mme Le Calvez se tenait devant le fourneau, occupée à préparer le café. J'en humai l'arôme chaud et réconfortant, tout en observant ses épaules voûtées pendant qu'elle sortait les bols du placard.

— Je ne peux pas traire les vaches aujourd'hui, annonçai-je alors qu'elle me tournait le dos.

Elle se retourna et me fixa de son regard froid.

— Qu'est-ce que tu veux dire ?

— Elles font des bêtises.

Elle posa les bols sur la table.

— Elles font des bêtises ? Bon, il va falloir que je m'en occupe alors. (Elle soupira.) Comme s'il n'y avait pas assez d'ouvrage.

— On ne devrait pas faire venir la sage-femme ?

J'avais besoin de quelqu'un pour me dire que tout allait bien se passer.

— Non, répondit-elle en versant le café. Inutile de la déranger pour le moment. Elle te dira juste de continuer à bouger. Ton corps a besoin de se réveiller.

Elle m'obligea à m'activer pendant le reste de la journée : je nettoyai le poulailler, ramassai les œufs, emmenai les vaches au pâturage. Même après le déjeuner, elle ne me laissa pas me reposer, mais m'obligea à pétrir la pâte à pain et à baratter le beurre. Ce soir-là, quand nous nous assîmes enfin pour dîner, j'étais épuisée.

— Tu le sens toujours bouger ? demanda-t-elle en cassant un morceau de baguette.

— Je ne sais pas. Non, je ne pense pas.

Je posai une main sur mon ventre tendu. Je sentis l'arrondi des fesses de mon bébé, priant pour qu'il ne tarde pas trop à se retourner et trouve bientôt le chemin de la sortie.

— On va se donner vingt-quatre heures. Si rien ne se passe d'ici demain matin, on appellera la sage-femme.

— On ne peut pas l'appeler maintenant ?

— Pas encore. Il faut parfois un certain temps pour que les contractions se déclenchent.

Après le dîner, même s'il ne faisait pas froid, elle alluma un feu dans son petit salon et nous nous assîmes sur son canapé élimé. Je fis semblant de lire un livre et elle fit semblant de lire le journal. Pourquoi ne pouvait-elle pas demander à la sage-femme de venir m'examiner ? Des pensées terribles s'insinuèrent dans mon esprit. Et si elle ne voulait pas de cette naissance ? Et si elle espérait qu'on meure tous les deux ? Depuis qu'elle avait appris la mort de M. Le Bolzec, la veille, elle était devenue encore plus distante, faisant la dégoûtée comme si j'étais un animal répugnant dont elle brûlait de se débarrasser.

— Yannick était mon ami, lançai-je tout à trac.

Elle eut l'air surprise.

— Et c'était mon frère.

Je plongeai mon regard dans ses yeux de pierre.

— Il voyait toujours le meilleur en chacun. Mais j'aurais préféré qu'il ne m'envoie pas ici. C'était trop exiger de vous.

Voilà, je l'avais dit. Son cœur n'était pas aussi enclin au pardon ni aussi gentil que son cher frère l'avait supposé.

Elle replia son journal pour me considérer pendant quelques secondes. J'espérais qu'elle dirait quelque chose, mais ses lèvres restèrent pincées. Enfin, elle lâcha :

— On devrait peut-être essayer l'huile de ricin. Je crois que j'en ai.

— Pourquoi ne pas appeler la sage-femme ?

Elle me regarda du coin de l'œil.

— Ce n'est pas la première fois que je fais ça, tu sais.

Faisait-elle référence à son accouchement ou avait-elle déjà mis des bébés au monde ?

— Que voulez-vous dire ? demandai-je.

Elle me regarda fixement, comme si son esprit était à des kilomètres, puis elle murmura, d'une voix très basse :

— J'ai eu un enfant. Une fille. Elle a mis du temps à naître.

Ses mots avaient beau être pleins de sens, je percevais le vide en eux. Enfin, elle me parlait de la fille qu'elle avait perdue. Je hochai la tête, afin de ne pas l'interrompre, en attendant qu'elle poursuive. Fixant les flammes, elle continua avec un débit lent et monotone, comme si les mots ne lui appartenaient pas vraiment.

— Ses doigts étaient tout fripés quand elle est enfin sortie, comme si elle était restée trop longtemps dans le bain.

Elle s'empara d'un bâton pour attiser le feu. J'attendis, désireuse d'en savoir plus, mais elle demeura silencieuse, perdue dans ses souvenirs.

— Elle avait juste dix-sept ans quand son père est mort, reprit-elle finalement. Sa mort l'a frappée de plein fouet. Elle a commencé à sortir beaucoup, à des heures indues, à disparaître pendant des jours. Je pensais qu'elle avait un amant quelque part. Elle refusait de me parler. On se disputait beaucoup. (Elle fit une pause, les yeux rivés sur le feu.) Mais ce n'était pas un amant. J'aurais préféré que ce soit le cas. Non, elle était entrée dans la Résistance, elle portait des messages. Je ne l'ai su que lorsqu'il a été trop tard.

Je la regardais jouer avec le feu, redoutant ce qui allait suivre, étant donné ce que la vieille femme m'avait raconté. Mais Mme Le Calvez se leva d'un coup, et son ton redevint le ton dur et pragmatique dont elle usait habituellement avec moi.

— Pour provoquer l'accouchement, j'avais pris de l'huile de ricin. Ça m'a aidée.

Elle revint bientôt dans la pièce avec un petit flacon de verre marron et une cuillère à soupe.

— Deux cuillerées devraient faire l'affaire.

Elle brandit la bouteille et remplit la cuillère du liquide transparent. Je la saisis sans un mot, essayant d'empêcher mes doigts de trembler lorsque je la portai à ma bouche pour avaler cette huile à l'onctuosité écœurante.

Ce soir-là, avant de m'endormir, je priai pour que mon bébé arrive bientôt. Et en bonne santé. Je dormis mal, mes rêves et mes pensées de Sebastian se mêlaient, la réalité se confondant avec l'imaginaire. À un moment, je le vis, là, tenant notre bébé dans ses bras. Étais-je en train de rêver ? Ou de l'imaginer ? Je me languissais de lui au point que mon âme était tiraillée, mon corps déchiré.

48

Bretagne, avril 1945

Élise

Je fus réveillée par des douleurs lancinantes au ventre. Cette fois, ce n'était pas un rêve. C'était bien réel. Dieu merci, mes contractions avaient commencé. Je me levai aussitôt et je descendis à la cuisine, avec l'idée me préparer du café. Mais dans l'escalier, une douleur plus forte, plus violente, s'empara de mon corps. Elle me coupa le souffle et je m'arrêtai brusquement, pour m'adosser au mur et retenir ma respiration en attendant qu'elle passe. J'atteignis enfin la cuisine, où je pris une casserole que je remplis d'eau. Une autre vague de douleur déferla sur moi. Je haletai, cramponnée à l'évier pour me soutenir. Une fois la douleur passée, je m'assis, le temps d'essuyer la sueur de mon front et les larmes de mes yeux. J'étais à la merci de mon corps désormais et il ne fallait pas que je le combatte ainsi. Je devais respirer avec lui et me préparer pour la prochaine contraction.

Mme Le Calvez apparut dans l'embrasure de la porte.

— Ça a commencé, enfin ?

— Oui, répondis-je en la regardant, les yeux humides.

Elle fit le signe de la croix.

— Un bébé est un don de Dieu. Nous ne devons jamais l'oublier. (Elle s'interrompit pour m'observer.) Viens dans ma chambre. Tu y seras plus à l'aise.

Les bras enroulés autour de mon ventre, je la suivis jusqu'à sa chambre. Un grand lit occupait la majeure partie de la pièce, un fauteuil était rencogné dans un angle.

— Tu préfères t'asseoir ou t'allonger ?

Avant de pouvoir répondre, je me tordis sous l'effet d'une autre contraction. Je m'agrippai au dossier du fauteuil et tentai de respirer au rythme de la douleur. Mais elle me volait mon souffle et je ne pus que gémir de souffrance.

Mme Le Calvez prit sa montre sur la table de nuit.

— Il n'est que 4 heures. Je n'aime pas l'idée de faire venir la sage-femme si tôt le matin. Nous allons voir si nous pouvons attendre.

« Nous » ? avais-je envie de crier. *C'est moi qui vais l'avoir, ce bébé !* Je me retournai et je la regardai fixement, sentant la douleur refluer.

— Ce ne serait pas plus sûr de l'appeler ? Elle doit avoir l'habitude d'être réveillée.

— Elle n'habite qu'à vingt minutes d'ici. Chronométrons d'abord les contractions. Tu pourrais en être encore à plusieurs heures de l'accouchement.

— Quoi ?

— Je vais protéger le lit. Je ne veux pas que tu le salisses.

Elle ôta le couvre-lit et les couvertures, jeta un épais drap de coton sur le matelas.

— Attends, je vais aussi chercher des serviettes.

Je sentis la vague suivante déferler. Cramponnée au dossier du fauteuil, je me jurai de ne pas céder à la douleur, mais elle me pompa toute mon énergie et, quand elle s'estompa, je m'effondrai contre le fauteuil, essoufflée et épuisée. Des pensées désagréables affluèrent dans mon esprit : des histoires de femmes ayant passé plusieurs jours en travail, de femmes mortes en couches à force de souffrance. De bébés nés bleus.

Mme Le Calvez revint avec une pile de serviettes de couleur bordeaux qu'elle plaça sur le lit.

— Tu ferais mieux de t'allonger.

Maladroitement, je hissai mon corps encombrant sur le matelas, puis je m'assis, la tête appuyée contre la tête de lit. Jetant un coup d'œil à sa chambre, j'avisai la photo d'une jeune fille aux longs cheveux noirs, souriant à l'appareil avec confiance et bonheur. Sa fille, supposai-je.

Mme Le Calvez me tendit une tasse de tisane.

— Camomille, précisa-t-elle

Je secouai la tête, incapable de m'en saisir. La nouvelle vague était en route.

Elle reposa la tasse à côté du lit et prit ma main. Je serrai la sienne de toutes mes forces. Même si je la vis grimacer, j'aurais été bien incapable de la lâcher. J'avais besoin d'elle. Quand la douleur passa, elle regarda sa montre.

— Je vais chronométrer les contractions.

Elle me passa la tasse et je pris une gorgée de tisane, en essayant de ne pas me crisper dans l'attente de la prochaine déferlante. Au moment où elle survint, Mme Le Calvez se leva en regardant sa montre.

— Deux minutes d'intervalle.

— C'est bon signe ? haletai-je.

J'aurais aimé pouvoir attraper sa main à nouveau, mais elle se tenait trop loin.

— Elles ne sont pas encore très rapprochées, ça pourrait prendre un moment. Il faut que j'y aille. À mon avis, tu ne pourras pas m'aider aujourd'hui. Je vais devoir baratter le beurre moi-même.

J'avais envie de me moquer d'elle, pour avoir seulement pu envisager que je puisse travailler ce jour-là. Et j'avais envie de pleurer. *Ne me laissez pas !* Mais devinant l'inutilité de mes suppliques, je ne dis rien.

Deux heures seulement avaient dû s'écouler quand le soleil se leva, pourtant j'étais exténuée. Je sentis une présence dans la pièce. Un coup d'œil à la porte me révéla

Mme Le Calvez qui m'observait avec une expression que je ne parvenais pas à déchiffrer.

— Les contractions sont toujours espacées de deux minutes, déclara-t-elle. Ton bébé n'est pas pressé de sortir.

— Elle doit savoir qu'elle n'est pas la bienvenue ici, m'empressai-je de répliquer, sachant que la contraction suivante était en route.

Le spasme me souleva le dos du lit, tant il fut brutal, et je criai.

Elle s'approcha du lit.

— Ne résiste pas.

— S'il vous plaît ! Appelez la sage-femme !

Elle posa sa main fraîche sur mon front brûlant.

— Tout va bien se passer. Un accouchement peut être douloureux.

De nouvelles larmes jaillirent de mes yeux. Elle allait nous laisser mourir ici, mon bébé et moi.

— Laisse-moi t'examiner.

Elle vint se poster au pied du lit et posa une main sur mon ventre, tandis qu'elle insérait l'autre entre mes jambes. Elle se releva.

— Le col de ton utérus ne s'est pas encore ouvert.

Je rejetai la tête contre l'oreiller, étouffée par les larmes. Combien de temps allais-je supporter une torture pareille ? J'avais la tête qui tournait et je me sentais malade de douleur. Une fois de plus, elle quitta la pièce.

Le monde tourbillonnait autour de moi dans un flou de misère et d'agonie. Je ne saurais dire combien de temps passa, mais j'eus l'impression que ce furent des heures. La panique s'empara de moi et je hurlai :

— Je vous en prie ! Appelez la sage-femme !

Je sentis une serviette fraîche et humide sur mon front.

— Chut ! Laisse-moi regarder à nouveau.

Je tentai de me calmer alors qu'elle se penchait pour examiner à nouveau mon entrejambe. Elle se leva.

— Je vais l'appeler.

— Vous voyez sa tête ? demandai-je désespérément.

Mais elle était déjà partie. Je m'allongeai, heureuse qu'elle aille enfin appeler la sage-femme. Tout irait bien une fois que cette femme serait là. Elle saurait quoi faire.

Mme Le Calvez revint quelques minutes plus tard avec un gant de toilette humide que je coinçai entre mes dents. J'aspirai l'humidité qu'il contenait, transpercée par la contraction suivante. Cette fois, elle ne m'abandonna pas mais resta pour éponger mon front en sueur. Je fermai les yeux, le temps de rassembler tout mon courage.

Le coup frappé à la porte retentit comme une douce musique à mes oreilles. Mme Le Calvez quitta la pièce et revint avec un homme. Sa vue fit naître en moi une vague de terreur. Pourquoi n'avait-elle pas appelé la sage-femme ? Pourquoi avais-je besoin d'un médecin ?

Il me jeta un regard.

— *On va vous aider, madame**.

Consciente qu'il ouvrait une trousse à instruments, je fermai les yeux et je priai.

— Poussez ! cria-t-il. Poussez !

Je poussai de toutes les maigres forces qui me restaient, jusqu'à ce que mes yeux palpitent sous l'effort. Un spasme brûlant me secoua, qui me tira un nouveau hurlement.

— Encore ! cria-t-il. Poussez encore !

Je n'étais que douleur. Consumée… Mais je poussai encore. Puis, telle une vague déferlant sur moi, la souffrance disparut. Je m'écroulai sur le lit.

Et j'entendis alors un cri. Mon bébé était vivant ! Les larmes de douleur se transformèrent en larmes de joie. Puis vint le constat de Mme Le Calvez.

— C'est une fille.

— Je peux la tenir ? croassai-je.

— Je vais juste la nettoyer.

C'était encore le docteur.

— Non ! criai-je. Donnez-la-moi.

Je devais la voir. Je devais savoir qu'elle était réelle.

Il plaça l'enfant nue dans mes bras et j'enfouis mon visage dans le corps chaud de ma fille. Mes larmes se fondirent sur elle.

— Il ne t'arrivera rien de mauvais, promis-je.

Troisième partie

1963

49

Paris, mai 1963

Joséphine

Lorsque Joséphine se réveille, elle observe l'appartement d'Isabelle et d'Éric et se demande si elle pourrait être heureuse ici, à Paris. Un nouveau départ l'aiderait peut-être. Elle se réinventerait en tant que *Parisienne** chic au lieu d'être la paysanne qu'elle a l'impression d'être.

Éric entre, un sachet en papier dans les mains.

— Croissants ! Rien de tel que des croissants frais pour le petit déjeuner, non ?

Isabelle débarque à son tour, en robe de chambre. Elle embrasse Éric sur la joue et lui prend le sachet des mains.

— Comme c'est adorable ! Je vais préparer du café.

— Je me dépêche de faire ma toilette, annonce Joséphine en s'étirant.

Lorsqu'elle revient de la salle de bains, Isabelle a dressé la table – cafetière, croissants et confiture de fraises. Joséphine s'assied et Isabelle lui verse du café.

— J'ai pris une décision hier soir, annonce Joséphine en regardant Isabelle et Éric. Je ne vais pas faire des études d'ingénieur, comme maman le voulait. Je vais me consacrer à la littérature.

— Mais c'est palpitant ! s'écrie Isabelle en souriant. Tu vas adorer et tu seras la première de la famille à aller à l'université.

— Ah bon ?

Le mot « famille » a pris des connotations différentes depuis qu'elle a découvert qui était son vrai père.

— On ne peut pas en être sûrs. Peut-être que mon père y est allé, ou quelqu'un de son côté.

Elle se mordille la lèvre inférieure, pensant à cette famille qu'elle n'a jamais rencontrée, à l'instar de son grand-père ici, à Paris. Il la déteste probablement pour la simple raison qu'elle a un père allemand. Ses grands-parents ne lui ont jamais vraiment manqué, après tout, elle a toujours eu Soizic. Ce n'est pas comme si elle se sentait seule, mais elle ne peut s'empêcher de se demander comment il est, le seul homme de la famille à part Éric, lequel n'est même pas de leur sang. Oserait-elle demander à le voir ? Elle peut toujours poser la question. Il refusera de toute façon.

— Vous pensez que je pourrais rencontrer mon grand-père ?

Ses mots, clairs et concis, cachent l'anxiété qu'ils recèlent.

— Ce vieux bouc ! bafouille Éric. Je ne te le conseille pas.

— Éric ! proteste Isabelle en le fusillant du regard.

— Il a perdu la boule. Cela dit, je pense qu'il y a gagné. (Éric étale de la confiture sur son croissant.) Il râle moins qu'avant, ou alors il oublie ce sur quoi il a commencé à fulminer.

— Il a parfois l'esprit confus, c'est tout, le défend Isabelle.

— Il lui arrive de me mentionner ? demande Joséphine.

Éric et Isabelle la regardent.

— Non, répond finalement Isabelle. Je ne suis pas sûre qu'il se souvienne qu'il a une petite-fille. Et il ne parle jamais de ta mère.

— Il pourrait ne pas savoir qui je suis alors.

— C'est vrai, concède Isabelle, qui semble soupeser l'idée. Je pourrais poser la question à ta grand-mère, voir ce qu'elle en dit.

— Qu'est-ce que vous avez prévu d'autre pour aujourd'hui, les filles ? demande Éric qui change rapidement de sujet en essuyant les miettes aux commissures de ses lèvres.

— La tour Eiffel, le Louvre, déjeuner. Et shopping l'après-midi, répond Isabelle avec un sourire à Éric.

— Assure-toi d'acheter quelque chose de joli. N'oubliez pas que je vous sors, ce soir, les filles. Je vous retrouve vers 19 heures.

Éric se lève et se penche pour déposer un baiser sur le crâne d'Isabelle. Puis il se lave les mains dans l'évier de la cuisine et enfile une veste.

— *Au revoir, chéri**, lui lance sa femme alors qu'il quitte l'appartement.

Dès qu'il est parti, elle se retourne vers Joséphine.

— Si tu rencontres ton grand-père, je te préviens, il peut être assez grincheux. Et il crie beaucoup, car il est assez sourd.

— N'empêche que j'aimerais quand même le rencontrer.

— C'est normal, admet Isabelle qui remplit à nouveau leurs tasses de café et regarde Joséphine. Je suis désolée que nous n'ayons pas été une famille pour toi. J'espère que nous pourrons nous rattraper. Je téléphone tout de suite à maman.

Isabelle referme la porte de la cuisine derrière elle et va dans le couloir où se trouve le téléphone.

Joséphine partage un croissant beurré en deux et regarde la pâte s'étirer. Acceptera-t-il de la voir ? Elle imagine Isabelle au téléphone, qui cherche à convaincre sa grand-mère et elle éprouve déjà un sentiment de rejet. Elle est à deux doigts de se lever pour dire à Isabelle de ne pas se donner cette peine. Elle ne supportera pas d'entendre qu'il ne veut pas la voir, à cause de l'homme qu'est son père. L'injustice de cette situation la met en rage. Elle n'est même plus certaine de désirer le rencontrer.

— C'est bon, annonce Isabelle en revenant dans la pièce. On peut y aller ce matin. Ta grand-mère dit qu'il ne saura probablement pas qui tu es de toute façon, mais au moins, tu pourras le voir. On te présentera simplement comme Joséphine, on verra ce qu'il en dit. Il ne s'intéresse plus vraiment aux gens.

Joséphine tartine une cuillère de confiture sur son croissant et le mange tout en réfléchissant.

— Il est très diminué, continue Isabelle. Il dépend de ta grand-mère pour tout.

Joséphine avale le morceau de croissant.

— À quoi bon s'il ne sait pas qui je suis ?

— C'est à toi de décider, Joséphine. Je croyais que tu avais envie de le voir.

— D'accord.

Elle repousse ses doutes en se disant qu'au moins, sa grand-mère sera heureuse de sa visite, si elle en croit Isabelle.

Une heure plus tard, elles traversent le jardin du Luxembourg pour se rendre chez ses grands-parents. Isabelle prend la main de Joséphine.

— C'est une journée magnifique. J'ai hâte de te montrer Paris.

Quelqu'un crie : « *Out !* », ce qui fait sursauter Joséphine. Puis le bruit d'une balle de tennis que l'on frappe retentit à nouveau. Elles continuent à marcher le long des allées bordées de châtaigniers, s'arrêtant pour regarder un groupe d'hommes en béret qui jouent à la *pétanque**. Lorsqu'elles passent près du grand bassin devant l'imposant hôtel particulier, elles voient des badauds assis deux par deux, l'un en face de l'autre, sur des chaises métalliques : ils jouent aux échecs.

— Ça va ? s'enquiert Isabelle qui serre la main de sa nièce.

Pas vraiment. Ce serait la bonne réponse, au lieu de quoi, Joséphine déclare :

— Oui, ça va, merci.

Elles quittent bientôt le parc pour tourner sur la place Saint-Sulpice, où de l'eau jaillit d'une fontaine. Isabelle indique une petite ruelle de l'autre côté et elles s'éloignent de la fontaine. Hors d'haleine, Joséphine suit Isabelle. Elles s'arrêtent bientôt devant une grande porte de bois bordeaux. Isabelle appuie sur la petite cloche libérant le loquet, pour qu'elles puissent franchir l'entrée principale, puis elle presse la sonnette à côté du nom « Chevalier ». Le nom de Joséphine.

Sa grand-mère ouvre la porte, bras écartés pour les accueillir. Ses yeux marron foncé sont chaleureux et de petites fossettes creusent ses joues affaissées. Elle l'embrasse.

— *Bonjour, Joséphine. Bienvenue**. Je suis très heureuse que tu sois enfin venue à Paris.

Joséphine est soulagée de découvrir sa grand-mère aussi contente de la voir et son appréhension s'estompe. Elle embrasse sa joue douce et molle, savourant la sensation d'être ainsi accueillie.

Elles la suivent dans la cuisine.

— Je vais préparer du café, propose-t-elle. Asseyez-vous. Comment s'est passé ton voyage, Joséphine ? C'est loin, Trégastel.

— Bien, merci. J'adore les trains.

En fait, elle aimerait parler de son père.

— Isabelle m'a dit que tu étais au courant maintenant, pour ton père.

Mamyne semble avoir lu dans ses pensées et Joséphine se sent exposée, comme si ses tourments et son chagrin étaient tous imprimés sur son front.

— Ça a dû être un choc pour toi.

— Oui, convient Joséphine.

Elle n'a pas réussi à expliquer à qui que ce soit que sa mère n'est même pas au courant qu'elle sait, ni même qu'elle se trouve à Paris. Son mensonge involontaire devient de plus en plus difficile à arrêter.

Sa grand-mère exerce une pression sur sa main.

— Je suis contente que tu sois au courant. Je n'ai jamais été d'accord pour te cacher la vérité.

Isabelle soupire bruyamment, à l'évidence agacée par sa mère, et se lève.

— Si on passait au salon maintenant, pour que Joséphine puisse rencontrer son grand-père ?

— Mais naturellement. (Mamyne prend la main de Joséphine.) Mais sache qu'il lui arrive d'être très désorienté.

Elle les conduit dans le salon, où un vieil homme est assis dans un fauteuil, un journal posé sur les genoux. Il lève de grands yeux marron. La grand-mère de Joséphine se penche sur lui pour lui crier à l'oreille :

— Isabelle est venue nous rendre visite.

Il acquiesce et Isabelle embrasse sa joue marbrée. Puis elle s'écarte.

— J'ai amené quelqu'un qui voulait te voir. (Les yeux du vieil homme se braquent immédiatement sur Joséphine, qu'ils fixent d'un regard d'acier.) Je te présente Joséphine, annonce Isabelle avec un sourire crispé. Ta petite-fille.

Joséphine ne s'attendait pas à ce que sa tante en dise autant. Elle baisse les yeux vers le sol, gênée d'être l'objet d'un examen aussi attentif. Pourrait-il imaginer qu'elle est l'enfant d'Isabelle ? Il cherche à se lever, mais ses jambes sont si fines qu'elles semblent à peine capables de le soutenir. Sa grand-mère s'avance, lui saisit un bras tandis qu'Isabelle s'empare de l'autre et, ensemble, elles l'aident à se mettre sur pied.

— Viens ici ! crie-t-il. Laisse-moi te voir.

Hésitante, Joséphine s'avance encore d'un pas, effrayée par les grands yeux de ce vieil homme, qui semblent disproportionnés par rapport à son petit corps frêle. Elle se sent mal à l'aise et gauche.

— C'est ma petite-fille, n'est-ce pas ? demande-t-il à sa femme, entre deux inspirations sifflantes. Est-ce que je n'ai qu'un seul petit-enfant ?

— Oui.

— Comment tu as dit qu'elle s'appelait ?

— Joséphine, murmure sa femme.

— Élise, murmure-t-il. Oui. Je la vois en toi. (Il tend une main tremblante, comme pour la toucher, mais sans y parvenir tout à fait.) Tu as la même…

Il s'interrompt, tousse dans un mouchoir en coton. Puis il s'arrête brusquement et lève la tête, le regard alerte.

— J'espère que tu as la tête mieux faite que ta mère. Elle a toujours été si… si têtue. Ça a fini par lui attirer des ennuis. Je savais que ça arriverait. Tu as les yeux de ton père. Je n'ai jamais oublié ses yeux, ajoute-t-il en plissant les paupières pour mieux l'examiner.

— Mais tu ne l'as jamais rencontré, papa, objecte Isabelle qui s'avance et lui touche l'épaule.

La confusion se peint dans le regard de son grand-père, qui fronce les sourcils. Puis le froncement de sourcils disparaît, parce qu'il éclate de rire. Lorsqu'il s'affale contre le dossier de sa chaise, son rire se transforme en sifflement.

Isabelle disparaît et revient avec un verre d'eau. Elle le lui tend. La peau distendue du dos de ses mains tremble lorsqu'il s'empare du verre. Un silence gêné emplit la pièce pendant qu'il boit une gorgée. Il déglutit bruyamment. Sa pomme d'Adam ne cesse de monter et descendre.

— C'était il y a longtemps, reprend-il d'une voix plus forte. Mais je n'ai jamais oublié.

— Quoi, papa ? demande Isabelle qui lui agrippe l'épaule.

— Tu te souviens ? (Il élève la voix, en regardant sa femme.) Quand je suis revenu ?

— Oui, répond-elle. Je me souviens. Tu étais si maigre et si fatigué que j'ai eu du mal à te reconnaître.

— Oui ! Ces fichus Boches ont essayé de me tuer.

Il se retourne vers Joséphine, pour la fixer à nouveau du regard.

— Il avait les mêmes yeux bleus. Exactement comme les tiens.

La grand-mère de Joséphine s'avance.

— Qui ? Qui avait les mêmes yeux bleus ?

Le tranchant de cette voix fait sursauter le vieil homme.

— Qui ? répète-t-elle.

Il semble peu sûr de lui, comme s'il perdait le fil de ses pensées. Puis ses yeux s'illuminent.

— Son père, répond-il en fixant Joséphine. Son père.

50

Paris, mai 1963

Joséphine

Joséphine porte une main à sa poitrine. Elle a l'impression que son grand-père est entré en elle et a enroulé ses doigts froids et flétris autour de son cœur.

— *Mais c'est pas possible** ! lâche sa grand-mère dans un demi-chuchotement. Tu ne peux pas l'avoir vu !

— Je l'ai rencontré ! s'écrie-t-il en se retournant vers sa femme. Il est venu ici !

— Impossible ! hurle-t-elle. Il était mort !

Le monde de Joséphine part à la dérive. Elle ne comprend pas comment il a pu rencontrer son père. Personne ne comprend.

— Quand ? demande-t-elle. Quand est-il venu ici ?

— Laisse-moi réfléchir. (Il plisse à nouveau le front, ce qui y fait naître une ride profonde.) C'était en hiver, après Noël. Tu étais partie, précise-t-il à l'intention de sa femme. En Bretagne. Il est venu ici, il cherchait Élise.

— De quoi parles-tu ?

La voix de Mamyne s'est brisée. Le vieil homme se penche, secoue la main, comme pour balayer ses mots.

— Tu ne m'écoutes jamais.

Il s'affaisse lourdement dans son fauteuil, privé de toute son énergie.

Joséphine s'accroupit et pose une main sur le genou du vieil homme.

— Tu te souviens de l'année ?

— C'était après la guerre. Deux ans… Ou peut-être trois. C'était il y a longtemps. Je ne me rappelle plus exactement.

La grand-mère de Joséphine recule d'un pas chancelant, tend les bras comme pour chercher un appui. Isabelle passe les bras autour de sa mère.

Le vieil homme les regarde toutes les deux.

— Pour l'amour de Dieu, qu'est-ce qui cloche, chez vous, les bonnes femmes ? (Il soupire et se tourne à nouveau vers Joséphine.) Il avait des yeux bleu vif. *Putain de Boche**. Je l'ai envoyé balader. Il a eu de la chance que je ne le tue pas.

Joséphine a la gorge nouée en regardant son grand-père.

— C'était mon père.

Il n'était pas mort ! Il était vivant à l'époque et il est peut-être encore en vie. Cette pensée fait déferler une onde de choc le long de son échine, qui se propage dans tout son corps comme si quelqu'un venait de la soulever, de la secouer et de la replacer sur le sol, pour créer une personne différente.

— Oui ! Ton père ! Le Boche ! Je lui ai dit qu'Élise avait été fusillée ! Ça lui a servi de leçon, à ce salaud. Ensuite il est parti. Je ne l'ai jamais revu.

Isabelle se tourne vers lui.

— Comment tu as pu ? crie-t-elle. Tu te rends compte de ce que tu as fait ?

La grand-mère de Joséphine s'extirpe des bras d'Isabelle et fait un pas vers son mari. Elle tremble, le visage empourpré.

— Tu lui as dit qu'Élise était morte ?

— Oui ! crie-t-il. Et toutes ces satanées lettres ont cessé d'arriver.

— Quelles lettres ? Quelles lettres ? hurle sa femme.

Les épaules du vieil homme s'affaissent et il s'adosse à son fauteuil comme si cette conversation l'avait complètement vidé.

— Quelles lettres ? répète Joséphine.

Son grand-père secoue la tête.

— Pas de lettres. Je mélange tout.

La grand-mère de Joséphine se laisse tomber sur le canapé.

— Qu'est-ce que tu as fait ? Mais, qu'est-ce que tu as fait ?

Il secoue la tête, la chair flasque de ses joues tremblote.

— Ah, les bonnes femmes ! crie-t-il. Qu'est-ce qui cloche chez vous ? Toujours à faire un drame pour rien. Vous auriez dû être là ! Vous auriez dû voir ce qu'ils nous ont fait.

Il ferme les yeux, suggérant qu'il est incapable d'en supporter davantage.

Isabelle attrape le bras de Joséphine et la hisse sur ses pieds.

— Deux ans après la guerre… Il est peut-être encore en vie !

Le sang tambourine dans les oreilles de Joséphine. Son père pourrait être quelque part. N'importe où.

— De quelles lettres parle-t-il ?

— Je n'en sais rien, répond Isabelle en serrant le bras de Joséphine. Laisse-lui une minute. Il est épuisé.

Joséphine regarde la poitrine du vieil homme qui se soulève et s'abaisse comme si l'effort de la respiration était trop important. Il a les yeux fermés, si bien qu'on le dirait endormi. Mais elle est impatiente.

— Mon père a sans doute écrit des lettres. Oui, il a dû écrire à maman.

Isabelle acquiesce sans mot dire.

Joséphine ravale péniblement la boule qu'elle a dans la gorge. Si elles parviennent à mettre la main sur ces lettres, elles découvriront peut-être le reste de son histoire.

51

Paris, mai 1963

Joséphine

— Nous avons son nom. La Croix-Rouge pourra le retrouver.

Joséphine pense pouvoir apprendre ce que son père est devenu dans les lettres et un frisson d'excitation lui chatouille la nuque. Elle hésite : pourquoi sa mère n'a-t-elle pas essayé de le retrouver ?

— Pourquoi maman ne l'a-t-elle pas cherché après la guerre ?

La voix de Joséphine semble faible et lointaine à ses propres oreilles, aussi intimidée que si elle n'était pas fondée à poser ces questions, comme si elle n'en avait pas le droit.

Sa grand-mère secoue la tête.

— Nous pensions qu'il avait été tué. Nous en étions sûres. Quand ils l'ont emmené… cette violence. C'était effrayant. Et elle n'a plus jamais entendu parler de lui.

Une toux aiguë et dure en provenance du salon se fait entendre jusque dans la cuisine.

— Reste ici, dit la grand-mère de Joséphine. J'y vais.

« Cette violence. » Même si Joséphine veut savoir la vérité, elle a peur. Qu'a bien pu faire son père ? Qu'a-t-il souffert ? Cependant son désir de le connaître est plus fort que tout et, maintenant qu'elle est si proche, son impatience grandit. Elle se lève et se dirige vers le salon, coulant un regard derrière la porte. Sa grand-mère sert un verre d'eau à son grand-père, qui enroule les doigts autour. Elle est surprise par la tendresse du geste.

— Tu t'es assoupi, l'entend-elle dire. Tu nous parlais de ces lettres.

— De ces lettres ? répète-t-il en lui agrippant la main. Je vous en ai parlé ?

— Oui, confirme-t-elle avec une caresse sur son crâne chauve. Tu as parlé des lettres du père de Joséphine. Où les as-tu mises, déjà ?

— Où je les ai mises ? répète-t-il en secouant la tête.

Joséphine arrête de respirer, terrifiée à l'idée qu'il ne se rappelle plus, ou qu'il refuse de le révéler. Ou pire : qu'il les ait détruites.

— Oui, répond-il d'une voix si basse qu'elle l'entend à peine. Je les ai rangées.

— C'est ce que tu as dit, ment sa grand-mère. Où est-ce que tu les as rangées ?

Il fronce les sourcils et plonge ses mains burinées sous sa chemise pour en sortir une clé au bout d'une ficelle.

— Il fallait que je les cache, explique-t-il en fixant la clé, autour de laquelle il enroule les doigts. Il le fallait, sinon tu les lui aurais données.

— Oui, le cajole-t-elle. Tu protégeais ta famille.

Il acquiesce.

Pourtant même Joséphine perçoit le doute et la confusion du vieil homme.

Mamyne lui prend doucement la clé des mains et fait passer la ficelle au-dessus de la tête de son mari.

— C'est la clé de ton tiroir, à côté du lit ?

Il opine, s'affaisse sur sa chaise et laisse échapper un long soupir, comme s'il était soulagé d'un grand poids.

Sa grand-mère se dirige vers la porte. Joséphine recule pour la laisser sortir.

— Tu as écouté notre conversation ?

— Oui.

Le cœur de Joséphine bat de façon saccadée, comme les ailes d'un oiseau piégé. Elle suit sa grand-mère dans la chambre. Les doigts tremblants, celle-ci insère la clé, la fait tourner pour ouvrir le tiroir de bois. Joséphine retient son souffle. Des enveloppes bleu clair sont éparpillées là. Leurs timbres contiennent tous la tête de l'ancien roi d'Angleterre. Joséphine se penche en avant, pour passer les mains dessus, sachant qu'elles renferment l'histoire de son père. Elle les caresse, comme si elle avait découvert quelque chose de précieux.

Le souffle rauque de son grand-père brise le silence. Il est debout dans l'embrasure de la porte. Il tremble de la tête aux pieds et la regarde avec des yeux qui trahissent son incompréhension, comme s'il ne se rappelait plus qui elle est ou ce qu'elle fait là. Il fronce les sourcils, son front se creuse de rides profondes, puis il secoue la tête.

— Élise, lâche-t-il en fixant Joséphine, je les ai cachées pour ton bien. Je ne pouvais pas avoir un Boche dans la famille.

52

Paris, mai 1963

Joséphine

La haine de tout ce qui est allemand, que le grand-père de Joséphine avait abritée dans son cœur, devait être dévorante, puisque tout ce qui tombait tant qu'il l'assouvissait n'était vu que comme un dommage collatéral. Joséphine était un dommage collatéral. Sa mère aussi.

Elle reste éveillée cette nuit-là, à repenser à toutes ces lettres, cachées depuis tant d'années, lettres qui auraient pu permettre de retrouver son père, de les réunir, sa mère et lui. Que contiennent ces lettres ? Elles sont glissées dans une pochette marron au fond de sa valise, prêtes à être rapportées à sa mère. Mais si elle en ouvrait une ? La dernière. Il pourrait s'y trouver une adresse, un indice qui lui indiquerait si son père est encore en vie, et même où il pourrait habiter. Ne mérite-t-elle pas de savoir ? N'est-ce pas son droit ?

Repoussant les draps, elle se lève du canapé et, dans l'obscurité, suit le mur, tâtonnant pour trouver l'interrupteur. Une fois que la pièce est inondée de lumière, elle se dirige vers sa valise. Elle l'ouvre et ses mains y plongent avec avidité, pour en sortir la pochette. Elle la vide, éparpillant les fines enveloppes bleues sur son lit, puis elle vérifie les cachets de la poste et les range dans l'ordre chronologique. La première est datée du 14 mai 1945, soit un mois après sa naissance, six jours après la capitulation de l'Allemagne. Et la dernière est datée du 15 janvier 1948. Près de trois ans de lettres. Cent une au total. Chaque lettre se compose d'une seule feuille de papier très fine, repliée pour constituer une enveloppe, aussi légère que possible afin d'être transportée par avion. Impossible d'en ouvrir une et de la refermer sans la déchirer. Elle les rassemble et les remet dans la pochette.

Lorsque Joséphine se réveille le lendemain matin, Isabelle est assise dans le fauteuil, en train de boire un bol de café. Elle se lève et embrasse sa nièce.

— Du café ?

Joséphine étire les bras au-dessus de sa tête et bâille.

— Oui, s'il te plaît.

Elle suit Isabelle dans la cuisine, où sa tante lui remplit un bol.

— Aujourd'hui, je pensais t'emmener aux Tuileries. On pourrait se promener dans les jardins jusqu'au Louvre. Ça te dirait de voir la *Joconde* ?

— La *Joconde* ? (Joséphine n'en a plus rien à faire de la *Joconde*.) Je ne suis plus vraiment d'humeur à faire du tourisme. J'aimerais rentrer et donner les lettres à maman.

Joséphine a hâte de savoir ce qu'elles contiennent.

— Mais tu as à peine vu Paris ! s'écrie Isabelle, l'air déçue. Tu ne vas pas rentrer déjà. Ces lettres ont attendu jusqu'à aujourd'hui. Elles peuvent attendre encore un jour ou deux. De toute façon, ta mère ne sera pas de retour avant samedi.

— Il faut que j'aille au fond des choses.

Joséphine n'aime pas décevoir sa tante, toutefois elle ne peut s'empêcher de penser au potentiel contenu de ces lettres. D'un autre côté, impossible de les ouvrir avant le week-end.

— Mon grand-père est complètement fou, non ? Et cruel. Il les a séparés.

— Il a souffert. Et il était en colère. Il faut se souvenir de ce qu'il a traversé. Il a été prisonnier pendant trois ans. Ça ne l'a certainement pas amélioré.

Isabelle se tourne vers la cuisinière et verse du lait chaud dans le café de Joséphine. Celle-ci s'empare de son bol et elles retournent au salon, où elles s'asseyent dans un fauteuil, les pieds repliés sous elles. L'image de son grand-père est très présente dans l'esprit de Joséphine : ses grands yeux incapables de se fixer sur quoi que ce soit, ses froncements de sourcils, sa confusion, ses cris. Mentir comme ça, prétendre que sa propre fille était morte… Comment a-t-il pu agir ainsi ?

— Je t'en prie, ne rentre pas tout de suite, Joséphine. Tu devrais profiter de Paris, sans te soucier de ce qui s'est passé il y a si longtemps. C'est du passé, tout ça, insiste Isabelle qui regarde Joséphine avec pitié. Je sais que tu veux en savoir plus sur ton père, mais tu auras tout le temps plus tard.

— Il faut que je sache s'il est vivant ou non.

— Je suis désolée d'être aussi dure, mais n'est-ce pas trop tard ? Il n'a pas été là pour te voir grandir.

— Non ! Ce n'est pas trop tard.

Des larmes inopinées lui montent aux yeux. Personne ne semble comprendre ce qu'elle ressent.

— Je suis désolée !

Isabelle pose son café sur la table basse et écarte aussi la tasse de Joséphine, pour lui passer un bras autour de l'épaule et la serrer fort.

— J'ai manqué de délicatesse. Bien sûr que cette découverte a tout chamboulé. Si tu veux rentrer chez toi, on te trouvera un train. Paris peut attendre.

— Merci, murmure Joséphine en se ressaisissant. (Elle s'écarte d'Isabelle, le temps de s'essuyer les yeux.) Je pourrais rentrer vendredi.

Sa tante sourit et l'embrasse sur la joue.

— Oui, c'est beaucoup mieux. Ne pars pas précipitamment alors que tu viens à peine d'arriver.

— Personne ne parle de ce qui s'est passé, n'est-ce pas ? Pendant la guerre, je veux dire.

Joséphine a encore envie d'en parler, elle a du mal à imaginer ce que cela a dû être, comment cette tragédie a pu affecter les gens.

Isabelle soupire, suggérant que ce n'est pas une conversation qu'elle a envie d'avoir.

— Il y avait tellement de choses que nous voulions oublier. Et on a entamé une nouvelle ère, dorénavant. On a beaucoup de liberté. Tu ne peux pas imaginer ce que c'était à l'époque. (Elle baisse la voix.) On n'était plus que des citoyens de seconde zone. Pire que des citoyens de seconde zone. On n'avait aucun droit. On avait toujours faim, mais le pire, c'était la peur. On pouvait être arrêtés pour rien, ou juste sur un soupçon. On en était réduits à se réjouir de ne pas être juifs. Tu as déjà demandé à ta mère ce qu'elle a fait pendant la guerre ? ajoute-t-elle après une pause.

— À part coucher avec l'ennemi ?

— Tu ne l'as pas questionnée, n'est-ce pas ?

— Elle n'a jamais voulu en parler.

— Tu devrais lui demander. Interroge-la quand tu rentreras.

53

Bretagne, juin 1963

Élise

Je me réveille en sursaut. Encore ce rêve récurrent. Celui où je ne trouve Joséphine nulle part. Je cours autour des rochers, la cherchant désespérément, mais chaque fois que je pense l'avoir trouvée, je ne découvre qu'un endroit vide et sombre à l'ombre des rochers. Je crie son nom, malheureusement il se perd dans le vent. Et c'est ce cri qui me ramène dans le monde réel. Je me réveille avec son nom mourant sur mes lèvres.

Bien sûr, je suis terrifiée à l'idée de la perdre. C'est une peur viscérale qui me vient de l'époque où elle n'était qu'un bébé et où je devais la quitter chaque semaine. Elle a dû apprendre dès son plus jeune âge à vivre sans moi. Peut-être qu'elle est devenue trop douée pour ça. J'aimerais qu'elle ait plus besoin de moi. Elle est tout pour moi, elle est mon univers.

Les mouettes crient fort et je sais que je ne me rendormirai pas, alors je me glisse hors du lit et descends à la cuisine. M. Beaufort est déjà debout, en train de se préparer des toasts.

— On est samedi, déclare-t-il comme si je ne le savais pas. Je peux vous déposer à la gare à midi aujourd'hui.

À Lannion, Soizic attend à sa place habituelle, devant la gare. J'ouvre la portière et m'installe sur le siège passager.

— Élise, dit-elle avant de faire démarrer le moteur, il s'est passé quelque chose cette semaine.

Une crainte glacée se répand dans mon esprit quand je prends conscience de l'intonation avec laquelle elle a prononcé mon nom.

— Quoi ? demandé-je, avec un effroi grandissant.

— Joséphine a trouvé son acte de naissance.

— Quoi ! (L'effroi se solidifie au creux de mon ventre.) Comment ?

Oh, mon Dieu, comment ai-je pu être aussi stupide, ne pas le voir venir !

— Elle l'a cherché. Tu aurais dû mieux le cacher.

Des vagues de culpabilité et de peur déferlent quand j'imagine le choc qu'elle a dû ressentir.

— Elle a vu le nom de son père. Est-ce qu'elle va bien ? Qu'est-ce qu'elle a dit ?

— Elle est bouleversée.

— Elle doit me détester !

Quelle idiote j'ai été, de lui cacher la vérité pendant si longtemps.

— Je lui ai dit que tu t'apprêtais à tout lui dire, que c'était moi qui t'en avais empêchée, réplique-t-elle avant de s'interrompre, la main sur le contact, mais sans démarrer pour autant. Il y a plus, Élise. Elle est allée à Paris. Chez Isabelle. Et elle est déjà rentrée.

Paris ? Déjà rentrée ? Comment tout cela a-t-il pu arriver en cinq jours ?

— Vous l'avez laissée aller à Paris ?

Ma question sonne comme une accusation, et c'en est une.

— Je n'ai pas pu l'en empêcher. Tu sais comment elle est.

— J'aurais dû lui en parler il y a longtemps. (Je me mords la lèvre inférieure.) Je n'aurais jamais dû vous écouter.

— C'était impossible, rétorque Soizic en secouant la tête comme pour tenter de se convaincre elle-même. Nous avons fait ce qu'il fallait. Tu aurais été ostracisée, et Joséphine…

Regarde comment ils ont traité ce pauvre Albert. Même ses professeurs l'ont ignoré, ou puni pour rien. La honte aurait été insupportable.

Le voilà encore, ce mot pour désigner ce que j'ai été amenée à ressentir. *La honte**. La honte qui m'a suivie ici depuis Paris. La honte qui m'a obligée à mentir à ma fille, à lui refuser le nom de son père. Je me déteste d'y avoir cédé, de l'avoir laissée diriger ma vie.

— Et quel aurait été le but ? continue Soizic. Il n'est jamais revenu ! Tu as dû affronter la situation toute seule.

— Ce n'était pas sa faute !

— Il aurait dû se montrer plus prudent, faire plus attention à toi.

— Non ! C'est moi qui aurais dû faire plus attention à lui. C'est ma faute. Tout est ma faute. J'ai tout gâché et maintenant, j'ai peur de perdre ma fille.

Soizic me dévisage longuement.

— Tu dois te pardonner, Élise.

Comment peut-elle me parler de pardon ?

— Quoi ? Allons-y. Il faut que je la voie.

J'ai tellement envie de tenir Joséphine dans mes bras que j'en éprouve une douleur quasi physique.

Soizic démarre. Mes mains se serrent sur mes genoux, leurs jointures blanches et osseuses me regardent. Mon besoin d'être avec Joséphine est pressant, mais Soizic conduit aussi lentement que si elle redoutait de regagner la maison. Un silence pesant emplit le petit espace qui nous sépare, tandis que la boule de peur grossit au creux de mon estomac.

— Il y a autre chose que vous vouliez me dire, Soizic ? demandé-je.

— Joséphine a rencontré son grand-père.

— *Quoi** ! Mais pourquoi diable ?

J'imagine maintenant mon père, qui lui hurle des obscénités. Isabelle aurait dû savoir qu'il ne fallait pas l'emmener là-bas.

— C'est elle qui a insisté pour le rencontrer. (Elle me coule un regard en coin.) Je devrais laisser Joséphine te le raconter.

— Me raconter quoi ? Que s'est-il passé ?

Soizic tourne les yeux vers la route et regarde résolument devant elle.

— Attendons d'être rentrées à la maison.

— S'il vous plaît, dites-moi.

— *Bien**, mieux vaut que tu sois préparée.

J'en frissonne jusque dans la colonne vertébrale.

— Préparée à quoi ?

— Joséphine a découvert des lettres.

— Quelles lettres ?

Soizic laisse échapper un long soupir et change de vitesse pour négocier le virage suivant.

— Des lettres de… de son père. Pour toi.

— De Sebastian ? De quoi parlez-vous ? Il n'y avait pas de lettres. Il n'a jamais écrit.

— Si, se contente-t-elle de répliquer, les yeux fixés sur la route.

Mon cœur bat la chamade, les mots s'amassent dans ma gorge et me suffoquent.

— Il t'a écrit, mais ton père a intercepté les lettres avant que quelqu'un les voie. Il les a cachées.

— Je croyais qu'il était mort ! m'écrié-je d'une voix aiguë. (Hors de moi, je tente de respirer.) Arrêtez la voiture !

Je veux en sauter. Je veux courir.

— Calme-toi. Je vais me garer.

Je me contiens à grand-peine pendant qu'elle cherche un endroit où stopper la voiture. Elle s'engage dans un petit chemin conduisant à une ferme. Dès qu'elle a coupé le moteur, j'ouvre la portière et je me précipite dehors, à moitié suffocante.

— Je croyais qu'il était mort ! crié-je.

Je suis consciente que Soizic se tient tout près. Elle me touche l'épaule, mais je repousse sa main.

— Il n'est pas mort ? hurlé-je.

— Nous ne savons pas. Nous n'avons pas encore ouvert les lettres. Elles te sont adressées. C'est Joséphine qui les a.

Soizic parle à coups de phrases courtes, comme pour gommer tout lien entre ces informations.

— Il est vivant ? demandé-je, plus à moi-même qu'à Soizic. Il est vivant ? (Le désir de savoir m'enflamme, prenant le dessus sur ma peur et ma colère.) Il faut que je voie ces lettres. Maintenant.

Et je regagne la voiture.

Nous gardons le silence pendant les minutes qui suivent et moi, j'essaie d'assimiler tout ça. S'il a écrit des lettres, c'est qu'il n'est pas mort.

— Mon père a caché ces lettres ?

Est-ce possible ?

Soizic pose une main sur mon genou, les yeux concentrés sur la route.

— Je suis désolée, il aurait mieux valu que je me taise. J'aurais dû attendre qu'on soit rentrées à la maison.

Des larmes ruissellent sur mon visage.

— Je n'ai même pas essayé de le chercher ! Je n'ai même pas essayé de le chercher ! répété-je, plus pour moi-même que pour Soizic.

La culpabilité et le chagrin me submergent comme une vague qui m'entraîne vers le fond. J'ai du mal à respirer à cette pensée. Je me penche en avant pour poser la tête entre mes genoux.

54

Bretagne, juin 1963

Élise

— Élise, fait Soizic d'une voix pleine d'inquiétude. Nous sommes presque arrivées.

Je lève la tête. Comment vais-je tenir le coup ?

Nous tournons dans l'allée. Joséphine se tient là, fouettée par le vent qui fait voler ses cheveux blonds autour de son visage. Elle a l'air pâle et fragile dans sa robe d'été délavée. Elle tient une grande pochette marron. Les lettres sont dedans. Je le sais.

Le cœur battant, j'ouvre la portière et je sors de la voiture.

— Je suis désolée, Joséphine.

Ma main vole dans l'espace qui nous sépare, désireuse de la toucher, de la serrer dans mes bras, de voir ce qu'il y a dans l'enveloppe. Mais elle se détourne de moi, le regard flamboyant de fureur.

— Pourquoi tu ne m'as rien dit ?

Ses mots sont tranchants, mais au-delà, je sens de la douleur.

— Je voulais le faire ! Je le voulais, Joséphine.

Mes mots sortent entre deux halètements. Ils ne lui disent pas ce que je veux lui faire comprendre, combien je brûlais de lui révéler la vérité, combien ce secret me rongeait de l'intérieur.

— Tu aurais dû, déclare-t-elle tout simplement, comme si cela n'avait été qu'une formalité.

Elle ne peut pas comprendre ce que nous avons vécu, moi, comme nous tous.

Mon regard l'abandonne pour aller se poser sur la pochette dans sa main.

Elle la soulève sans pour autant me la tendre.

— Soizic t'a parlé des lettres ?

Je me mordille la lèvre inférieure et acquiesce, comme si nos rôles s'étaient inversés et que c'était moi l'enfant.

— J'en étais sûre, lâche-t-elle en me tendant l'enveloppe.

Puis elle recule, se grattant le front avec son auriculaire, comme elle avait coutume de le faire, enfant, lorsqu'elle était confuse.

— On dirait que cette famille cache encore plus de secrets.

Ses yeux passent sur la pochette.

Je la retourne entre mes mains, percevant la vie qui vibre en elle, les réponses aux questions que je me pose depuis l'aube où ils ont emmené Sebastian. Je me retourne vers Joséphine, mais son regard demeure distant. Même si je brûle d'ouvrir l'enveloppe, j'ai peur.

— Élise, dit Soizic dans mon dos, pourquoi n'entres-tu pas pour les ouvrir en haut ?

— Vas-y, renchérit Joséphine. Va les ouvrir. Ce ne sont pas mes affaires, après tout.

J'entends sa douleur.

— Viens avec moi, Joséphine. Nous pouvons les ouvrir ensemble.

D'une main, je serre la pochette contre ma poitrine, de l'autre, je me saisis de la main de Joséphine. Elle est raide et peu coopérative, mais elle ne la retire pas.

— Ces lettres me sont adressées, mais elles nous appartiennent à tous les deux. Ce n'est pas seulement mon histoire. C'est aussi la tienne.

Je sens sa main s'adoucir. Il ne devrait plus y avoir de secrets entre nous et je veux que nous fassions cela toutes les deux, que nous découvrions la vérité ensemble. Nous entrons dans la maison, Soizic derrière nous.

— Je m'occupe du déjeuner, annonce Soizic qui reste à la cuisine, tandis que Joséphine et moi passons dans le salon.

Je lâche sa main et ouvre la pochette marron, avant de la vider sur la table basse. De fines enveloppes bleues en tombent. Il doit y en avoir plus de cent.

Je recule, prenant mon visage entre mes mains. Un gémissement s'élève de mon ventre. Je porte un doigt à mes lèvres, pour les serrer l'une contre l'autre et ravaler mon hurlement. Un sanglot s'échappe de ma gorge.

Heureusement, Joséphine reste où elle est. Si elle me touche, je vais perdre le contrôle. Je tombe à genoux devant la table, sans pour autant oser toucher les fragiles morceaux de papier, de peur qu'ils ne disparaissent, qu'ils ne soient pas réels, mais le fruit d'un rêve. Je fixe la table et je sens le temps se rembobiner. Le monde tangue, je glisse en arrière. Je me concentre sur Joséphine, sur le fait qu'elle soit là avec moi, et je tente de m'accrocher. Je tends une main tremblante, dans l'espoir qu'elle s'en saisisse.

Ce qu'elle fait. Et je suis ramenée en arrière. Serrant fort sa main, j'oblige les mots à sortir de ma gorge nouée.

— Il y en a combien ?

— Cent une. Je vais les classer par ordre chronologique.

Elle les déplace habilement sur la table, en pose certaines sur le sol pour les ramasser plus tard et les remettre à leur place. Le seul bruit audible est celui de mon souffle qui martèle mes oreilles, mais ses mouvements lents et mesurés m'apaisent et je recommence à respirer régulièrement.

— Voici la première, annonce Joséphine en soulevant la missive en question. Elle est datée du 14 mai 1945.

— Un mois exactement après ta naissance, murmuré-je.

Elle me regarde attentivement.

— Elle nous dira où il est allé, ce qui lui est arrivé après la guerre.

J'acquiesce, la lui prends et la retourne dans ma main. Elle est si bien cachetée que je dois en déchirer le coin pour pouvoir y glisser mon doigt et l'ouvrir. Mes yeux la survolent, tant je brûle de savoir. Où est-il allé ?

Lise, mon amour,

Je ne vais pas plus loin que la première ligne. Fermant les yeux, j'entends sa voix qui me murmure à l'oreille : « Lise. » Mon corps se recroqueville comme s'il avait perdu son noyau central.

— Qu'est-ce que ça dit, maman ?

La voix de Joséphine surgit dans ce brouillard. Je lève les yeux vers elle, puis je regarde la lettre. Je veux et je redoute de lire ses mots, sachant qu'ils vont me briser le cœur une fois de plus. Je commence à lire, d'abord dans ma tête, puis à haute voix à l'intention de Joséphine.

La guerre est terminée ! La paix est signée et je vais trouver comment parvenir jusqu'à toi. Je suis en Angleterre. Prisonnier, mais sain et sauf. Ma chérie*, *dis-moi que tu vas bien. S'il te plaît, dis-moi qu'ils ne t'ont fait aucun mal.*

Instinctivement, mes mains se portent à ma tête, heureuse qu'il ignore le traitement qui m'a été réservé. Je continue à lire.

Je suis prisonnier de guerre depuis septembre dernier, mais je devrais être libéré bientôt et je prendrai le premier bateau pour rentrer en France. Te rejoindre.

Est-il vraiment revenu pour moi ? Une larme s'échappe d'un de mes yeux et glisse le long de ma joue jusqu'à mes lèvres. Je l'essuie du bout du doigt. J'aurais dû l'attendre à Paris. Des larmes amères, de regret et de perte, coulent silencieusement le long de mes joues sur le papier fin dont elles étalent l'encre noire. À travers elles, je continue à lire.

Tu es derrière chacune de mes pensées. Chacun de mes actes. Je rêve du jour où je te retrouverai, où nous pourrons nous aimer librement. C'est ce qui me donne l'envie de vivre.

— Mais où est-il maintenant ?

Joséphine veut des faits. Elle a besoin de savoir si elle a un père. Elle me tend une autre enveloppe.

— Lis celle-là, maman. C'est la dernière.

Je la prends et je l'ouvre.

Quatrième partie

1944

55

Paris, 17 août 1944

Sebastian

Les hommes tenaient fermement Sebastian pendant qu'ils le traînaient hors de l'appartement d'Élise. Pour ne pas l'affoler, il avait ravalé ses gémissements quand ils lui avaient flanqué des coups de pied dans les reins et des coups de poing en plein visage. Il supporta tout en silence tandis qu'ils le traînaient, dans une ruelle silencieuse. Ils allaient l'abattre là où il n'y aurait pas de témoins. Il ferma les yeux quand ils le jetèrent à terre, et il pria : *S'il vous plaît, mon Dieu, veillez sur la sécurité d'Élise.* Il n'attendit pas longtemps le premier coup à la tête. Et se sentit disparaître.

Il se réveilla sur un sol de béton. Depuis combien de temps gisait-il là ? Il l'ignorait, mais longtemps, semblait-il. Ses côtes l'élançaient, ses paupières étaient enflées. Il ne prit pas la peine de chercher à les ouvrir. Ses mains étaient attachées derrière son dos et ses jambes, liées ensemble.

Couché sur le flanc, il replia les jambes, ramenant ses genoux contre sa poitrine. Un frisson traversa ses os douloureux et il commença à trembler de façon incontrôlable. Le goût métallique du sang lui donna envie de vomir. Une porte s'ouvrit. Ou était-elle en train de se fermer ? Il entendit des pas à côté de sa tête et se prépara à recevoir un autre coup de pied, mais non, quelqu'un posait quelque chose de frais sur ses lèvres. De l'eau coula dans sa bouche, qu'il voulut avaler, mais sa gorge était enflée. Il crachouilla et s'étouffa. Des bras le redressèrent. Il réussit à déglutir et un peu d'eau fraîche descendit au fond de sa gorge. Il tenta d'ouvrir un œil, pour voir qui se tenait à côté de lui, mais tout ce qu'il put voir, ce fut une masse indistincte de cheveux bruns. Le reste était trouble et flou. Les mains laissèrent retomber sa tête sur le béton et il se sentit glisser à nouveau dans l'inconscience.

Quand il revint à lui, il était seul. Ses épaules s'étaient raidies et il tortilla les poignets pour tenter de les libérer de la corde, mais plus il les remuait, plus elle se resserrait.

En s'ouvrant brusquement, la porte lui heurta le visage. Il entendit un homme rire. Puis la lumière entra à flot et lui brûla les yeux. Des bras puissants le soulevèrent. Ses côtes le faisaient souffrir, il avait la sensation d'avoir eu la tête fendue par une hache.

— Il est dans un sale état. On devrait le nettoyer.

Quelqu'un le poussa sur une chaise, mais il était incapable de rester ainsi.

— Ils n'auraient pas dû le frapper comme ça.

— Ça aurait pu être pire. Au moins, il est vivant.

— Oui, on pourra toujours l'utiliser. Pascal veut procéder à un échange de prisonniers.

Sebastian avait la tête qui tournait, les voix des hommes flottaient autour de lui comme si elles venaient d'un autre monde. Il se sentit basculer sur le côté. Des mains le rattrapèrent et on le maintint à la verticale, le temps que quelqu'un enroule une corde autour de son corps pour le fixer à la chaise. Ses côtes l'élançaient douloureusement et il se préparait à recevoir sa première taloche.

Mais la gifle ne vint jamais. Au lieu de quoi, il sentit un chiffon humide sur son visage, et la même voix que précédemment reprit la parole :

— Elle t'a dénoncé, en pensant qu'on épargnerait sa putain de fille. (Il éclata d'un rire horrible et répugnant.) Pourquoi on tiendrait parole pour une salope de collabo ?

La mère d'Élise l'avait dénoncé ! Une vague de colère alliée à une profonde tristesse l'envahit : elle avait cru protéger ainsi sa fille. Il aurait pu la prévenir que les marchés de ce genre n'étaient jamais respectés. Qu'allait-il arriver à Élise maintenant ? Il ferma les yeux, essayant de refouler les images des tortures qu'ils pourraient lui infliger. Il ne se souciait plus de lui-même. Seulement d'Élise. *Ne lui faites pas de mal, je vous en prie*, supplia-t-il dans sa tête. *Tout sauf ça.*

Ils le détachèrent et le laissèrent dans la cave avec un bol d'eau en tout et pour tout, la moitié d'une baguette rassie et un seau pour ses besoins. Deux jours plus tard, ils le conduisirent dans les rues, un pistolet pointé contre sa nuque. Ses côtes lui faisaient mal et une douleur lui transperçait le flanc comme si on le fouillait au couteau. Chaque pas lui tirait une grimace et il essaya de se concentrer sur le sol sous ses pieds, pas sur les gens dans les rues. Les Français étaient occupés à arracher des dalles, à construire des barricades, mais ils s'arrêtèrent lorsqu'ils le virent passer.

— *Sale Boche ! Putain de nazi** ! crièrent-ils.

On le fit entrer par une porte latérale dans l'Hôtel de Ville, où on le jeta dans une pièce avec un groupe d'autres soldats allemands. On les laissa là, sans eau ni nourriture, tandis que des coups de feu retentissaient et que les combats se poursuivaient sans eux dans les rues de Paris. Le remugle de sueur, d'urine et d'haleine fétide qui frappa ses narines lui donna à nouveau envie de vomir. Il enfouit le nez dans son coude, essayant d'étouffer la sensation en convoquant une image d'Élise dans sa tête. Il la voyait dans son pantalon d'homme retenu par une épaisse ceinture marron, la chemise légèrement rentrée dedans, se grattant le front de l'auriculaire. Un sourire se dessinait sur ses lèvres, comme si en conservant cette image dans sa tête, il pouvait la rendre réelle. Il bloqua les autres pensées, priant pour qu'on ne lui fasse pas de mal, à elle, maintenant qu'on le tenait, lui.

Il dut dormir, perdant le fil du temps qui passait. Ce dont il se rendit compte ensuite, ce fut de l'entrée de cinq membres des FFI, qui tenaient des bouteilles dans une main et agitaient leur fusil dans l'autre.

L'un d'eux leva sa bouteille, pour boire directement au goulot.

— *Vive la France** !

Un autre brandit la sienne pour porter un toast :

— *Vive la France** ! *Putains de nazis** !

Narguant les prisonniers, ils se prirent bras dessus, bras dessous pour entonner *La Marseillaise.* « *Formez vos bataillons, marchons, marchons** ! »

Les prisonniers allemands restaient immobiles et silencieux, ne voulant surtout pas s'attirer les foudres des Français ivres. Sebastian laissa leurs paroles balbutiantes l'envahir, ses paupières enflées commençaient à se refermer. Au moment où il allait se laisser aller, une explosion secoua le bâtiment. Les hommes des FFI, éméchés, cessèrent de chanter et se jetèrent à terre. Sebastian, déjà au sol, se releva et plissa les yeux pour mieux voir par la fenêtre. Des flammes rouges s'élevaient dans le ciel noir de la nuit, qu'elles striaient au point qu'on aurait dit les cieux eux-mêmes en sang.

— Putains de salauds ! aboya une voix française. Ils nous bombardent ! Ils bombardent Paris !

Une botte atterrit rudement dans le ventre de Sebastian. Il se recroquevilla, s'attendant à ce que les coups pleuvent. Au lieu de quoi, il entendit les hommes partir, la porte se refermer derrière eux, la clé tourner dans la serrure.

Pendant un moment, personne dans la pièce ne bougea, puis un officier SS se leva.

— Ce n'est pas encore fini ! lança-t-il en relevant la tête, d'une voix sonore et claire. Nous avons encore nos soldats dans tout Paris.

Le cœur de Sebastian se glaça. Il redoutait que les nazis posent des explosifs partout, sachant parfaitement qu'ils en étaient capables.

— C'est trop tard, marmonna l'un des hommes assis par terre. Ça ne sert à rien. Nous devrions nous rendre.

L'officier SS s'approcha de l'homme et se posta au-dessus de lui.

— Traître ! Je te traînerai en cour martiale si tu tiens encore un propos comme celui-là.

L'homme éclata d'un rire cynique.

— Tu me traîneras en cour martiale ? Tu ne comprends donc pas ? Tu es un putain de prisonnier ! On est tous prisonniers. C'est fini ! On a perdu !

L'officier SS prit son élan, prêt à projeter son pied dans le ventre de l'homme. Mais celui-ci fut plus rapide, il attrapa la botte de son assaillant. L'officier heurta le sol avec un bruit sourd et affreux. L'homme sauta sur l'officier, dont il tint le visage entre ses mains tout en lui criant :

— On a perdu ! On a perdu cette putain de guerre !

Les autres hommes les regardaient, trop fatigués, trop affamés pour intervenir. Sebastian se détourna.

La porte s'ouvrit soudain, livrant passage à deux hommes des FFI. L'homme abandonna l'officier.

— Dix prisonniers de plus ! annonça l'un des Français en agitant son fusil. Que des SS cette fois !

L'autre membre des FFI se déplaçait parmi eux, vérifiant leurs insignes de cols, en quête de ceux qui indiquaient une appartenance aux SS : deux lignes noires dentelées ressemblant à des éclairs.

— Où nous emmenez-vous ? osa demander l'un des officiers.

— Échange de prisonniers, répondit l'homme des FFI en éclatant d'un rire mauvais. Si vous avez de la chance.

Pendant les jours qui suivirent, les prisonniers restants furent laissés dans l'ignorance. Sebastian se tenait à l'écart, ménageant son corps brisé, cherchant à surmonter la douleur et la faim qui le balayaient par vagues féroces. On leur donnait de l'eau et du pain, mais Sebastian n'avait ni l'énergie ni la force de se battre pour sa part. L'un des prisonniers s'en aperçut et lui apporta de l'eau.

— Bois, lui dit-il. Sans quoi tu vas mourir.

Sebastian devait retourner auprès d'Élise. Il ne pouvait pas mourir, alors il but.

— Merci, murmura-t-il.

La nuit suivante, les épais murs de pierre de l'Hôtel de Ville ne l'empêchèrent pas d'entendre la foule dehors qui se déchaînait. Puis les voix se turent quand l'une d'elles, plus forte que les autres, se mit à parler. Il ne put entendre les mots qui furent prononcés, mais il devina qu'il s'agissait de De Gaulle. Sebastian regarda ses camarades prisonniers, leurs visages sales et fatigués, leurs yeux fermés. Il imagina Élise dehors, en train de fêter l'événement, et pria pour que ce soit vrai.

La foule applaudit encore. Le discours devait toucher à sa fin. Les paupières de Sebastian étaient si lourdes qu'il se laissa aller au sommeil.

Deux jours plus tard, cinq hommes armés de fusils entrèrent dans la pièce.

— *C'est l'heure** ! Vous allez être déplacés.

Le plus petit des hommes en armes les regarda froidement, puis approcha son visage de l'un des prisonniers pour le narguer.

— C'est le mot que vous avez utilisé, non ? Ce n'est pas comme ça que vous avez formulé les choses quand vous avez envoyé des milliers de personnes dans vos camps ? (Il pointa son fusil sous le menton du prisonnier.) Vous avez intérêt à ce qu'on récupère les nôtres !

— *Allez**, en route !

Un autre Français enfonça la crosse de son fusil dans le dos de Sebastian, pour le pousser vers la porte. Les Français restants firent avancer le groupe et ils sortirent de la pièce en traînant les pieds, descendirent l'escalier et se retrouvèrent à la lumière du jour. Les mains sur la tête, ils furent rassemblés dans la rue, incapables de se défendre contre les crachats et les imprécations. Un type de la foule railleuse se détacha pour coller son visage à celui de Sebastian, si près qu'il put sentir le venin de la haine dans son haleine.

— *Sale Boche** ! siffla l'homme avant de lui cracher au visage.

Son jet de salive lui atterrit sur le nez, mais Sebastian ne chercha même pas à l'essuyer. Puis une femme s'approcha à son tour et le gifla violemment. Il avait la gorge desséchée, il était affaibli par la faim et le soleil lui brûlait la peau, mais il cherchait Élise. Si seulement il pouvait la voir... Si seulement il pouvait s'assurer qu'elle était saine et sauve.

On les fit défiler jusqu'au Vélodrome d'hiver, l'énorme stade couvert où des milliers de prisonniers juifs avaient été détenus lors de la grande rafle de 1942. Il semblait approprié que les prisonniers de guerre allemands y soient amenés, désormais. Le silence se fit sur leur groupe innombrable lorsqu'on les conduisit dans l'enceinte. Ils s'assirent ou se laissèrent tomber où bon leur sembla. Leurs uniformes étaient à présent dépenaillés et crasseux. Les soldats élégants et fiers, qui avaient défilé sur les Champs-Élysées quatre ans plus tôt avaient disparu, désormais réduits à une masse tremblante et effrayée de prisonniers affaiblis, au bout du rouleau.

Tenaillé par la soif, Sebastian tentait en vain de déglutir. Il devait trouver de l'eau. Se relevant, il ignora la sensation de vertige en mettant un pied devant l'autre, conscient qu'il titubait plus qu'il ne marchait. Il leva la tête, cherchant à apercevoir un seau d'eau ou mieux, un robinet. Mais alors que ses yeux scrutaient l'immense vélodrome, il ne vit que des milliers d'hommes vaincus et désespérés.

Quatre jours plus tard, Sebastian et le reste des prisonniers de guerre allemands furent conduits hors du vélodrome et poussés dans des bus qui les conduisirent hors de Paris. Sebastian fut l'un des derniers à monter à bord. Il ne restait plus aucun siège de libre. Écrasé contre les autres prisonniers, il fut assailli par l'odeur de sueur rance de ses congénères.

— Qu'est-ce qui nous attend, à votre avis ? parvint à articuler un officier, la voix éraillée, sans s'adresser à personne en particulier. La Russie, la Grande-Bretagne, la France, ou l'Amérique ?

— Tout plutôt que la Russie, répondit une voix lasse lorsque le bus démarra brusquement et précipita tous ses passagers vers l'avant.

— Ou la Grande-Bretagne, ajouta quelqu'un d'autre.

— On va sans doute crever sur cette île putride, se lamenta un troisième. Vu qu'ils n'auront pas assez de nourriture, ils vont nous laisser crever de faim.

— Ou nous faire travailler comme des forçats, ajouta l'officier.

— Bordel de merde ! cria quelqu'un. Ce n'est pas encore fini. C'est juste Paris ! On tient toujours le reste de la France !

Sebastian ferma les yeux pour se mettre à distance de ces propos insensés. Petit à petit, le silence se fit dans le bus qui sillonnait en grondant des routes les emmenant vers une destination inconnue. Certains s'assoupirent là où ils se trouvaient, épuisés, affamés et assoiffés. Le sommeil était leur seule échappatoire à présent.

Finalement, le bus s'arrêta au port du Havre, où ils furent rassemblés devant l'un des Liberty-ships. Sebastian se sentit petit et insignifiant en avisant l'énorme paquebot. Il monta sur la passerelle les jambes lourdes, comprenant que chacun de ses pas l'éloignait un peu plus d'Élise. Il s'arrêta et se retourna pour regarder une dernière fois la France.

— Je reviendrai, Lise. Je te le promets.

56

Angleterre, septembre 1944

Sebastian

Les genoux de Sebastian étaient ankylosés après qu'il avait fait la queue pendant trois heures. Il se dégourdit les jambes en regardant toutes les rangées de prisonniers de guerre allemands sur l'hippodrome, dans un endroit appelé Kempton Park. Des uniformes en loques et crasseux pendaient sur le dos des prisonniers épuisés ; certains avaient leur paquetage, d'autres des boîtes en carton attachées avec de la ficelle. Sebastian ne parvenait pas à se figurer comment ils avaient réussi à garder leurs affaires dans le chaos des dernières semaines. Ils étaient tous mélangés : officiers, Wehrmacht, SS. Nombre d'entre eux baissaient les yeux, d'autres fouillaient la foule du regard, espérant y repérer un visage connu ; les officiers se cherchaient entre eux, les SS étaient à l'affût des SS. Sebastian gardait le regard fixé devant lui, ne souhaitant pas croiser celui de qui que ce soit. L'odeur aigrelette et acide des vêtements sales et des corps malpropres devenait insupportable à mesure que la matinée avançait. Les champs de courses offraient un silence sinistre, que traversaient seulement quelques paroles étouffées, l'atmosphère était pesante, étouffante malgré la légère bruine qui les enveloppait. Sebastian anticipait désormais l'interminable attente qui se profilait devant lui. Combien de temps s'écoulerait-il avant qu'il ait des nouvelles d'Élise ? Comment pourrait-il la contacter ?

Il examina la grande tente de fortune vers laquelle il avançait si lentement, puis il fit encore la queue devant une longue table en bois où des membres de l'armée britannique consignaient les informations concernant chaque prisonnier.

— Nom ? demanda, sans lever les yeux, le militaire devant la table duquel Sebastian avait été dirigé.

— Kleinhaus, Sebastian.

— Date de naissance ?

— 24 juin 1920.

— Jeunesses hitlériennes, donc.

C'était une affirmation plus qu'une question, alors Sebastian hocha la tête.

— Répondez à haute voix.

— Oui, monsieur.

Sebastian quitta cette tente et se plaça dans la file d'attente devant la suivante, où ils devaient se déshabiller et se doucher. Sebastian ne put s'empêcher de remarquer le tatouage SS au niveau des aisselles de certains hommes. L'un d'entre eux surprit son regard. Il s'approcha de Sebastian et tendit son bras mouillé.

— Oui. SS ! murmura-t-il, menaçant, à l'oreille de Sebastian. Ce n'est pas encore terminé.

Sebastian soutint son regard, refusant de se laisser intimider.

— Ce ne sera plus très long maintenant, répliqua-t-il sans baisser les yeux.

La colère étincela dans les prunelles du SS.

— Nous avons seulement perdu une bataille. Nous n'avons pas perdu la guerre ! (Il ficha son index dans le torse de Sebastian.) Et tu ferais mieux de montrer ta loyauté.

Sebastian recula d'un pas et se détourna. Il ne servait à rien de polémiquer avec des fous.

Encore nus, ils eurent droit à un examen médical, puis furent aspergés de poudre de DDT et de violet de gentiane contre les poux. On leur colla dans les bras les uniformes marron des prisonniers de guerre avec un losange jaune cousu au dos des vestes et sur les jambes des pantalons. Sebastian venait d'échanger un uniforme contre un autre, il redevenait le rouage d'une machine. Serait-il jamais libre ?

Il passa les cinq jours suivants à penser à Élise, ballotté d'une file d'attente à une autre. L'épuisement et l'inquiétude lui faisaient mal jusque dans les os. Il aurait aimé avoir une photo, mais non, il n'avait que des souvenirs : Élise le regardant d'un air provocateur, le mettant au défi de parler. Élise, les yeux écarquillés par la peur alors qu'elle le suivait hors du quartier général de la Gestapo. Élise allongée dans son lit, la tête sur son torse, faisant courir ses doigts légers le long de ses côtes. Élise le suppliant de la suivre chez elle. Il s'arrêtait toujours là, à ce moment fatal.

Le cinquième jour, on le mit dans un train pour Northwich, sans qu'il sache où cet endroit se trouvait. Il regarda par la fenêtre les étroites maisons mitoyennes avec leurs minuscules courettes, adossées à la ligne de chemin de fer, sans guère un arbre en vue. Tout semblait gris et fatigué. À mesure que le train s'enfonçait en haletant dans la campagne, l'espace s'ouvrait et il découvrit de grands champs, délimités par des haies épaisses. Les rayons du soleil perçaient les nuages lourds, illuminant des bandes de prés verdoyants. Certains des hommes s'étaient déjà regroupés. Qu'ils le veuillent ou non, ils auraient besoin les uns des autres, mais Sebastian n'était pas prêt à s'intégrer à un groupe. Il voulait juste qu'on le laisse tranquille.

Lorsque le train s'arrêta enfin, les prisonniers furent conduits hors de la gare vers un camion qui attendait. Un groupe de gars du coin les siffla et leur cria dessus.

— Saletés de Chleuhs ! Vous avez ce que vous méritez !

Un jet de salive atterrit sur la joue de Sebastian. Pendant qu'il s'essuyait, il vit un petit garçon dans les bras de sa mère, brandissant un drapeau britannique.

Le camion les conduisit jusqu'à un manoir situé dans un grand parc, où l'on avait érigé des baraques en béton avec des toits de tôle ondulée. Un officier britannique élégamment vêtu tint aux prisonniers des propos qu'un interprète, à ses côtés, se chargeait de traduire en allemand.

— Bienvenue à Marbury Hall, lança haut et fort le traducteur.

Les prisonniers se tenaient là en silence et Sebastian s'attendit à ce que l'officier leur aboie des ordres. Au lieu de quoi, il adopta un ton différent, plus proche de celui d'un directeur que d'un commandant.

— Vous n'avez connu que la dictature. Et je suis désolé pour vous. Ici, en Grande-Bretagne, vous allez apprendre la démocratie.

Certains prisonniers échangèrent un regard, soulevant un sourcil ironique. Sebastian regardait fixement devant lui, sachant qu'une fois ce petit discours terminé et ses compagnons livrés à eux-mêmes, c'étaient des nazis dont il devrait se méfier.

De fait, dès qu'ils furent assignés à leurs camps, les pires craintes de Sebastian se confirmèrent : il se retrouvait dans le camp ouest, destiné aux pro-nazis, puisqu'il avait fait partie des Jeunesses hitlériennes.

Lorsque les hommes eurent la possibilité de se promener à leur guise dans le camp, certains s'approchèrent de la clôture de barbelés pour saluer leurs *Kameraden** avec le salut nazi. Sebastian ferma les yeux, redoutant ce qui se produirait s'il était salué par un officier SS. Il aurait aimé pouvoir dire au commandant qu'ils l'avaient affecté au mauvais camp. C'était de la folie de loger tous les nazis ensemble. Merde ! Comment allait-il survivre ?

Ce soir-là, on les installa dans des baraquements de cinquante personnes, avec des lits de camp sur deux rangées et, au fond, cinq tables flanquées de bancs. Lorsqu'ils s'asseyaient pour le dîner, deux d'entre eux furent envoyés en cuisine chercher la nourriture et une grande théière remplie de thé. Conscient qu'il était entouré de nazis, Sebastian fixait la table, dans l'espoir de se rendre invisible. Cette nuit-là, il ne ferma pas l'œil une seconde. Des conversations étouffées parvenaient à ses oreilles, de petits groupes secrets se constituaient déjà.

Le lendemain, tout le monde fut mis à contribution pour construire d'autres baraques. C'était un soulagement que d'être occupé et, alors qu'il gâchait du ciment avec un autre prisonnier, il poussa un profond soupir, tout en regardant autour de lui.

— Il pleut encore, commenta son codétenu en regardant le ciel gris.

Sebastian l'examina. L'homme n'avait pas l'air méchant, peut-être pouvait-il engager la conversation.

— On dirait bien. Depuis combien de temps tu es là ?

— Deux semaines. Ils m'ont récupéré à Ostende. Je fuyais. (Il s'appuya contre la bétonnière.) D'une certaine façon, ça a été un soulagement. J'étais affamé. Mais je ne m'attendais pas à ça. (Il regarda autour de lui.) C'est effrayant, putain.

Sebastian fut surpris de le voir exprimer ouvertement ses craintes.

— Tu devrais être plus prudent, poursuivit l'homme. Tu restes à l'écart. Tu te montres distant. Ils n'aiment pas ça. Fais attention ou ils te jugeront dans un de leurs tribunaux de pacotille. Les gens comme toi, ils les pendent.

— Et les gardes ?

— Ils mettront ta mort au nombre des suicides. Ils s'en fichent. Un nazi de moins. (Il secoua sa tête.) On est dans la merde.

Un autre prisonnier s'approcha d'eux à grandes enjambées.

— *Heil Hitler** !

Il leva son bras pour les saluer. Le nouvel ami de Sebastian l'imita en réponse.

Mais Sebastian resta planté à regarder le nazi. Il ne pouvait plus se plier à ces simagrées. Il en était physiquement incapable. Même pour rester en vie et retrouver Élise. Ils se défièrent du regard pendant une minute, le cœur de Sebastian cognait à une vitesse folle.

Rapide comme l'éclair, le nazi saisit le bras de l'autre prisonnier, le pliant et le lui retournant dans le dos en clef de bras.

— Regarde et apprends ! hurla-t-il par-dessus les cris de l'homme. Ce sera ton tour ensuite.

Les hurlements du compagnon de Sebastian devinrent plus stridents, déchirants même. C'était de l'intimidation nazie typique : ils s'en prenaient à quelqu'un d'autre et vous obligeaient à regarder. La colère et la haine pulsaient dans les veines de Sebastian, tandis que l'adrénaline explosait dans son cœur. Il attrapa la pelle de la bétonnière. D'un mouvement rapide, il la lança en arrière, puis l'abattit de toutes ses forces, frappant au visage le nazi qui ne s'y attendait pas. L'homme s'agrippa la tête à deux mains et tomba au sol. Du sang se déversait d'une entaille sur sa pommette.

— Putain ! Putain ! Putain, pourquoi t'as fait ça ? hurla l'autre prisonnier.

Sebastian souleva la pelle, regardant autour de lui, prêt à se défendre. Les autres allaient s'en prendre à lui, à présent.

Et en effet. Un groupe d'une dizaine de prisonniers se précipita sur lui, le visage rouge de fureur. Il recula d'un pas, tenant la pelle devant son visage. Mais le premier coup l'atteignit au ventre, le second dans les reins. Il ferma les yeux, avant de s'effondrer sur le sol.

Les gardes apparurent, vociférant et brandissant leurs matraques. Poussant les prisonniers au sol, ils leur enfonçaient un genou brutal dans le dos, puis leur menottaient les poignets. Sebastian, qui s'attendait à être jeté en cellule d'isolement, fut traîné dans un bureau.

— Vous avez frappé un codétenu.

L'officier assis à la table de travail s'était adressé à lui en allemand.

Sebastian, qui souffrait le martyre à cause du coup reçu dans les reins, pouvait à peine répondre.

— C'est un nazi… monsieur.

— Je le sais bien ! C'est pour ça qu'il est là. Et c'est pourquoi vous êtes ici !

— Je n'en suis pas un, protesta Sebastian en essayant de se tenir droit.

— Pas quoi ?

— Pas un nazi, monsieur.

L'officier tapota son stylo contre son front.

— Mais vous l'avez été, non ?

— Les Jeunesses hitlériennes étaient obligatoires, monsieur.

— Et maintenant, vous voulez me faire croire que vous n'êtes plus l'un d'eux, c'est ça ?

Sebastian prit une inspiration qui le fit souffrir.

— Je n'ai jamais voulu en faire partie. (L'officier haussa des épaules sceptiques.) Ils vont me tuer si vous me gardez ici, monsieur.

L'officier l'examina plus attentivement.

— Et qu'est-ce qui vous fait croire que j'en ai quelque chose à faire ?

— Le commandant a dit qu'il voulait nous apprendre la démocratie, répondit Sebastian qui avait recouvré son souffle. Il a dit que nous n'avions rien connu d'autre qu'une dictature cruelle. Je veux apprendre, monsieur.

C'était la vérité. Il voulait apprendre. Et il voulait rester en vie pour retrouver Élise.

L'officier soupira.

— On vous a mis ensemble, vous, les nazis, pour que vous vous battiez entre vous.

Il marqua une pause et plaqua les mains sur son bureau avant de se pencher en avant, vrillant un regard froid dans les yeux de Sebastian.

— Cependant, nous pourrions envisager de vous transférer dans un autre camp.

— Oui, s'il vous plaît, monsieur.

— On ne peut pas renvoyer un tas de nazis en Allemagne. Sinon, ce sera reparti pour un tour. Nous avons un plan de rééducation.

— Merci, monsieur. Merci à vous.

— Vous voulez être rééduqué ?

— Oui, monsieur.

— OK. Dans ce cas, direction Ashton-in-Makerfield.

— Monsieur ?

— Oui ?

— Allez-vous transférer l'autre prisonnier ?

L'officier fronça les sourcils.

— Hans ?

— Je ne connais pas son nom. L'autre homme. Ils le tueront aussi, si vous ne le faites pas.

L'officier laissa échapper un long soupir.

— Foutus nazis ! Tu leur donnes la main, ils te prennent le bras.

57

Ashton-in-Makerfield, avril 1945

SEBASTIAN

Ashton-in-Makerfield donna à Sebastian et Hans le temps nécessaire pour guérir et réfléchir, comme cela fut le cas pour beaucoup d'hommes. Ils reçurent des cours d'anglais et furent encouragés à lire dans cette langue. Heureux de pouvoir occuper son esprit à quelque chose, Sebastian appréciait l'apprentissage, mais Hans le trouvait fastidieux. Tous deux étaient logés à la ferme des Jones, où ils travaillaient du matin au soir, six jours par semaine. Le dur labeur physique était un bon tonifiant et une routine s'installa, avec football le dimanche.

Ils étaient là depuis huit mois et prenaient leur petit déjeuner un dimanche quand un officier entra.

— Tout le monde dans la salle de cinéma. Et que ça saute !

Les prisonniers levèrent les yeux, déshabitués à ce qu'on leur crie dessus.

— J'ai dit : « Et que ça saute ! », insista l'officier en se dirigeant vers les tables. Levez vos culs de ces chaises !

Les prisonniers obéirent et le suivirent en file indienne hors de leur baraque, pour gagner la longue salle étroite où ils regardaient des films et des documentaires. Elle était déjà bondée. Les hommes des autres baraques étaient assis là en silence, encadrés par des gardes plantés au bout de chaque rangée, qui les observaient, le visage froid et sévère. Vu la tension qui régnait, Sebastian en conclut qu'un ou plusieurs d'entre eux avaient fait quelque chose de mal. Y avait-il eu une tentative d'évasion ?

Le film démarra avec son vrombissement familier, mais ce ne fut pas un film cette fois. Ce fut une photo en noir et blanc. La première impression de Sebastian fut celle de crânes percés de cavités sombres en guise d'yeux. Puis il vit des vestes et des pantalons rayés d'un gris sale, pendouillant sur des corps squelettiques.

— Ce sont les prisonniers juifs que vous avez envoyés dans les camps.

Un gardien chef tapota sur l'écran avec un bâton.

La salle en eut le souffle coupé. Comment était-il possible que des gens soient aussi maigres et encore en vie ? Sebastian se frotta les yeux, comme si ce geste pouvait effacer l'image de son esprit. Un coup sec, flanqué en bout de rangée par la matraque du garde, lui fit lever les yeux.

— On garde les yeux sur l'écran ! cria un autre garde.

Sebastian fut saisi par un sentiment d'effroi. Ce n'était pas fini. Un silence de mort s'était abattu sur la salle, même leur souffle devenait trop sonore. Ils savaient tous ce que Hitler pensait des Juifs – de la vermine, des rats, un fléau pour la race aryenne. Ils avaient tous suivi des cours de biologie sur la supériorité de leur race et la façon dont elle était contaminée par les Juifs. « Avec le sang juif dégoulinant du couteau », disait l'une des chansons qu'on leur avait apprises aux Jeunesses hitlériennes. Alors pourquoi être choqués de voir le traitement infligé aux prisonniers juifs ? Et pourtant, ils l'étaient.

Sebastian sentit les yeux de Hans sur lui, mais il garda les siens fixés sur l'écran, retenant sa respiration. Sur la photo suivante, il vit une grande fosse à ciel ouvert débordant de corps squelettiques. Des milliers de cadavres. Sebastian entendit d'autres hoquets autour de lui. Il jeta un coup d'œil aux visages des hommes qui l'entouraient. Certains avaient les lèvres pincées, d'autres s'essuyaient les yeux, et il crut en voir certains pleurer.

— Bon sang, qu'est-ce que c'est ? murmura Hans, la gorge visiblement nouée.

Le garde tapota à nouveau l'écran.

— Quand les Alliés ont libéré les camps, voilà ce qu'ils ont trouvé. Des centaines de milliers de corps dans des fosses communes comme celles-ci.

La troisième photo montrait ce qui ressemblait à de grands blocs de douche.

— Et ça, bon sang, qu'est-ce que c'est ? chuchota Hans.

Un terrible pressentiment s'insinua en Sebastian.

L'image suivante montrait à nouveau un bloc de douches, mais cette fois rempli de cadavres dénudés, empilés les uns sur les autres.

— C'est Auschwitz ! hurla le garde. Un camp de la mort ! À leur arrivée dans ce camp, de nombreux prisonniers étaient envoyés directement dans les chambres à gaz. En voici une ici. Du gaz toxique était libéré par ces orifices-ci. (Il montra ce qui ressemblait à des pommeaux de douche.) La pièce était hermétiquement fermée et on y injectait du gaz jusqu'à ce que tous les prisonniers soient morts. (Il marqua une pause, le temps de scruter les hommes assis en rangs serrés, puis il tapota le mur de sa matraque.) C'est ce que nous appelons un meurtre de masse. Ce que les nazis appelaient « la solution finale ».

Sebastian enfouit son visage entre ses mains, se frottant les yeux de ses poings jusqu'à en avoir mal. Il préférait la douleur physique à celle qui le transperçait maintenant. Quelle était la différence entre un nazi et lui ? Il se souvenait des « journées d'action » où la Gestapo et les SS descendaient dans les rues. « *Rein** ! Rentrez chez vous ! Fermez vos volets ! » Tout le monde se précipitait à l'intérieur, terrifié, fermant bien sa porte tandis que les Juifs étaient traînés hors de leurs maisons et jetés dans les camions qui attendaient là. Un jour, Sebastian avait coulé un regard à travers ses rideaux : il les avait vus tirer le vieux M. Baumeister par la barbe, cet homme qui lui donnait de l'argent pour qu'il aille lui acheter son pain et lui avait prédit un avenir d'athlète. Il ne l'avait jamais revu. Quand il avait demandé de ses nouvelles, son père lui avait ordonné de se taire. Lorsque les enfants juifs avaient disparu de sa classe, où pensait-il qu'ils étaient allés ? C'était une question sur laquelle beaucoup d'entre eux avaient choisi de ne pas s'appesantir. Après tout, ils étaient impuissants face à la machine nazie.

Les photos changèrent la vie au camp. Lèvres pincées, les gardes cessèrent d'être aussi amicaux, détournant le regard des prisonniers au lieu d'engager la conversation avec eux. Et une semaine plus tard, lorsqu'ils furent conduits à la ferme où ils travaillaient, des habitants du cru leur hurlèrent des insultes. La femme du fermier, Mme Jones, cessa de leur préparer du thé en milieu d'après-midi. Un sentiment de culpabilité collective se répandit parmi de nombreux prisonniers, même chez les jeunes gars, qui n'avaient que dix-huit ou dix-neuf ans et n'avaient connu que la dictature et la guerre. Le désir qu'avait Sebastian de revoir Élise devint plus intense que jamais. L'idée qu'elle soit seule, quand elle apprendrait les horreurs qui s'étaient produites, puis qu'elle l'imaginerait mort ou envoyé en Russie, l'emplissait d'inquiétude. Il devait partir rapidement et aller la retrouver.

58

Ashton-in-Makerfield, septembre 1945

Sebastian

L'Allemagne s'était finalement rendue le 8 mai. Et l'on était maintenant en septembre. Mais Sebastian était toujours prisonnier. Il avait cru qu'en toute logique, les prisonniers de guerre seraient libérés une fois les hostilités terminées. Il devait retourner en France, auprès d'Élise. Il lui avait écrit chaque semaine au cours des quatre derniers mois, mais n'avait reçu aucune réponse. Il avait aussi essayé de joindre Yannick Le Bolzec, sans plus de succès. Il devait découvrir ce qui s'était passé.

— Tu viens jouer au foot ? lui demanda Hans avec un petit coup de coude.

— Plus tard. Je vais d'abord faire un tour la bibliothèque, pour jeter un œil aux journaux. Tu devrais venir, toi aussi.

— Tu as raison, convint Hans à sa grande surprise. Pourquoi pas ? (Il avala son thé.) Bon Dieu, ce que c'est amer !

— Il faut du sucre. Ou mets au moins du lait dedans.

— Je ne m'y habituerai jamais, déclara Hans en se levant. Allez, on y va. On a une demi-heure avant que ces gars décollent.

Les autres hommes étaient toujours penchés sur leurs petits déjeuners, mastiquant lentement leur porridge insipide. Sebastian ramassa son bol vide et sa tasse sale pour les emporter à la cuisine. Hans suivit.

— On se voit plus tard pour le match, lança Hans à un ami de corvée de vaisselle.

— Une fois que j'aurai nettoyé après vous.

Sebastian et Hans sortirent au soleil et marchèrent jusqu'à la petite bibliothèque située à l'arrière des baraquements britanniques. À dire vrai, il n'y avait là que trois étagères contenant des livres d'occasion donnés par les autochtones et quelques coussins défraîchis posés sur le sol. Mais ils avaient les journaux. Sebastian opta pour *Punch*, l'un de ses préférés, avec ses images colorées et drôles qui se moquaient de tout. En Allemagne, on aurait été fusillé pour des crimes moins graves. Il s'assit sur un coussin raplapla, ramenant ses genoux contre sa poitrine pendant qu'il ouvrait le journal.

— Regarde, fit Sebastian en attendant que Hans s'asseye. C'est incroyable.

Son ami croisa les jambes et étala le *Telegraph* sur le sol bétonné.

— Quoi ?

— Ils critiquent leur propre Premier ministre.

— Oui, ils ont le droit. Et qu'est-ce qu'ils en disent ?

Hans tourna distraitement la première page de son journal.

— Qu'il devrait laisser repartir les prisonniers de guerre. C'est dans la Convention de Genève, lut Sebastian. Les prisonniers de guerre doivent être rapatriés à partir du moment où les hostilités ont cessé.

Hans prit une profonde inspiration.

— Elles ne sont pas terminées depuis des mois, justement ?

Sebastian poursuivit sa lecture.

— Mais le Premier ministre, Attlee, affirme que ce n'est pas une loi, juste… comment on dit, déjà ? un conseil… juste une ligne directrice. (Il fronça les sourcils.) Est-ce que c'est vrai ? Est-ce que la Convention de Genève ne fait que suggérer des lignes directrices ?

— Je ne sais pas, répondit Hans en haussant les épaules. Je pense que oui. Si c'est ce qui est dit.

— D'après Attlee, les pays qui ont souffert à cause des nazis ont droit à une compensation… des réparations de guerre. Et le travail fourni par les prisonniers de guerre est une compensation.

Sebastian referma le journal.

— Quoi ? Donc on est une compensation maintenant. (Hans eut un petit ricanement amer.) On travaille trop dur. C'est ça, notre problème. On est trop bons quand il s'agit d'exécuter des ordres. (Il jeta un coup d'œil à Sebastian.) Mais tu sais quoi ? Je parie que la nourriture est meilleure ici qu'en Allemagne.

— Combien de temps peuvent-ils encore nous garder ?

Sebastian entendait le désespoir dans sa propre voix. Bon sang, il ne savait même pas si Élise était morte ou vivante. Pas un jour ne se passait sans qu'il pense à elle, sans qu'il s'inquiète pour elle.

— Hans, lâcha-t-il en se levant. Vas-y sans moi. Je veux demander quelque chose au commandant.

— J'espère que tu n'as pas l'intention de lui citer la Convention de Genève.

— À plus tard, Hans.

Sebastian quitta la bibliothèque et passa par le gazon fraîchement tondu pour atteindre les baraquements britanniques, où il frappa un coup à la porte du commandant.

— Oui ?

Sebastian entra dans le bureau, dont il salua l'occupant d'un petit signe de tête.

— Bonjour, monsieur.

Le commandant s'adossa à sa chaise, pour observer Sebastian par-dessus ses lunettes.

— Que puis-je faire pour vous ?

— J'aurais une question à vous poser, si vous me le permettez.

— Oui ?

— Quand serons-nous libérés, monsieur ?

Il avait décoché sa question avant de perdre son sang-froid. Le silence envahit la pièce tandis que le commandant le dévisageait froidement.

— Je n'ai reçu aucune instruction concernant votre libération, répondit-il enfin.

Sebastian rassembla tout son courage.

— Mais, monsieur, les hostilités ont pris fin il y a des mois…

— J'en suis bien conscient, l'interrompit l'autre. Toutefois, comme je viens de vous le dire, je n'ai reçu aucune instruction concernant votre libération. C'est tout ?

— Vous n'avez pas une petite idée sur le sujet, monsieur ?

— Non.

Le commandant se leva et traversa le bureau pour aller ouvrir la porte, histoire de faire comprendre à Sebastian qu'il était temps de vider les lieux.

— Merci, monsieur.

Sebastian lui décocha un dernier regard avant de s'éloigner. Submergé par la frustration et un sentiment d'impuissance, il n'avait plus envie de jouer au ballon. Il était à la merci du gouvernement britannique maintenant et, aussi justes et amicaux que puissent paraître ses représentants, il était toujours leur prisonnier. Sa frustration se muant en colère, il commença à penser en prisonnier. Il commença à penser évasion.

Quand ils travaillaient à la ferme des Jones, ils n'étaient pas surveillés en permanence. Seuls Hans et Sebastian étaient cantonnés là-bas, car c'était une exploitation de petite taille, et M. Jones travaillait à côté d'eux, mais parfois il devait se rendre en ville pour une course ou une autre. En revanche, il y avait toujours Mme Jones, qui avait recommencé à leur servir une tasse de thé en fin d'après-midi. Et ils avaient trois filles qui semblaient souvent dehors, à étendre du linge ou à se promener dans les champs, parfois jouant à se courir après ou poussant la plus jeune sur une balançoire suspendue à un grand chêne. Elles coulaient souvent des regards à Sebastian et Hans, timidement d'abord, mais l'une des deux aînées avait commencé à lever la main pour les saluer, ce qui faisait rire ses sœurs. Non, il ne servirait à rien d'essayer de s'échapper en plein jour : trop d'yeux les observaient. Mieux vaudrait s'enfuir pendant la nuit, sous le couvert de l'obscurité.

59

Ashton-in-Makerfield, décembre 1945

Sebastian

Depuis quelques semaines, Sebastian cachait une fourchette dans sa chaussure. Dès qu'il en avait l'occasion, il faisait le tour du camp, à la recherche d'un endroit à l'abri des regards, où il serait possible de creuser sous les barbelés. Or il avait repéré le coin idoine derrière l'une des baraques. Chaque fois qu'il passait devant, il faisait semblant de renouer son lacet et il creusait un peu avec la fourchette. La terre n'était pas trop tassée, aussi pensait-il pouvoir piocher dedans et libérer le fil. S'il partait pendant la nuit, où la surveillance se relâchait, il disposerait de toute la nuit pour s'enfuir. Il pourrait parcourir une distance d'environ trente kilomètres durant ce laps de temps. Il aurait ainsi la possibilité d'atteindre un autre village, de changer de vêtements et de monter dans un bus ou un train en direction du sud, vers les ports. Il avait économisé plusieurs shillings sur la petite somme d'argent qu'ils recevaient en échange de leur travail. Sans doute cela lui suffirait-il à se procurer de la nourriture, peut-être même un ticket de bus.

Noël était sans doute la période idéale : les nuits étaient longues et les gardes seraient de meilleure humeur, moins vigilants après avoir bu un verre ou deux, pendant qu'ils se prépareraient à profiter des festivités. Il avait compris au cours du Noël précédent l'importance que revêtait cette fête pour les Anglais. Il fallait tenter le coup.

Aussi, la veille de Noël, après le dîner, quand les gardes eurent pris un petit verre entre eux, Sebastian se mit à guetter l'occasion propice. Il regarda la porte. Le garde censé s'y asseoir se trouvait installé à une table au lieu d'être à son poste : la tête penchée vers un groupe de prisonniers, il paraissait leur apprendre les paroles de *Douce nuit, sainte nuit*... Sebastian jeta un coup d'œil alentour. Personne ne le regardait. L'air de rien, il se dirigea vers la porte.

— Où allez-vous ?

Le garde, qui avait pourtant paru absorbé par son chant, se leva d'un bond.

Sebastian plongea la main à sa poche et en sortit quelques shillings.

— J'ai envie de fumer, dit-il. Vous avez des cigarettes ?

— Bien sûr, répondit le garde en lui tendant son paquet entamé. C'est Noël. Prenez-en une.

— Merci.

Sebastian tira une cigarette du paquet et sortit. Il l'alluma, se demandant si le garde attendrait son retour. Probablement. Après tout, c'était son travail. Il vagabonda donc pendant quelques minutes, regardant autour de lui pour voir qui pouvait l'observer. Les projecteurs restaient allumés toute la nuit, mais personne ne se tenait derrière. Ils ne redoutaient aucune évasion. Si Sebastian utilisait la situation à son avantage, cela signifierait qu'il devrait s'enfuir sans autres vêtements que ceux qu'il avait sur le dos et avec le peu d'argent qu'il avait en poche. Il évalua le risque et conclut rapidement qu'il devait le faire s'il voulait revoir Élise.

Regagnant la baraque, il fut surpris de voir que le garde n'était pas là. Jetant un coup d'œil autour de lui, Sebastian compris que l'homme n'aurait même pas pris la peine de vérifier s'il était rentré. Il l'avait complètement oublié. Rapide comme l'éclair, il retourna dehors, sans toutefois courir. Si quelqu'un l'arrêtait, il prétendrait avoir eu besoin d'air. Mais personne ne l'arrêta et il parvint rapidement au grillage, où il entreprit de creuser le sol à l'aide de sa fourchette. Quelle idée pathétique en réalité, vu que le sol était durci par le gel ! Cependant, le fil n'était pas enterré profondément et il réussit à l'extraire de terre. Puis, à plat ventre, il se glissa en dessous.

Une fois dehors, il se leva pour examiner les environs et, frissonnant, il se mit à courir. Il allait devoir continuer à bouger toute la nuit, pour s'éloigner le plus possible et ne pas mourir de froid. Il courut à travers la forêt, à un rythme soutenu mais régulier, en direction du sud. S'il parvenait à s'y tenir, il irait aussi loin que possible avant le lever du jour. Il atteignit bientôt une clairière d'où partaient des traces de tracteur. Il courut le long de cette piste boueuse, songeant qu'il pourrait peut-être couvrir quarante kilomètres avant le lever du jour.

Au bout de deux heures environ, il vit quelques taches de lumière devant lui. Ce devait être un petit hameau. Avec un peu de chance, il dénicherait quelques œufs dans un poulailler. Il ralentit en approchant de l'arrière des maisons. Une porte s'ouvrit, des rires fusèrent, accompagnant la sortie des gais lurons par le flanc de la bâtisse. Sebastian s'accroupit, la porte se referma et l'obscurité fut de nouveau complète. Les gens ne verrouillaient sans doute pas leurs portes par ici. Aussi décida-t-il de rester un peu, juste pour voir.

Il ne tarda pas à remarquer deux personnes qui sortaient d'un cottage et traversaient la route. De sa cachette derrière un arbre, il les vit entrer chez un voisin. D'autres personnes apparurent, qui entrèrent chez le même voisin. Donnait-il une fête ? Sebastian attendit quelques minutes. C'était sa chance. Il avança furtivement dans l'herbe jusqu'à la maison que ses occupants venaient de quitter. Après quelques coups d'œil rapides alentour, il traversa le jardin au pas de course pour gagner la porte d'entrée. Il poussa, la main sur la poignée. La porte s'ouvrit, qu'il referma doucement derrière lui, dès qu'il fut à l'intérieur. La maisonnette était plongée dans l'obscurité, si bien qu'il dut progresser à tâtons, en suivant le mur. Il trouverait bien une pièce à l'arrière de la maison, dont il pourrait allumer la lumière sans qu'elle se voie de la rue. Il parvint rapidement à une porte entrouverte. Il s'y faufila, la referma doucement avant de chercher un interrupteur. La pièce s'emplit soudain d'une lumière vive, qui le fit cligner des paupières, le temps que ses yeux s'adaptent : il se trouvait dans la cuisine. Il ouvrit aussitôt un placard, en quête de victuailles…

Un bruit derrière lui le pétrifia.

— Qu'est-ce qui se passe, bon sang ?

Un homme lui faisait face. Sebastian sentit son ventre se retourner.

— Je ne vous veux aucun mal, bredouilla-t-il en levant les mains.

— Eh ! cria l'homme. Viens donc voir par ici, Jeff !

Sebastian se retourna pour détaler, mais un coup dans le dos le fit chanceler, chuter, puis un homme immense lui sauta dessus, pour le plaquer au sol.

— C'est un Chleuh !

Lui attrapant une touffe de cheveux, il tira la tête de Sebastian en arrière. Du coin de l'œil, Sebastian vit l'autre homme s'approcher.

Un pied vint percuter sa bouche.

— De la part de mon père !

Ils lui martelèrent les côtes à coups de pied.

— Touché par une de vos bombes chleuhes !

Sebastian essaya de se rouler en boule pour se protéger. Mais les coups continuaient de pleuvoir. La tête lui tournait tant il avait mal. Incapable d'ouvrir les yeux, il se sentit perdre connaissance.

— OK, ça suffit, décréta l'un des deux hommes. Appelons la police. Qu'ils le ramènent dans ce foutu camp.

60

Un an plus tard
Ashton-in-Makerfield, décembre 1946

Sebastian

— Ce sera bientôt Noël encore une fois, tenta de plaisanter Hans alors que le camion démarrait pour les emmener à la ferme des Jones. J'aimerais qu'ils nous laissent partir pour Noël, poursuivit-il, comprenant que Sebastian ne réagirait pas. J'aimerais bien voir la tête de ma mère si j'arrivais le jour du réveillon.

— Peut-être à Noël prochain, soupira Sebastian.

Il n'avait toujours pas reçu de nouvelles d'Élise, ce qui le tuait à petit feu.

— Tu plaisantes, j'espère ? Ce ne sera plus très long maintenant.

Sebastian ne répondit rien, il repensait au Noël précédent et à son évasion ratée, qui lui avait valu de perdre tous ses privilèges. Il avait été surpris que la punition n'ait pas été plus sévère, mais l'officier responsable avait déclaré que ses blessures et son séjour à l'hôpital lui avaient probablement appris tout ce qu'il devait savoir.

Hans donna un coup de coude à Sebastian.

— Ne sois pas si morose. Je parie que nous serons à la maison pour le Nouvel An.

À la maison. Sebastian trouvait touchant que Hans considère encore Munich comme sa maison. Lui-même avait perdu tout sentiment d'appartenance. Tout ce qui occupait ses pensées, c'était retrouver Lise. Sa maison se trouverait là où elle était. En fait, peut-être que la maison n'était pas un lieu, mais les gens que l'on avait envie de côtoyer.

Le camion s'arrêta devant le cottage de la ferme, ce qui interrompit le cours de ses pensées. Hans et Sebastian sautèrent de l'arrière et se dirigèrent directement vers l'étable où ils commençaient toujours leur journée de travail.

— Sebastian ! Hans ! leur cria M. Jones. Pouvons-nous vous toucher deux mots, s'il vous plaît ?

Deux mots ? Sebastian était en Angleterre depuis assez longtemps maintenant pour comprendre que « deux mots » signifiait bien plus que deux simples mots et que c'était presque certainement lié à quelque impair qu'ils avaient commis. Ils rebroussèrent chemin et se dirigèrent vers le cottage.

— Bonjour, Sebastian, Hans, leur lança M. Jones d'une voix claire et joyeuse. Entrez. Nous avons quelque chose à vous demander.

Hans haussa un sourcil. Ils n'avaient jamais été invités à entrer auparavant. Ce n'était pas autorisé.

Le fermier dut remarquer leur hésitation, car il s'empressa d'ajouter :

— C'est bon. Ils viennent de lever l'interdiction de fraternisation, juste à temps pour Noël. Entrez. Ma femme a fait infuser du thé.

Hans sourit.

— Merci, monsieur Jones.

Ils le suivirent dans la cuisine, par la porte arrière. Il faisait clair et chaud à l'intérieur, où les accueillit l'odeur du pain en train de cuire. Mme Jones enfilait un couvre-théière sur une grande théière.

— Voulez-vous une tasse de thé avant de commencer la journée ? leur demanda-t-elle en souriant.

— Merci, bredouillèrent-ils à l'unisson.

— Les gars, attaqua M. Jones en posant deux tasses devant eux, nous aimerions vous inviter pour le dîner de Noël. Chaque famille du village est autorisée à inviter deux personnes du camp et nous aimerions vous recevoir chez nous.

Il les regarda, plein d'espoir.

— Merci, monsieur, se hâta de répondre Hans.

— Oui, merci, monsieur, renchérit Sebastian. C'est très gentil de votre part.

— Non. Vous m'avez été d'une grande aide. Je n'aurais pas pu faire face à la récolte sans votre travail acharné. Je vous en suis reconnaissant.

— Ce sera un honneur, reprit Hans en tâchant d'employer son meilleur anglais.

Sebastian éprouva un élan de fierté, car Hans avait eu beaucoup plus de mal que lui à apprendre l'anglais. Son bilinguisme semblait avoir donné à Sebastian une certaine facilité pour se familiariser avec une troisième langue.

M. Jones sourit.

— Alors c'est réglé. Buvez et allons nous occuper de la traite des vaches.

Quand Sebastian et Hans rentrèrent au camp le soir même, ils apprirent qu'un flot continu de villageois était venu, la journée durant, inviter les prisonniers de guerre à passer le jour de Noël avec leurs familles. C'était très gentil de leur part, mais ce n'était pas ce que désirait Sebastian. Lui voulait être libéré et libre de retrouver Élise.

Hans suggéra d'offrir un cadeau à la famille. Certains des prisonniers avaient réalisé de magnifiques sculptures à partir de vieux morceaux de bois. L'un d'entre eux avait même fabriqué un cheval à bascule pour enfant, mais ni Sebastian ni Hans n'étaient aussi doués. Hans suggéra d'acheter quelque chose à l'un des artistes, mais Sebastian tenait à garder son argent.

— On pourrait sûrement fabriquer quelque chose ensemble.

Hans avait l'air dubitatif, puis ses yeux s'illuminèrent.

— Un cadre photo. Ce sera facile, il suffit de trouver des morceaux de bois rectilignes, ou bien de les découper nous-mêmes. Allons voir ce qu'ils ont à l'atelier.

L'atelier était devenu une ruche bourdonnante d'activité, où des hommes attendaient leur tour pour utiliser la scie ou le tour. Une pile de déchets de bois se dressait dans un angle. Hans les passa rapidement en revue et dégota un cadre en bois tordu et cassé.

— Parfait ! s'écria-t-il en le tendant à Sebastian pour que celui-ci l'examine.

— Oui, on pourra fabriquer deux cadres avec, constata celui-ci en acquiesçant.

Ce fut ainsi qu'au matin du 25, ils se retrouvèrent à faire la queue aux douches du camp, chacun tenant à être propre et élégant pour son premier événement social en Angleterre. À midi, tous les prisonniers partirent ensemble, en colonne deux par deux, vers la maison de leurs hôtes. Sebastian se demanda comment ils devaient les saluer… Probablement d'une simple poignée de main. Instinctivement, il devinait qu'embrasser les femmes sur la joue comme ils l'auraient fait en France serait inapproprié et ils tenaient à partir du bon pied.

Après avoir poussé le petit portail, ils remontèrent la courte allée du jardin et, avant même qu'ils aient eu le temps de frapper à la porte, celle-ci s'ouvrit sur M. Jones, qui leur tendait déjà la main.

— Bonjour, les gars. Entrez. Entrez.

Sebastian offrit la bouteille de liqueur de fleurs de sureau qu'ils avaient achetée au magasin du camp et les cadres emballés.

— Joyeux Noël.

M. Jones prit la bouteille.

— Merci. Ça nous fait très plaisir.

Mme Jones apparut, s'essuyant les mains sur son tablier avant de se saisir du cadeau.

— Vous n'auriez pas dû !

Elle leur indiqua le salon, où une rangée de trois jeunes filles les observait avec curiosité. Il semblait y avoir une sorte d'espace infranchissable autour d'elles, pourtant elles souriaient. Sebastian ne les avait jamais vues que de loin, et c'était un peu troublant de se retrouver aussi proche, comme si elles n'avaient existé que dans son imagination jusqu'à cet instant. Il regarda autour de lui. Comme ce logis était différent d'une maison allemande ! Un buffet disparaissait sous des photos de famille encadrées et de petites décorations de porcelaine. Des ribambelles de cartes de Noël étaient accrochées aux murs. Il n'y avait pas de sapin de Noël, juste deux bougies sur la cheminée, à côté d'une branche de houx. Une guirlande de papier aux couleurs vives était suspendue à travers la pièce, du manteau de la cheminée à la tringle à rideaux. L'ensemble avait un air enfantin et douillet à la fois, qui fit naître en Sebastian la nostalgie d'une famille, d'une maison, et un désir de revoir Élise, si puissant qu'il lui fit mal.

— Asseyez-vous, déclara M. Jones en débouchant la bouteille tandis que Hans et Sebastian s'installaient sur le canapé. Joyeux Noël.

Il leur tendit à chacun un verre de vin.

— Joyeux Noël.

Ils levèrent leurs verres et Sebastian remarqua que les yeux de Hans étaient fixés sur la fille aînée. Il voulut donner un coup de coude à son ami, lui conseiller de ne pas dévoiler autant ses sentiments.

— Excusez-moi, je dois aller jeter un coup d'œil sur le dîner, annonça Mme Jones en quittant la pièce.

L'atmosphère était chargée de non-dits. Mais ils se mirent ensuite à parler du temps et de la nourriture au camp.

Des odeurs de cuisine se répandaient dans la pièce par bouffées, pas tout à fait agréables, plutôt âpres et acides, comme du vinaigre chauffé.

M. Jones se retourna vers ses invités.

— J'aurais dû prendre quelques dindes pour la ferme. Mais il n'y en avait pas cette année, pas même pour tout l'or du monde !

— Ce n'est pas grave, le rassura Sebastian, qui se sentit mal pour lui. Nous sommes honorés d'être ici.

Lorsque Mme Jones les convia dans la salle à manger, M. Jones s'assit en bout de table, avant d'attribuer un siège à chacun des autres convives.

Mme Jones leur présenta ses excuses.

— Je suis désolée de ne pas pouvoir vous offrir un vrai repas de Noël. La faute au rationnement. Je n'ai pu avoir que des tripes.

— C'est merveilleux, répliqua Hans avec un large sourire. Ça a l'air délicieux.

— Nous voulions vous offrir un repas fait maison, avant votre départ, précisa M. Jones qui découpait ses tripes. Ça ne devrait plus tarder maintenant.

M. Jones avait tort. On fêta un autre Noël avant que Sebastian n'obtienne finalement ses papiers de libération. Il n'avait qu'une seule idée en tête : retrouver Élise. Les larmes aux yeux, il serra Hans dans ses bras.

Mais celui-ci était devenu pâle et silencieux. Sebastian pressa son front contre le sien.

— Hans, c'est fini ! C'est fini. On rentre à la maison !

Son ami regarda Sebastian avec des yeux larmoyants.

— À la maison ? C'est justement ce qui me fait peur.

— Allons bon ! Tu étais pourtant si impatient de retourner à Munich.

Hans recula en s'essuyant les yeux.

— J'ai peur de ce que je vais y trouver. (Il poussa un long soupir.) Et toi ?

— Je ne retourne pas à Dresde.

Ils savaient tous que Dresde avait été rasée, mais ce n'était pas pour cette raison que Sebastian allait diriger ses pas ailleurs.

— Il faut que j'aille en France. Allez, viens, partons d'ici.

Ils retournèrent rapidement dans leur baraque. Sebastian ne pensait qu'à faire ses bagages et à se mettre en route.

— Viens au moins boire un verre, supplia Hans en regardant Sebastian jeter ses quelques affaires dans un sac de voyage. Il faut fêter ça. Tu ne peux pas partir comme un voleur dans la nuit.

Sebastian s'immobilisa une minute.

— Juste un alors.

Hans lui passa un bras autour des épaules et ils partirent ensemble vers le pub, déjà bondé quand ils y arrivèrent. M. Jones se trouvait au bar, assis sur un tabouret. Il se leva pour les accueillir et leur serra chaleureusement la main.

— Qu'est-ce que vous prenez, les gars ?

Sans attendre leur réponse, M. Jones commanda des pintes, puis leva son verre quand on les servit, dégoulinantes de mousse.

— Aux amitiés improbables.

— À vous et à votre beau pays, répliqua Sebastian en levant sa pinte.

— Oui. Heureusement qu'on n'a pas laissé les Chleuhs mettre la main dessus !

Ils éclatèrent de rire tous ensemble, sans aucune gêne, conquis par ce trait d'humour britannique que Sebastian avait appris à aimer. Puis ils vidèrent leurs pintes d'un trait.

— Bravo, les gars, commenta M. Jones qui se retourna pour commander une nouvelle tournée.

Cinq pintes plus tard, le fermier passait son bras autour du cou de Sebastian.

— Tu es un bon garçon. Pourquoi tu ne resterais pas ici ?

— Quoi ?

— Je te donnerai un salaire correct.

— C'est très gentil de votre part, monsieur.

— Quand je trouve un bon travailleur, j'aime le garder. Tout le monde n'a pas l'endurance nécessaire pour travailler à la ferme. Mais toi, si. Alors, qu'est-ce que tu en dis ?

— Vous avez été très bon pour nous, répondit Sebastian sur une grande gorgée de bière. Mais j'ai quelque chose à faire. Quelqu'un que je dois trouver.

— Quelqu'un ?

— J'ai promis de la retrouver.

Sans doute était-ce la bière qui l'amenait à se livrer ainsi.

— Ah, les promesses d'amoureux ! lâcha M. Jones en trinquant avec Sebastian. Il n'y a rien de plus adorable. Bonne chance à toi, mon gars ! Mais si ça ne marche pas, tu sais où nous trouver, hein ?

61

France, janvier 1948

Sebastian

Sebastian était habillé en civil. Personne ne savait qui il était, juste un homme qui se rendait en France. Pour la première fois de sa vie, il était libre, mais en gravissant la passerelle du navire amarré à Portsmouth, il se demanda ce que vaudrait sa liberté s'il n'était pas libre d'aimer Élise. Les doutes fourmillaient dans son esprit alors qu'il se demandait ce qui avait pu lui arriver et pourquoi elle ne lui avait jamais répondu. À bord, il ne suivit pas les autres passagers vers les restaurants ou les cabines, mais trouva l'escalier menant au pont et, même s'il faisait sombre et froid, il gagna la proue du bateau pour se pencher par-dessus le bastingage et regarder la mer qui le séparait de la France. Relâchant lentement son souffle, il vit les hommes soulever des énormes taquets d'amarrage les lourdes cordes, épaisses comme des cous, qui retenaient le bateau. La corne de brume retentit et ils s'éloignèrent de l'Angleterre.

Quand les lumières de la côte anglaise eurent disparu, il retourna à l'intérieur et voulut s'installer confortablement dans l'un des sièges du bar, mais il était trop excité et trop anxieux pour dormir correctement. Même s'il s'assoupit néanmoins, il avait l'impression de ne pas avoir dormi du tout lorsqu'ils entrèrent dans le port du Havre, à 6 heures du matin. Les cafés et les boulangeries venaient d'ouvrir lorsqu'ils débarquèrent. Il entra dans le premier établissement qu'il vit et commanda un café et une baguette au bar, puisque c'était moins cher. Personne ne lui prêta attention et il prit son temps, savourant un bon café et le pain français. Il ne s'était jamais habitué au thé au lait qu'on buvait par litres entiers en Angleterre.

Quand il eut terminé, il se rendit à la gare où il acheta un billet pour Paris. Il trouva un siège près de la fenêtre, contre laquelle il appuya la tête pour pouvoir se reposer. Mais le sommeil ne vint pas non plus, car son esprit se repassait en boucle toutes les conversations qu'il avait eues avec Élise. Elle lui avait demandé un jour : « Crois-tu au coup de foudre ? » et, comme un idiot, il lui avait répondu par la négative. Pourtant, il y croyait. Il l'avait aimée à l'instant où il l'avait vue pour la première fois dans la librairie et il avait su qu'il ne ressentirait jamais la même chose pour quelqu'un d'autre. Mais elle, l'avait-elle su ? Avait-elle vraiment perçu ce qu'il ressentait ? Avec les années, il ne parvenait plus à se rappeler s'il le lui avait dit correctement. Certains mots étaient très difficiles à prononcer et il n'était pas certain qu'ils aient quitté son esprit pour parvenir jusqu'aux oreilles d'Élise. Mais il avait ensuite trouvé le courage de les écrire et de les lui envoyer. Leur intensité l'avait-elle effrayée ? Des mots. Des mots. Ils étaient tout ce qui restait quand le reste avait disparu. « Tu ne veux pas t'enfuir avec moi, c'est ça ? » avait-elle dit. Il avait pensé qu'elle plaisantait mais, en supposant qu'elle ait été sérieuse, avait-elle pensé qu'il refusait sa proposition ? C'était pourtant ce qu'il aurait voulu plus que tout au monde.

Dans ce train qui roulait à une allure d'escargot à travers la campagne, il était à la fois excité et nerveux. Tout ce qu'Élise avait dû endurer ces dernières années s'évaporerait sans doute dès qu'il la prendrait dans ses bras. Ils allaient recommencer. Ils se marieraient. Le plus tôt possible.

Une bague. Il avait besoin d'une bague.

Il descendit rapidement du train à la gare Saint-Lazare et se dirigea vers le grand magasin du Printemps. Les bijoux se trouvaient juste à côté de l'entrée, au rez-de-chaussée, comme s'ils l'invitaient à choisir. Il regarda les vitrines de bagues en or et en argent, incrustées de pierres étincelantes.

— *Bonjour, monsieur**. Puis-je vous aider ? demanda la femme derrière le comptoir.

— *Bonjour, madame**. Il me faudrait un anneau. Une bague de mariage, quelque chose de simple.

— *Oui, monsieur**.

Elle sortit un plateau tapissé de velours bleu sur lequel reposait une sélection d'alliances en or.

Il désigna la plus fine.

— Est-ce que je pourrais voir celle-là, s'il vous plaît ?

Elle la lui tendit. L'anneau était si léger qu'il le sentait à peine et, en le faisant tourner entre ses doigts, il remarqua la discrète étiquette du prix. Deux cents francs. Il ne possédait que trois cents francs en tout et pour tout. Dépenser les deux tiers de sa fortune pour une bague semblait absurde. Mais il voulait que ce soit son premier achat d'homme libre.

— Je la prends, déclara-t-il en sortant son portefeuille. Vous pouvez la placer dans un écrin ?

— Bien sûr, monsieur.

Elle lui remit le paquet joliment emballé et, pendant quelques secondes, il se dit qu'il s'agissait de son premier pas vers la vie qu'il voulait vivre.

Il décida d'économiser sur le prix du métro et de marcher vers Saint-Sulpice. En déambulant dans les rues de Paris, il reconnut la ville dont il était tombé amoureux la première fois qu'il l'avait vue, à l'âge de seize ans, soit douze ans plus tôt. Des femmes passaient, élégantes avec leurs escarpins et leur beau foulard. Les voitures klaxonnaient, péniches et bateaux naviguaient sur la Seine. La Ville Lumière avait repris vie. Même l'air avait une odeur différente. Il inspira profondément, savourant les effluves du pain frais et le léger parfum de la fumée de cigare qui se mêlait à celui des fleurs disposées dans de grands seaux devant les boutiques des *fleuristes**. Autant d'odeurs de la liberté… Pouvoir manger ce que l'on aimait, choisir sa propre vie et, surtout, choisir qui l'on aimait. Il s'arrêta pour acheter des châtaignes grillées à un homme courbé sur un vieux cylindre métallique. Des charbons ardents rougeoyaient tandis qu'il jetait les châtaignes sur un tamis. Il imagina son bras autour d'Élise. Ils les mangeraient ensemble, tièdes, servies dans un cône de papier journal.

Place Saint-Sulpice, il ralentit. L'impatience et la peur palpitaient dans ses veines. Il se précipita vers la rue Henry-de-Jouvenel. La grande porte d'entrée bordeaux le regardait, imposante et peu engageante. Il refoula son appréhension et pressa sur le bouton argenté situé sur le côté, posant son autre main sur la porte pour la pousser. Il remarqua que la concierge écartait son rideau au moment où il passait devant sa loge pour gagner la cage d'escalier. La porte d'Élise était à gauche, il s'en souvenait. Il frappa deux fois, puis attendit, la gorge nouée. Mais il ne reçut que le silence pour toute réponse. Il frappa à nouveau. Cette fois, il crut entendre une toux. Et soudain, la porte s'ouvrit sur un homme menu qui l'examina, les yeux plissés.

— *Bonjour, monsieur**, commença Sebastian. Je cherche Élise. Élise Chevalier.

L'homme fut secoué d'une quinte de toux douloureuse et sèche, puis il glissa la main dans sa manche pour en tirer un mouchoir. Il se frotta le nez.

— Qui êtes-vous ?

Sebastian tendit la main.

— *Bonjour, monsieur**. Je m'appelle Sebastian.

Il rechignait à donner son nom de famille, afin de ne pas introduire un mot allemand dans la conversation. L'homme, probablement le père d'Élise, ignora sa main tendue.

— *S'il vous plaît, monsieur**, j'aimerais parler à Élise.

L'homme secoua la tête, victime d'une nouvelle quinte de toux.

— Je viens d'Angleterre, poursuivit Sebastian, en veillant à ne pas trop en dire.

— *Pas possible**, fit l'homme en le regardant fixement.

— Je suis désolé. Qu'est-ce que vous voulez dire ?

— *Pas possible** *!* répéta l'autre en élevant la voix.

Sebastian devait franchir ce garde-barrière. Il devait la voir, ou du moins savoir où elle se trouvait.

— S'il vous plaît, insista-t-il. Pouvez-vous me dire comment va Élise ? Est-ce qu'elle va bien ?

Le front de l'homme se plissa.

— Est-ce qu'elle va bien ? répéta-t-il comme si ces mots constituaient une insulte dans leur superficialité. Si elle va bien ? *Non** *!*

Sebastian sentit le sang refluer de son visage, redoutant soudain ce qui allait suivre.

— La Résistance l'a eue.

Sebastian chancela.

— Que voulez-vous dire ?

— Ils sont venus la chercher. Ils l'ont sortie par la fenêtre. Pour se venger.

Il dévisageait Sebastian de ses yeux froids et dénués d'expression.

— Où est-elle ?

Sebastian voulait juste qu'elle soit en vie.

— *Les résistants de la dernière heure**, continua l'homme comme si Sebastian n'avait pas parlé. Tout le monde est devenu *résistant**. Tout était terminé quand je suis revenu d'Allemagne. De Gaulle avait repris les choses en main, rétabli la loi et l'ordre.

Il s'interrompit pour reprendre son souffle, comme si parler lui avait pompé toute son énergie.

— Où est-elle ? répéta Sebastian, au désespoir.

— Il était trop tard pour Élise, cela dit. Ils l'ont emmenée. (Nouvelle pause.) Ils l'ont fusillée.

Sebastian chancela, privé de force, ses genoux se dérobèrent sous lui. Il s'effondra sur le sol, pressant les poings sur ses yeux jusqu'à ce que tout prenne la couleur noire du sang. Non ! Ce n'était pas possible. Il l'aurait su.

L'homme ricana, un petit croassement sec et désagréable. Il carra son dos tordu et regarda Sebastian.

— Vous feriez mieux de partir.

Sebastian enfouit sa tête entre ses mains. Il ne pouvait pas se lever. *Lise ! Lise !* Il avait perdu tout ce qui comptait pour lui en ce bas monde. Plus rien n'avait de sens. L'image du cadavre de sa bien-aimée explosa dans sa tête, avec des flots de sang qui s'écoulaient de sous son crâne, pour coaguler dans ses cheveux. Sa Lise.

Son père se détourna et rentra, pour refermer la porte derrière lui dans un claquement sec.

Sebastian ignorait combien de temps il était resté assis là, roulé en boule, mais il fut vaguement conscient que la porte de la cage d'escalier s'ouvrait.

— Vous ne pouvez pas rester ici.

C'était la concierge, qui le regardait d'un air dédaigneux.

Posant les mains sur le sol, il se releva, le cœur tambourinant sous l'effort. Quand il se fut remis sur pied, il s'avéra dans l'incapacité de parler. Engourdi, il franchit la porte d'entrée de l'immeuble. Il n'était plus l'homme qui y était entré, seulement un quart d'heure plus tôt.

Sebastian déambula en titubant dans les rues de Paris, sans savoir où il allait. Privé de volonté. C'était un homme vide. Il marcha et marcha encore, le vent froid et la faim n'étant rien comparés à la douleur et à la perte qu'il ressentait en lui. Il se retrouva une fois de plus dans le Ve arrondissement, près du Panthéon. Près de la librairie. Mais il ne put se résoudre à entrer. Le tintement familier de la clochette, le visage M. Le Bolzec… ça le tuerait.

Il continua à marcher tandis que le soleil pâle descendait derrière les immeubles haussmanniens, puis il se retrouva sur les marches menant au Sacré-Cœur. Il entra dans la basilique, tellement épuisé qu'il n'y voyait plus clair et n'eut que vaguement conscience des quelques fidèles agenouillés là pour prier. Il s'affala sur l'un des bancs, submergé par les vagues de fatigue qui déferlaient sur lui. Puis il se souvint de la bague. Sortant l'écrin de la poche de son manteau, il l'ouvrit afin de regarder son anneau d'or tout simple. Il se leva et s'approcha de la statue de saint Pierre. Il alluma un cierge, sans réciter de prière, mais embrassa l'anneau qu'il déposa dans le tronc où les gens laissaient de l'argent pour les cierges. Après quoi, il retourna vers les bancs et, s'asseyant lourdement, il se pencha en arrière pour regarder la voûte du plafond. Cette fois, Jésus parut le regarder avec pitié.

Cinquième partie

1963

62

Bretagne, juin 1963

Élise

Où es-tu, Lise, mon amour ? Pourquoi ne m'as-tu pas répondu ? Je prie Dieu que rien ne te soit arrivé. Cette pensée me remplit de terreur. Où es-tu ? Où es-tu ? Je devrais être libéré bientôt. Ils ne peuvent pas nous garder ici plus longtemps.

Je me penche en avant sur le fauteuil. La dernière lettre de Sebastian pend entre mes mains, humide et froissée.

— Je ne comprends pas. Est-il retourné à Paris ?

Mon cœur bat vite et fort quand je l'imagine qui revient à Paris et découvre que je suis partie. Mais il aurait pu me suivre ici. Maman lui aurait donné mon adresse. Ne l'a-t-elle pas fait ? Pourquoi n'est-il pas venu ? Pourquoi ne nous a-t-il pas retrouvées ?

— Joséphine, qu'est-ce qui lui est arrivé ? Où est-il allé ? Pourquoi ne nous a-t-il pas cherchées ?

Ma voix est aiguë, hystérique.

— Il est allé à Paris, répond-elle sans s'embarrasser de circonvolutions.

Je la regarde fixement, ravalant la boule dure coincée dans ma gorge.

— Comment tu le sais ?

— Ton père l'a vu.

Elle se mordille la lèvre inférieure et je comprends alors qu'elle me cache quelque chose.

— Mon père ? fais-je, complètement désemparée.

— Oui, il… Sebastian s'est présenté à la porte de votre appartement… (Elle hésite encore.) Ton père lui a raconté qu'on t'avait fusillée. Que tu étais morte.

— Morte ! répété-je, incrédule. Il a dit à Sebastian que j'étais morte ?

Je ne comprends pas. Et puis, j'ai une illumination. Bien sûr ! Il aurait fait n'importe quoi pour empêcher un Boche d'entrer dans la famille. N'importe quoi.

Un petit pli apparaît entre les sourcils de Joséphine.

— Ce n'est pas un sujet sur lequel on s'attendrait à voir un père mentir, hein ?

Je reste pétrifiée. Mon propre père ! Il nous a tout volé. La vie qu'on aurait pu avoir. La rage me dévore la poitrine, avant de se transformer rapidement en haine. Je déteste cet homme de tout mon être.

— Sebastian est peut-être encore en vie, murmure Joséphine.

Et me voilà ramenée ici, dans la pièce où nous sommes assises, à ma fille, à ces lettres.

Sebastian pourrait-il être vivant ? Je n'ose y croire. Joséphine ne doit pas se faire de faux espoirs et je refuse d'imaginer l'impossible. Il a pu se passer n'importe quoi depuis la dernière lettre de Sebastian, il y a quinze ans.

— Non, répliqué-je. Je ne pense pas.

Joséphine se penche et me regarde dans les yeux.

— Je veux le retrouver.

— Le retrouver ? répété-je comme si je ne comprenais pas.

— Il y a une adresse sur la lettre que tu tiens. Je peux écrire, demander s'il vit toujours là-bas, ou s'ils savent où il est parti.

Tout a l'air si simple dans sa bouche, comme s'il s'agissait seulement de se procurer une adresse. Je redoute de verbaliser mes craintes. Et s'il a une autre famille ? Une femme ?

— Joséphine, murmuré-je, nous ne savons pas ce qui s'est passé depuis cette dernière lettre.

— Quoi qu'il se soit passé, c'est toujours mon père.

— Oui, oui, bien sûr.

— Je veux le retrouver, déclare-t-elle encore une fois, d'une voix déterminée.

Je ne suis pas prête. L'idée d'entrer en contact avec mon passé me terrifie.

— Attendons un peu. Tu dois te débarrasser de tes examens.

— Ne t'inquiète pas pour mes examens. Je peux écrire à sa dernière adresse. Ça ne me prendra pas beaucoup de temps.

Sa voix est froide, comme si cette affaire ne me regardait pas.

— D'accord, on va écrire à cette dernière adresse, alors. C'est faisable.

Je me concentre sur les aspects pratiques. Le reste est trop compliqué.

La dernière adresse est une ferme à Ashton-in-Makerfield, je ne sais pas où cet endroit se situe. Joséphine rédige la lettre elle-même, en utilisant son dictionnaire anglais-français.

Près de deux semaines plus tard, alors que ses examens sont terminés et que je reviens pour le week-end, Joséphine m'attend à la maison. Le visage rouge d'excitation, elle tient une lettre.

— Maman, annonce-t-elle dès que je sors de la voiture, c'est une lettre de M. Jones.

Je me fige, soudain saisie par un froid glacial. Je veux savoir. Et je ne le veux pas.

— Commençons par entrer.

— Il vit dans une ville appelée Coventry, m'explique Joséphine avant même que nous soyons assises. L'adresse est ici.

Une adresse. Comment est-ce possible ? Je l'ai pleuré pendant toutes ces années et il n'était même pas mort.

— M. Jones écrit qu'il est allé là-bas, à son retour de France, en 1948, poursuit-elle.

— Comment sait-il qu'il y vit toujours ?

Nous devons réfléchir à la situation.

— Il dit que c'est le cas.

— Je vais lui écrire.

J'imagine la lettre que je lui enverrai, où je lui expliquerai tout et lui raconterai qu'il a une fille.

— Non ! s'exclame-t-elle, avant de baisser la voix. Ne lui écris pas, s'il te plaît.

— Mais Joséphine, *ma chérie**…

Il faut que je lui écrive.

— Non, maman. Il ne voudra peut-être pas me rencontrer.

— Qu'est-ce que tu racontes ? Évidemment qu'il en aura envie.

Joséphine secoue la tête avec tristesse.

— Il a peut-être une autre vie maintenant. Il refusera peut-être de nous voir.

— Non. Il sera ravi d'apprendre qu'il a une fille.

— Non ! Tu n'en sais rien ! s'insurge Joséphine en me regardant fixement. Tu pourrais l'effrayer.

— Quoi ? m'écrié-je, à deux doigts d'éclater de rire tant l'idée est ridicule. Il n'est pas comme ça, insisté-je. Il aura envie de nous rencontrer.

— Tu ne sais plus rien de lui. La dernière fois que tu l'as vu, il avait vingt-quatre ans. Il en a quarante-trois maintenant.

— Joséphine, quoi qu'il se soit passé, il voudra nous voir.

— Tu n'en sais rien du tout ! Tu me l'as caché toute ma vie, et maintenant tu vas lui écrire et lui flanquer la frousse.

Et s'il est marié ? Et si sa femme ne veut pas qu'il nous rencontre ?

Confuse et tiraillée par des émotions contradictoires, je regarde ma fille.

— Tu ne veux pas que je lui écrive ?

— Non. Je veux y aller.

Je ne comprends pas.

— Tu veux qu'on y aille, sans lui écrire au préalable ?

— Non. Je veux y aller toute seule. (Elle me renvoie son regard froid.) Je ne veux pas que tu viennes avec moi. C'est mon père et je veux faire ça toute seule. Je ne suis plus une enfant. Tu ne peux pas me protéger de tout.

L'excitation que j'ai éprouvée à l'idée de retrouver Sebastian se dissipe et je me retrouve avec un sentiment de vide et de naufrage. *Elle ne veut pas de moi là-bas.* Ma propre fille. *Elle ne veut pas que je fasse partie de cette histoire.* Elle n'est que douleur et défiance.

Sebastian est vivant. Mais je sens que mon univers part à la dérive.

— J'ai déjà mon passeport, ajoute-t-elle.

Mon cœur se serre devant cette preuve supplémentaire qu'elle n'a plus besoin de moi.

63

Angleterre, 23 juin 1963

Joséphine

Soizic conduit Joséphine à Roscoff, d'où elle prendra le ferry de nuit pour Plymouth. Lorsque le bateau quitte le port, elle sort sur le pont dans l'obscurité, fixant la nuit, observant les lumières de la France qui s'éteignent peu à peu. Elle a une petite cabine pour elle toute seule et, allongée sur sa couchette, elle se laisse bercer par la houle.

Elle est réveillée brusquement à 5 h 30, quand un coup sonore est frappé à sa porte.

— *On est arrivés* !* crie une voix. *C'est l'heure de se lever* !*

Joséphine se tire hors du lit et enfile rapidement sa robe. En sortant de sa cabine, elle aperçoit d'autres passagers qui commencent à se rassembler dans le salon. L'un d'eux se rend peut-être à Londres et pourrait l'y conduire ? Mais elle est trop gênée pour tester sur eux son anglais d'écolière. Les passagers qui n'ont pas de véhicule sont rassemblés sur le pont-garage, puis sur le bitume et dans un bâtiment carré, où ils passent la douane et le contrôle des passeports. Lorsque Joséphine tend son tout nouveau passeport, la préposée sourit.

— C'est votre premier séjour en Angleterre ?

— Oui, *madame**.

— Amusez-vous dans ce cas. Et au fait, on ne dit pas « *madame** » ici, lui précise-t-elle en partant d'un petit rire.

Joséphine sort dans la rue et voit le soleil qui commence tout juste à s'élever au-dessus des immeubles gris. Une file de taxis attend. Joséphine s'approche de l'un d'eux.

— Bonjour. La gare, s'il vous plaît.

C'est la première phrase complète qu'elle dit à un Anglais et elle est soulagée de voir le chauffeur hocher la tête et démarrer sans lui demander de répéter.

L'obstacle suivant est l'achat du billet jusqu'à Coventry. L'opération s'avère plus difficile, car la femme au guichet marmonne quelque chose à propos d'un changement de train.

— Vous pouvez l'écrire, s'il vous plaît ? demande Joséphine en lui adressant son plus beau sourire.

La femme s'exécute gentiment et Joséphine se retrouve bientôt dans un train, à regarder défiler la campagne anglaise. Après son réveil aux aurores, elle est fatiguée et affamée. Fouillant dans son sac, elle en sort les croissants que Soizic a emballés. Tout en les mangeant, elle regarde le morceau de papier que la dame lui a donné. « *Paddington, 11 h 10. Euston, 12 h 15.* » Elle a une bonne heure pour effectuer le changement.

La gare de Paddington est bondée et elle s'arrête un instant pour observer les hommes en costume gris qui la dépassent à toute allure. Elle suit le panneau des taxis et trouve rapidement une rangée de gros véhicules noirs. Tout est très différent de son petit village de bord de mer, mais elle apprécie l'aventure. Elle montre son papier au chauffeur, qui acquiesce, puis empoigne sa valise et la pose sur le sol à l'arrière du taxi. Elle prend place sur la grande banquette en cuir, dans la peau d'une reine alors qu'elle contemple les hauts immeubles tout en angles. Soizic lui a donné un peu d'argent supplémentaire, au cas où elle aurait besoin de trouver un hôtel pour la nuit. *Un hôtel ! Toute seule ! Dans un pays étranger !* Elle se sent très adulte.

Le taxi s'arrête devant une gare, elle paie le chauffeur puis s'éloigne pour se diriger vers l'un des guichets où elle pourra se renseigner sur les trains pour Coventry.

— Quai n° 12, répond la guichetière. Départ dans cinq minutes.

Cinq minutes ! Elle doit se dépêcher. Se détournant du guichet, elle parcourt frénétiquement la gare des yeux. Avisant le quai n° 10, elle court dans cette direction, tout en cherchant à gauche et à droite où pourrait bien se trouver le n° 12. Le voilà ! Elle franchit le portillon en courant, juste au moment où le chef de gare siffle, et saute dans le premier wagon en poussant un soupir de soulagement. Quatre hommes sont assis sur des sièges qui se font face. Le plus jeune lui sourit.

— On dirait bien que tu as réussi à l'avoir, commente-t-il alors que le train s'éloigne.

Joséphine ne comprend pas tous les mots, mais elle saisit l'essentiel et lui adresse un signe de tête en s'asseyant, sa valise entre les genoux.

— Tu veux un coup de main ? demande le jeune homme en se levant pour désigner sa valise.

— Merci.

Il soulève son bagage et le glisse sur l'étagère au-dessus de leurs têtes.

— Tu vas loin ? demande-t-il en se rasseyant.

Ça doit être une question sur l'endroit où elle va.

— Coventry.

Il fronce légèrement les sourcils.

— Tu viens d'où ?

Elle se souvient de cette question, apprise en cours d'anglais.

— De France.

Sur un grognement, il ouvre son journal et s'y plonge. On dirait qu'elle l'a déçu. C'est peut-être son accent, ou bien elle a mal compris quelque chose ?

Gênée, elle sort le livre qu'elle a dans son sac, *La Gloire de mon père*, roman qu'elle était en train de lire quand elle a appris la vérité sur son père. C'est drôle. Elle fait semblant de lire, mais son esprit est en réalité bien trop agité pour se concentrer. Son estomac gargouille, ce qui l'oblige à passer la main dessus. Elle rougit en voyant le jeune homme lever les yeux de son journal.

En fait, dans son sac, Joséphine a un sandwich-baguette au jambon-fromage, mais elle n'ose pas le sortir et le manger devant tout le monde. Lorsque le train arrive à Coventry, elle a beau avoir faim, elle est trop nerveuse pour avaler quoi que ce soit maintenant qu'elle est si proche du but. Elle monte dans un autre taxi et montre l'adresse. Le chauffeur tente de faire la conversation.

— Je suis désolée, bafouille-t-elle, je ne parle pas beaucoup anglais.

Elle a répété la phrase apprise au lycée.

On la dépose bientôt devant un portail menant à une grande maison reliée à une autre. Ce n'est pas une maisonnette de campagne, comme la leur en Bretagne, mais elle n'est pas très grande non plus : c'est le genre de maison où vit une famille. Joséphine hésite un moment dehors, essayant de respirer calmement pour rassembler son courage. Sa faim a été reléguée aux oubliettes. Elle pousse le portail et remonte la petite allée jusqu'à la porte d'entrée. Un heurtoir de bronze en forme de tête de mouton la fixe d'un regard dénué d'expression. Elle frissonne. Alors, prenant son courage à deux mains, elle le soulève et frappe deux coups.

Une vieille dame ouvre la porte.

— Bonjour.

— Bonjour, réplique Joséphine. Je cherche Sebastian Kleinhaus.

— Sebastian ? répète-t-elle. Il n'habite pas ici.

— *Zut**. (Joséphine se sent soudain dépitée et épuisée.) Il habite où ?

— À trois portes d'ici.

— Pardon ? fait Joséphine en fronçant les sourcils.

— Je vais vous y accompagner.

La femme enfile une veste accrochée à une patère près de sa porte et se chausse. Puis elle s'engage dans son allée. Joséphine la suit, le cœur tambourinant plus fort lorsqu'elle comprend que cette dame la conduit à son père.

— Comment connaissez-vous M. Kleinhaus ? demande la dame.

Elles prennent à droite après son portail.

— Il… Il… (Elle ne peut tout de même pas lâcher sa révélation comme ça, non ?) Ma mère l'a connu avant la guerre.

Joséphine, qui sent le regard de la dame sur elle, est soulagée lorsqu'elles s'engagent dans l'allée d'une autre maison. Sans frapper, son accompagnatrice ouvre la porte d'entrée.

— Maggie ! crie-t-elle. C'est Judy. J'ai une visite pour toi.

Une femme portant un bébé descend l'escalier.

— Bonjour, lance-t-elle avant de s'arrêter à l'instant où elle découvre Joséphine.

— Cette jeune femme cherche Sebastian.

Joséphine tend la main, s'attendant à ce que cette Maggie la lui serre. Mais il faut quelques secondes à la femme pour lâcher son bébé et lui répondre d'une poignée molle. Serait-ce la femme de son père ? Elle est pâle, le sourire crispé.

— Bonjour, dit la prénommée Maggie en raffermissant bien vite sa prise autour du bébé.

Serait-ce le demi-frère de Joséphine ?

— Je veux parler à Sebastian Kleinhaus.

Sa phrase, en anglais, lui semble maladroite et abrupte. Elle est sûre qu'il y a une façon plus polie de demander, mais elle ne connaît pas assez bien la langue.

— Il est au travail. Il sera de retour ce soir. Vous pourriez revenir à 19 h 30.

Elle jette un coup d'œil à la valise de Joséphine et fronce les sourcils.

— Merci, lâche la jeune fille qui récupère son bagage et se retourne.

Il est 15 heures. Quatre heures et demie. Elle n'a que quatre heures et demie à attendre, mais elle les entrevoit aussi longues qu'une éternité.

64

Coventry, 24 juin 1963

Sebastian

Sebastian se gare dans l'allée à 18 h 30. Margaret est dans la cuisine, leur bébé calé contre sa hanche pendant qu'elle prépare le dîner. Elle a les lèvres pincées, il sait qu'elle s'inquiète de la toux sifflante du petit. Il s'approche d'elle et lui passe un bras autour de la taille.

— Comment va notre petit monsieur, aujourd'hui ?

Maggie se tourne vers lui, se détend et sourit.

— Il respire plus facilement. Mais je veux qu'il reste à la verticale. (Elle l'embrasse sur la joue.) Bon anniversaire.

— Merci.

Sebastian prend Luke dans ses bras, pour le tenir contre son torse et lui caresser le dos. Il inhale son odeur fraîche et propre. Le bébé se tortille mais sans produire le moindre son.

— Quelqu'un est venu te voir aujourd'hui, annonce Maggie en le regardant droit dans les yeux.

Sebastian joue avec les petits doigts de Luke, qu'il tient, puis lâche et regarde s'enrouler de nouveau autour des siens.

— Qui ? demande-t-il puisqu'elle ne lui donne pas davantage d'informations.

— Une femme, répond-elle en l'observant attentivement. Une Française.

Le pouls de Sebastian s'accélère et sa gorge se noue, l'obligeant à déglutir.

— Qui ?

— Elle n'a pas donné de nom. J'ai oublié de le lui demander. J'étais occupée avec le bébé.

— Qu'est-ce qu'elle a dit ?

Il entend le tremblement dans sa propre voix.

— Son anglais n'était pas très bon. Je lui ai dit de revenir à 19 h 30.

Luke tousse faiblement et Sebastian sent son petit corps devenir mou, comme si la toux avait épuisé ses dernières réserves d'énergie. Sa respiration semble superficielle.

Maggie tend les bras pour lui reprendre leur bébé.

— Je vais lui donner encore un peu de sirop pour la toux. Tu veux bien mettre Philip au lit ?

— Dada ! s'écrie Philip, déjà en pyjama.

Il arrive en trottinant, une petite voiture dans les mains, qu'il tend à son père.

Sebastian se penche et accepte le présent.

— C'est pour moi ? Merci.

Son fils dans les bras, il l'emmène à l'étage.

En redescendant l'escalier, il regarde sa montre : 19 heures. Maggie a dressé la table pour le dîner et ils mangent ensemble, mais l'atmosphère est pesante, Sebastian a perdu son appétit. Il ne peut s'empêcher de regarder l'horloge de la cuisine, impatient.

À 19 h 30 exactement, on sonne à la porte. Prenant une profonde inspiration, il va ouvrir.

Une jeune femme se tient là. Le vacarme des voitures, les voisins qui s'interpellent, tout s'estompe à l'arrière-plan, les années refluent et le ramènent à Paris. La tête lui tourne, comme s'il évoluait dans un rêve. La femme sur le pas de sa porte est Élise. Mais pas Élise. Ses cheveux n'ont rien à voir avec ceux d'Élise. Ils sont blonds et ondulés, et ses yeux ne sont pas verts comme ceux d'Élise. Leur couleur est différente, pourtant il y a quelque chose dans son visage. C'est même frappant. C'est à peine une femme, plutôt une jeune fille. Elle doit être liée à Élise d'une manière ou d'une autre, mais il n'arrive pas à imaginer comment. Plaquant une main sur son cœur qui bat la chamade, il recule d'un pas.

— Bonjour ? fait-il en donnant à sa phrase une intonation interrogative.

— *Bonjour**, répond-elle. (Puis elle se gratte le front avec son auriculaire, geste qui le ramène dans le passé, à Élise.) Je peux vous parler ? poursuit-elle en français.

Il ouvre davantage la porte. Il veut qu'elle entre pour pouvoir la refermer derrière elle. Qu'il puisse s'asseoir et assembler les pièces du puzzle. Pendant un instant, il se demande si elle pourrait être la petite sœur d'Élise, Isabelle, désormais adulte, mais Isabelle avait dix ans en 1944, elle doit donc en avoir près de trente. La jeune fille qui se tient sur le pas de sa porte est loin d'avoir trente ans.

Elle franchit le seuil, entre dans sa maison, et il la fait passer au salon. Pendant quelques secondes, ils se tiennent maladroitement debout et il la voit jeter un coup d'œil autour d'elle, examiner tous les détails, les photos de famille sur la cheminée, les petits chiens de porcelaine dans l'armoire vitrée, et il voit tout cela à travers ses yeux. Sa famille.

— *S'il te plaît, assieds-toi**.

Il l'invite à prendre place, en adoptant automatiquement le tutoiement.

Elle lisse l'arrière de sa robe et se perche sur le bord du canapé, comme un oiseau sur une branche, prêt à s'envoler à la moindre alarme. Il veut la mettre à l'aise, mais il ne sait pas comment. Il regrette de ne pas lui avoir proposé de se débarrasser de sa légère veste d'été.

— Ma femme m'a dit que tu étais déjà passée un peu plus tôt.

Il essaie d'adopter un ton chaleureux et décontracté, de cacher le tremblement dans sa gorge.

Elle se contente de le regarder.

— Tu veux une tasse de thé ? demande-t-il.

Elle secoue la tête, ses yeux bleus, si brillants, sont devenus un peu plus sombres, et il voit qu'elle attend quelque chose.

— Tu ressembles à quelqu'un que j'ai connu autrefois, dit-il. (Les yeux de la jeune fille laissent entrer un peu plus de lumière.) Élise, poursuit-il. Elle…

Il ne sait pas comment le formuler. Comment lui annoncer qu'elle est morte. Il y a des mots qu'on ne parvient pas à prononcer.

Il aimerait bien qu'elle l'aide, mais les yeux de la jeune fille ne laissent rien transparaître.

— Elle et moi étions très proches. (Bon sang, qu'est-ce que c'est nul ! Il décide de changer d'approche.) Que puis-je faire pour toi ?

Qu'est-ce qui ne va pas chez lui ? Il a l'air d'un vendeur, maintenant.

— Vous étiez à Paris pendant la guerre, n'est-ce pas ?

Sebastian acquiesce, complètement dérouté. Il n'est pas retourné en France depuis quinze ans.

Elle fronce les sourcils, une ridule se formant entre ses sourcils.

— Vous y êtes retourné après la guerre ?

C'est une affirmation, mais assortie d'une inflexion finale qui la transforme en question.

Sebastian examine son interlocutrice. Il y a quelque chose dans la forme de son visage, dans ses yeux…

— Oui, j'y suis retourné, après qu'ils m'ont relâché.

Il jette un coup d'œil par la fenêtre, son esprit remonte le temps. Il se déplace sur sa chaise, se penche en avant et pose sa tête dans ses mains.

— Quel est ton nom ?

— Joséphine, répond-elle.

— Joséphine, répète-t-il comme pour évaluer ce prénom. Qui es-tu, Joséphine ?

Elle répond par une question.

— Quand vous êtes retourné à Paris après la guerre, que s'est-il passé ?

— Il n'y avait plus rien pour moi, là-bas. Alors je suis revenu ici.

Sebastian plonge ses yeux dans les siens et c'est comme s'il se retrouvait dans ceux d'Élise, bien des années plus tôt.

— Vous ne savez pas qui je suis, n'est-ce pas ?

Ce n'est pas tout à fait vrai. Il le sait. Il le sait, et il ne le sait pas, parce que ce n'est pas possible.

— Vous êtes de la famille d'Élise ?

— C'est ma mère, répond-elle avec un soupir et elle détourne les yeux. Son père vous a menti, ajoute-t-elle dans un murmure. Maman n'est pas morte. Elle m'a eue en avril, huit mois après votre départ de Paris.

La nouvelle le frappe de plein fouet. Il sursaute, le souffle bloqué dans sa gorge. Puis l'air jaillit à nouveau dans ses poumons, les malmenant avec brutalité. Cette jeune fille est son enfant. L'enfant d'Élise. Leur enfant.

— Élise est encore en vie ? demande-t-il, au désespoir.

Elle acquiesce.

Sebastian porte des mains tremblantes à son visage. Une vie entière défile devant lui. La vie qu'il aurait pu avoir. Une vie avec Élise et leur enfant.

— Mais je lui ai écrit ! Je lui ai écrit !

— Elle n'a jamais reçu vos lettres. Son père les lui a cachées.

Sebastian pose une main sur sa poitrine, sur son cœur qui bat à tout rompre. Il ferme les yeux, incapable d'encaisser la nouvelle. Il rouvre les yeux. Joséphine le regarde fixement. Il se tourne alors vers les photos sur la cheminée, sa famille. Puis il dévisage à nouveau Joséphine. Il n'arrive pas à faire le lien entre les deux.

Joséphine suit ses yeux jusqu'au manteau de la cheminée.

— Pourquoi vous n'avez pas mieux cherché ? (Elle se lève, se plante devant lui.) Pourquoi vous ne nous avez pas retrouvées ?

— Je l'ai cru. J'ai fait confiance à ce fou. J'ai cru qu'elle avait été fusillée.

Il a les pensées troubles, confuses. Comment a-t-il pu croire le père d'Élise sur parole ? Et pourquoi a-t-il fallu tout ce temps pour que la vérité éclate ?

— Comment m'as-tu trouvé ? bégaie-t-il.

— Grâce aux lettres. J'ai mis la main sur vos lettres le mois dernier, quand je suis allée à Paris, afin de rencontrer mon grand-père pour la première fois. Elles ont fait pleurer maman.

— Où est-elle ? Pourquoi n'est-elle pas venue ? Pourquoi Élise n'est-elle pas venue avec toi ?

Les yeux de Joséphine reviennent aux photos sur la cheminée.

— Je voulais venir toute seule. (Elle hésite.) Je ne voulais pas qu'elle soit là, si…

— Si quoi ?

— Pour découvrir que vous aviez fondé une autre famille.

Sebastian ferme à nouveau les yeux, imaginant la douleur d'Élise lorsqu'elle apprendrait qu'il avait refait sa vie.

— Je ne l'ai jamais oubliée, murmure-t-il.

Il a envie de prendre sa fille dans ses bras, de lui dire que toutes ces années, il a souffert le martyre de son absence, que sa vie n'était pas complète sans elle. Sans Élise.

La porte s'ouvre avec un grincement. Maggie se tient là. Elle a l'air épuisée.

— J'ai dressé un lit dans la chambre de Luke. Pour notre invitée, précise-t-elle en quittant son mari des yeux pour les poser sur Joséphine.

— Merci, Maggie, répond Sebastian en anglais.

Il voit dans son regard qu'elle sait déjà qui est cette jeune fille. Elle a dû le deviner dès qu'elle l'a vue.

— Tu vas rester pour la nuit ? demande-t-il à Joséphine en français.

— *Merci**.

Elle rougit et Sebastian s'interroge : avait-elle prévu de dormir ailleurs ?

— Je suis très fatiguée, annonce Maggie. Je vais me coucher.

Sans attendre de réponse, elle tourne les talons et disparaît.

Sebastian et Joséphine restent là, face à face. Pendant plusieurs minutes, ni l'un ni l'autre ne parle. Elle est calme et silencieuse... Il se souvient du comportement d'Élise, lors de leur première rencontre. Il va devoir y aller doucement.

— Tu voudrais manger quelque chose ?

Il se sent plus à l'aise quand il s'agit de questions pratiques.

— *Merci**, répond-elle.

Elle le suit dans la cuisine et ils restent là, maladroits, pendant de longues secondes.

— Je peux faire des toasts.

Il s'empare de la miche de pain tranchée dans la huche à pain, allume le gril du four et place deux tranches dessous.

— Qu'est-ce que vous avez fait pendant la guerre ?

La question arrive brusquement, alors qu'il est en train de chercher le beurrier. Il se fige, puis prend une profonde inspiration et se tourne vers elle, comprenant que cette question doit lui trotter dans la tête depuis qu'elle a découvert son existence.

— J'étais dans les Jeunesses hitlériennes quand la guerre a débuté. (Autant commencer par le commencement.) Tu sais de quoi il s'agissait ?

— Pas exactement, admet-elle.

— C'était un programme destiné aux enfants de moins de dix-huit ans. Un moyen pour Hitler de produire une armée jeune et loyale. J'avais seize ans quand il est devenu obligatoire de s'y engager. (Il a l'impression de se chercher des excuses, pourtant ce n'est pas ce qu'il veut.) Certains jeunes ont résisté. Ils ont formé d'autres groupes, comme les Leipzig Meuten ou les Pirates Edelweiss. Ils ont refusé de se conformer aux diktats et portaient des vêtements différents, écoutaient du jazz, avaient même les cheveux longs.

Il s'arrête, repensant à la brutalité avec laquelle ces factieux avaient été envoyés en prison, à leur mort probable entre ces quatre murs. Il retourne les tranches de pain sous le gril.

— Mais je n'ai pas rejoint l'un de ces groupes dissidents. J'étais un conformiste. On l'était tous dans ma famille.

Brusquement, il s'aperçoit qu'il parle aussi de sa famille à elle, de ses grands-parents à elle.

— J'ai été envoyé à Paris comme traducteur. Et c'est là que j'ai rencontré ta mère.

— Oui, elle me l'a dit. Qu'est-ce que vous deviez traduire ?

— Principalement des lettres. Des lettres de dénonciation. Joséphine…

Elle le regarde comme si elle s'attendait à plus, mais il ne peut pas se justifier. Il ne peut pas l'obliger à l'aimer, elle devra se faire sa propre opinion.

— Je ne vais pas prétendre que j'ai été courageux. J'étais juste un mouton comme les autres et j'ai été terrifié du jour de mes seize ans à celui où j'ai rencontré ta mère. Cela fait long quand on vit dans une peur constante, et je n'en suis pas fier. Je pense que beaucoup de gens ont fait des choses qu'ils regrettent maintenant. Je ne me cherche pas d'excuses. (Il soutient le regard de Joséphine.) Je n'ai pas été un héros. Je suis désolé.

Les mots se bloquent dans sa gorge. Il ne s'est jamais excusé auparavant, n'a jamais demandé pardon. Il s'essuie les yeux, ravale la boule coincée dans sa gorge.

— Je suis désolé, répète-t-il.

— Je ne sais pas grand-chose de la guerre. Les gens n'en parlent pas. Maman ne m'a jamais dit que vous étiez mon père.

Sebastian laisse tomber le morceau de pain grillé qu'il venait juste d'attraper.

— Quoi ?

— Elle racontait que mon père était un Français du nom de Frédéric. Je n'ai découvert son mensonge que le mois dernier, quand je suis tombée sur mon certificat de naissance.

— Le mois dernier ?

Les mots se bloquent dans sa gorge.

Joséphine acquiesce.

— Oui, moi qui croyais avoir pour père un héros français, je me suis retrouvée fille d'un… d'un Allemand. Elle a pensé que c'était mieux pour moi si je restais dans l'ignorance. Si tout le monde restait dans l'ignorance, vous voyez ?

Élise a nié son existence. Comment a-t-elle pu l'effacer ainsi ? Qu'a-t-elle fait de tous ses souvenirs de lui ?

A-t-elle réussi à les oblitérer ? Il n'arrive pas à comprendre comment c'est possible. Lui-même les a tous conservés précieusement, se les repassant, même après avoir rencontré Maggie. Il n'aurait jamais pu laisser Élise partir comme ça. Sebastian est traversé par une douleur profonde et un immense sentiment de trahison.

65

Coventry, 24 juin 1963

Sebastian

Maggie a laissé la lampe de chevet allumée et elle a déplacé le berceau de Luke au pied de leur lit. Sebastian regarde son fils endormi et pose une main sur sa petite poitrine, soulevée par les battements réguliers de son cœur.

Il se déplace de son côté du lit et retire ses vêtements, les plie sur le dossier de la chaise, enfile son pyjama avant de se glisser entre les draps et d'éteindre la lampe.

Maggie se retourne vers lui.

— Tu en as mis du temps, murmure-t-elle.

— J'ai fait griller des toasts. Joséphine avait faim.

— Tu me parleras d'elle ?

Il est exténué et préférerait ne pas avoir à s'expliquer ce soir. Mais ce n'est pas quelque chose qui peut attendre jusqu'au matin.

— Maggie, lâche-t-il, Élise n'est pas morte.

Maggie est au courant pour Élise ou, plutôt, elle sait ce que Sebastian a choisi de lui dire. Juste les faits. Même s'il l'avait voulu, il n'aurait pas pu lui expliquer ce qu'il ressentait pour Élise.

— Son père m'a menti. Elle n'a pas été fusillée.

— Elle est toujours en vie ?

— Oui. (Il pousse un long soupir pour se calmer, avant de prononcer les mots suivants.) Elle a eu une fille, Joséphine. Ma fille.

— J'avais compris, murmure Maggie dans le noir. J'ai su dès que je l'ai vue.

— Élise ne lui a jamais parlé de moi, mais lui a raconté que son père était quelqu'un d'autre. Joséphine n'a découvert la vérité qu'il y a un mois.

Ces mots lui déchirent le cœur. Comment Élise a-t-elle pu l'effacer de leur vie comme ça ?

Maggie se retourne sur le dos, cherchant à lui attraper la main sous les couvertures. Mais Sebastian ne bouge pas. Il reste allongé dans l'obscurité, les yeux grands ouverts. Il songe à tous les traits d'Élise qu'il retrouve dans Joséphine, à la façon dont elle se tient le menton lorsqu'elle réfléchit, à ses yeux profonds et pénétrants. À son sourire, bouche fermée, aux petites fossettes qui lui creusent les joues. Ses expressions la trahissent, comme Élise. Sebastian avait fini par apprendre que celle-ci pouvait affirmer une chose et en penser une autre, chercher à dissimuler sa peur et son insécurité, faire semblant d'être sûre d'elle alors qu'en réalité, elle tremblait intérieurement. Il voit que Joséphine a suivi les traces de sa mère en entreprenant ce voyage en Angleterre, elle a dû trembler de peur quand elle s'est tenue là, sur le pas de sa porte, sans savoir à quoi s'attendre. Alors que ses pensées se tournent vers Élise, la douleur enfle en lui. En est-elle venue à le détester ? Qu'a dit Élise à Joséphine ? Lui a-t-elle raconté le jour où elle a flanqué un coup de pied dans un panneau « *Interdit aux Juifs* » ? La manière dont il l'a fait échapper du quartier général de la Gestapo ? Ou leur pique-nique dans la chambre d'hôtel quand ils rêvaient d'une vie entière ensemble ? Il se demande si Joséphine est satisfaite de ce qu'elle a trouvé, si elle espérait ou attendait autre chose.

— Est-ce que tu penses à elle ?

La question de Maggie le ramène au présent.

— Oui, admet-il. Je pensais à elles deux.

— Est-ce qu'elle ressemble à sa mère ?

— Oui.

— Elle a tes yeux. Comme Philip, ajoute-t-elle avant de demander, hésitante : Élise s'est mariée ?

— Je ne sais pas. Je n'ai pas demandé.

Mais d'une certaine façon, il connaît la réponse. Il sait que non. Et il devine la question que Maggie brûle de poser sans oser.

— Ça ne changera rien pour nous. C'est du passé. J'ai déjà fait mon deuil.

Sebastian veut la rassurer et serre sa main sous les couvertures, mais il ne se retourne pas. Il continue à fixer le plafond dans l'obscurité.

66

Coventry, 25 juin 1963

Joséphine

Lorsque Joséphine se réveille pour la première fois, elle se croit chez elle à Trégastel, puis ça lui revient. Elle est en Angleterre, et son père est ici, dans cette maison. Cette pensée la fait frissonner mais, en même temps, elle éprouve une pointe de nostalgie pour l'atmosphère familière de leur petite maison, pour maman et Soizic. Elle entend des bruits en provenance du rez-de-chaussée : un enfant qui babille, de la vaisselle qu'on déplace, la voix de son père.

Quand il a ouvert la porte, hier soir, dans un costume sombre et une cravate bleu marine, elle lui a trouvé l'air propre et soigné. Il n'avait pas l'air du genre d'homme à se mettre en colère, à crier et à jurer. Et puis, il lui a préparé des toasts à la cuisine, toujours dans son costume. Mais elle a senti une certaine froideur émaner de Maggie, sa femme. Elle espère qu'elle ne restera pas seule avec les enfants et elle pendant la journée. Vu le niveau élémentaire de son anglais de lycéenne, la communication sera limitée ; et les mots qu'elle entend ne ressemblent guère à ceux qu'elle a appris en cours. Elle se lève et va faire sa toilette à la salle de bains, puis elle enfile la même robe qu'hier et descend l'étroit escalier à pas précautionneux, histoire de ne pas déranger.

— *Bonjour**, Joséphine, la salue son père dès qu'elle entre dans la cuisine. Des toasts ?

Elle connaît ce mot maintenant.

— *Oui, s'il te plaît**, répond-elle avec un sourire.

Elle a machinalement utilisé le « *tu** » familier au lieu du « *vous** » formel. Le sourire de Sebastian lui indique qu'il l'a remarqué.

— Installe-toi, continue-t-il en français. Tu peux t'asseoir à côté de Philip.

Chez elle, le matin, elle saluerait Soizic et sa mère d'une bise sur chaque joue. Mais, instinctivement, elle sait que ce n'est pas ce qu'on attend d'elle ici. Elle se contente donc de dire bonjour à Philip et de s'asseoir sur le tabouret voisin, à la table de la cuisine. Depuis sa chaise haute, son demi-frère agite un morceau de pain grillé vers elle en guise de salutations. Ses joues sont couvertes de confiture collante et de miettes de pain.

— Du thé ? demande son père.

D'ordinaire, elle prend un bol de Ricoré, le matin, c'est-à-dire un mélange de chicorée et de café, mais elle imagine qu'ils n'en ont pas, ici.

— Oui, merci.

Il fait bouillir de l'eau et la verse dans une théière qu'il recouvre d'une sorte de gilet en laine. Tout est très différent de ce qu'elle connaît.

— J'ai pris un jour de congé, annonce son père qui se retourne vers elle. Pour qu'on puisse passer du temps ensemble.

Il l'a énoncé simplement, chaleureusement, comme si vouloir passer du temps avec elle était la chose la plus naturelle du monde. Joséphine regarde les mains de son père pendant qu'il lui verse du thé. Il a de longs doigts et une petite marque brune en forme de croissant de lune entre l'index et le majeur. Elle lève sa propre main, pour observer la marque brune à la base de son index. C'est la même.

Leurs doigts sont identiques. Elle sent des larmes lui piquer les yeux, qu'elle s'empresse de refouler d'un battement de cils, préférant se tourner vers Philip, qui lui plante sa cuillère dans le bras.

— Je suppose que c'est la première fois que tu viens en Angleterre, dit son père.

— Oui.

— Je t'emmène visiter Coventry aujourd'hui. Pour te montrer à quoi ressemble une ville anglaise moderne.

— Merci.

Elle éprouve soudain une pointe d'excitation à la pensée d'explorer ce nouvel environnement.

Sebastian se tourne pour pincer la joue collante de Philip.

— Est-ce qu'on emmène ce petit monsieur avec nous ?

Philip sourit comme s'il comprenait.

— Quel âge a-t-il ? demande Joséphine.

— Il a eu deux ans la semaine dernière. Tu peux lui parler en français, si tu veux. Je le fais parfois. Il semble comprendre cette langue aussi bien que l'anglais.

— Et l'allemand ? demande Joséphine sans réfléchir. Tu lui parles allemand ?

— Non. Il me semble que deux langues, c'est suffisant pour un petit garçon. Tu ne crois pas ?

Il la regarde d'un air interrogateur.

— Oui, je suppose.

Il lui pose une main sur l'épaule.

— Nous avons beaucoup de choses à nous dire, Joséphine. J'ai hâte.

Le voilà qui lui répète combien il désire apprendre à la connaître. Elle ne peut empêcher une onde de chaleur de se propager en elle.

67

Bretagne, 1er juillet 1963

Élise

Il faut une semaine entière pour qu'une lettre de Joséphine arrive. Je n'étais pas inquiète, c'est une jeune fille raisonnable, c'est juste que le jour de son départ, elle était encore animée d'une colère froide contre moi et je mourais d'envie d'avoir de ses nouvelles, de savoir qu'elle allait bien.

L'enveloppe est adressée à Soizic et à moi, mais lorsque je l'ouvre, je découvre deux autres enveloppes à l'intérieur, dont l'une ne porte que mon nom. Je la glisse dans la poche avant de ma robe et ouvre l'autre. Je la lis à haute voix à Soizic.

Chère maman*, *Soizic,*
J'ai l'impression que mon univers est sens dessus dessous et que je ne suis plus la personne que je pensais être. Il existe une tout autre facette de moi dont je ne connaissais même pas l'existence. C'est comme si j'avais grandi avec une seule moitié de moi. J'aimerais rester ici plus longtemps. Mon père a une femme, deux enfants. Je souhaiterais mieux les connaître.

Mon cœur s'arrête de battre. Je me sens mal. Une femme ! Deux enfants ! Comment peut-elle m'annoncer avec une telle désinvolture que Sebastian a une famille, comme si c'était la chose la plus naturelle du monde ? Les mots se brouillent puis dérivent. J'attrape le bord de la table et m'y cramponne, m'obligeant à assimiler cette information et à la mettre en perspective. Sebastian a refait sa vie. Il m'a oubliée.

Bien sûr, j'avais envisagé cette possibilité. Mais je n'y avais jamais cru. Et là, maintenant, elle est là, noir sur blanc. Comment peut-il avoir épousé quelqu'un d'autre ? Avoir eu des enfants avec quelqu'un d'autre ? C'était censé être nous.

Je regarde Soizic et je le vois dans ses yeux : elle a pitié de moi. Je dois m'éloigner d'elle.

Mais avant que je puisse ouvrir la porte, elle pose une main sur mon épaule.

— Joséphine va bientôt rentrer à la maison. Elle a juste besoin de temps.

— De temps ! rétorqué-je. C'est ce que vous nous avez pris !

Elle laisse retomber sa main et ses yeux deviennent froids.

— Je t'ai donné un foyer quand personne d'autre ne voulait le faire.

— Oui ! Mais à quel prix ? (Je soutiens son regard.) Vous me l'avez fait payer ! (Soizic blêmit et pince les lèvres.) Vous m'avez forcée à lui mentir !

Elle se détourne comme si je venais de la gifler. Puis, rapidement, elle pivote pour m'affronter.

— Ça n'était pas bien cher payé ! Elle a grandi sans le poids du passé. Et elle est vivante. Vivante !

Le dernier mot sort dans un sanglot. Je sais qu'elle pense à sa propre fille. Celle qui hante nos vies ici, dont nous ne sommes pas dignes de visiter la tombe, ni Joséphine ni moi.

Soizic se calme, reprend des couleurs.

— La guerre n'était même pas terminée quand tu es arrivée sur le pas de ma porte. Il fallait nous protéger, et Joséphine, et nous. C'était le seul moyen.

Je ne peux pas en parler, pas maintenant. Je passe devant Soizic et sors à toute allure de la maison pour aller jusqu'au rivage. La marée est basse, le vent contre moi, qui rabat mes cheveux, les plaque de chaque côté de mon visage. J'avance à grandes enjambées le long de la plage vers l'île aux Lapins, à nouveau accessible. Après m'être déchaussée, j'emprunte le large chemin de galets et de coquillages brisés et je grimpe sur le plus gros rocher à l'extrémité de l'île, en prenant appui du pied dans les cavités et les bords arrondis avant de me hisser à la force des bras. Finalement, j'arrive au point le plus haut. Je m'assieds là, pour regarder la mer, et j'autorise les pensées dangereuses à se former en moi. J'ai empêché ma fille de savoir qui était son père, en faisant comme s'il n'avait jamais existé. Je l'ai échangé contre une maison. J'essuie sans ménagement mes larmes d'auto-apitoiement, et je me maudis d'avoir écouté Soizic. Je brûlais de révéler à Joséphine la vérité sur son père, mais j'avais rationalisé mes sentiments, me répétant que c'était mieux pour tout le monde que Joséphine reste dans l'ignorance, du moins pour le moment, qu'il valait mieux attendre qu'elle soit assez grande pour comprendre. Mais maintenant, j'ai l'impression que le vent traverse les murs que j'ai construits autour de nous, qu'il me souffle des années de débris au visage et m'étouffe. Pourquoi n'ai-je pas plutôt écouté mon cœur ?

Je pense à Sebastian. Que contient donc sa lettre ? Je ne lui reproche pas d'avoir recommencé sa vie, j'aurais seulement aimé pouvoir faire de même. Malheureusement j'ai vécu comme si j'étais l'ombre de moi-même. J'en suis venue à être terrifiée par les hommes, puis à les mépriser.

Le seul homme que j'aurais pu laisser m'approcher était Sebastian, mais comme je le croyais mort, j'ai refermé cette partie de ma vie. Joséphine était tout ce qui comptait pour moi, je voulais juste la voir grandir en sécurité.

Des enfants en train de jouer attirent mon attention. Je vois une femme qui poursuit deux fillettes derrière un rocher. Elles crient de joie lorsque leur mère les rattrape. J'avais l'habitude d'amener Joséphine ici, nous bâtissions des châteaux de sable dans le sable humide, nous attrapions des crabes dans les flaques laissées par la marée basse, pour les relâcher plus tard et les regarder filer de guingois vers la mer. Se souviendra-t-elle de ces moments ? Se souviendra-t-elle des gâteaux que je préparais pour ses anniversaires, des histoires que je lui racontais au lit ? Ou se souviendra-t-elle seulement du mensonge que je lui ai fait ? Soizic prétend qu'elle a besoin de temps, mais je sais les dégâts que le temps peut causer, sa propension à emporter ceux que vous aimez, si loin qu'il n'y a pas de retour possible. Ai-je perdu ma fille maintenant qu'elle a trouvé son autre famille qui, elle, ne lui a jamais rien caché ?

— Les *filles**, il est l'heure de rentrer ! crie la mère. La marée monte.

Les petites accourent vers elle, une de chaque côté, pour lui prendre la main. Je les regarde s'éloigner, le long de la crête de galets entre l'île et la plage. Les vagues se brisent quand elles s'en approchent. Je regarde ce chemin devenir de plus en plus étroit. Et je sors la lettre de Sebastian.

Chère Élise,

Il m'appelait toujours Lise. L'emploi d'« Élise » instaure une distance entre nous. Je vais avoir du mal à lire les mots suivants.

Tu es en vie ! Et nous avons une fille, si belle ! Cette nouvelle remplit mon cœur de joie. Mais aussi de tristesse, car nous ne nous sommes jamais retrouvés. Je n'ai jamais cessé de penser à toi ni de t'aimer.

Pourquoi faut-il qu'il me dise ces mots ? Il a dû arrêter de m'aimer puisqu'il en a épousé une autre.

J'ai été un idiot. J'ai été stupide de croire ton père quand il m'a affirmé qu'on t'avait fusillée. J'étais si accablé de chagrin que je n'ai pas pu voir la vérité. S'il te plaît, pardonne-moi.

L'écriture devient floue et mes yeux se remplissent de larmes. Je détourne le regard, pour les assécher d'un clignement d'yeux, et je continue ma lecture.

Je ne pourrai jamais aimer quelqu'un comme je t'ai aimée, Élise. Mais une femme est entrée dans ma vie.

Je ne peux plus continuer. Je lève des yeux qui voient trouble. La marée est montée et le chemin de sable a disparu. La mère et ses filles marchent sur la plage, se tenant par la main, balançant leurs bras, indifférentes au monde.

Je devrais faire demi-tour tant que l'eau qui a recouvert le sentier est encore peu profonde, mais je suis incapable de bouger. Je suis congelée. Je reste assise sur le rocher, la lettre froissée entre mes mains, et je regarde la mer, sans me concentrer sur rien. Je me sens disparaître, me dissoudre dans le néant, en suspens dans le temps. Je n'ai nulle part où aller, nulle part où je veuille aller. J'écoute les vagues qui déferlent, qui gagnent en force, et je ne peux toujours pas bouger. Le vent siffle entre les rochers, autour de leurs arêtes vives. Quelques brins d'herbe égarés sont recourbés par les rafales, de ce même vent qui me caresse doucement les cheveux et chuchote à mon oreille… Je m'aperçois alors que je n'ai plus peur. Je n'ai plus rien à craindre. La vérité est libérée. J'écoute le rythme intemporel des vagues qui lèchent les rochers, se retirent, puis reviennent. Je me sens en apesanteur, capable de m'en aller au loin en flottant. Je ferme les yeux et synchronise ma respiration avec le murmure de la mer.

68

Coventry, 4 juillet 1963

Sebastian

Joséphine est là depuis dix jours lorsqu'un coup frappé à la porte vient rompre ce qui est devenu leur routine matinale. Le facteur est là, un papier marron à la main.

— Télégramme, annonce-t-il en le tendant à Sebastian.

Il s'en saisit. Le message est si court que ses yeux l'ont lu avant que son esprit ne se rende compte qu'il ne lui est pas adressé. Il est destiné à Joséphine.

Ta mère a eu accident. Hôpital. Rentre.

Élise ! Élise est à l'hôpital ! Il referme la porte d'entrée, le pouls battant furieusement. Que s'est-il passé ? Et s'il s'agissait d'un terrible accident de voiture ? Comment va-t-il l'annoncer à Joséphine ?

Il retourne dans la cuisine, tenant toujours le morceau de papier qu'il lui tend d'une main tremblante.

— Joséphine. C'est ta mère.

Sans un mot, elle lui prend le télégramme qu'elle lit en une seconde, avant de le laisser tomber. Elle a les yeux écarquillés par le choc.

— Qu'est-ce que ça veut dire ?

Maggie se penche pour ramasser la feuille. Son regard passe de Sebastian à Joséphine, avant de revenir à son mari. Le silence dans la cuisine se fait épais et lourd.

— Dada ! crie Philip comme pour sortir tout le monde de cette torpeur.

Sebastian s'empresse de passer son bras autour de sa fille afin de la rassurer.

— Elle est à l'hôpital. On s'occupe d'elle. Elle va s'en sortir.

Ses mots sont si pathétiques qu'il se déteste de les avoir prononcés, d'avoir égoïstement gardé Joséphine ici quand elle aurait dû rentrer chez elle.

— Élise est à l'hôpital ? demande Maggie, en quête de confirmation.

— Oui, répond Sebastian. Joséphine doit repartir.

— Tu pourrais utiliser le téléphone des voisins, suggère Maggie. Et appeler l'hôpital.

Elle a raison, c'est une possibilité.

— Tu connais le nom de l'hôpital le plus proche de chez vous ? demande-t-il en se tournant vers Joséphine, soulagé d'avoir quelque chose de concret à faire.

— Oui, il est à Lannion.

— Je vais les appeler de chez les voisins.

— Je peux venir avec toi ? s'enquiert Joséphine d'une toute petite voix.

Sur son hochement de tête, ils quittent ensemble la maison.

Les voisins sont attablés devant leur petit déjeuner. Avisant l'air paniqué de Sebastian, ils acceptent bien volontiers de le laisser utiliser leur téléphone, même si c'est pour appeler la France. Sebastian s'entretient d'abord avec l'opératrice, qui lui communique le numéro de l'hôpital, puis il entreprend aussitôt de le composer. Son index tremble lorsqu'il l'insère dans le zéro, pour tourner le cadran jusqu'au déclic, puis passe au chiffre suivant. L'opération semble prendre une éternité, avec un cœur qui bat la chamade à chaque rotation.

— *L'hôpital**, répond une voix de femme.

— *Bonjour, madame**, commence Sebastian. Je viens de recevoir un télégramme m'informant qu'Élise Chevalier a été hospitalisée. Pouvez-vous me confirmer qu'elle se trouve bien chez vous ?

— Qui est à l'appareil ?

Que représente-t-il pour elle maintenant ? Il hésite.

— J'appelle de la part de sa fille qui se trouve avec moi. Joséphine Chevalier.

— Oui, Élise Chevalier est bien chez nous.

— Pouvez-vous m'indiquer comment elle va ?

— Elle est toujours dans le coma.

— Dans le coma ?

Il crispe sa main sur le combiné, des gouttes de sueur perlent à son front, il a les paumes moites sur le téléphone.

— Oui, je suis désolée. Vous l'ignoriez ?

— Oui. Que s'est-il passé ?

— On l'a retrouvée dans la mer, au large de l'île aux Lapins. Ce sont des sauveteurs qui l'ont récupérée.

Dans la mer ! Il voudrait lui demander ce qu'elle faisait là-bas, mais il préfère répliquer :

— Nous serons là demain.

Le cœur battant contre ses côtes, il essuie le combiné sur son pantalon avant de le reposer sur son socle et de se tourner vers Joséphine.

— Dans le coma ? murmure-t-elle, le visage pâle comme la mort.

— Nous partons aujourd'hui, Joséphine.

Il la prend dans ses bras pour la serrer contre son torse. Immobile comme une statue, elle n'émet aucun son.

69

Coventry, 4 juillet 1963

Sebastian

Il doit ramener Joséphine chez elle, auprès de sa mère. Dans un coin secret de son cœur, il rêvait de faire ce voyage avec sa fille, mais pas dans ces circonstances, pas dans cet état de panique et de terreur.

Il fait rapidement ses bagages, hésitant devant son tiroir à chaussettes. Il ne sait pas pour combien de temps il part. Il sent les yeux de Maggie se planter dans son dos et se tourne vers elle.

— Je… (Mais il ne sait pas quoi dire.) Je rentre dès que je peux.

Il ne sait même pas ce que ça veut dire. Quand Élise sera sortie du coma ? Et si elle n'en sort jamais ? Est-ce que sa phrase signifie : « quand je me sentirai prêt » ? Et s'il ne se sent jamais prêt ? Et s'il se trouve dans l'incapacité de repartir ?

C'est ridicule, se dit-il. C'était une autre vie, un autre temps. Il aime Maggie maintenant. Il fait ça pour Joséphine et, quand elle sera en sécurité chez elle, il reviendra. Il n'était pas là pendant qu'elle a grandi, mais il peut être là pour elle maintenant. Il le doit. Il n'a pas le choix.

Maggie vient se planter juste à côté de lui, pour appuyer la tête sur son épaule.

— Sebastian, murmure-t-elle, j'espère qu'elle va s'en sortir.

Il ne parvient pas à deviner si elle parle d'Élise ou de Joséphine.

Dans l'après-midi, Maggie les conduit à la gare. Joséphine est assise à l'arrière de la voiture, Philip sur les genoux, tandis que Luke, enveloppé dans sa couverture, est endormi sur la banquette arrière. Sebastian laisse sa main sur le genou de Maggie pendant toute la durée du trajet, afin de lui faire comprendre que son cœur lui appartient toujours, mais ce geste lui paraît infime et pathétique. Pourquoi ne peut-il pas simplement le lui dire ? Malgré ses tentatives, les mots ne sont pas venus.

Maggie gare la voiture, ils sortent par l'arrière, sauf Luke, qui dort profondément. Sebastian se penche vers Maggie et l'embrasse brièvement sur les lèvres.

— Je t'aime, murmure-t-il avant de s'écarter.

Il sent Joséphine se crisper. Puis il se tourne vers Philip, qui tient la main de sa grande sœur, mais affiche un air un peu boudeur. Sebastian le prend dans ses bras et l'embrasse. C'est la première fois qu'il passe une nuit loin de sa famille et il a l'impression de mal agir en leur disant au revoir comme il le fait.

— Au revoir, Joséphine, dit Maggie en la prenant par les épaules. J'espère que ça va s'arranger très vite pour ta mère.

Joséphine l'embrasse sur la joue, puis Sebastian et elle entrent dans la gare. Il regarde par-dessus son épaule, mais Maggie est déjà en train de réinstaller Philip dans la voiture.

Joséphine et Sebastian sont assis l'un en face de l'autre dans le train. Joséphine regarde par la fenêtre la campagne qui défile. Cette attitude rappelle à Sebastian son premier voyage en train dans ce pays, quand, seul et effrayé, il ignorait encore le traitement que lui réserveraient les Anglais.

— Tu crois qu'elle va s'en sortir ? demande brusquement Joséphine sans le regarder.

— Oui, répond-il.

Sauf que, bien sûr, il n'en a aucune idée et que Joséphine le sait. Elle demande juste à être réconfortée et rassurée. Et Sebastian, eh bien, il fait ce que font les pères : il réconforte son enfant.

— C'est une bonne nageuse, répète Joséphine pour la centième fois. Le courant devait être très fort.

— Oui, il existe des courants qui tourbillonnent sous l'eau et sont capables de t'entraîner vers le fond. Il y a un nom pour ça, mais je ne m'en souviens pas.

Elle le regarde, intriguée, comme si elle se demandait d'où il tient une information pareille. Puis elle se tourne à nouveau vers la fenêtre.

— C'est vraiment coquet par ici, fait-elle d'une voix distante.

Il suit la direction prise par son regard, pour observer les champs verdoyants, subdivisés en parcelles par des buissons et des murs de pierre.

— Tu te plais ici ? murmure-t-elle sans quitter des yeux le paysage qui défile.

— Oui. C'est chez moi, maintenant.

— Et l'Allemagne ?

Il lui a déjà parlé de ses parents – ses grands-parents à elle – et de sa grand-mère adorée, tous tués pendant le bombardement de Dresde.

— Il n'y a plus rien pour moi là-bas.

— Tu vas m'en parler ? De la guerre. De tout ça, insiste Joséphine, la gorge nouée. Et de maman. Tu me diras comment elle était ?

Sebastian esquisse un petit sourire.

— Je retrouve beaucoup d'elle en toi. Tu as ses yeux. Et la même façon de chercher à obtenir la vérité. Elle remettait toujours tout en question, comme tu le fais. Elle avait une façon de me regarder… comme si… (Il se sent un peu ridicule de lui faire cet aveu, mais tant pis.) Comme si elle lisait en moi.

— Je comprends ce que tu veux dire. (Joséphine vient de le surprendre, là.) Elle a toujours eu l'air de savoir ce que je pensais, explique-t-elle avant de marquer une pause en se grattant le front de son auriculaire. Voilà pourquoi j'ai été si choquée de découvrir ce qu'elle me cachait.

70

Plymouth, 5 juillet 1963

Sebastian

Sebastian a réservé des cabines séparées pour la traversée en ferry, même s'il lui en coûte le double. Il ne peut pas être soudain le père qu'elle n'a jamais eu et craint de l'effrayer s'il se montre trop intrusif, trop familier. Parfois, il surprend sur lui son regard intrigué, comme si elle n'arrivait pas à comprendre qui il est. Il aime l'observer, mais détourne souvent les yeux alors que tout ce qu'il veut, c'est s'imprégner de sa présence.

Comment était-elle quand elle apprenait à marcher, à parler ? Quel genre de questions posait-elle ? Quels étaient ses cauchemars ? Ses passions ? Ses craintes ? Quel a été son premier mot ? Il a raté ces années de formation. Il voit la jeune femme qu'elle est, mais il ne connaîtra jamais les strates de l'enfance, qui se cachent en elle. Il l'imagine pleine d'enthousiasme et de curiosité, débordant de questions incessantes, avec de longs cheveux blonds qui volent derrière elle, des jambes maigres qui dansent, courent le long de la plage. Ces images le remplissent de mélancolie et du désir ardent d'en avoir plus. Il veut connaître sa fille d'une manière qui est hors de sa portée.

Ils sont fatigués, l'un et l'autre, mais ils sortent tout de même sur le pont, pour regarder l'équipage remonter les lourdes cordes larguées du pont. La corne retentit et le pilote donne un coup d'accélération au moteur alors que le ferry s'éloigne. Ils se tiennent près l'un de l'autre. Sentant Joséphine frissonner, il a envie de l'enlacer pour lui certifier que tout va bien se passer, mais ce serait présomptueux et irresponsable, car il n'en sait rien et cette pensée le terrifie.

Lorsque toutes les lumières de la côte ont disparu, ils rentrent, chacun dans sa cabine. Sebastian s'allonge sur sa couchette et se laisse bercer par les vagues. Mais il rouvre les yeux peu de temps après, complètement réveillé, inquiet pour Élise et ce qu'ils vont trouver en arrivant à l'hôpital. Qu'est-ce que cela signifie, « être dans le coma » ? Est-ce une sorte de sommeil profond, qui donne à votre corps le temps de récupérer ? Élise doit absolument se rétablir. Son esprit se tourne vers Maggie : il s'est senti mal de la laisser avec les enfants, d'autant plus que Luke est malade. C'est un soulagement de savoir que la mère de Maggie va rester pour l'aider. Il passe la nuit entre sommeil et veille, à penser à Élise, puis à Maggie, puis à Joséphine et de nouveau à Élise.

Tôt le lendemain matin, la corne du bateau leur signale bruyamment qu'ils approchent du port de Roscoff. Sebastian s'habille rapidement et sort dans le couloir. Joséphine est déjà assise dans l'un des fauteuils du salon. Elle a l'air nerveuse et fatiguée, mais porte une robe bleue, toute propre, et un foulard de soie marron clair négligemment noué autour de son cou. Il prend une minute pour l'observer sans qu'elle le remarque, puis elle se retourne et note sa présence avec un sourire triste.

Il s'assied à côté d'elle.

— Tu as réussi à dormir ? lui demande-t-il.

— Oui, ça va.

Ses yeux maussades lui racontent une autre histoire, pourtant il ne dit rien. Il lui prend la main et la garde dans la sienne pendant qu'ils attendent de débarquer.

Ils ne se parlent pas tout le temps que durent la sortie du ferry et le contrôle des passeports à la douane.

Dehors, Joséphine lui désigne une vieille Renault 4 CV verte, contre le capot de laquelle s'appuie une femme aux cheveux gris. Une femme plus jeune se tient à côté d'elle, une cascade de cheveux noirs aux épaules. La ressemblance avec Élise est frappante. Un sentiment de nostalgie étreint le cœur de Sebastian lorsqu'il songe à toutes les années qu'il a manquées avec elle : la fin de sa vingtaine, le début de sa trentaine, la fin de sa trentaine.

— C'est Soizic, et Isabelle.

Joséphine se dirige rapidement vers elles et, lorsqu'elle est parvenue à sa hauteur, la vieille femme l'entoure de ses bras. Sebastian suit et constate que sa fille sanglote.

Isabelle lui sourit, s'approche un peu. D'instinct, il sait qu'une bise sera mieux reçue qu'une poignée de main cérémonieuse. Il lui est reconnaissant de ce petit geste qui en dit tant.

En revanche, lorsque Soizic s'écarte de Joséphine, c'est en croisant à peine son regard qu'elle lui tend la main.

— *Bonjour, monsieur**.

Le ton est froid. Elle se tourne pour ouvrir la portière côté passager, se tenant en retrait pour que Joséphine puisse entrer. Après quoi elle retourne côté conducteur et soulève son siège afin qu'il puisse grimper à l'arrière avec Isabelle.

— Nous allons directement à l'hôpital, annonce Soizic, qui lance son véhicule sur les routes sinueuses de la Bretagne.

Sebastian essaie de ne pas se laisser intimider par cette femme. De ne pas se la mettre à dos non plus.

— Merci. Nous étions tellement inquiets.

— Elle a été coupée du continent par la marée, explique Soizic. Je ne comprends pas pourquoi elle est rentrée si tard. Elle a dû s'endormir au soleil.

— Maman ne dort jamais pendant la journée, objecte Joséphine.

Elle baisse sa vitre pour que l'air s'engouffre à l'intérieur.

Sebastian est confus. Soizic prétend qu'Élise a dû s'endormir et Joséphine affirme que c'est impossible. Alors, que s'est-il passé ? S'est-elle endormie ? Ou a-t-elle fait exprès de ne pas quitter l'île à temps ? Pourquoi se serait-elle mise en danger comme ça ?

— Je suis venue dès que j'ai su, annonce Isabelle dans le silence. Maman serait venue, elle aussi, mais papa est très malade.

Un frisson court dans la nuque de Sebastian à l'évocation du père d'Élise. Joséphine ne demande pas comment il va, et lui non plus.

Lorsqu'ils arrivent à l'hôpital, ils sont accueillis par une infirmière qui les conduit dans un long couloir sans fenêtre. Il y règne une odeur d'antiseptique, de javel et de chou bouilli, que Sebastian tente d'ignorer alors qu'ils se dirigent vers la chambre n° 32, celle d'Élise.

71

Bretagne, 6 juillet 1963

Sebastian

Élise. Sa Lise. Elle a l'air aussi paisible que si elle ne faisait que dormir. Les années disparaissent, et il se rappelle le jour où il l'a regardée dormir pour la dernière fois dans le lit de sa chambre d'hôtel. Il retient son souffle en regardant ses cheveux bruns disposés en éventail sur l'oreiller. Ils sont plus longs que dans son souvenir et sa peau ivoire est lisse, sans ridules. De longs cils soyeux se recourbent sur ses joues, unique note de couleur sur la pâleur de son visage.

Il a des fourmis dans les doigts tant il brûle de la toucher, mais il n'ose pas. Il se rend compte qu'il a retenu sa respiration. Elle lui revient d'un coup, tambourinant dans ses oreilles. Joséphine se penche sur sa mère, pose les mains sur son visage, lui caresse tendrement le front et lui murmure quelque chose à l'oreille.

Soizic tapote l'épaule de Sebastian.

— Laissons-les une minute.

Sebastian l'ignore. Il vient juste d'arriver, il ne veut pas repartir.

— Venez, insiste Soizic. Isabelle peut rester avec elle.

Il se retourne vers Soizic et comprend qu'elle lui indique sa place. À contrecœur, il détourne le regard d'Élise et suit la vieille femme jusque dans le couloir, où ils s'asseyent sur des chaises en plastique. Il sort un paquet de cigarettes, pour en offrir une à Soizic.

— Vous ne devriez pas fumer ici, lâche-t-elle sèchement.

Il se lève.

— Dans ce cas, je sors.

Sans attendre de réponse, il retourne vers la porte par laquelle ils sont entrés. Il est content de s'éloigner de cette femme, qui ne cache pas le dégoût qu'il lui inspire. Il en a une perception quasi physique. Il s'approche d'une zone plantée d'arbustes et allume sa cigarette, inhalant la fumée en levant les yeux vers le bleu clair du ciel. *Lise. Lise.* Il est revenu. Dix-huit ans trop tard. *Mince ! Merde !* Il flanque un coup de pied dans un caillou égaré, envahi d'émotions contradictoires. Regret. Culpabilité. Colère. Peur. Il est terrifié à l'idée qu'Élise ne se réveille pas, qu'il ne puisse plus lui parler, qu'il ne soit pas en mesure d'expliquer.

Il repense à l'alliance qu'il a achetée pour elle, celle qu'il a laissée dans le tronc de l'église. Il repense au cierge qu'il a allumé. Et il se demande pourquoi il n'a pas cherché à en savoir plus. Pourquoi, bon sang pourquoi, a-t-il cru son père ? Pourquoi n'a-t-il pas au moins demandé à voir sa tombe ? Il baisse les yeux vers le sol, se voûte. Pourquoi a-t-il renoncé aussi facilement ?

Il se languit de lui parler. Il doit lui dire qu'il a essayé de tirer le meilleur parti de sa vie, mais qu'il l'a toujours gardée dans son cœur, qu'il ne l'a jamais oubliée. Il allume une autre cigarette, essayant de calmer l'anxiété qui pulse dans son corps, et il fait les cent pas autour du carré d'arbustes, encore et encore.

Une voix derrière l'incite à se retourner.

— Monsieur Kleinhaus, vous pouvez aller voir Élise maintenant.

Soizic a du mal à le regarder dans les yeux, mais au moins est-elle venue le chercher.

— Merci.

Il jette son mégot par terre, le broie sous la pointe de sa chaussure, puis la suit dans l'hôpital. La veine dans sa tempe le lance presque douloureusement, il sent un début de migraine.

Isabelle n'est plus là et Joséphine est assise sur une chaise à côté du lit. Elle se retourne pour le regarder quand il entre. Il découvre que son visage est marbré de rouge, ses yeux gonflés. Posant une main sur son épaule, il regarde Élise.

Joséphine se lève.

— Je sors, murmure-t-elle.

Sans quitter Élise des yeux, Sebastian s'assied sur la chaise que Joséphine vient de libérer. Il écarte les cheveux du visage d'Élise et se penche sur elle pour lui déposer un baiser sur le front, comme il le faisait autrefois. Ses lèvres s'attardent, tout ce qu'il voulait lui dire tourbillonne dans sa tête douloureuse et il ne se redresse pas. Il ferme les yeux, sent sa respiration changer. Lorsqu'il inspire, son souffle semble descendre plus profondément, pénétrer dans son corps, à l'arrière de sa tête, pour remplir chaque cellule d'oxygène. Il a l'impression que des minutes s'écoulent avant qu'il ne relâche enfin son souffle et, lorsqu'il inspire à nouveau, un sentiment de paix et de calme l'envahit, comme s'il était enfin rentré chez lui. Sa tête est plus légère, sa migraine a disparu. Il ne bouge pas mais reste là, à s'imprégner du sentiment d'être au bon endroit.

Puis il se souvient du petit écrin dans sa poche. Il se redresse et l'en tire pour sortir la chaînette d'argent ornée de sa rose en rubis. Il l'attache autour du cou d'Élise, dont il écarte les cheveux pour pouvoir enclencher le fermoir.

— J'avais promis de te le rapporter, murmure-t-il à son oreille, s'attendant presque à ce qu'elle lui réponde et le remercie.

Il entend la porte s'ouvrir et, sans un mot, Joséphine se faufile à l'intérieur. Elle vient se planter à côté de lui. Il lui prend la main, y exerce une légère pression, simplement pour lui faire comprendre qu'il est là pour elle.

— Tu crois qu'elle sent notre présence ? murmure Joséphine.

— Oui, répond Sebastian sans baisser la voix. Et je suis sûr qu'elle sourit intérieurement. (Il lâche la main de Joséphine pour s'emparer de celle d'Élise.) Elle se réveillera quand elle sera prête.

— Il le faut.

Joséphine a l'air désespérée.

— Elle le fera, c'est une certitude.

Et en cet instant, il en est vraiment persuadé. Il a l'intime conviction qu'Élise leur accorde simplement plus de temps pour apprendre à mieux se connaître, pour que Sebastian ait la place de devenir un père pour leur fille.

— J'ai été horrible avec elle, lâche Joséphine d'une voix tremblante. (Sebastian voit qu'elle essaie de retenir ses larmes.) Je ne comprenais pas pourquoi elle n'était presque jamais là pour moi, pourquoi elle devait travailler pour une autre famille. Et pourquoi elle ne m'avait jamais parlé de toi. J'étais en colère contre elle. C'est ma faute ?

Des larmes coulent sur ses joues.

— Qu'est-ce que tu veux dire ?

Il se crispe, redoutant ce qu'elle est sur le point de lui dire.

Joséphine renifle, ravale ses larmes.

— Tu crois qu'elle a voulu mourir ?

— Non ! Non !

L'idée lui a traversé l'esprit, à lui aussi, mais il ne s'est pas autorisé à y croire, pas sérieusement, et il ne peut pas laisser Joséphine s'en persuader.

— Bien sûr que non, insiste-t-il. Elle n'aurait jamais fait ça.

Lise en serait incapable, elle ne les abandonnerait jamais de cette manière. Il se lève et saisit les épaules de Joséphine, pour l'obliger à se tourner vers lui.

— Elle t'a, toi. Je sais qu'elle t'aime.

— Mais je lui ai dit que je voulais rester en Angleterre. (Elle ravale de nouvelles larmes.) Je cherchais à la blesser.

Sebastian l'attire contre lui.

— Ce n'est pas ta faute.

72

Bretagne, 7 juillet 1963

Joséphine

Le lendemain soir, Joséphine est assise à la table de la cuisine et regarde Soizic écosser des petits pois sur un vieux journal. Il y a tant de choses qu'elle aimerait lui demander, mais elle ne sait pas comment. Elle regrette de ne pas avoir parlé à sa mère avant d'avoir décampé en Angleterre, de ne pas l'avoir laissée s'expliquer. Elle est devenue maussade et peu communicative, comme une enfant boudeuse. Et maintenant, toutes les questions qu'elle aimerait poser à Soizic meurent sur sa langue avant d'avoir pu être formulées.

— Où est ton père ? s'enquiert Soizic en levant les yeux.

— Sorti faire un tour.

Il a demandé à Joséphine si elle voulait l'accompagner, mais elle a préféré rester parler à Soizic. Elle doit savoir ce qui a poussé sa mère à se jeter à l'eau comme ça, tout habillée, toute seule. Elle doit le découvrir.

— Je n'aurais jamais cru cuisiner un jour pour un Boche ! grommelle Soizic en secouant la tête.

Comment peut-elle parler de lui comme ça ?

— Un Boche ? C'est mon père !

— Oui, et c'est la seule raison de sa présence ici. (Elle secoue encore la tête.) Pour l'amour de Dieu, je ne sais pas pourquoi je fais ça.

— Peut-être que tu lui as pardonné, hasarde Joséphine.

— Non. Non. Seul Dieu est en mesure de pardonner, réplique-t-elle, apparemment résignée. Tout ce qu'on peut faire, c'est accepter. J'ai accepté le fait qu'il n'ait été guère plus qu'un adolescent quand la guerre a débuté, qu'il n'ait pas eu le courage de faire ce qu'il fallait.

— Peut-être que parfois, on ne sait pas ce qui est juste.

Joséphine pense au désir qu'elle a eu de s'éloigner de sa mère, de connaître son père et à la façon dont elle a sciemment blessé Élise.

Soizic secoue la tête.

— Non, je pense que nous savons ce qui est juste, mais qu'il nous manque tout bêtement le courage de le faire.

Est-ce ce qui s'est produit avec Joséphine ? N'a-t-elle pas eu le cran d'affronter sa mère ? A-t-elle préféré s'enfuir ? Elle n'en est pas sûre. Elle s'essuie les yeux, ravale ses larmes, qui n'aideront personne.

— Quelle est la dernière chose que maman t'ait dite ?

Voilà, elle l'a posée, sa question.

Soizic demeure immobile et Joséphine sent l'air se dilater entre elles, s'alourdir.

— Nous venions de recevoir ta lettre d'Angleterre, ainsi que celle de ton père, répond enfin Soizic. Elle était bouleversée.

— À cause de moi, lâche Joséphine, la gorge de nouveau nouée, ce qui rend ses paroles difficiles à sortir. Parce que je voulais rester avec… parce que je ne voulais pas rentrer à la maison.

Les larmes qu'elle a retenues jaillissent du plus profond d'elle-même. Il n'y a plus moyen de les arrêter maintenant. C'est sa faute. Elle le sait.

— Non. Non.

Soizic se lève et vient se placer du côté de Joséphine, qu'elle enveloppe de ses bras chauds et solides, pour la bercer doucement.

— C'était moi. Elle était furieuse contre moi. Parce que je ne l'avais pas laissée te parler de lui. De ton père. Je ne voulais pas qu'elle te dise la vérité à son sujet.

La colère se mêle à la culpabilité en Joséphine et elle s'écarte de Soizic.

— Pourquoi ? Simplement parce qu'il était allemand ?

— Oui.

La réponse est simple et franche, Joséphine n'y décèle aucune trace de honte.

Soizic plonge la main dans sa manche et en sort un mouchoir, avec lequel elle lui essuie les yeux.

— Tu n'as pas vécu la guerre, dit-elle avec douceur. Tu ne sais pas comment c'était. J'espère que tu ne seras jamais témoin d'une telle violence et d'une telle cruauté. Demande à ta mère. Nous devions te protéger de tout ça. Si les gens avaient su que ton père était un Boche, on t'aurait fait souffrir, même quand tu étais enfant. Mais pour que ça marche, il fallait que tout le monde fasse comme si, surtout toi. Et le mensonge a fonctionné, non ? Tu as eu une enfance sûre et paisible.

Soizic halète, comme épuisée par son petit discours.

Joséphine pince les lèvres et s'essuie les yeux.

— Une enfance sûre et paisible ? Tu crois que c'est ce que j'ai eu ? Je me sentais seule. J'avais l'impression que les gens chuchotaient dans mon dos, et je ne comprenais pas pourquoi. Je pensais que quelque chose clochait chez moi.

— Quoi ? Mais tu n'as jamais rien dit.

— Personne n'a jamais rien dit ! Mais il y avait bien quelque chose qui clochait, n'est-ce pas ? Simplement, je ne savais pas quoi. Les gens, eux, ils savaient, ajoute-t-elle après un petit temps d'arrêt.

— Non ! On ne l'a jamais dit à personne, proteste Soizic sur un long soupir. Je suppose que les gens tirent leurs propres conclusions devant un enfant aux yeux bleus, aux cheveux clairs, né en 1945. Et sans père.

Joséphine enfouit son nez dans le mouchoir, pour refouler d'autres larmes.

— Il ne m'est jamais venu à l'esprit que j'avais un père allemand. J'ai juste gobé vos mensonges. Je ne comprends toujours pas pourquoi tu nous as recueillies.

— Mon frère, Yannick, me l'avait demandé.

— Donc tu n'étais même pas d'accord ?

Soizic secoue la tête.

— Pas au début, non. Mais quand tu es née, j'ai changé d'avis. Yannick l'avait pressenti. On aurait dit qu'il savait toujours ce dont les gens avaient besoin avant eux. (Elle hésite.) Il savait que je finirais par t'aimer comme ma fille.

Sa voix se brise sur le mot « fille ».

— Mais ce n'est pas mon père, lâche lentement Joséphine qui puise en elle le courage de dire ce qu'elle a sur le cœur. Ce n'est pas lui qui a tué ta fille.

Voilà, c'est dit. Elle est entrée en territoire interdit. Retenant son souffle, elle attend la réponse de Soizic.

Laquelle laisse échapper un soupir, qui remplit l'air autour d'elles. Mais aucun mot ne vient.

Joséphine s'éclaircit la gorge.

— Ce n'était pas sa faute à lui.

Soizic se lève et retourne de l'autre côté de la table. Sans regarder Joséphine, elle replie le journal autour des cosses de petits pois, les ramasse et les apporte à l'évier, où elle les laisse tomber. Puis elle se retourne pour affronter Joséphine.

— Ton père n'est pas celui qui a arrêté Mireille, ni celui qui l'a interrogée, ni celui qui l'a tuée, mais il faisait partie du système. C'était un nazi. Chacun d'eux est coupable.

Joséphine ne supporte pas de voir la peine et la douleur qui brûlent dans les yeux de Soizic. Elle baisse les siens, honteuse de la façon dont elle l'a forcée à se souvenir.

— Ils ont gardé Mireille pendant trois jours. Trois jours entiers.

La voix de Soizic est rauque, déchirée par l'émotion.

Joséphine a une boule dans la gorge, qu'elle s'efforce de ravaler, puis elle s'essuie les yeux et s'approche de Soizic. Elle la serre fort dans ses bras, comme si elle redoutait de la voir tomber en morceaux si elle la lâchait.

— Elle n'a pas parlé, murmure Soizic à travers ses larmes. Elle ne leur a rien dit.

Joséphine ne lâche pas Soizic quand celle-ci est secouée de sanglots. Elle la serre plus fort. Elle connaît l'histoire. Elle sait qu'ils ont cousu les lèvres de sa fille et l'ont pendue à un crochet de boucher. Et elle comprend que certaines choses ne peuvent jamais être pardonnées.

73

Bretagne, 7 juillet 1963

SEBASTIAN

Sebastian regrette de n'avoir pas emporté un pull : les débuts de soirée sont frais et le vent est fort, charriant des grains de sable qui lui picotent le visage. Il doit être l'heure de rentrer de toute façon. Soizic est en train de préparer le dîner. Il ne serait pas surpris qu'elle verse quelque poison dans son assiette, tant son animosité est viscérale. Dieu merci, il a réservé une chambre d'hôtel pour la nuit, le dîner sera assez difficile comme ça. Il ne s'y plie que pour Joséphine et sait que c'est aussi le cas pour Soizic.

Il rebrousse chemin jusqu'à la maisonnette. Lorsqu'il ouvre la porte de la cuisine, il voit Joséphine et Soizic serrées l'une contre l'autre près de l'évier, en train de pleurer.

— Il s'est passé quelque chose ? Élise ? demande-t-il, désespéré. Est-ce qu'Élise… ?

— Pas de nouvelles, répond Joséphine, qui s'écarte de Soizic et le regarde de ses yeux humides.

Il n'est pas à sa place, ici, dans leur maison. Il devrait partir.

— Je suis désolé de m'être imposé, balbutie-t-il. Ne vous inquiétez pas pour le dîner, je n'ai pas faim. Il vaut sans doute mieux que je m'en aille. (Pas de réponse.) Je reviendrai demain matin.

Et sans rien ajouter, Sebastian fait demi-tour et sort.

Le lendemain matin, il se lève tôt et marche sur la plage avant de se rendre au chalet. Il pense à rentrer chez lui, à Coventry, où l'on a besoin de lui. Il a vu Élise, mais il ne peut plus rien faire. Elles ont vécu sans lui pendant toutes ces années, elles se débrouilleront. Il va rester une nuit de plus, puis il repartira. Il pourra toujours revenir quand Élise sortira du coma. Telle doit être sa façon de voir les choses : elle se réveillera.

Il arrive à la maisonnette et s'apprête à frapper à la porte de la cuisine quand celle-ci s'ouvre et lui cogne le nez. Soizic se tient devant lui.

— Désolée, marmonne-t-elle. Je suis en retard ce matin. J'allais sortir voir les vaches. Il y a du café sur la cuisinière si vous en voulez, ajoute-t-elle finalement.

— *Merci**.

C'est plus de mots qu'elle ne lui en a jamais dit.

— Vous voulez un coup de main ? demande-t-il sur une impulsion.

Elle le regarde dans les yeux.

— Qu'est-ce que vous savez des vaches ?

— J'ai travaillé dans une ferme en Angleterre.

Elle a l'air surprise.

— Si ça vous chante, lâche-t-elle enfin d'une voix exaspérée, comme s'il lui imposait sa présence importune.

Sebastian la suit vers l'étable. Ce sera bien d'avoir une occupation manuelle. Ils entrent dans l'étable, où elle lui tend un petit tabouret de traite en bois. Il le pose à côté d'une vache. Le siège est si petit qu'il doit replier les genoux contre sa poitrine. Il se réchauffe les mains, puis pose les doigts sur les trayons qu'il tire doucement. La vache beugle bruyamment, mais le lait commence à couler dans le seau. Tout lui revient, toutes les années passées en Angleterre, pendant lesquelles Élise élevait seule Joséphine et le croyait mort.

Perdu dans ses pensées, il oublie presque où il est. Puis il entend la voix de Soizic dans son dos.

— Je crois que c'est tout ce qu'elle va te donner aujourd'hui.

Sebastian arrête de traire la vache et lève les yeux : la vieille femme l'étudie avec une expression qu'il ne parvient pas à déchiffrer, puis elle reprend :

— Ma mère avait coutume de dire qu'on ne peut pas se tromper avec un homme qui sait traire une vache.

Le visage de Sebastian se fend d'abord d'un sourire, puis il éclate de rire. Ça fait du bien de rire. Il rit encore un peu. Puis il se rend compte que Soizic s'est jointe à lui. À la seconde où il croise son regard, elle s'arrête brusquement, mais ils ont partagé ces quelques secondes qui ont requinqué son cœur fatigué.

— Pourriez-vous me déposer à l'hôpital ce matin, s'il vous plaît ? demande-t-il.

— Oui, je vous emmène tout de suite, avant que Joséphine se lève. Elle a besoin de se reposer.

Après un rapide café, elle le conduit à l'hôpital. Ils ne parlent pas, et il comprend qu'il vaut mieux ne pas insister. Sur un « merci », il sort de la voiture pour se diriger vers la porte principale. La réceptionniste le salue, puis un médecin avec un bloc-notes s'approche de lui.

— Monsieur, dit-il, je crois que vous êtes ici pour voir Élise Chevalier ?

— C'est exact.

Le pouls de Sebastian s'accélère. Pourquoi le docteur est-il venu le saluer comme ça ? L'homme continue à marcher et Sebastian peine à le suivre.

— Je suis allé l'examiner ce matin. Elle a effectué quelques mouvements infimes, explique-t-il.

Le cœur de Sebastian fait un bond.

— Des mouvements vraiment infimes, mais ses paupières ont bougé, ce qui indique un sommeil paradoxal, autrement dit un sommeil où l'on rêve.

— Merci !

Alors Sebastian marche plus vite, impatient de rejoindre Lise.

74

Bretagne, 8 juillet 1963

Élise

La lumière vive du soleil traverse les grandes fenêtres et éclaire Sebastian. Il a une raie sur le côté, à présent, et il me sourit. Il est heureux. Une femme aux cheveux blond foncé se tient à ses côtés et me tend une main dont je me saisis. Je vois que c'est quelqu'un de bien, qu'elle l'aime. Je peux le quitter maintenant.

En apesanteur, je flotte hors de la pièce. Je nage à présent dans la mer, suivant les rayons du soleil qui brillent sur l'eau. Je roule sur le dos, l'eau coule comme de la soie sur mon corps. Je regarde le ciel sans nuage. Pas un bruit alentour, seulement la paix. C'est là que je veux être.

Une voix provoque des ondes de choc à travers moi et brise le silence. La mer roule sous moi. Elle se sépare. Je tombe, je tombe. Je regarde à nouveau le ciel, mais il est devenu sombre et menaçant. L'eau me tire, m'entraîne vers le bas. J'essaie de donner des coups de pied, mais je ne trouve pas mes jambes. Je suis un poids mort, qui coule et coule encore.

La voix résonne de nouveau en moi. Sauf que je ne veux pas l'écouter. Bandant mes dernières forces, je cherche à retrouver la chaleur du soleil. Mais mes bras refusent de bouger. Mes yeux sont couverts d'une boue épaisse et collante. Je suis aspirée vers le bas, vers les ténèbres. J'essaie de crier. *Au secours ! Au secours !* Mais aucun son ne sort. J'utilise toute ma force pour extraire un cri de ma gorge, malheureusement il n'en sort qu'un couinement minuscule. Je vais mourir ici. Je la sens venir, la mort. Un vide énorme et effrayant. J'essaie à nouveau. Je crie. Cependant le cri reste à l'intérieur de moi.

La voix revient.

— Lise.

Lise. Une seule personne au monde m'appelle Lise. Et cette personne n'est pas là. Sebastian n'est pas là. Il est dans cette pièce ensoleillée avec sa femme.

— Sebastian !

Je tente de crier, mais la boue m'emplit ma gorge. Il ne peut pas m'entendre.

— Lise.

Sa voix est nette et distincte maintenant, pourtant je ne le vois toujours pas. L'écœurante obscurité me tire vers le bas. Je suis si faible, si fatiguée. Je sens que je me laisse aller, que je tombe, tombe.

— Lise. Je suis là. Je suis là.

Il n'est pas loin. Mais pourquoi ne me sauve-t-il pas ? De toutes mes forces, je cherche à m'accrocher. Je veux lever une main, l'atteindre et le toucher.

Je sens son doigt. Je dois m'y raccrocher. Il le faut. Pourtant la boue épaisse remplit ma bouche, mes narines, tente de m'étouffer. Je dois bouger la main. J'y mets toute ma volonté, toute ma force. N'empêche, elle ne remue toujours pas.

J'ai de la boue plein la gorge. Je n'arrive plus à respirer. Je tousse. Ça me brûle la gorge. Je tousse encore. Je recrache la boue épaisse qui veut me tuer. Je tousse et je crache. L'eau se déverse à travers moi, pour me noyer. De l'air. J'ai besoin d'air. Je halète. Une profonde inspiration noie mes poumons. Ils vont exploser. Et puis je respire. Je respire. Je suis en train de respirer.

Il me tient dans ses bras. Sebastian me tient dans ses bras. Je m'accroche à lui. Je m'agrippe à ses bras, mes doigts s'enfoncent dans sa chair. Il me serre fort, les bras enroulés autour de moi, les mains crispées sur moi. Son corps est secoué de tremblements désordonnés : il pleure. Ma joue humide est posée contre la sienne, je goûte le sel de nos larmes sur ma langue.

L'agitation, les gens qui crient, des cliquetis épars tentent de se frayer un chemin dans ma conscience, mais je les repousse. Je les bloque et je m'accroche.

— Dieu merci. Tu es revenue, ma Lise. (J'écoute avidement ses mots, brûlant de les entendre encore.) Tu es saine et sauve. Lise, me murmure-t-il à l'oreille. Je suis là.

Je veux lui répondre, malheureusement ma gorge est encore prise dans la boue. Aucun mot ne peut passer. Des mains plaquées sur mes épaules me tirent, loin de lui. Ma voix se libère. Je crie.

— Lise. (Il s'accroche toujours à moi, mais sa voix est plus forte maintenant.) Tout va bien. Le médecin veut juste t'examiner.

Où suis-je ? Suis-je coincée dans un rêve ? Ou suis-je morte ? Je voudrais le demander, même si je n'arrive toujours pas à trouver ma voix.

— Chut, chut, Lise. Je n'irai nulle part. Je reste ici avec toi.

J'ouvre les yeux. La boue a disparu. Et je le vois. Sebastian. Mais il y a quelque chose de différent chez lui. Son visage est plus rond, plus posé. J'observe ses yeux, ce sont ceux que j'ai connus, du même bleu que ceux de Joséphine. Où est-elle ? Son nom monte dans ma gorge.

— Joséphine, murmuré-je.

— Joséphine va bien, répond-il. Notre fille. Elle te ressemble.

— Où ? Où est-elle ?

— Elle va arriver, dit-il en me prenant la main.

Puis je la vois. La mer. Les vagues qui m'envahissent. Le courant qui entraîne mes jambes, me tire vers le bas. J'ai du mal à respirer.

Quelqu'un braque une lumière vive dans mes yeux. C'est douloureux, mais je n'ai pas la force de m'écarter.

— Comment vous sentez-vous, madame ? (La question est trop compliquée pour moi. Je tousse à nouveau.) Des sauveteurs vous ont amenée ici. Vous souvenez-vous de ce qui s'est passé ?

Soudain, oui, je me rappelle. La lettre. La marée qui monte et recouvre le sentier. Le froid. L'obscurité.

— Vous êtes-vous cogné la tête ? Vous rappelez-vous être tombée à la mer ?

— Oui, murmuré-je.

Ça me revient par bribes. J'ai tenté de me réchauffer, mais il n'y avait nulle part où aller. Juste des rochers. Et l'obscurité sans lune. Je ne voyais rien. Puis ça me revient en mémoire. J'ai sauté dans l'eau, essayé de nager, les vagues s'écrasaient sur moi, les rochers déchiquetés.

— J'ai rêvé que je me noyais.

— Vous avez eu de la chance qu'un pêcheur vous ait repérée. Vous l'avez échappé belle. Nous devrons pratiquer d'autres examens demain.

Le docteur regarde Sebastian…

Sebastian. C'est vraiment lui ?

— Ne la laissez pas seule pour le moment. Quand elle se sentira plus forte, vous pourrez l'aider à se lever, mais elle ne doit pas quitter la pièce.

C'est lui ! C'est Sebastian. Ce n'est pas un rêve. Il est réel.

— Lise…

Il me prend la main pour la poser contre sa joue.

— Où étais-tu ?

Je ferme les yeux, ma tête palpite contre mes tempes.

— Je suis là. Je suis là maintenant.

— Je t'ai attendu.

Je me concentre sur ses yeux, essayant de ne pas céder à la douleur dans ma tête, de ne pas sombrer.

— J'ai essayé. J'ai essayé de revenir vers toi.

Je m'efforce de respirer dans ma tête, pour arrêter ce vertige. Il serre ma main, et ce geste me permet de rester présente.

— Lise, toutes les lettres que je t'ai écrites, tu ne les as jamais reçues.

Je ferme à nouveau les yeux, ravalant la boule dans ma gorge. Ses mots se brouillent et dérivent devant moi. J'essaie de me concentrer.

— Les lettres… Je les ai lues…

Je sens venir les ondes du sommeil, libération loin de la douleur, mais je veux rester ici, maintenant, avec lui. Je prends une profonde inspiration, pour m'obliger à tenir bon.

— Où étais-tu ?

— Je suis là. Je suis là maintenant.

Sa voix est rauque, signe qu'il convoque ces mots depuis un endroit très profondément enfoui. Il passe doucement sa main dans ma nuque, pour me serrer contre lui. Je sens son amour comme une force physique, qui bat dans mon cœur.

— Je ne t'ai jamais quittée, murmure-t-il.

Je veux que Sebastian reste avec moi. Je veux tout savoir de lui, mais je suis épuisée. Je me penche contre son torse, en fermant à nouveau les yeux. Maintenant ma tête est aussi légère que si on m'avait enlevé un poids énorme. Les vagues de sommeil m'attirent. Je leur résiste.

— Dis-moi, murmuré-je. Que s'est-il passé cette nuit-là ? La nuit où ils t'ont emmené.

Il repose doucement ma tête sur l'oreiller.

— Tu es fatiguée, *ma chérie**. Repose-toi maintenant.

75

Bretagne, 9 juillet 1963

Élise

Le lendemain matin, Sebastian entre dans ma chambre avec Joséphine. Ils ont l'air de se connaître depuis toujours et me sourient avec la même timidité.

Je tends les mains vers eux. Sebastian en prend une, Joséphine l'autre. Je bois la sensation magique et merveilleuse d'être tenue par eux.

Joséphine me lâche la main et passe ses bras autour de moi, pour enfouir son visage dans mon cou. Je sens qu'elle commence à trembler et que ses larmes coulent sur moi.

— Je suis désolée, maman. Pardonne-moi.

Je la serre fort.

— Tu n'as pas à t'excuser, Joséphine. J'aurais dû mieux connaître la mer. Tout ça, c'est arrivé parce que je me suis comportée comme une idiote.

— Mais tu as reçu ma lettre, sanglote-t-elle. C'était horrible, la façon dont je t'ai parlé de… (Les mots se bousculent.) Je ne le pensais pas. Je voulais rentrer à la maison.

— Je sais. Je sais que tu étais juste en colère contre moi.

— Mais je n'aurais pas dû te parler de… de son autre famille.

— Non, répliqué-je. Tu as eu raison.

Je regarde Sebastian par-dessus son épaule et le malaise dans ses yeux est éloquent. Il va falloir crever l'abcès, il devra m'en parler, de sa nouvelle vie sans moi.

— Ça t'a plu, l'Angleterre ?

Elle recule, essuyant ses larmes.

— Tu m'as manqué. Soizic m'a manqué.

— Il faudra que tu me racontes ton voyage.

Je voudrais entendre ses histoires, mais la tête me lance à nouveau. Comme par un fait exprès, l'infirmière entre.

— *Bonjour tout le monde**, lance-t-elle. J'espère que vous ne fatiguez pas madame ici présente. Elle a besoin de beaucoup de repos. Je viens juste pour quelques examens de routine. Pourriez-vous sortir ?

Joséphine et Sebastian se lèvent, mais il me jette un regard avant de partir.

— Je reviendrai.

— *Au revoir, maman**.

Joséphine m'embrasse sur la joue, et les voilà partis.

Une fois les examens terminés, je me rendors. Puis l'infirmière revient me réveiller pour le déjeuner. Je n'ai pas faim mais, devant une purée de carottes et une côtelette d'agneau, je retrouve mon appétit. Manger me requinque, je me sens déjà mieux. Je viens de finir mon *fromage blanc** quand Sebastian rentre.

Mon cœur bondit et je souris en réponse à sa mine réjouie. Il déplace mon plateau-repas pour pouvoir s'asseoir sur le lit et s'emparer de ma main qu'il porte à ses lèvres.

— Tu as repris des couleurs.

Il me caresse la joue du dos de sa main.

Je m'en saisis pour la serrer bien fort.

— Que s'est-il passé, Sebastian ? Raconte-moi.

— Tu t'es fait prendre par la marée et tu as cru pouvoir rentrer à la nage.

Je serre sa main encore plus fort et plonge mes yeux dans les siens : j'ai l'impression de remonter le temps.

— Non, je voulais parler de ce qui nous était arrivé à nous.

Je n'entends plus que le souffle de sa respiration. Et de la mienne. Son silence est une manière de me répondre.

— Tu vas rester un moment ? Juste un petit moment, ici, avec moi ?

Je ne peux pas supporter de le perdre à nouveau. Pas encore. Je ne suis pas assez forte.

— Oui, oui, bien sûr. Je resterai aussi longtemps que tu auras besoin de moi.

J'entends la chaleur dans sa voix. Je voudrais lui dire que je ne cesserai jamais d'avoir besoin de lui, que j'aurai toujours besoin de lui, que j'ai toujours eu besoin de lui, mais je me mords la langue et ravale mes mots. Il dépose un baiser sur mon front.

— Tu ne trouves pas que notre fille est incroyable ? Et courageuse : elle a fait tout ce chemin toute seule, jusqu'en Angleterre. J'aurais aimé être là pendant son enfance. Je donnerais tout pour avoir été à vos côtés. Je suis désolé que tu aies dû traverser tout ça toute seule.

— J'avais Soizic.

Il m'adresse un petit sourire en coin.

— Ça n'a pas dû être facile. Mais elle aboie plus qu'elle ne mord.

— Sebastian, le coupé-je, savourant le son de son nom sur ma langue, ça n'a jamais été le bon moment pour nous, hein ?

Il serre à son tour ma main et ses yeux deviennent plus sombres. Le silence tourbillonne entre nous. Il y a tant de choses. Et si peu.

— Comment est ta femme ?

Je me suis forcée à poser la question le plus naturellement possible, mais je perçois tout de même une gaieté fallacieuse dans ma voix. Et je sais qu'il l'entend aussi. N'empêche, c'est le genre de question que poserait un ami perdu de vue depuis longtemps. Or c'est ce que nous sommes, dorénavant. Des amis qui ont été amoureux. Une vie entière plus tôt.

La question semble l'avoir pris au dépourvu.

— Maggie ?

Son nom glisse sur sa langue avec une telle familiarité, une telle chaleur, que mon cœur se recroqueville de douleur.

— Elle est gentille. Elle a des yeux noisette, des cheveux bruns, raides.

Cette description, pour le moins vague, ne me dit pas grand-chose. Ce ne sont pas les informations que je cherche, mais je devine qu'il ne veut pas me faire souffrir, me parler de leur bonheur, pourtant je le sens. Et j'ai besoin de l'entendre, alors je l'aide un peu.

— Tu l'as rencontrée où ?

Il semble soulagé d'avoir quelque chose de concret à raconter.

— Au travail. Je me rendais à Coventry, qui a été bombardée pendant la guerre. (Pendant son bref silence, je comprends que c'est exactement la raison pour laquelle il a choisi cette ville.) Je travaillais sur des brevets de conception pour des motos. Ce que je fais toujours, d'ailleurs.

J'attends qu'il revienne sur le sujet de sa femme.

— Maggie préparait du thé dans la petite cuisine attenante au secrétariat. (Voyant qu'il hésite à continuer, je garde le silence.) J'étais là depuis environ un mois, poursuit-il. Je ne m'étais pas fait d'amis, pas vraiment. Les gens étaient polis et respectueux avec moi, ce qui était déjà quelque chose, je ne m'attendais pas à davantage. Ce séjour à Coventry était une sorte de pénitence dans mon esprit.

J'acquiesce, comprenant le besoin de ce pèlerinage, chez lui.

— Mais Maggie était différente. Elle voulait savoir d'où je venais, même si elle devait déjà être au courant. Tout le monde savait que j'étais allemand. Elle m'a dit que j'étais le seul homme à avoir mis les pieds dans la cuisine, ajoute-t-il après un bref silence. Ne l'avais-je pas remarqué ? Elle m'a fait rire.

Je veux lui dire d'arrêter. J'en ai assez entendu. Mais je me contente de le regarder, en tâchant de vider mes yeux de toute expression, alors que mon cœur se brise à nouveau. Il se tait comme s'il avait lu dans mes pensées. Puis je me détourne et fixe résolument le parking de l'hôpital, sans rien voir. Je tente de refouler mon chagrin d'amour là où personne ne le verra. Je sens ses yeux sur moi, mais je ne peux pas le regarder. Pas encore.

76

Bretagne, 9 juillet 1963

Sebastian

Sebastian doit utiliser la cabine téléphonique du village pour appeler leur voisin, à Coventry, et lui demander d'aller chercher Maggie. Il a préparé dix pièces d'un franc, cela devrait amplement suffire.

— Comment va Élise ? demande aussitôt Maggie.

— Bien. Elle est sortie du coma hier.

— Hier ? Est-ce qu'elle va s'en tirer ?

— Oui, elle reprend des forces chaque jour. Comment vont les enfants ?

Il devrait lui dire qu'il rentre à la maison maintenant, mais il n'est pas prêt.

— La toux de Luke a complètement disparu. Il se porte beaucoup mieux, répond-elle d'une voix dont le soulagement s'est propagé jusqu'à son extrémité de la ligne. Philip n'arrête pas de parler. Tu sais comment il est. C'est un bavard. (Elle rit et le cœur de Sebastian se gonfle d'amour pour sa famille.) Quand est-ce que tu rentres ?

— La semaine prochaine, je crois.

C'est une simple supposition, mais il ne sait pas quoi répondre d'autre.

— La semaine prochaine ? s'étonne-t-elle. Et ton travail ?

Elle ramène tout à des questions pratiques.

— Je vais les appeler. Ne t'inquiète pas.

Un silence lui répond à l'autre bout de la ligne. Il insère un autre franc dans la fente. Que dire pour la rassurer ?

— Je reviens dès que je peux, fait-il en grimaçant, tant ces mots sont imprécis. J'attends qu'Élise sorte de l'hôpital.

— C'est prévu pour quand ? fait Maggie d'une voix tranchante.

Elle ne va pas se contenter d'une réponse ambiguë. Et elle a bien raison.

— Bientôt. Je veux juste m'assurer que tout va bien pour Joséphine. Elle a dû digérer beaucoup de choses. Et elle attend les résultats de son bac la semaine prochaine. J'aimerais être là.

Mais Maggie ne le laissera pas s'en tirer à si bon compte.

— Elle peut toujours venir nous rendre visite. Philip aimerait la revoir. Il s'est beaucoup attaché à elle. Il parle d'elle, il l'appelle « Yo-phine », c'est mignon comme tout.

— Je sais.

Mais il sait aussi qu'il ne peut pas éloigner Joséphine de Lise. Elle a besoin de sa fille auprès d'elle.

Le lendemain, Sebastian rend visite à Élise. Elle a le droit de quitter sa chambre tant qu'elle reste dans l'hôpital. Il prend alors son bras et ils se dirigent vers le salon, où ils trouvent une table près de la fenêtre. Ils s'asseyent l'un en face de l'autre, les mains sur leurs genoux. Mais cette disposition ne lui semble pas la bonne, alors il tend le bras par-dessus la table, paume ouverte. Elle place sa main amaigrie dans la sienne et il l'enveloppe de ses doigts, pour la caresser du pouce. Aucun des deux ne parle, puis il sourit.

— Je suis vraiment très heureux que Joséphine m'ait retrouvé.

— Elle a refusé que je l'accompagne.

— Elle a un fort caractère. Comme sa mère. (Il serre sa main.) J'ai été idiot de croire ton père quand il m'a dit que tu avais été fusillée. Aujourd'hui, je n'en reviens pas de n'avoir pas vu clair dans son jeu.

— Je ne pense pas être capable de le lui pardonner.

Il acquiesce, comprenant sa douleur.

— Je regrette qu'on ne se soit pas enfuis quand tu le demandais, murmure-t-il d'une voix rêveuse. On aurait pris des chevaux et vécu dans la forêt jusqu'à ce que tout soit fini. Au moins, on aurait été ensemble, comme tu l'as dit.

— Nous ne pouvions pas prévoir que quelqu'un te dénoncerait.

Il tressaille. Est-elle au courant ? Sait-elle que c'est sa mère qui l'a dénoncé ? Il ne veut pas le lui apprendre maintenant. Il ne sait pas quels dégâts la nouvelle risque de causer, vu la fragilité de son état. Mais la question reste en suspens dans l'atmosphère.

— Tu sais qui c'est ? demande-t-elle enfin.

Il secoue la tête, incapable de lui mentir en paroles. Mais elle l'a percé à jour.

— Donc tu sais, n'est-ce pas ?

Il secoue à nouveau la tête, les yeux baissés sur leurs mains entrelacées.

— Qui ? Marie, l'amie d'Isabelle ?

Pour la troisième fois, il secoue la tête.

— C'est ma mère, n'est-ce pas ?

Cette fois, il est dans l'incapacité de secouer la tête. Élise laisse échapper un long soupir.

— Au fond, je crois que je l'ai toujours su.

— Elle essayait de te protéger.

— Quoi ? En te faisant tuer ? Non, elle pensait à elle, elle avait peur d'être accusée de collaboration après la guerre. Elle voulait marquer des points auprès de la Résistance.

— Non. Ils lui ont proposé un marché : ta sécurité contre ma dénonciation.

— Ma sécurité ? ironise-t-elle, amère. Elle est bien bonne, celle-là. Je me demande si Isabelle est au courant, reprend-elle après une courte pause.

— Je ne suis pas sûr. Tu pourras lui poser la question : elle va venir te rendre visite, un peu plus tard, avant de rentrer à Paris ce soir. Ton père est malade…

Il veut savoir. Il le doit, mais il n'ose pas demander et l'air entre eux enfle sous les non-dits. Puis il trouve le courage.

— Lise, demande-t-il finalement, qu'est-ce qui s'est passé après qu'ils m'ont emmené ?

Il sent Élise s'immobiliser. Il n'entend même plus sa respiration.

— Lise, que s'est-il passé ? Dis-le-moi.

Alors elle lui raconte. Elle lui raconte qu'ils l'ont traînée hors de chez elle, qu'ils l'ont déshabillée pour ne la laisser qu'en sous-vêtements, qu'ils l'ont rasée et lui ont peint une marque rouge sur le front. Il ferme les yeux, comme si cela pouvait suffire à le débarrasser des images terrifiantes qui défilent dans son esprit. Il prend une inspiration et se lève, balayant les cheveux du visage d'Élise pour l'embrasser doucement sur le front, là où on a dû lui peindre la croix gammée.

— Pardonne-moi, murmure-t-il.

— Ce n'est pas à toi que je dois pardonner.

— Je n'aurais jamais dû t'exposer à ça. J'aurais dû savoir.

Il ravale le caillou dur dans sa gorge, se maudissant lui-même, maudissant la mère d'Élise de l'avoir dénoncé. Par son geste, elle a trahi sa propre fille. Comment a-t-elle pu être aussi stupide ?

Il veut prendre Lise dans ses bras, caresser ses beaux cheveux, apaiser sa douleur, mais il arrive trop tard et il a peur que ces démonstrations d'affection ressemblent à de la pitié.

— Lise, dit-il, tu as été d'un courage remarquable.

— Non, je vis cachée ici depuis.

— Tu es venue ici et tu as vécu avec une femme qui avait toutes les raisons de te mépriser et de te détester, mais tu as tout subi pour protéger notre fille.

Il écarte une mèche de son front et l'embrasse, toujours incapable d'arrêter les images qui envahissent son esprit. Des hommes la déshabillant, passant un rasoir sur son crâne.

— J'aurais dû être là, les en empêcher. Qui c'était ? Qui a fait ça ?

— Je ne sais même pas. Des hommes. Mais il y avait des femmes dans la foule. Tout le monde était là.

Sebastian enfouit la tête dans ses cheveux.

— Je veux les tuer.

Élise s'écarte pour le dévisager.

— Et tourner la roue de la vengeance qui jamais ne s'arrête.

— Je suis désolé. C'est juste que…

Il a envie de frapper le mur. Mais à la place, il essaie de calmer la rage qui cogne dans son cœur.

— Comment tu as réussi à surmonter tout ça ? Comment tu as… ?

— Je ne suis pas sûre d'y être parvenue, pas vraiment. Je suis passée en mode survie. Je ne désirais plus rien, à part que Joséphine soit en sécurité. (Elle plisse le front, le temps de réfléchir.) Ça m'a dépossédée de tous mes rêves. La « collaboration horizontale », lâche-t-elle sur un long soupir. De Gaulle en a fait un crime : l'« *indignité nationale** », comme il disait. Mais ils n'ont pas jugé les prostituées, plaisante faiblement Élise. Parce qu'elles ne faisaient que leur travail.

— Comme la police, marmonne Sebastian, la poitrine encore allumée de fureur.

Il étreint la main d'Élise, tandis qu'un terrible sentiment d'injustice enfle dans son cœur. Les policiers ont-ils été punis pour avoir collaboré ? Bien sûr que non, sous prétexte qu'ils obéissaient à des ordres. Quel choix avaient-ils ?

— Tout a été tellement horrible.

Il baisse la tête, vaincu. Puis il lève les yeux.

— Lise, tu as eu quelqu'un d'autre ?

Il regrette immédiatement sa question. Il ne sait même pas d'où elle lui est venue. La réponse n'a aucune importance, mais il a été terriblement maladroit. Ça ne le regarde pas.

— Non, répond-elle. Personne.

Il aurait aimé qu'il en aille autrement pour elle. Il ne supporte pas l'idée qu'elle ait étouffé cette partie d'elle-même. Il y a là comme une injustice : lui a continué sa vie, il a même retrouvé l'amour, alors qu'elle a vécu sa vie seule.

— Je ne pense pas pouvoir pardonner à ma mère. Ou à mon père.

Lise a interrompu le fil de ses pensées, pour ramener la conversation sur ses parents. Il y a de la désolation dans sa voix, or il veut qu'elle se ragaillardisse.

— Ta mère essayait de te protéger, répète-t-il. Tu te rappelles comment ça se passait, les différentes factions… Elle a pu passer un accord avec un groupe, et puis un autre est revenu sur l'accord. Je ne crois pas qu'elle m'ait trahi parce qu'elle voulait ma mort.

Il hésite, décelant un parallèle entre ce que Joséphine a ressenti envers sa mère quand elle a découvert son mensonge et ce qu'Élise ressent maintenant envers sa propre mère.

— Parfois, les gens font de mauvaises choses pour de bonnes raisons. J'imagine que ta mère s'est suffisamment punie elle-même.

— Tu penses que je devrais lui pardonner ? (Il acquiesce lentement, en la regardant dans les yeux.) Donc Joséphine me pardonnera ?

— Joséphine t'a déjà pardonné.

— Vraiment ? insiste Lise avec un sourire.

— Oui. Nous faisons tous des choses que nous regrettons. Il est peut-être temps que tu parles à ta mère, ajoute-t-il après quelques instants de réflexion. Afin de lui donner une chance de s'expliquer. Elle a dû être terrifiée pour toi.

77

Bretagne, 10 juillet 1963

Élise

Joséphine entre dans ma chambre, vêtue de la robe d'été bleu clair que je lui ai achetée pour son anniversaire, celle que j'ai choisie parce qu'elle est assortie à ses yeux. Elle respire la santé, avec son visage légèrement bronzé. Elle aime sans doute passer du temps dehors, en attendant les résultats du bac.

— Je t'ai cueilli des fleurs. (Elle sort les mains de derrière son dos et brandit un bouquet de fleurs roses et violettes.) Elles viennent du champ, précise-t-elle, comme si je ne le savais pas.

Je m'en empare pour les porter à mon nez et inspirer leur odeur fraîche et suave.

— Merci, dis-je en l'embrassant sur la joue. Elles sont magnifiques. Je leur trouverai un vase plus tard, ajouté-je avant de les plonger dans la carafe d'eau sur la table de nuit.

Elle part d'un rire léger et heureux, puis elle m'enlace. Nous nous serrons l'une contre l'autre et je m'imprègne de la sensation de sa peau douce contre la mienne, de la chaleur de son corps, de la fraîcheur de son odeur citronnée. Ma fille…

— Joséphine, murmuré-je. Comment tu te sens ?

Elle s'écarte, les yeux emplis de larmes.

— J'ai eu tellement peur. J'ai cru… J'ai cru que tu allais mourir.

Je prends le foulard d'été qu'elle a noué autour de son cou pour essuyer ses larmes.

— Non, pas question que je te quitte. Joséphine, je suis vraiment, vraiment désolée de t'avoir menti.

— Et moi, je suis désolée de ne pas t'avoir posé plus de questions sur ce que tu as fait pendant la guerre, maman. Je suis désolée d'avoir été aussi en colère contre toi. Isabelle a dit que je devrais l'interroger là-dessus.

— Ah bon ?

Je songe à lui parler de ce que Sebastian et moi avons fait, tous les deux, du sauvetage des enfants, mais ces événements semblent si lointains maintenant.

— Qu'est-ce qu'elle voulait dire ? insiste Joséphine.

Alors je lui raconte. Une petite ride se creuse entre les sourcils de Joséphine.

— Toutes ces histoires cachées. C'est comme si… comme si je ne te connaissais qu'à moitié… Je regrette de ne pas avoir tout su. J'aurais voulu te connaître vraiment.

Elle se frotte les yeux à la manière d'une enfant, ce qui est très attachant.

— Imagine comme tout aurait été différent si personne n'avait jamais menti. Mentir, c'est voler. On vole la vérité. (Elle est si sage pour son âge.) Mais tu me l'as rendue, maintenant, nuance-t-elle avec un sourire. Et j'ai retrouvé mon père.

Le sourire disparaît de son visage, avant qu'elle reprenne :

— Je regrette seulement…

Je sais ce qu'elle va dire et je ne veux pas l'entendre. Je prends sa main que je frotte entre les miennes, comme je le faisais quand elle sortait de la mer, les doigts gelés, et j'essaie de trouver un moyen de l'empêcher de dire ce qui va suivre. Mais je suis trop lente.

— Je regrette… Je regrette qu'il ait une autre famille.

Voilà, elle l'a dit. Bien sûr, une partie de moi regrette la même chose, mais je dois être l'adulte et voir comment avancer.

— Non, répliqué-je, parce que ça signifie que tu as des frères et…

— Et quoi ?

— Ça veut dire qu'il a été heureux. Je préfère penser que ton père a été heureux pendant ces années plutôt que seul et triste. Moi, au moins, je t'avais, toi.

— Mais ce n'était pas assez, si ?

Je remarque qu'elle a énoncé sa phrase comme une question plutôt que comme une déclaration.

— Si. C'était suffisant pour moi. J'ai été heureuse.

Je porte sa main à ma joue, où je la presse, tandis que je la regarde dans les yeux, l'implorant de me croire.

— Mais quelque chose te manquait. C'est une certitude. Je le ressentais, insiste-t-elle.

— Oui, concédé-je. Il manquait l'histoire de ton père. Les enfants détectent ces choses-là et tu savais que quelque chose n'allait pas.

Je me rappelle mes périodes de tristesse et je me répète qu'il est important d'être honnête avec elle, maintenant.

— Je n'ai pas aimé te quitter le dimanche. Mais j'ai toujours attendu mes week-ends avec impatience, quand je te retrouvais enfin. Tu me manquais tellement.

— Mais pourquoi tu as travaillé si loin, pendant toutes ces années ?

— C'était tout ce que j'avais réussi à trouver à l'époque, et les Beaufort étaient gentils avec moi. Nous avions établi une routine et je voyais que tu étais heureuse, qu'on s'occupait bien de toi. J'ai vu que Soizic t'aimait énormément… t'aime énormément, et j'étais contente que tout se passe sans incident.

— Mais tu étais heureuse, maman ?

— Oui. Je me sentais parfois seule, mais tu m'as donné tant de bonheur, tant de plaisirs que ça en valait la peine.

Et nous avions nos mois d'août ensemble. C'étaient les meilleurs moments.

Joséphine sourit, ses larmes sont presque toutes séchées maintenant.

— Oui, on a eu de beaux étés, non ? J'ai adoré les longues soirées où on restait sur la plage tant qu'on n'en avait pas assez.

— Et nous allons en avoir d'autres. Nous avons toute une vie d'étés devant nous.

Je prends ma fille dans mes bras, le cœur débordant d'amour. Et je me demande : *que se serait-il passé si je m'étais noyée ?* Comment ai-je pu me laisser prendre à ce point dans mon propre chagrin que je n'ai pas songé au sien ?

78

Bretagne, 12 juillet 1963

ÉLISE

Soizic vient me chercher à l'hôpital avec Joséphine. Je m'assieds à l'avant de la voiture, et je regarde défiler les champs et les petites maisons de pierre, apercevant l'eau lorsque nous empruntons le petit pont qui nous fait traverser l'estuaire jusqu'à Trégastel.

— On a préparé ton dîner préféré, m'annonce Joséphine, tout excitée.

— C'est-à-dire ? demandé-je, intriguée.

— *Confit de canard** et haricots verts. Puis *tarte au citron**, lance-t-elle, triomphale.

— On était censées garder le secret, s'esclaffe Soizic.

Un *confit de canard**, le plat que j'ai choisi la seule fois où Sebastian et moi avons mangé ensemble dans un restaurant. C'est drôle qu'elle en ait conclu qu'il s'agissait de mon plat préféré. En fait, je préfère l'agneau, mais je me garde bien de le lui dire.

— Je brûle d'y être, déclaré-je.

Et en effet. J'ai hâte que nous nous mettions tous les quatre à table, comme une famille. Je suppose que Sebastian est invité. Si tel n'est pas le cas, je vais insister. Je ne laisserai pas Soizic le tenir à l'écart. Plus jamais.

En fin d'après-midi, pendant que Joséphine et Soizic préparent le festin, Sebastian et moi marchons pieds nus sur la plage, parmi les vaguelettes qui se brisent sur nos mollets.

Il m'éclabousse, malicieux, je lui rends la pareille, puis il me prend la main, comme si nous étions de vieux amis, à l'aise dans la compagnie de l'autre. La chaleur de son contact se diffuse en moi, m'électrifie, me communique une vitalité que je n'ai plus connue depuis des années. Je sais qu'il la ressent aussi.

Je retire ma main pour repousser mes cheveux derrière mes oreilles tandis que je fixe l'horizon. Je dois veiller à ne pas m'approcher trop près. Il enfonce les mains dans ses poches, les yeux tournés vers la mer.

— C'est beau ici, lâche-t-il avec nostalgie.

Je le regarde plisser les yeux pour se protéger de la lumière du soleil qui scintille sur la mer. Je sais quelles pensées le traversent. C'est ici qu'il veut être. Avec moi. Avec sa fille. Mais il y a une autre partie à l'histoire. Ses fils. Sa femme.

— Oui. C'est magnifique.

Il me suffit de l'avoir à côté de moi pour que mon cœur déborde. Je brûle de le toucher, de caresser son début de barbe, d'effleurer ses lèvres, mais je m'en abstiens.

— Sebastian, nous devrions rentrer maintenant, non ?

— Rentrer maintenant ? répète-t-il avec l'air de qui ne comprend pas ces deux mots.

— Oui, à la maison.

— À la maison ? (Il secoue la tête, pour évacuer une pensée.) Oui, bien sûr.

J'entends une pointe de regret dans sa voix. Me retournant rapidement vers l'horizon, je m'éloigne.

Mais il m'attrape par la main. Mon ventre fait des bonds. Je pivote vers lui. Il passe un bras autour de ma taille et m'attire à lui. Je sens son souffle chaud sur ma joue. Passant son autre main dans ma nuque, il effleure mes lèvres des siennes. Nous restons là, avec la mer qui tourbillonne autour de nos jambes, perdus dans notre baiser. Je sens son souffle qui me redonne vie. Les mouettes crient, les vagues roulent sur le rivage, mais ces sons paraissent appartenir à un autre monde.

79

Bretagne, 13 juillet 1963

SEBASTIAN

Après le petit déjeuner à l'hôtel, Sebastian se rend à pied à la petite maison mais, au lieu d'entrer, il va directement à l'étable, pour humer l'odeur honnête et terrienne des animaux. Lise a emmené Joséphine faire des courses : « Une sortie entre filles », a-t-elle annoncé en souriant.

Il est heureux de les laisser partir, d'avoir un peu de temps pour lui. Il a besoin de réfléchir. De réfléchir vraiment.

Il voudrait prendre Lise dans ses bras, l'embrasser sans relâche, lui murmurer à l'oreille qu'il l'aime, qu'il l'a toujours aimée. Il en crève, c'est une douleur physique qui pèse sur son corps. Mais il est déchiré. Derrière chaque sourire, chaque rire, chaque conversation se cache un trouble. Il n'en parle pas à Lise, il sait qu'elle en est consciente.

Comment peut-il la quitter ? Ça lui brisera le cœur. Ça brisera le sien. Ils pourraient prétendre être des amis proches, voire de grands amis. Mais ils ont toujours été bien plus que ça.

Et chaque nuit où elle ira se coucher seule, elle le saura au lit auprès de sa femme. Cela ne fera que la blesser, à moins qu'elle parvienne à se détacher de lui. À moins qu'elle ne se trouve un autre amour. Il doit le lui souhaiter. Mais est-ce le cas ? Pourrait-il supporter cette idée ? Il doit vraiment le vouloir pour elle. Il voit bien cependant qu'elle ne le veut même pas pour elle-même.

Quelqu'un toussote dans son dos, pour l'inviter à se retourner. Soizic est là, la tête penchée sur le côté, visiblement occupée à le jauger. Ni l'un ni l'autre ne parle.

Puis une vache meugle longuement, comme pour combler le silence.

— Vous voulez un café ? demande-t-elle.

Il acquiesce. Ils s'en vont donc à la cuisine, où elle lui passe le moulin à café.

— Mes poignets ne sont plus ce qu'ils étaient, explique-t-elle.

— Pendant que je suis là, réplique-t-il, je pourrais effectuer quelques gros travaux pour vous. Par exemple réparer votre mur, là où il a commencé à s'effriter.

Elle rit.

— Oh, vous pourriez toujours essayer. Mais c'est tout un art de construire un mur de pierre comme ça. Vous êtes employé de bureau maintenant, non ?

— Pas exactement. Je suis ingénieur.

Soizic pince les lèvres. Il se penche sur le moulin à café.

— Pourquoi êtes-vous retourné là-bas ? demande-t-elle.

— En Angleterre ? Ça me semblait être la bonne chose à faire. Une manière de racheter mes péchés.

Soizic hausse une épaule, comme pour balayer ce qu'il vient de dire.

— Et c'est là que vous avez rencontré votre femme ?

— Maggie. Oui.

Son prénom alourdit soudain l'atmosphère de la pièce. Sebastian finit de moudre les grains et rend le moulin à Soizic.

— Comment est-elle ? demande-t-elle.

Sebastian est surpris par sa question.

— Elle est gentille. Forte et patiente.

Soizic lui tend une tasse de café.

— Quand est-ce que vous rentrez ? Vous ne devriez pas laisser la situation s'éterniser de trop. Ça ne fera que compliquer les choses.

— Je sais, fait-il en levant les yeux vers elle. Mais je ne sais pas comment partir.

Soizic soupire.

— Eh bien, c'est déjà mieux que d'être mort. Au moins vous êtes en vie.

Il ne peut s'empêcher de sourire devant son pragmatisme.

— Parfois, aimer quelqu'un, ça ne signifie pas vivre avec, poursuit-elle.

Il comprend pourquoi elle insiste sur ce point. Sa fille et son mari lui ont été enlevés de la manière la plus cruelle qui soit, et elle aurait été heureuse de savoir qu'ils étaient en vie, même autre part.

— Élise sera toujours là, mais votre vie est ailleurs maintenant. Plus vous retardez votre départ, plus ce sera dur pour tout le monde. *Courage**, Sebastian, murmure-t-elle. Il faut que vous le lui disiez bientôt.

C'est la première fois qu'elle l'appelle par son prénom et il sait que c'est sa manière à elle de lui faire comprendre qu'elle l'a accepté.

80

Bretagne, 15 juillet 1963

Joséphine

Lundi matin, Joséphine se réveille tôt, partagée entre excitation et impatience. Aujourd'hui, ses parents vont l'accompagner au lycée pour savoir si elle a réussi son *baccalauréat**, de même que tous ses condisciples. Elle imagine ses camarades de classe en train de s'interroger en voyant Sebastian. Elle se fiche de ce qu'ils vont penser. Elle va bientôt quitter cette petite ville, cet endroit où tout le monde s'est toujours demandé si son père était un Boche, mais où personne n'osait le dire à voix haute.

Soizic les conduit à l'école. Son père a pris place sur le siège passager, à côté d'elle, tandis que Joséphine et sa mère sont assises à l'arrière. Elles se donnent la main sur la banquette, mais ni l'une ni l'autre ne pipe mot. À la façon dont sa mère la regarde et lui fait un clin d'œil, en exerçant une pression sur sa main, Joséphine sait qu'Élise comprend sa nervosité – cette étape est cruciale pour elle. « Tout va bien se passer », lui disent les yeux de sa mère.

Soizic gare la voiture.

— Je vous attends ici, déclare-t-elle avant de se retourner vers Joséphine. *Bonne chance**.

— Tu n'entres pas ?

Elle aurait aimé que Soizic soit là.

— Non, vas-y avec ton papa et ta maman.

— Mais…

Joséphine voudrait lui dire qu'elle la considère comme un membre de sa famille, elle aussi, qu'elle a besoin de l'avoir auprès d'elle pour que tout soit complet.

— Je veux que tu viennes, lâche-t-elle en se rasseyant.

— Tu es affreusement *têtue, ma chère**. Aussi têtue qu'une vraie Bretonne.

Soizic lui sourit, mais il y a une pointe de tristesse dans son sourire.

— Je reste ici, les interrompt son père. Allez-y, madame Le Calvez.

— Non !

Joséphine a envie de pleurer. Elle ne veut pas de ça. Elle veut qu'ils y aillent tous ensemble.

Sa mère serre à nouveau sa main, puis elle se penche vers la vieille femme pour lui parler à l'oreille, bien que tous l'entendent.

— Soizic, insiste-t-elle d'une voix douce, vous avez été comme une mère pour Joséphine et elle veut que vous l'accompagniez aussi.

Soizic ne bouge pas. Pendant de longues secondes, un lourd silence plane comme un épais brouillard dans l'habitacle.

Un petit coup à la vitre les fait tous sursauter. Le visage d'Hervé apparaît.

— Vous venez ? leur crie-t-il.

Soizic baisse la vitre.

— *Bonjour**, Hervé.

Le père de Joséphine sort de l'autre côté. Il n'a pas encore rencontré Hervé et tend sa main par-dessus le capot. Hervé la lui serre, puis son père soulève le siège avant pour que Joséphine et sa mère puissent sortir. Ils restent plantés là une minute, attendant Soizic.

— Allez, viens ! lance Hervé en tirant la main de Joséphine.

— Attends.

Joséphine se retourne et voit Soizic s'extraire lentement du véhicule, comme si son corps était devenu trop lourd pour elle. Joséphine revient vers elle et l'embrasse sur la joue.

— *Merci**, murmure-t-elle.

La tête haute, elle entre dans son lycée accompagnée de sa mère, de son père, de Soizic et d'Hervé. Sa famille.

Les résultats du *baccalauréat** figurent sur une liste collée au mur, afin que tout le monde puisse en prendre connaissance. Un groupe d'élèves est déjà agglutiné devant. Des cris de joie, de longs soupirs affligés et même des jurons de la part de certains garçons, des « *Putain** ! » et des « *C'est pas vrai** ! ». Tout ce brouhaha parvient aux oreilles de Joséphine, mais elle reste en retrait, observant la scène un moment : elle attend d'être prête.

L'un des garçons se retourne et la voit.

— *Salut**, Joséphine. Tu as vu ? Tu as…

Puis il remarque l'homme à côté d'elle. Le garçon se retourne et regarde ses amis.

— Joséphine est là, annonce-t-il.

Ils se retournent tous pour la regarder.

— *Salut, tout le monde** ! lance-t-elle. Voici mon père. (Elle se tourne pour le regarder et sourit.) On l'a enfin trouvé.

Sur quoi, elle se retourne vers ses camarades afin de guetter leurs réactions. Certains affichent un visage de marbre, d'autres n'expriment rien et d'autres encore sourient.

— Il vivait en Angleterre depuis tout ce temps. Il a été envoyé là-bas comme prisonnier de guerre.

Un garçon la dévisage froidement puis s'éloigne, une fille le suit, puis un autre garçon. Une fille que Joséphine connaît à peine s'avance vers eux, main tendue.

— Enchantée de vous rencontrer, dit-elle en serrant la main de Sebastian.

Les autres élèves lui disent *bonjour**, puis ils retournent consulter la liste sur le mur.

— Regarde, Joséphine, lui indique le premier garçon. Tu as eu 18 ! La deuxième meilleure moyenne.

Joséphine ressent d'abord un frisson, qui lui fait douter de la réalité de la scène. Elle se fige, son cœur s'arrête, puis, dans un sursaut, il se remet à battre avec une énergie endiablée. Son avenir se déploie devant elle. Elle peut désormais aller étudier la littérature à Rennes.

— *Yes* !* crie-t-elle en anglais, et elle se met à sautiller.

Le lendemain matin, le père de Joséphine l'emmène chez le bijoutier. Il dit qu'il veut lui acheter quelque chose de spécial pour fêter ses résultats. Ils se mettent d'accord sur un simple bracelet en argent, puis rentrent à travers les ruelles étroites et sinueuses.

— Joséphine, tu sais à quel point je suis fier de toi, n'est-ce pas ?

— Je pense que oui, fait-elle avec un sourire timide.

— Et tu sais que je suis très heureux que tu m'aies retrouvé.

— Oui, répond-elle lentement, non sans se demander où cette conversation peut bien mener.

— Joséphine, il faut que je retourne en Angleterre.

Elle s'arrête dans son élan. L'air autour d'eux se fige. Elle savait qu'il devrait repartir, mais elle n'est pas encore prête. Il n'est resté que dix jours. Dix jours dans toute sa vie.

Prenant une profonde inspiration, Sebastian se retourne et continue à marcher.

— Quoi ? lui crie-t-elle. Tu vas te contenter de t'en aller encore une fois ?

Il s'arrête, puis se retourne vers elle.

— Je ne suis jamais parti. Et tu le sais parfaitement, murmure-t-il. Tu as vu tes frères, Joséphine. Tu les connais maintenant. Et tu sais mieux que quiconque ce que c'est que de grandir sans père. Je ne peux pas leur infliger ça.

— Et maman ? insiste-t-elle. Tu l'aimes, je le sais.

— Oui, je l'aime, et je t'aime. Mais j'aime aussi ma femme et mes fils. Je ne peux pas rester, conclut-il en se crispant.

— Tu ne peux pas juste retourner les voir de temps en temps ?

— Non, tu sais que ça ne suffirait pas.

— Donc tu retournes avec Margaret ?

— Oui.

— Mais tu ne l'aimes pas, pas vraiment. Je t'ai vu avec maman. C'est complètement différent.

— Joséphine, réplique-t-il en lui prenant la main. Je suis arrivé trop tard pour être là avec toi, pendant que tu grandissais. Je dois être là pour mes garçons, et pour Maggie.

Joséphine laisse échapper un long soupir.

— Ce n'est pas juste.

Il soupire à son tour.

— Qu'est-ce qui est juste, Joséphine ? Il n'y a que des choix, souvent difficiles. Je n'ai pas toujours fait les meilleurs, mais je dois faire le bon, cette fois-ci.

— Ce n'est peut-être pas le bon ! Peut-être qu'ils s'en sortiront sans toi.

— Tu sais que ce n'est pas vrai. Ils ont besoin de leur père, tout comme toi. Je serai toujours là, pour toi. Je viendrai te voir à l'université et tu pourras séjourner chez moi, aussi longtemps que tu le souhaiteras.

— Tu l'as dit à maman ? demande-t-elle brusquement.

Il secoue la tête.

— Je vais le lui annoncer aujourd'hui.

— Quand est-ce que tu pars ?

— Je prends le bateau de ce soir. Mme Le Calvez a accepté de m'y emmener.

— Ce soir ? (Les yeux humides, Joséphine le regarde fixement.) Ce soir !

Il passe un bras autour de ses épaules, mais elle demeure inébranlable.

— Je croyais que tu viendrais à Rennes avec moi.

— Je viendrai, une fois que tu seras installée. Je ne peux pas rendre les choses encore plus difficiles pour ta mère.

Elle repousse son bras.

— Alors va-t'en ! File !

Elle s'éloigne, balançant énergiquement les bras en signe de défi. Elle sait qu'elle se comporte de façon puérile et injuste, mais elle est incapable de réagir autrement.

81

Bretagne, 16 juillet 1963

Élise

Sebastian revient sans Joséphine ; il ne sait pas où elle est, mais pense qu'elle désire être un peu seule. Je vois qu'il est inquiet pour elle et je lui dis qu'elle a encore beaucoup de choses à régler, que le temps de la réflexion lui fera du bien.

— C'est une journée splendide. Faisons un pique-nique. On pourrait aller sur la plage.

J'ai parlé sans réfléchir, mais c'est exactement ce dont j'ai envie aujourd'hui.

Les rides que l'inquiétude creuse sur le visage de Sebastian se transforment en un sourire. Et je vois à nouveau le jeune homme que j'ai connu, dix-neuf ans plus tôt.

— C'est une merveilleuse idée.

Il m'enlace, comme si nous formions un couple semblable aux autres. Nous nous rendons ensemble dans les boutiques du village afin de faire nos emplettes, en commençant par la boulangerie, pour la baguette et les tartes, avant d'aller à la fromagerie pour acheter un camembert bien fait. Il ne nous reste plus que l'épicerie. Ils ont une petite sélection de vins.

— Quel vin avons-nous bu pendant notre pique-nique à l'hôtel ? demandé-je.

Il a l'air décontenancé et hésite avant de répondre, avec un sourire :

— Un Château Margaux.

— Nous devrions prendre un 1944, alors.

— En fait, plutôt un 1939. C'est ce millésime que nous avions.

— Ce n'est pas trop vieux ?

— Non, mais il faudra poser la question.

Il s'avère qu'ils ont bien une bouteille, mais à un prix ridiculement élevé. Sebastian insiste pour l'acheter quand même. Devant mes objections, il proteste :

— Non, ça n'a pas de prix.

Nous rentrons à la maison avec nos provisions.

— Tu ne trouves pas incroyables les changements qui peuvent survenir en dix-huit ans ? constate-t-il pendant que nous rentrons. Nous pouvons acheter ce que nous voulons, aujourd'hui, aller où nous voulons, manger ce que nous voulons.

Aimer qui nous voulons, ai-je envie d'ajouter, mais bien sûr, je m'en abstiens. Car c'est la seule liberté que nous n'avons pas. J'ai envie de le serrer dans mes bras, de caresser l'arrière de sa tête, de le sentir se fondre en moi, de me coucher dans le même lit que lui tous les soirs, mais je ne peux rien faire de tout cela.

— Oui, dis-je plutôt. N'est-ce pas merveilleux ?

De retour à la maison, nous rangeons nos provisions dans une besace. J'emballe soigneusement deux verres à vin dans des serviettes. Pas question de boire du Château Margaux 1939 dans des gobelets en plastique. Puis nous partons par le *sentier des douaniers** vers Perros-Guirec, en suivant le chemin nettement délimité par les blocs de granit de la plage, entre les pins et le long des falaises. Nous parlons de Paris, nous revivons nos rencontres secrètes, la peur, l'excitation, la librairie, puis nous évoquons ce qui est arrivé à notre cher M. Le Bolzec. Nous observons quelques minutes de silence, en souvenir de lui.

— Nous devrions trouver sa tombe, suggéré-je. J'aimerais y déposer des fleurs.

Sebastian me regarde, mais n'approuve pas. Il ne dit rien.

Nous arrivons enfin à Perros-Guirec, où nous trouvons un endroit ombragé devant des arbres en surplomb au bout de la plage. Sebastian étend la couverture de pique-nique et j'ouvre la besace pour y déposer notre petit festin. J'y ai glissé un peu plus tôt le recueil des poèmes de Victor Hugo, mais j'hésite à le sortir. L'avoir avec nous me suffit. Le vin est corsé et bien rond, le fromage fond sur la langue. Je suis allongée sur le flanc, la tête en équilibre sur une main, et je contemple Sebastian, qui regarde la mer en sirotant son vin. Il a ôté son tee-shirt, sa peau est lisse, légèrement bronzée, quelques poils dorés brillent au soleil sur son torse.

— Sebastian, à quoi penses-tu ? demandé-je.

Il tourne vers moi des yeux dont l'intensité me brûle.

Je me rapproche, pour toucher son épaule du bout du doigt. Je le sens qui frémit et je ne peux m'empêcher de m'approcher, de combler le fossé qui nous sépare. Il n'est qu'à un souffle. J'effleure les poils de son torse, brûlant de serrer son corps contre le mien.

— Lise, lâche-t-il dans un soupir.

Je l'embrasse sur les lèvres, comme si j'avais le pouvoir de faire disparaître les mots qu'il va prononcer.

— Tu es toujours dans mon esprit, derrière tout ce que je fais, tout ce que je pense.

Je l'embrasse à nouveau.

Il s'écarte.

— Lise, je dois partir.

Je m'assieds, les yeux fixés devant moi mais sans rien voir. Le vent caresse mes cheveux, me chuchote des consolations alors que mes larmes coulent en silence. Je ne peux pas le regarder. Si je lève les yeux vers lui, je ne serai pas capable de le laisser partir.

— Ce soir, dit-il. Je pars ce soir.

Je continue à regarder la mer, mon cœur souffre d'une perte si profonde que je peux à peine respirer.

Il m'embrasse sur la joue.

— Je t'ai toujours aimée. Je t'aimerai toujours.

Si je me retourne et m'enroule autour de lui. Si je m'accroche à lui comme je me suis accrochée à lui à l'hôpital. Si je l'embrasse encore et encore, il ne pourra pas me quitter. Je sais qu'il en sera incapable. Je pense que j'ai besoin de lui, que ma vie sera vide sans lui. Je pourrais le faire. Je le pourrais. Mais je l'aime trop. Et donc je ne dis rien. Je ne bouge même pas. Je me pétrifie. Je sens ses lèvres toucher ma joue, je perçois son odeur boisée, musquée.

— *Au revoir, Lise. Je t'aime**, murmure-t-il.

Je l'entends remballer le pique-nique. Il ne me laissera que le plaid sur lequel je suis assise. Il me faut toute la force que je parviens à puiser en moi pour demeurer immobile et ne pas jeter mes bras autour de lui, ne pas le supplier de rester.

— Lise, je dois partir. Je ne peux pas laisser mes garçons sans père.

Il me caresse les cheveux.

Me sentant tressaillir, il laisse rapidement retomber sa main.

— Je suis désolé. Je suis tellement désolé !

Tais-toi, ai-je envie de lui crier. Mais je me tais. J'imagine que je suis l'un de ces rochers de granit et je ne bouge pas un muscle. Il doit partir maintenant. Il le faut. Ou je risque de craquer.

Je le sens qui s'éloigne. Mais je ne regarde pas. Le vide à l'intérieur de moi se creuse jusqu'à m'engloutir et il ne subsiste bientôt plus rien de moi. Pourtant je continue à respirer.

Je me lève et marche dans la mer. Les vagues m'éclaboussent les jambes. Je m'assieds sur un banc de sable, à regarder les vagues tourbillonner autour de ma robe. Je m'asperge le visage. L'eau de mer se mêle à mes larmes, donnant un goût de sel à mes lèvres. Je ne sais combien de temps je reste là, à tenter de donner un sens à tout ça, à m'efforcer d'être plus courageuse que je n'ai jamais voulu l'être.

Puis j'entends qu'on m'appelle.

Je me retourne et je vois ma fille. Ma magnifique fille.

— Maman, maman ! crie-t-elle.

C'est mon nom.

Je me lève pour aller à sa rencontre et elle m'entoure de ses bras.

— Maman, dit-elle, je t'aime.

C'est la première fois qu'elle me fait cet aveu depuis qu'elle est toute petite.

— Je t'aime, maman, répète-t-elle, comme si elle savait que ses mots me redonnent vie.

Je l'étreins pour la faire tourner et tourner encore, comme si elle était une enfant. Pour moi, elle ne pèse rien. Elle n'est que lumière, air et amour.

Sebastian me l'a ramenée. Et il l'a laissée ici avec moi, là où elle doit être.

— Joséphine, dis-je, tu es là.

— Oui, maman, je suis là. Je suis là !

J'arrête de tourner et j'embrasse sa joue humide. Je caresse ses cheveux indisciplinés. Elle est ma famille et elle est rentrée à la maison. Je l'attire contre ma poitrine, je la serre fort et je cligne des yeux pour cacher mes larmes. Les yeux embués, je regarde par-dessus son épaule : un couple de colombes est planté sur un banc de sable. La tête inclinée, les deux oiseaux me contemplent, puis déploient leurs ailes et s'envolent, blanc éclatant sur fond de ciel bleu. Alors qu'elles ne cessent de rapetisser, un sentiment de liberté m'envahit. Je suis enfin libérée de la toile des mensonges. Je serre Joséphine plus fort, le cœur palpitant dans ma gorge, et j'inspire profondément, laissant l'air emplir mes poumons de sa force vitale. Cette vie. Cette vie pleine de possibilités. Cette vie que je veux vivre.

ÉPILOGUE

Début novembre 1963

C'est un vif matin d'automne, le soleil brille mais sans force. Je frissonne, puis je passe un bras autour de Joséphine alors que nous attendons le train.

— Je ne suis pas retournée à Paris depuis que j'en suis partie avec toi dans mon ventre.

Je ris, même si ce n'est pas drôle.

Elle me regarde d'un air sérieux.

— Ça va aller ?

Je baisse à nouveau les yeux sur le télégramme de ma mère.

Papa décédé vendredi. Obsèques mardi. Viens, s'il te plaît.

Mon père… papa. Je ne l'ai plus appelé ainsi depuis mon enfance. De vieux souvenirs remontent à la surface : papa qui venait me chercher à l'école le samedi matin, pour m'emmener directement à la pâtisserie où il me laissait choisir un gâteau pour l'anniversaire de maman. Papa qui chantait à tue-tête dans le bain. Qui était cet homme, qui était mon père ?

Le train s'arrête et nous montons dans un wagon vide. Joséphine s'assied près de la fenêtre, je prends place à côté d'elle, une main sur son genou. J'ai besoin de sentir sa présence physique. J'ai besoin de savoir qu'elle est là.

À mesure que la campagne cède la place au béton et aux immeubles et que nous nous rapprochons de Paris, j'ai des palpitations dans le ventre. La honte et la peur que j'ai ressenties le jour de mon départ vivent encore en moi.

Comme si elle en était consciente, Joséphine pose sa main sur la mienne.

— On est presque arrivées, murmure-t-elle.

Je ne bouge pas tandis que le train ralentit à l'approche du quai désormais visible. Quand il s'arrête, elle prend notre petite valise d'une main et ma main de l'autre.

— Viens, maman.

Mais je suis figée sur mon siège, incapable de bouger. Paris. Trop de souvenirs. Leur afflux me terrifie.

Joséphine repose la valise et s'assied à côté de moi. Elle passe son bras autour de mes épaules.

— Ça va aller, me dit-elle.

Les yeux embués, je regarde ma fille, si belle, si pleine de sensibilité, et je sais qu'avec Joséphine à mes côtés, je serai prête à affronter les souvenirs. Je l'embrasse sur la joue.

— Allons-y, dis-je. Allons voir Paris.

Nous descendons du train et c'est comme entrer dans un autre monde. Ce n'est pas le Paris dont je me souviens. Les gens passent à toute allure, ils discutent, crient, rient. Les uniformes sinistres, les bottes noires, les citoyens à moitié affamés et pétrifiés ont disparu. Je reste immobile pendant quelques minutes, absorbant l'énergie, la joie, la liberté… Comment cette métamorphose a-t-elle pu se produire ? Comment a-t-elle été possible ?

— Élise ! crie quelqu'un. Comme je suis contente que vous soyez venues !

Isabelle court vers nous, me prend dans ses bras, puis étreint Joséphine. Nous gagnons l'appartement en traversant le jardin du Luxembourg, ses avenues bordées d'arbres, dont les feuilles ont pris des teintes rouge rubis et orange brûlé. Je demande à m'asseoir sur le banc, en face de la pelouse parfaitement tondue où j'ai autrefois renversé ce fichu panneau d'un coup de pied. Je fixe l'espace maintenant vide en repensant à mon amie Ellen arrêtée en 1942.

Je lève les yeux, m'attendant presque à voir des soldats nazis, mais il n'y a que des enfants qui courent devant leur mère et des couples bras dessus bras dessous qui se promènent dans les jardins, comme s'ils ignoraient les soucis. Fermant les yeux, je m'appuie sur le banc et j'inspire l'odeur chaude de l'automne qui me parvient sur un souffle de brise.

Nous ne parlons pas, mais Isabelle me prend la main, je prends celle de Joséphine et, ensemble, nous franchissons le jardin, vers notre ancien appartement. Pendant la traversée de la place Saint-Sulpice, mon pouls s'emballe et j'ai le souffle court. Au sortir de la place, nous tournons au coin de notre petite rue. Je me fige. La balustrade en fer est toujours là. Fermant les yeux, j'essaie d'oublier les hommes qui me tirent, le bruit sourd de mon corps qui heurte le sol, la douleur qui me traverse le coude, les cris, les chants… *Stop !* Je secoue la tête dans l'espoir de chasser le souvenir.

Joséphine me regarde avec inquiétude.

— Tu es livide, maman.

J'opine, en regardant la grande porte d'entrée de couleur bordeaux. Rien n'a changé. Et tout a changé. Isabelle pousse le battant et nous entrons dans le hall de l'immeuble. Il y a notre nom, « Chevalier », sur l'une des boîtes aux lettres. J'imagine mon père en train de l'ouvrir avec sa petite clé, de sortir toutes les lettres qui sont arrivées pour moi, de les cacher.

De l'autre côté de l'entrée, la porte vitrée s'ouvre. Ma mère est là, maigre et fragile, qui nous observe l'une et l'autre, les yeux pleins de tristesse. Soudain, je me rappelle que Joséphine est venue me voir dans la mer, quand je me sentais brisée, et je me souviens de ce qu'elle a dit.

Je m'avance vers elle pour lui prendre la main. Je la porte à mes lèvres et l'embrasse doucement. Isabelle prend mon autre main, nous nous étreignons toutes les trois, serrées les unes contre les autres. Puis Joséphine se joint à nous, les bras autour de nos dos. Et le cercle est enfin complet.

Note de l'autrice

Ce livre m'a d'abord été inspiré par mon grand-oncle, Wolfgang, qui venait d'Allemagne orientale et qui, à l'âge de quinze ans, a dû rejoindre les Jeunesses hitlériennes. En 1943, il a été fait prisonnier par l'armée britannique en Afrique du Nord, d'où il a été expédié dans le sud des États-Unis pour travailler dans les champs. Plus tard, il a été transféré à Coventry, en Angleterre, toujours en qualité de prisonnier de guerre, et c'est en travaillant dans une ferme à Kenilworth qu'il a rencontré ma grand-tante, Dorothy. Wolfgang n'aimait pas parler de la guerre et il n'a jamais appris l'allemand à ses enfants. Le pauvre est décédé en 2017, mais Dorothy, elle, est heureusement toujours en bonne santé et vous dira que tout le monde aimait Wolfgang « comme un fils ».

Leur histoire m'a intriguée et je me suis toujours demandé ce que la population locale pensait de ces mariages. J'ai ensuite lu *Trautmann's Journey: From Hitler Youth to FA Cup Legend* de Catrine Clay, récit authentique d'un jeune soldat allemand, arrivé en Angleterre comme prisonnier de guerre, avant de s'y installer et de jouer pour l'Angleterre dans la FA Cup, un livre aussi brillant qu'inspirant.

Remerciements

Mes remerciements les plus sincères vont une fois de plus à tous mes merveilleux amis écrivains, qui sont tellement plus que cela : Ian, Shelley, Maz, Ellen, Melissa, Rachel, Haze, Nancy et Connie. Merci d'être là pour mes nombreux brouillons et moi. Vous donnez vie à mon écriture.

J'ai beaucoup de chance d'avoir une éditrice aussi formidable et je remercie Sherise Hobbs, de Headline Review, qui m'a accompagnée à chaque étape du processus. Merci, Sherise, pour ta passion et ton dévouement à « l'histoire ». Quand le moment est venu de mettre la touche finale au livre, Flora Rees, ma correctrice, a accompli un travail remarquable pour s'assurer que tout s'emboîte parfaitement. Merci, Flora, pour ton attention aux détails et tes suggestions. J'aimerais également remercier ma merveilleuse agente, Sheila Crowley, de Curtis Brown, pour son soutien et son travail acharné. Je n'en serais pas là sans toi !

À la maison, je voudrais remercier Christian d'être là dans les moments pénibles et agréables, bons et mauvais, heureux et tristes.

Achevé d'imprimer en juin 2022
sur les presses de la Nouvelle Imprimerie Laballery
58500 Clamecy
Numéro d'impression : 205673

Imprimé en France

La Nouvelle Imprimerie Laballery est titulaire de la marque Imprim'Vert®